KUWEI
酷威文化
图书 影视

逃离图书馆 2

蝶之灵 • 著

天地出版社 | TIANDI PRESS

目录

第一章

无尽阶梯

凶手被警方带走后，建筑学院“工地之谜”这门课的考试便正式结束了，所有人眼前的悬浮框中同时弹出了过关信息——

课题组：C-183
课程：工地之谜
学分：4 分
考生：越星文
考核评分：95 分
获得积分：4×95=380 分
课题组加成：C 组积分加成 ×1.5 倍，最终积分 570 分。
该课程挂科率：45%

越星文发现这回的结算信息和之前的有所不同，以前并没有“考生：越星文”这行字，而是整个课题组统一结算积分，所有人的考核评分都一样。

这次单独列出考生的名字，难道是分别结算？

越星文看向队友们：“我的评分是 95 分，大家的考核评分是多少？”

江平策道：“我也是 95 分。”

章小年道：“我是 92 分。”

柯少彬说：“我跟小年师弟一样，也是 92 分。”

其他人也各自报出了自己的分数——刘照青和秦露是 90 分，剩下的卓峰、林蔓萝、许亦深、秦淼、辛言，都是 85 分。

“看来，这门课不是课题组限定课程，没有积分共享功能，所以，每个考生的考试分数是分别计算的。”

卓峰分析道："应该是根据考试过程中的贡献来评分的。推理主要靠星文和平策，两人分数最高这很公平。小柯查了很多资料，小年测建筑，挖水泥墙，贡献也比较突出，拿到 92 分。90 分的刘师兄从赵亮那里问出很多关键信息，秦露多次群体位移也帮了大忙。剩下我们几个 85 分的，都有点打酱油啊。"

林蔓萝玩笑道："打酱油都能拿85分，说明我们团队太强了，基础评分很高，我们几个也跟着沾光，85 乘以 4 学分，再加上 1.5 倍的课题组加成，能拿 510 积分，都够升级技能了。"

越星文见大家对结果都没有异议，便在悬浮框按下"离开考场"，众人齐齐从工地消失，返回了图书馆。

图书馆时间，周一下午 4 点。

他们上午考完了"城市崩塌"，下午考完"工地之谜"，明天早晨还有建筑学院的最后一门必修课"无尽阶梯"。如果明天的课程能顺利及格，三楼的建筑学院就通关了，周三到周五可以去四楼的新学院。

一门接一门地考试，大家的压力会很大，好在回图书馆后可以休息。越星文看着身边的队友们，发现大家都神色疲惫，便说："明天早上 7 点 40 分，三楼选课大厅再见。今天的晚饭就不集中吃了，大家不想去食堂的，可以自己在宿舍吃。累了就提前睡吧，好好休息。"

众人互相道别，坐电梯各自回到宿舍。

越星文和江平策一起回房后，拿起平板电脑看了眼论坛。

江平策问他："你要写攻略吗？"

越星文皱着眉沉思片刻，道："这门课的攻略不太好写，说不定每个课题组进去后的考场剧情都会变化，不可能所有考场都是严凯为家人报仇、在仓库挖地洞这种设定。我就写几条注意事项好了，免得误导其他同学。"

江平策道："嗯，说一些推理思路，让大家参考，没必要直接把答案写出来；再说，厉害的团队，今天应该都过了这门课程。"

越星文点点头，拿起平板电脑，打开一个空白帖子开始编辑。

江平策看他认真打字的模样，忽然说："把你这身衣服换下来给我。"

越星文愣了一下："换衣服？干吗？"

江平策道："上午'城市崩塌'那门课，穿着这身运动服跑了一路，出汗比较多，换下来洗一洗。"

越星文明白过来："你不说我都快忘了！"他低头看了眼身上的短袖，皱眉道，"一身汗，是该洗洗。"

越星文拿起睡衣走进浴室，将衣服换下来。出门的时候，江平策从他手里接过衣服，道：“你去写攻略吧，我正好要洗衣服，顺手帮你洗了。”

“这待遇也太好了吧？”

“不客气，舍友该做的。”

越星文笑着竖起两根大拇指：“如果图书馆有优秀舍友评选，你绝对勇夺第一名。”

江平策嘴角轻扬：“别贫了，快去写攻略。”

越星文转身坐在床上认真写起了攻略。

江平策将两人的衣服抱到阳台上，找了个脸盆，挽起袖子开始洗。

越星文时不时扭头看他一眼，只见他的侧脸始终冷冷淡淡，没什么表情，然而，站在阳台上挽起袖子洗衣服的男生，身上褪去了冷硬的外壳，居然透出一丝温情。

以前没跟江平策同住过，这次当了舍友，越星文发现，江平策在生活上也很严谨、细心，看来，学神也并不是大家想的那样冷漠。

越星文发呆了好一会儿，攻略倒是没写出一个字。

江平策洗完衣服回来，发现越星文坐在床边发呆，便转身坐在越星文的身边，侧头看着他，问道：“攻略发出去了吗？”

越星文回过神来，突然道：“你会做饭吗？”

这个问题的跳跃性太大，江平策怔了一下，回过神来才答道：“会做。可惜图书馆宿舍不让使用电器，要不然，我们可以自己做饭吃。糖醋排骨、可乐鸡翅，我都会。”

越星文吞了吞口水：“以前从来没想过你还会做饭、洗衣服。”

江平策轻轻挑眉：“那你觉得，我应该是个什么样的人？”

越星文调侃道：“不食人间烟火，没有喜怒哀乐，数学特别好的天才；将来一定会成为科学家，坐在办公室里研究大家看不懂的数学难题；人们见到你，都会尊敬地喊你一声‘江教授’。你会把全部精力拿去搞科研，而不是挽起袖子在家里洗衣服、做饭。”

江平策捏了捏眉心：“听起来，我就像个没有情绪的机器人？”

越星文急忙解释：“不不，那是我高中时对你的印象。上大学以后，跟你熟了，我发现你只是情绪比较内敛，不爱表达。其实你是个很细心很温柔的人。”

细心、温柔？数学学院的人要是听见越星文这样的评价，估计会惊掉下巴。毕竟在很多师弟师妹的眼里，江平策师兄是极难接近的一座冰山。

江平策问道：“你的攻略一个字都没写？思路卡壳了？”他说罢就起身，从床底的零食箱里拿出一包薯片递给越星文，“补充点能量。”

越星文立刻接过薯片，一边吃一边想，很快就文思如泉涌，将攻略一口气写好了发到论坛上。

次日早晨 7 点 40 分，众人准时来到三楼的建筑学院选课大厅，准备下一门课的考试。

建筑学院的最后一门必修课：“无尽阶梯”。

越星文熟练地在平板电脑上打开选课按钮，屏幕中果然弹出课程信息——

必修课：无尽阶梯

学分：3 分

考场规则：课题组限定课程，可使用学分共享功能。

课程描述：一位姓赵的知名建筑设计师，设计出了一栋建筑迷宫，迷宫内的阶梯无穷无尽，据说，没有人能从这栋楼里走出来。

考试要求：1 小时内走出迷宫。

备注：学分共享功能可减少考试人数，有利于过关，请选择性使用。

确认选课：是 / 否

柯少彬看到这里，忍不住道：“姓赵的建筑设计师，该不会是赵亮吧！”

刘照青挠了挠后脑勺：“这建筑学院的课程之间，剧情还带联动的吗？”

许亦深笑道：“没直说是赵亮，只说姓赵，可能是因为‘工地之谜’这门课有很多姓赵的角色。”

卓峰问道：“学分共享功能要不要用？七个人去考，跟‘城市崩塌’一样吗？”

越星文若有所思地看向课程描述。

人少更好过关？那很可能是动态迷宫，人多容易走散。

“城市崩塌”是逃跑类课程，需要大量的位移技能；这门课是迷宫类课程，需要较强的方向感和记忆力，肯定不能直接套用上门课的阵容。

越星文目光扫过大家，目光定格在小师弟身上，问：“章小年，这门课你参加吗？”

章小年有些纠结：“我方向感不太好，可是，建筑类迷宫，内部说不定有什么机关。我从小就研究各种建筑图纸，应该能帮上忙。”他不想当团队的拖油瓶，加上是建筑学院的课程，他也想出一份力。

越星文明白了他的想法，笑着拍拍他的肩："路痴没关系，你又不是一个人走迷宫，跟紧我们就行。你还是参加吧，建筑设计你比我们专业。"

章小年立刻点头："好，我会跟紧大家的！"

越星文紧跟着说道："那就由我、平策、章小年、柯少彬、秦露、卓师兄、蔓萝师姐，一起参加这门课程。"

刘师兄的治疗纱布和手术刀在迷宫用处不大，许亦深的"有丝分裂"技能、秦淼的"群体缴械"技能、辛言的强酸和酒精灯，在迷宫也确实没什么用处。

卓峰和林蔓萝上门课没参加，这次让他们参加，机会轮流。

秦露看向姐姐，似乎担心姐姐连续两门课坐冷板凳会不高兴，秦淼倒是一脸无所谓："文科类的课程我再去吧。迷宫的话，你去作用更大。"

秦露点点头，小声道："姐，我们一定能过。"

辛言的脸色很平静，柯少彬小声安慰他道："以后遇到生存类课程，你的技能会很有用的，强酸在迷宫确实不太用得上……"

辛言淡淡地道："我知道，我总不能用王水把楼梯给溶了。"

柯少彬见他不介意，这才放下心来。

刘照青笑着说道："你们加油，我们几个就等着躺赢了。"

卓峰干脆地说："星文，以后遇到学分共享课程，你直接安排就行。课程那么多，找最合理的过关阵容，也是为团队考虑，我们信你。"

学分共享的关键在于去考试的那一部分同学如果挂了，没去考试的同学也会跟着挂科。一些同学如果连续几门课都坐冷板凳，心里难免会有些怨言。

好在这个团队的同学都愿意相信越星文的决定。这么多人刚组队，还在磨合期，见两次安排阵容大家都没有争议，越星文心里宽慰不少。他朝众人点了一下头："我们七个去考试，努力带大家过关。"

说完这话，他就在面前的平板电脑上按下"是"的按钮。

所有人耳边同时响起提示音："C-183 课题组选课成功。建筑学院必修课'无尽阶梯'，考场即将开放，请等待……"

早晨 8 点整，"无尽阶梯"的课程考试正式开始。

越星文只觉得眼前一黑，再次恢复视力时，发现大家身处于一栋大楼的内部。

前方有一条 45 度角斜向上的楼梯，楼梯的尽头又连着下一段楼梯，所有楼梯形成"回"字形中空结构，抬头往上，可以看到整栋大楼最顶部的透明玻璃天窗。

悬浮框刷过课程提示——

考试开始，请在 1 小时内走到楼顶的天台。

也就是说，这个迷宫由无数段楼梯组成，只要顺着楼梯爬上顶楼天台，就算完成考试。听起来很简单，一路往上爬不就能出去？然而，这门课是建筑学院的迷宫课，肯定不会比数学学院的“素数迷宫”容易。

数学学院的迷宫复杂在于素数的运算，光看迷宫内部的结构，只有上、中、下三层，只要边走边画图，总能走出去。

可建筑学院的这栋楼，目前还不知道有多少层。越星文不敢大意，看向身边的队友们，说道：“立体迷宫，不知道有多少楼梯，大家先不要分散，万一迷宫会动态变化，走散了可就找不到了。”

章小年抬头看向玻璃顶棚，顺手拿出激光测距仪测了一下：这栋楼高三十米，按照通常大楼二点五米到三米一层来计算，整栋楼应该在十层到十五层之间。

大厦内部的构造很像常见的购物商场，人们在一楼的时候，抬起头就能看到楼顶的玻璃棚，“回”字形的中空部分经常用来挂节日气球以及各类活动的广告，自动扶梯斜向上环绕，从一楼到顶楼，一眼望上去非常直观。

他们现在所在的位置，就能直接看到楼顶的天台。

然而，建筑学院 3 学分的课程不可能让他们走商场一样直接爬几层楼就能出去，这内部肯定有什么玄机。

越星文回头看向章小年：“小年，你能看出这楼梯有什么不对吗？”

章小年摇头：“目前还看不出来，这栋楼的内部设计没什么特别的，跟平时常见的购物商场一模一样。我们得先走几层，看看是不是有机关。”

越星文干脆地说：“走吧，先爬一层楼试试，柯少注意建模，小年测距。”

柯少彬立刻拿出笔记本电脑，新建了一个文档，让小图拍摄并绘制楼梯图形。

越星文提醒道：“大家跟紧一点，我跟平策、小年三人一组，剩下的四人一组，相互之间的距离不要超过一个台阶，以免楼梯忽然断裂或者改变方向。”

楼梯忽然换方向，这在现实中是不可能的。

但图书馆是个魔法大学，谁知道这栋楼会不会忽然变成《哈利·波特》中的城堡，走着走着，楼梯从中间断掉，或者变一个方向？越星文觉得，谨慎一些总没有错。

七个人按越星文的指示分成两组，后脚接着前脚往上爬。

他们很快就爬完了一层楼，江平策道："一楼是十三个台阶。"

章小年道："楼层高度二点五米，倾斜角度四十五度。"

柯少彬迅速在电脑中输入数据，建好模型，道："一楼有十三个台阶，我们现在所在的位置是二楼。"

卓峰道："要不要在楼梯上做一下标记，免得待会儿混淆了？"

越星文道："师兄有办法做标记？"

卓峰的右手微微一抬，手中忽然出现一股金色的电流，电流带着"滋滋"的声音射出，他控制着金色电流，就像在手里捏着一条金色皮鞭。电流接触到楼梯，卓峰用手指写下一个"1"，金色电流也跟着他的手指运动，在楼梯上烧出来一个焦黑的"1"字。

然后，他又在下一层的楼梯烧出来一个"2"字。

用电流烧出来的标记，擦都擦不掉。

越星文哭笑不得："你的电还能这么用？"

卓峰收回手，轻咳一声："强化过的电，什么都能烧。"

越星文赞道："有了师兄的标记，我们就不会走乱了，大家继续跟上。"

走完第二层楼后，江平策报出数据："二楼也是十三个台阶。"

章小年道："数据跟刚才一样。"

越星文道："继续。"

众人紧跟着越星文，快步走到三楼。

江平策微微皱眉："还是跟之前一样。"

卓峰用电在台阶上烧出一个黑色的"3"字，代表第三层。

越星文心中疑惑："一模一样的台阶，一直往上走？建筑学院不至于这么无聊吧！我们继续往上爬看看。"

众人走完第四层，江平策道："十三个台阶。"

柯少彬录入数据，然后大家跟着越星文走过拐角，继续往上的时候，却震惊地发现——前方的楼梯上，赫然出现了一个烧焦的"1"字。

众人面面相觑："什么情况？"

林蔓萝疑惑地看向卓峰："这不是你刚才在一楼烧出来的痕迹吗？"

卓峰也有点蒙："我们明明往上爬了四层，怎么会回到一层？！"

越星文也想不通，他们刚才一直在往上爬楼梯，连续往上爬了四层，结果眼前居然出现了"1"这个数字，这是卓师兄刚才在一楼时烧出来的痕迹，大家绝不会看错。

他们明明在往上走，怎么会回到一楼？

江平策抬头看了眼屋顶的玻璃窗，微微皱眉："爬了四层，回到一层，我们继续往上爬，还是会回到一层，循环往复，永远出不去。"

越星文道："验证一下。卓师兄你们原地等。秦露，你跟我走一趟，在这里定个位，要是不对，秦露还可以用'板块运动'让我俩回来。"

秦露点了点头，跟上越星文。

两人快步往上爬，连续爬完四层后……果然跟几位队友会合了。

看着明明从前面往上爬楼，没过多久居然出现在身后的越星文和秦露，大家面面相觑。

秦露小声道："转了一圈回到原地，这不是跟恐怖片里的鬼打墙一样吗？"

柯少彬扶了扶眼镜，道："恐怖片中，经常会出现主角被困在夜间的楼梯里，拼命往上或者往下跑，结果连续跑了好几层楼，又回到了原点……"他紧张地看向越星文，"难道我们也遇见了鬼打墙，永远出不去吗？"

越星文回头看章小年，后者正盯着柯少彬的笔记本电脑沉思，顺着他的目光看过去，正好是柯少彬在电脑中建模出来的立体图形。

由于大家刚才往上爬的时候，章小年测了数据，柯少彬绘出来的立体图跟大家眼睛看到的楼梯非常相近，几乎是等比例还原。从立体图可以发现，第一层楼和第二层楼之间的夹角是九十度，第二层和第三层、第三层和第四层之间同样是九十度夹角。

越星文见小师弟神色认真，不由轻声问："小年，有什么发现吗？"

章小年回过神，指着建模图形道："假设正前方是北边，一层的楼梯方向是从西向东，二层从东向南，三层从南向西，四层从西向北，正好形成环形结构。"

江平策仔细看了一下，确实如此，他们走过的楼梯方向正好组成了一个环状结构。

章小年确认道："这应该是彭罗斯阶梯。"

卓峰疑惑："彭罗斯阶梯？什么意思？"

章小年伸出一只手，在空中简单比画了一下："三维空间内，我们一直在向上走，不可能出现连续向上走四层结果又回到一层的情况。可如果这里不是三维空间，扭曲的空间使第四层的尾巴和第一层的起始点连接在了一起，那就会形成一个闭合的、立体的'回'字形楼梯通道，我们不管走多少次，都会一直在这个'回'字形楼梯内打转。"

江平策道："类似于莫比乌斯带？就是将一张纸条扭曲一百八十度，首尾相接，原本有两个面的纸条，就会变成只有一个曲面。假设，莫比乌斯带放大成了建筑，我们在这条纸带上往前走，不管走多久，也永远走不出去，跟小师弟说的彭罗斯阶梯很像。”

章小年点头：“是的，莫比乌斯带的关键是将纸条扭曲一百八十度，但三维世界的建筑无法做到扭曲楼梯，所以彭罗斯阶梯一直是不能实现的建筑假说。可图书馆的空间可以被扭曲，一层和四层首尾相接，就出现了一个怎么也走不出去的封闭环形阶梯。”

怪不得这门课叫“无尽阶梯”，原来是类似鬼打墙的环形阶梯设计，别说是一个小时走出迷宫，他们就算在这里爬十个小时，也只能不断从第四层爬回第一层，永无止境。

越星文揉了揉太阳穴：“空间被扭曲的建筑，我们该怎么出去？”

章小年神色纠结：“一直爬楼梯行不通。想要破解彭罗斯阶梯，我们必须找到被扭曲的部分在哪里，将那里的空间给正回来。”

江平策淡淡道：“断开那个首尾相接的连接点，就能破解闭环。”

卓峰道：“也就是第一层和第四层的连接点？”

章小年急忙摇头：“不一定，也可能第二层和第三层、第三层和第四层的连接点才是被扭曲的部分。四层楼梯，就像四块独立的积木，原本四块积木都是往上走，但其中一块被拧了一下，跟另一块连在了一起。由于我们不能从上帝视角看到三维空间以外的模型，所以被扭曲的到底是哪一块，我们也不能草率地做出判断。”

卓峰明白过来：“你的意思是，我所标注的‘1’不一定是第一层，有可能我们一开始出现的地方是第二层或者第三层？反正四层楼梯一模一样，一直往上走，并且彼此相连，到底哪里是一层、哪里是四层，其实我们并不能确认，对吧？”

章小年道：“是这个意思。”

众人互相对视一眼，一时陷入了茫然。

柯少彬仔细看了看建模图形，挠头道：“四层楼梯确实一模一样，包括角度、台阶数还有长短数据，环形连接后，就像个扭曲了的正方形。”

越星文看向江平策：“我是真不懂这些，你们说吧，怎么找出口？”

江平策果断地道：“小年，在每一层楼梯测量一下数据，看看楼梯距离顶棚的高度是多少，有没有区别。”

章小年很快报出结果：“四层楼梯，距离顶棚的高度一模一样。”

越星文头疼道：“也就是说，我们看上去一直在往上爬，其实，一直在同一个平面，高度没有变化？”

章小年点了点头："这就是彭罗斯阶梯的奇怪之处，看上去一直在往上走，其实是在同一个平面打转。三维空间解释不了这样的现象，更高维度才有可能出现这种现象。"

江平策道："四层都一样，那就只能一层一层试了。"

章小年召唤出了挖掘机。

众人面面相觑。

所以，这次的迷宫，是要用挖掘机来过吗？

章小年询问地看向组长："师兄，我开始挖了？"

越星文无奈扶额："行，挖吧。"

此时，七人都站在标注了"4"的楼梯上面，得到星文的同意后，章小年用挖掘机将"4"和"1"两层楼梯之间的连接点给挖断了。

随着橙黄色的铲斗一铲子下去，众人耳边响起"啪"的清脆声响，像是积木被掰断了一样；紧跟着，又是"轰隆隆"的一阵声音，他们脚下的楼梯居然开始旋转！

越星文立刻提醒："大家站稳！"

众人被晃得东倒西歪，急忙扶住了右侧的楼梯扶手。整个楼梯带着他们逆时针旋转了一百八十度，这才稳稳地停下。

大家面面相觑。

柯少彬小声吐槽道："《哈利·波特》里的魔法城堡？"

秦露怔了怔，道："这楼梯居然会动，看来是有隐藏机关吧？"

他们面前又出现了一段楼梯，跟他们所在的标注了"4"的楼梯连在一起，前方楼梯上并没有"1"的标记。也就是说，原本首尾相接、无限循环的四段楼梯，由于连接点被断开，扭曲的空间恢复正常，"4"的上面连的不再是"1"，而是一段全新的台阶。

越星文往头顶看去，依旧能看到熟悉的玻璃顶棚，身边的场景似乎完全没变，所有的楼梯也长得跟刚才一模一样。

原来不知不觉中，他们已经跟随着楼梯的旋转，来到了另一个空间。

江平策皱眉道："小年，测距。"

章小年立刻拿出激光测距仪，测量了当前所在楼梯跟屋顶的距离，然后惊讶地说道："距离变了，是二十七点五米！"

刚才，他们距离屋顶是三十米。

如今距离顶棚二十七点五米，显然他们往上走了二点五米！

江平策道："看来，我们终于离开了第一层。"

章小年兴奋地道："每层空间都是二点五米高，刚才距离屋顶三十米；假设我们刚才在一层平面，现在距离顶棚二十七点五米，这里就是真正的二层平面了！"

江平策闭上眼睛，在脑海里迅速绘制出了一个立体几何模型。

厘清思路后，他才看向越星文道："我们可以把这栋大楼理解为一个塔状结构——总高三十米、层高二点五米、总共有十二层的高塔；每一层塔都是一个独立的空间，而空间的内部，则是彼此相连的四层循环楼梯；每层塔之间，又由隐藏的机关相互连接。"

柯少彬一边听，一边在电脑里画模型图，很快就画出了一个十二层塔的结构，每层塔又由四段楼梯构成。柯少彬将笔记本电脑屏幕旋转，问江平策："是这个意思吗？"

江平策点头："差不多。"

章小年看向模型图，兴奋地道："这么一看就很清晰。每层塔内部的空间独立计算，我们现在是从一层塔来到了二层塔，这两层塔之间的机关，就是刚才 4 号楼梯和 1 号楼梯的连接处。"他佩服地看向江平策，"师兄，你也懂建筑设计？"

江平策淡淡地道："用立体几何推理，原理是一样的。"

众人凑过去仔细一看，图一画出来，大家顿时觉得眼前的立体迷宫变得直观多了。刚才，他们爬不出去的循环楼梯，其实是十二层塔的第一层空间，而章小年用挖掘机挖开 4 号和 1 号楼梯的连接点后，触发机关，楼梯旋转，使一层空间跟二层空间相连。

那么，二层空间连接三层空间的机关在哪里？

越星文仔细想了想，道："这样吧，卓师兄也按照塔状结构来做标注，现在是二层塔，写成'2–1''2–2''2–3''2–4'，到了三层塔，就写'3–1''3–2'……这样，后面就不会乱套了。"

所有的楼梯长得一模一样，不做标注的话很难区分。越星文说的这种标注方式，确实很直观，大家一看标注就知道自己在第几层平面。

越星文道："师兄你跟我换一下位置，你走前面，方便标注。"

卓峰点了点头，召唤出金色电流，在前方台阶上烧出一个"2–1"的标记。

众人继续往上爬。这里的楼梯跟刚才一样，也是一段楼梯有十三个台阶，向上倾斜四十五度角，垂直总高度二点五米，和之后相连的楼梯夹角为九十度。

他们在爬完 2–1、2–2、2–3 之后，果然回到刚才标注"4"的这一层。

再次遇到彭罗斯阶梯！

卓峰在“4”这层上面，烧出了“2–1”“2–4”。

江平策道：“看来，第四段台阶是一层空间和二层空间的连接点。为了验证结论，小年你再挖断它看看。”

章小年点了点头，将“2–4”和“2–1”之间的连接点挖开。熟悉的轰隆声响起，他们所在的台阶再次开始逆时针旋转一百八十度，然后，眼前出现了熟悉的“1”！

越星文道：“逆时针转一百八十度，再转一百八十度，我们又转回来了？”

章小年用激光测距仪一测，兴奋地说：“距离屋顶三十米，我们确实回到了一层！”

看来，江平策的推论是完全正确的。

越星文笑着拍了拍江平策的肩膀：“塔状结构，每层塔独立计算，亏你想得出来。”

越星文一直都知道，江平策的立体几何很厉害，他的空间想象力不是一般人能比的，就算他不是建筑专业，他也可以通过数据推理、几何建模，分析出这个迷宫的核心设定。越星文心底十分佩服，不由看向江平策道：“接下来，你带队吧，我们就跟着你走了。”

江平策唇角轻扬：“嗯。”

他看向卓峰，道：“麻烦卓师兄把一层的楼梯重新标注一下。”

卓峰将原本烧出来的“2”“3”“4”都修改成“1–2”“1–3”“1–4”，代表这里是一层空间。其中，“1–4”和“2–4”是同一段台阶，也就是机关连接处。

江平策道：“断开机关去二层。”

章小年再次断开连接点，回到刚才的二层空间。

众人往上走了几步，江平策道：“断开‘2–2’和‘2–3’。”

章小年迅速操作，将“2–2”和“2–3”断开之后，他们所在的“2–2”楼梯也开始旋转，这次是顺时针旋转九十度，连到下一层台阶，大家看见了熟悉的“1–2”。

林蔓萝愣了愣：“我们又回到了一层吗？”

江平策道：“断开‘1–4’和‘1–1’，去二层，再断开‘2–3’和‘2–4’。”

章小年听话地按照江平策的指令操作，大家回到二层。章小年断开‘2–3’和‘2–4’的连接点，‘2–3’楼梯旋转之后，大家面前出现了没有标记的新台阶。

这次不用江平策提醒，章小年自觉地用激光测距仪测量了一下当前位置跟屋顶玻璃天窗的距离，然后激动地说：“距离屋顶是二十五米，我们来到了第三层塔！”

众人互相对视一眼，眼中都浮起一丝欣喜。

江平策冷静地总结道：“每层塔由四段首尾相连的彭罗斯阶梯构成，阶梯之间的连接点就是隐藏机关，其中两个连接点通向上一层，两个通向下一层。如果后面的空间也是遵循这样的规律，我们每到新的一层，排除自己所在的台阶，只需要做三选二的选择题，选对了往上爬一层，选错了掉回下层重新走一遍，这个迷宫会变得很简单。”

柯少彬忍不住吐槽：“别人进来估计要转晕了，你居然说很简单。”

越星文笑道：“对平策来说是很简单，他脑子里几何建模都做出来了。”

江平策神色淡漠：“继续走吧。我觉得那位赵设计师做出来的迷宫，应该不会一直遵循同样的规律，连续重复十二次。”

章小年赞同：“我也觉得。目前我们走到三层空间，才花费了十分钟；如果后面的规律都一样的话，我们不到半小时就能出去。”

越星文道：“抓紧时间，继续往上。”

众人继续向上，章小年挖开“3–2”和“3–3”的连接点，楼梯旋转过后，眼前连上了一段新的台阶。走到新台阶再测距，二十二点五米，章小年道：“第四层！”

江平策：“继续。”

按照距离推理，三十米高的大楼，一层二点五米，整栋楼有十二层。目前他们走到第四层，前面四层的规律相同，总不至于一直走到十二层，规律全部相同。

卓峰在前方的台阶上标了个“4–1”的记号。

大家继续往上，刚走几步，耳边传来奇怪的轰隆声响，他们所在的台阶居然从中间忽然断裂！

江平策、章小年为了测距走在最前，卓峰要做标记，跟他俩并肩走在一起，剩下的越星文、柯少彬、秦露和林蔓萝走在后面。大家彼此跟得很紧，前后脚不超过一个台阶。

然而，楼梯就在他们的脚下倏然断开！

越星文一脚踩空惊叫一声，江平策听到声音，几乎是条件反射一样回过头，猛地抓住了越星文的手臂：“小心！”

断裂的台阶让越星文四人脚下一空，急速下坠！

卓峰大喊一声：“蔓萝！”

林蔓萝反应极快，右手忽然伸出，绿色的藤蔓如同灵蛇一样瞬间向上攀升，直接缠住了卓峰的腰部，卓峰抓着藤蔓的另一头将她用力往上拉。林蔓萝身体悬在空中，脸色发白："秦露和小柯掉下去了！"

越星文的整个身体此时也悬在空中，他扭头往身后一看，已经看不见柯少彬和秦露的身影，脚下是密密麻麻的"回"字形楼梯，如同万丈深渊。

他们掉下去会不会摔死？

越星文心头一颤。

江平策脊背紧绷，沉声道："我拉你上来。"

越星文点头："嗯。"

江平策半蹲下来，右手抓着越星文的手，另一只手扶住越星文的肩膀用力往上拽。越星文借着他的力量，手脚并用地爬了上来，坐在楼梯旁边，心惊胆战地喘了口气。

林蔓萝也被卓峰用藤蔓拉了上来。

越星文朝下看了一眼，柯少彬和秦露消失不见，耳边只剩两人摔下去时的尖叫声。越星文急忙在课题组频道打字道："柯少、秦露？还在吗？"

片刻后，柯少彬回复："我们掉回了第一层，我看见了卓师兄画的'1-2'的标记。"

越星文松了口气："人没事就好！"

秦露和柯少彬也吓得不轻，刚才坠落时还以为会摔死，结果只是掉回了一层空间，虚惊一场。柯少彬打字道："还好不是生存类课程，要不然我俩现在就成肉饼了。"

秦露也平静下来："我定位了刚才的位置，要传送过来吗？"

越星文道："回来吧。"

秦露开启"板块运动"，两人果然出现在了楼梯处。林蔓萝的脸色这才缓和了些："刚才楼梯断开得太突然了，我都没来得及拉住你们，你俩没摔伤吧！"

柯少彬笑着说："没事的，师姐。"

这层楼梯已经彻底断开，断裂处的间隙超过两米，他们跳不过来。

秦露问道："我再位移一次？"

林蔓萝："我来吧，你的技能省着点用。"

她说罢便抬起右手，只见连续五条绿色的藤蔓从她手中飞快地蹿出，搭在断裂的楼梯之间，形成一条绿色的藤蔓桥，同时，藤蔓的另一端绑在柯少彬和秦露的腰部，这样两人就不会掉下去了。

林蔓萝道："你们直接走过来，小心一点。"

柯少彬和秦露往前走了几步，对面的卓峰和林蔓萝立刻抓住他们的手，将他们一口气拉了过来。众人再次会合，越星文见两人都没受伤，总算松了一口气，道："吓我一跳。这楼梯真是断得猝不及防。"

江平策低头看向他："你没事吧？"

越星文坐在旁边的台阶上，笑着摇头："没事，虚惊一场。幸好我不是个大胖子，要不然，你可能拉不动我，我反而会把你给拽下去。"

还能开玩笑，看来是真没事。

江平策朝坐在旁边的越星文伸出手，越星文自然地将手递给对方，江平策拉了他一把，让他站稳，这才看向队友们道："从第四层开始，楼梯的规律跟之前不一样了，走到中间很可能会忽然断裂，大家小心脚下。"

越星文总算明白这门课为什么是学分共享模式，人越少越容易过关。假设他们十一个人全部来到迷宫，楼梯的宽度有限，一排最多挤得下三四个人，十一个人就得分成三排，楼梯忽然断裂的时候，队伍会被打散，落入其他层的空间。

而不同层的连接机关都是隐藏的，必须切断楼层才会触发，没有建筑系的挖掘机和地理系的"板块运动"技能，掉下去的队友就上不来了，还得建筑系的队友去接应。

课程要求他们在一个小时内离开大楼，必须所有组员都离开才算过关。一旦建筑系的同学忙于在迷宫内寻找走散的队友，一个小时就远远不够了。

人越少，越难被断裂的楼梯分散。

想到这里，越星文立刻看向林蔓萝，道："师姐，你这藤蔓技能有时间限制吗？"

林蔓萝答道："每次召唤可使用十分钟，目前二级，最多召唤五条二十米长的绿色藤蔓。"

越星文思考了几秒，说道："这样，师姐你召唤出一条藤蔓，所有人用左手抓紧藤蔓，待会儿万一楼梯忽然断裂，有人不小心掉下去，其他同学就可以用藤蔓把他拉上来。"

林蔓萝双眼一亮："好办法！这样一来，大家都连在一起，就不容易被分开了。"

江平策也赞道："不用回头去找掉队的人，能节省很多时间。"

越星文道："师姐最好让藤蔓在大家的手腕绕一圈，以免手滑抓不住。"

卓峰建议道："你把最前端绑在我腰上，我力气大，到时候走在最前面。"

林蔓萝点了点头，右手一抬，立刻召唤出一条长约二十米、婴儿手臂粗细的绿色藤蔓。在她的操控下，藤蔓如同长了眼睛的蛇一样，灵活地在卓峰的腰间缠绕了一圈，然后绕过江平策的手腕，再绕过越星文的左手腕……同学们排队站好，藤蔓在所有人手腕上绕了一圈后，最终绑在了林蔓萝的腰上。

二十米长的藤蔓，刚刚将他们七个人全部连起来。

柯少彬扶了扶眼镜，评价道："这样串在一起，像是七个葫芦娃。"

众人尴尬地笑了笑。

越星文以前跟柯少彬只有在学生会工作上的合作关系，这次一起组队才发现，柯少彬的脑袋里总爱冒出奇奇怪怪的想法。

江平策自动无视他的玩笑，道："继续往上。"

有藤蔓绑着，要掉也是所有人一起掉，大家都安心了很多。

卓峰在眼前的楼梯上烧出个"4–1"的标记。众人连续走过四段楼梯后，又回到刚才楼梯断裂的地方，章小年测了下距离，说："跟楼顶的距离是 22.5 米，我们依旧在第四层空间。"

越星文看向江平策道："规律一样？"

江平策摇头："机关位置应该不一样。我先用坐标系带着大家飞过去，小年挖断楼梯的连接处看看。"

秦露的"板块运动"只能用六次，江平策直接用坐标系让大家飞到对面的楼梯。章小年试着用挖掘机挖开"4–2"和"4–3"的连接点，然而，楼梯并没有变化。

章小年询问般地看向江平策："师兄，会不会从第四层空间开始，隐藏机关不在楼梯和楼梯之间，而是在楼梯的中段？"

江平策点头："有这个可能，忽然断裂的楼梯就是一种暗示。挖开楼梯中间。"

章小年用挖掘机强行切断楼梯中间，让众人惊讶的是，半截楼梯像是忽然拥有了魔法技能一样，笔直地往上飞去！

柯少彬道："步梯变成了电梯吗？"

也不知道飞了多少层，楼梯才在空中停稳，并且跟前方的另外半截衔接在了一起。章小年急忙用激光测距仪测量："距离楼顶十七点五米？！"

江平策算了算，道："我们在第六层空间。"

柯少彬的笔记本电脑里已经做好了模型图，三十米高的大楼被分成了十二层空间，第一层距离屋顶三十米，第二层二十七点五米，第三层二十五米，第四层二十二点五米……依次类推。

他们刚才还在第四层，结果一下子飞跃到了第六层。

越星文道："跳过了第五层吗？"

江平策猜测道："十二层塔，一层到三层遵循一个机关规则，四层开始又是另外的机关规则。这里的楼梯不光会断裂，还会升降。"

柯少彬恍然大悟："也就是说，这个机关迷宫，前三层的机关是楼梯旋转一百八十度跟下一层楼梯相连；从第四层开始，机关变成了楼梯断裂、直线升降。再往后说不定还会变？"

江平策点头："嗯，先继续往上走。"

众人往前走了几步，卓峰刚标注好"6–2"，忽然，脚下又传来奇怪的震动，越星文立刻提醒："大家小心，抓紧藤蔓！"

伴随着"轰隆"的声响，众人脚下的楼梯瞬间裂成两半！

刚才经历过一次忽然坠落的恐惧，这次大家反应极快，几乎是在脚下刚刚震动的那一刻，走在后面的同学就抓着藤蔓急忙往前冲了几步。断裂的楼梯瞬移到远处，他们七人却没有分开，全挤在另一半楼梯上。

柯少彬扶了扶眼镜，道："差点又掉下去。"

越星文松了口气，笑着说："这个迷宫，让我回想起'城市崩塌'那门课。图书馆建筑学院里的建筑，质量全都不过关啊。"

章小年也小声吐槽："整个城市塌方，工地的墙壁里藏着尸体，楼梯动不动就断掉……图书馆的建筑就是来坑人的。"

越星文无奈："走吧，小心脚下。"

众人继续往上。章小年用挖掘机挖断楼梯中间，然而这次断裂的楼梯没有上升，反而失重一般忽然下降，大家急忙抓紧扶手。

等楼梯停稳后，章小年测了一下距离："回到第五层了？"

江平策道："这个空间的机关是楼梯升降，刚才触发了降落机关，继续找吧。"

由于有江平策带队，越星文很安心，哪怕楼梯时而上升，时而降落，整个立体迷宫让人晕头转向，可他相信，江平策的脑子里有清晰的结构图。

只要江平策不慌，越星文便不急——跟着平策走就对了。

事实证明，越星文对江平策的信任并不是盲目的。

江平策确实在脑海里建好了立体几何图形，根据章小年的高度测量，他能瞬间算出当前所在的楼层平面，以及接下来继续往上走的方式。

哪怕是不小心触发了降落机关，掉回更低的楼层，他也能根据惊人的记忆力，找到最快到达高楼层的路径。

"断开'5–3'，降回第四层。"

"再断'4–2'，去第六层。"

"断开'6-3',上第八层。"

周围很安静,只听见江平策平静的指令声。

卓峰标注的楼层编号在江平策的脑海里成了代表机关的一个个符号,随着他平静的指令声,章小年飞快地用挖掘机触发机关。等断裂的楼梯再次跟下一半楼梯相连时,章小年测了测距离,激动地道:"只剩七点五米了!"

整栋楼高三十米,距离楼顶七点五米,说明他们已经身处第十层空间。再走过十一层、十二层,就能出去了。

江平策道:"还剩最后三层,机关可能又会变。"

几乎是他话音刚落,大家所在的那一段楼梯忽然开始飘向空中。

这次楼梯不但是飘移、升降,还会旋转。大家紧张地抓住楼梯的扶手,身体飘在空中,头都要转晕了!

江平策急忙道:"师兄标注,'10-1'。"

楼梯转了一圈后,跟另一段楼梯相连,但只连接了三秒,又自动飘向远处,然后跟下一段楼梯相连,连接时间也是三秒,连一下就离开。

载着他们的楼梯像是飞船一样,反反复复在空中移动。

柯少彬脸色难看:"动态机关?我们要在两段楼梯连上的时候立刻走过去?"

江平策皱着眉思考几秒,然后做出一个大胆的决定:"小年、卓师兄跟我走,其他人原地等。"他看向越星文,"相信我吗?"

越星文笑着拍了拍他的手臂:"废话。快去吧,等你的好消息。"

江平策点了点头,章小年和卓峰已经来到他身边。三个人轻装上阵,在楼梯和另一段连接的时候飞快地跑了过去。随着他们跑过去,那段楼梯在空中移动、旋转,转眼间就消失不见。

柯少彬有些紧张地看着周围飘浮在空中、不断移动的楼梯,说:"这里空间错乱,万一走错了,很可能会迷失吧?"

越星文一脸镇定:"放心,有平策在,迷失不了。"

林蔓萝调侃道:"你就这么相信江平策啊?"

越星文认真地说:"平策的计算能力和空间思维能力,在全国大学生里都是拔尖的水平。要是他都走不出这个迷宫,那这门迷宫课的挂科率会变成100%。"

众人听明白了:这话的意思是,江平策过不去的迷宫,就没有人能过得去。

林蔓萝轻轻笑了笑,说:"他要是听见你这么夸他,应该会很开心。"

越星文笑了笑,看向身边的三人,解释道:"平策带上小年测距,卓师兄写标记，三个人更方便行动，能节省很多时间。大家放心，他找到出口后会给我们路径指示，我们根据他的提示走出去就行了。”

秦露的脑子已经彻底蒙了。周围所有的楼梯都在移动，有的旋转去远处，有的莫名出现在身边，简直像是无数楼梯组成的魔法城堡。而承载着他们的“10–1”楼梯，一直在空中飞来飞去。估计恐高症患者过这个迷宫，要吐出来。

时间一分一秒地过去，三人渐渐有些焦急，只有越星文始终表情轻松——他确实不擅长迷宫和空间推理，但他相信平策能找到出口。

果然，没过多久，江平策就在课题组频道发来消息：“找到出口了。你们走‘10–2’‘11–4’‘11–2’‘12–3’‘12–4’。”

载着他们的楼梯正好跟标注“10–2”的楼梯连上，越星文立刻说：“走！”

三人跟着他飞快地跑了过去。脚下的楼梯又开始在空中旋转移动，越星文目光专注地盯着前方。楼梯在中途连接了两次干扰项，都被越星文无视，直到连上江平策所说的“11–4”，越星文才带着队友们继续冲到下一段楼梯！

三秒的时间，动作一定要快。

连续几次空间转换，载着越星文的楼梯经过一段飞行后，终于连上了标注着“12–4”的楼梯。

越星文看见，江平策正在台阶的那一边等他们。

两人的目光在空中交汇，江平策伸出手，道：“过来。”

楼梯相连的瞬间，越星文立刻伸手过去，江平策握住他的手轻轻一拉，将他拉上了最后一段台阶。林蔓萝、柯少彬和秦露也飞快地跳了过去。

大家看到，台阶的尽头，出现了一扇拱形的门。

那正是迷宫的出口！

江平策带着大家走完最后一段楼梯，推开了楼梯尽头的门。越星文抬眼一看，这里正是楼顶的天台，头顶的天空碧蓝如洗，远处是高楼林立的陌生城市。随着大家走向天台，所有人的眼前同时刷出了课程过关的提示——

课题组：C–183

课程：无尽阶梯

学分：3 分

考核评分：95 分

获得积分：3×95=285 分

课题组加成：C 组积分加成 ×1.5 倍，每人最终获得积分 428 分。

学分共享功能结算：

辛言、秦淼、刘照青、许亦深获得学分 3 分，获得共享积分 428 分。

该课程挂科率：45%

眼前画面一闪，几个人又回到了图书馆的空教室内。

没有参加考试的四位队友正在教室里等大家。刘照青快步迎上来道："我们也看到了过关信息，辛苦了。躺赢的感觉真好！"

许亦深问："这次阶梯迷宫跟素数迷宫相比，难吗？"

江平策道："阶梯迷宫计算量不多，但空间更复杂，难度略高。"

秦淼走过来问双胞胎妹妹："过程还顺利吧？"

秦露一脸茫然地道："我到现在也没搞懂迷宫的结构，反正走着走着就出来了。"

林蔓萝笑着说："我也没明白最后的三层是怎么过的。"

章小年认真地解释道："最后三层的空间完全错乱，所有楼梯都在移动、旋转，看上去像同一个平面，其实，每当楼梯和下一段楼梯相连的时候，就有可能进入另一个空间。我们通过测量楼梯和屋顶的距离来确定当前是第几层，让卓师兄做好标记。"

卓峰道："没错，做完标记后，按平策的方法走了五次，就从十层来到了十二层，找到了通往天台的门。我都快走晕了。如果没有空间想象能力强的同学带着，确实很难通过这个迷宫，团队里必须有个立体几何特别好的人带队。"

越星文拍了拍江平策的肩膀："辛苦了。费了不少脑细胞吧？"

江平策淡淡道："还好。"

越星文笑着看向大家："好消息是，我们终于通过了三楼的建筑学院！"

周围响起同学们兴奋的掌声。

短短两天时间，考完三门必修课程，他们这个团队确实效率一流，所有的课程都是一次过，不但没挂科，还拿到了很高的分数。

卓峰问道："明天直接去四楼吗？"

越星文道："嗯，周三到周五，还有三天时间，我们可以再过一个学院。"

按照这样的速度，一周通过两个学院，估计还要一个月左右的时间，他们就能离开图书馆，回到现实世界了。大家虽然嘴上不说，可心里都盼着快点从这个地方毕业。

卓峰道："京市大学喻明羽的团队已经去四楼了，四楼是生命科学学院。"

许亦深眯起眼睛："生命科学学院？课程难吗？"

卓峰道:“他们之前是四人队，一直在招募人手扩充队伍，想升到十二人的课题组之后再去考试。他们还没考，具体是什么内容目前也不清楚。”

京市大学那个团队全是理科生，进度一直停在四楼，喻师兄肯定会招募一些文科的队友再继续往后刷课。由于三级课题组会开放“X 组员”和“学分共享”功能，直接升到三级课题组，会更加方便。

越星文关心地问:“喻师兄那组满人了吗？”

卓峰道:“嗯，昨晚给我发消息说，终于凑满十二个人了。他们找了不少文科的，今天才去考试，进度跟我们差不多。”

越星文仔细想了想，道:“我们要不要再招募一位队员？”

第二章

新队友

十二人的课题组，还差一个人满员。

江平策道："我觉得可以再招一个文科专业的女生。"

越星文正好跟他想到一起去了："蔓萝师姐的四人间宿舍不是正好空一个位置吗？再招一个文科专业的女生过来，搬去师姐的宿舍，我们十二个人的团队就齐全了。"

目前，刘照青、许亦深、卓峰和章小年住 F-930 四人间，辛言和柯少彬、越星文和江平策住双人间，再招个男生进来，宿舍不好分配。

正好女生那边是三个人，空了一个床位，他们团队文科的力量也比较薄弱，招募一位文科女生是最好的选择。

大家听到这里，纷纷点头表示同意。

林蔓萝说："我们宿舍很融洽，再招个女生，可以睡我旁边的那张床。"

秦露说道："我也觉得十二个人比较好。很多课程的考场人数限制是十二人，我们课题组满员，以后就不用担心匹配到不认识的同学了。"

卓峰看向越星文："星文，你偏向于找什么专业的队友？"

越星文仔细想了想，道："从科目的全面性来看，我们目前的配置，物理、化学、生物都齐了，语文、数学、历史、地理也有，还差外语和政治。"

高中的基础科目就是比较全面的学科，语数外、理化生、政史地，大学专业都是从高中九科延伸、细化的。例如，医学需要生物、化学基础；建筑需要数学、物理基础；经济、法律这些专业，都要政治基础比较好的学生。

越星文看向大家："如果从外语和政法中找，大家喜欢什么专业的？"

江平策道："我个人推荐政法专业。"

越星文也是这么想的，点点头道："我们团队的外语实力其实不弱。许师兄是混血儿，母亲是欧洲人，应该会一门外语吧？"

许亦深笑道："我会两门，法语和德语，日常对话都没问题。"

卓峰竖起大拇指："你这是深藏不露啊！"

许亦深眯起眼睛摆摆手："哪里哪里，我从来不藏的，是你们没问过。"

还真不谦虚！

外语学院的语种太多，有日语、韩语、法语、德语、俄语等。他们即便找个外语系的队友，也不可能找到精通七八种语言的全能型人才。

外语系是什么技能目前还不清楚，但图书馆的专业技能多得数不清，整体上也就控制类、攻击类、位移类。他们目前的团队技能搭配已经比较全面，只要后期能过外语学院的课程就足够了。

越星文道："许师兄可以算作半个外语系的，我和平策、卓师兄、蔓姐、柯少都过了英语六级。大家还有会别的语言的吗？"

柯少彬举手道："我会一些日语。"

辛言有些意外地看向他："你什么时候学会日语的？"

柯少彬认真解释："平时经常看日本热血动漫，报日语学习班学了两年。"他有些不好意思地低下头，"就日常对话还可以，太复杂的话我也听不懂。"

越星文看向几个还没表态的人："其他人呢？"

刘照青道："英语六级，研究生都要过的。"

辛言说："六级。"

秦露道："我跟姐姐过了四级，准备毕业之前考六级。"

章小年惭愧地低下头："我今年才报四级，还没来得及考试，就被拉进了图书馆。"

许亦深道："小师弟大一就能考四级，已经很厉害了。"

卓峰忍不住感慨："全员英语四级，半数以上六级水平，还有会法语、德语、日语的，看来，不需要专门找外语学院的队友了。"

越星文道："图书馆中，后面的楼层如果出现外语学院，必修课应该有一门是英语，其他小语种的课到时候可以找 X 组员帮忙。固定队友不如找一位政法系的。"

江平策看向他，问道："你想通过论坛招募，还是找熟人推荐？"

卓峰建议道："我觉得熟人推荐会比较靠谱。论坛招募的话，星文和平策的人气太高了，迷弟迷妹多得数不清，报名的人估计会挤破头。"

由于越星文在论坛上发了不少攻略，江平策的"素数迷宫"攻略帖也在首页飘着，待会儿回去后还得整理"无尽阶梯"的攻略。一旦两位学霸带队的 C-183 课题组招募组员的消息放出去，必定会有大量学生蜂拥而至，到时候不好筛选，选不上的话还会得罪人。

所以，招募组员不能动静太大，最好私下找。

越星文想了想，道："你们觉得找华安大学政法系的校友好，还是从外校找？"

目前的团队只有地理规划专业的秦露来自南阳交大，南阳交大也是全国前十的重点大学。她加入团队，是因为她跟着姐姐走。其他的十个人，全是华安大学的。

林蔓萝建议道："说起政法，最厉害的就是北江政法大学。咱们学校的法学院虽然不弱，但比起北江政法还是差一些。要不，我跟沐云说说，让她推荐？"

陈沐云，北江政法大学学生会主席，为数不多的女主席之一，曾经在辩论赛跟越星文交过手，这次《图书馆学生公约》也是由她起草的。

高校联合会议结束后，林蔓萝和陈沐云私下一直保持着联系。她推荐的同学肯定不会弱，越星文干脆地点头："那就麻烦师姐让陈沐云推荐一位。他们学校政法专业人才济济，我估计，她们团队也挤不下那么多政法专业的人。"

林蔓萝："行，我回去之后马上联系。"

回到宿舍后，林蔓萝就发了论坛消息给陈沐云："沐云，我们课题组十一个人，还差一位，星文想找个政法专业的队友，你那边有没有合适的人选，帮忙推荐一位女生？"

陈沐云很快回复："法学专业的行吗？我这边法学的女生真是太多了！"

林蔓萝："行，我们就要法律的。"

陈沐云道："等我问一下她愿不愿意过去，再给你们答复。"

回到宿舍后，见时间还早，江平策就开始自觉地整理"无尽阶梯"的攻略。

当初他写的"素数迷宫"攻略，让很多同学深受启发，一些同学通过考试后，还专门回帖感谢他的帮助，那个帖子现在还飘在首页。

第一次写攻略，是越星文主动提出来的，江平策是看在星文的面子上才写了"素数迷宫"的通关方法发到论坛上。但是这次，不用越星文提醒，江平策就主动整理好了过关的思路，还发给越星文看了一遍。

越星文有些意外："这么快就整理好了？我刚想跟你说这件事来着。"

江平策道："顺手画了个图，你觉得能看懂吗？"

越星文凑过来仔细看了看。

他画的立体几何图形非常直观，将十二层的迷宫分成了三部分来讲述：第一部分的彭罗斯阶梯，第二部分的楼梯升降规律，第三部分的空间扭曲连接。

江平策的解释清晰明了，哪怕是文科生也能看个大概。

空间思维好的同学一看就能明白过关思路。其实，这门课跟魔法城堡还有游戏里的机关迷宫差不多，将所有标注的楼梯当成机关按钮，记住按钮的顺序就行。

越星文竖起大拇指：“不错，就这样发上去吧！”

江平策将编辑好的帖子发到论坛。

中午正好是同学们考完试休息的时间，不到五分钟，回帖就过千了，很多人留言表示感谢，这份攻略确实解了大部分团队的燃眉之急。

华安大学数学学院的一位同学留言——

真不敢相信，我居然能看见江平策学长发的攻略帖，还发了两门课！以前在数学学院都没人敢找他借资料，他这是转性了吗？

有人弱弱地回复道——

我怀疑，他是被越星文学长给影响了。他俩在学校的时候关系就特别好，经常一起上自习，现在又在同一个课题组。星文学长发攻略非常积极，平策学长也就跟着一起发了，我猜得对吗？

江平策看见这条留言，顺手回复道——

把“怀疑”去掉，你猜得对。

被回复的同学激动地发了一排“啊啊啊啊”，并且当场告白——

江学长，我是你跟越学长的粉丝，你俩真的太帅了！如果有一天能顺利回到华安大学，我天天给你俩点奶茶！

越星文忍着笑回复——

不用了师妹，我怕天天喝奶茶，会高血糖。

被两位学长同时回复，师妹开心得想出门去跑圈，激动地道——

拜学霸，保佑我下门课顺利过关！

紧随其后，又出现大量“拜学霸”的跟帖。

两位传说中的“攻略组学霸”居然同时出现在了论坛，很多师弟师妹纷纷拥上去跟男神告白——能在这样艰难的环境下分享自己的考试经验，他们确实帮助了很多人。对他们来说，写个攻略轻而易举，但对很多挣扎在挂科边缘的同学来说，这是救命稻草。

没人逼着他们发攻略，这是他们自发的行动，不收取任何报酬。在越星文看来，作为率先过关的学长，给师弟师妹们一份力所能及的助力也是应该的。

午饭时间到了，越星文在课题组频道发去一条消息：“大家先去吃饭吧，老地方集合。”

中午 12 点 30 分，众人来到学生第一食堂门口集合。

让越星文意外的是，北江政法大学的陈沐云居然也在食堂门口，似乎在等人。

她一头乌黑的披肩长发，看似温柔淑女，实则口齿伶俐、精明能干，否则也无法成为学生会的主席。越星文在辩论会上跟她数次交手，私下并没有留联系方式，但彼此见面也会礼貌地打招呼：“沐云姐，真巧。”

陈沐云笑道：“不是巧合，我特意在这里等你们的。”

越星文怔了怔：“你在等我们？”

很快，林蔓萝也走了过来，解释道：“是这样的，沐云说，她这边法律专业的同学有点多，团队正好挤不下，会帮我们推荐一个。”她看向陈沐云：“怎么样，你说的那位同学，愿意加入我们队伍吗？”

陈沐云点头：“嗯，我跟她说了之后，她听说是星文、平策带队的课题组，激动坏了。她待会儿就过来，先跟大家认识一下，你们看看合不合适吧。她是我们学校法学专业的，精通律法，年年拿奖学金，是非常全能的学霸。”

林蔓萝笑着调侃：“这么优秀的队友，你舍得推给我们啊？”

陈沐云头疼道：“我这边法学专业的太多了，目前，队里还有一位法学院师兄，加上我跟她，三个法学专业的，我正愁没法安排呢！你们缺文科生的话，让她去你们团队再好不过。以后，我们两支队伍也可以建立合作关系，必要的时候，交换 X 队员也挺好的。”

三个法学专业的确实有点多，后期的课程会不太好过。越星文好奇地问道：“沐云姐，你的团队是已经组好了吗？”

陈沐云解释道：“我们北江政法和滨江师大合作建立课题组，我跟秦朗同时招募队员，报名的人很多，筛选了两天，名单也是今天上午才刚刚确认的，都是按照多学科搭配、技能全面的原则来选人的。”

越星文赞同：“多学科肯定是大趋势，图书馆的技能其实就那么几类，关键还是不同专业的思维和知识面，在考试当中很可能会用到。”

江平策问：“你们最终确认的名单，都是什么专业？”

陈沐云道：“我们团队有哲学、翻译、历史、法学、数学统计、应用物理、应用化学、生命科学、机械工程，还加了一个美术生和一个音乐生，是从师大那边挖来的。”

越星文道：“那还挺全面的。我们团队倒是没有加艺术生。”

正聊着，不远处忽然传来一个温柔的声音：“沐云，我没迟到吧？”

众人随着声音传来的方向回过头，只见一个身材娇小的女生朝这边快步走了过来。

她一身宝蓝色的连衣裙，脚上踩着白色高跟鞋，一头栗色的大卷发披在脑后，头发上还别了个发夹，很精致、漂亮的女孩，打扮得就像个小公主；走路时，高跟鞋在地板上发出嗒嗒的声音，仪态端庄，如同在走 T 台。

林蔓萝、秦淼和秦露为了方便行动，都穿的是运动装。在图书馆这种地方，他们很久没看见穿高跟鞋、连衣裙的女生了。

越星文见她笑容满面地朝这边走过来，一时有点茫然。

刘照青大大咧咧地问陈沐云：“这位小师妹，就是你说的那位法学院的同学？”

卷发女生笑容很甜，抬头看向他时，说出的话却让人惊讶：“你应该叫我师姐。”

刘照青看了眼身高只到自己胸口的小女生，忍着笑摸了摸鼻子：“师妹你别开玩笑了。我研究生二年级了，你今年也就大二、大三？”

卷发女生笑着说：“我研三，比你高一级。”

刘照青的笑容倏地僵在脸上——面前的女生身材娇小，就连秦露、秦淼这对双胞胎都比她高出了半个头，而且是她穿着高跟鞋的前提下。

她的五官也很可爱，一看就是小萝莉的那种……师姐？叫不出口啊！

陈沐云对她的态度相当尊敬，急忙介绍道：“忘了说，蓝师姐是我们政法大学法学院院长的关门弟子，研三，快要毕业了，已经过了司法考试，比我厉害多了。”

卷发女生笑容亲切：“哪里哪里，沐云你太谦虚了。”

过了司法考试？对学法律的同学来说，司法考试就是噩梦，这可是国内最难考的专业类考试之一。面前的妹子看着是个小萝莉，没想到这么厉害。

女生微笑着伸出手："星文，久仰大名，我叫蓝亚蓉。"

越星文礼貌地伸手跟她握了握："蓝师姐好。"

江平策不喜欢跟人握手，只朝她点了一下头打过招呼。

林蔓萝很快就接受了对方是师姐的事实，大方地道："蓝师姐愿意加入我们团队？"

蓝亚蓉笑得很甜："当然。具体情况沐云已经跟我说过了，我们这边法学专业的太多，你们缺法学，愿意接纳我的话，我当然很高兴能加入你们。以后还请多多指教。"

蓝亚蓉长得小巧玲珑，笑起来脸上还有酒窝，明明是可爱小师妹的形象，居然成了整个团队年龄最大的师姐？！研究生三年级，光看脸确实不敢相信。

女生们倒是很快融洽起来，秦露主动向前一步，说道："蓝姐，方便的话要不要搬过来跟我们一起住？我们宿舍空一个床位。"

蓝亚蓉道："好啊，我正愁没人聊天。今天下午就搬过去行吗？"

林蔓萝干脆地说："吃过午饭，我们去帮你搬行李。"

秦淼淡淡地道："洗漱用品得你自己带，我们都是各买各的。"

蓝亚蓉："没问题。宿舍有空衣柜吗？"

秦淼道："有的，每人一个衣柜。"

四个女生各有特色，看上去相处融洽，男生们也没什么好说的。女生们的友谊就是这么奇怪，第一次见面就很投缘，居然已经聊起了图书馆的洗发水什么牌子好用。

许亦深在旁边轻笑："刘师兄，叫她师姐，你叫得出口吗？"

刘照青苦笑："还能怎么办，人家比我高一届！"

蓝亚蓉作为个子最矮、资历最老的组员，正式申请加入团队，越星文这边按下"同意"，课题组频道弹出消息——

蓝亚蓉同学加入课题组。

林蔓萝主动发起欢迎："欢迎蓝姐。"

几个妹子排队欢迎，其他人也礼貌性地附和。

卓峰低声在越星文耳边问："直接同意？不需要考察一下吗？"

越星文道："她过了司法考试，专业素质肯定比大部分法学本科生要强得多；至于性格……她们四个女生能相处好就行了，我看蔓萝师姐很喜欢她。"

卓峰无奈扶额："蔓萝自己是女强人的个性，确实喜欢可爱型的妹子，但我觉得，这个蓝师姐只是表面可爱，实际肯定是个狠人。"

越星文道："狠人更好，以后的课还要她出力。四个女生住一起不闹矛盾就行。"

卓峰点头："也是。"

大家吃过午饭，越星文说道："这段时间攒了不少积分，午饭回去后，大家好好睡一觉，下午 2 点 30 分，各自去资料库升级技能吧。"他看向蓝亚蓉，微笑着说，"欢迎蓝师姐加入团队。这次技能升级后，我们在课题组中心演练一下，大家彼此也多能一些了解。"

蓝亚蓉道："没问题，既然加入了团队，我会听指挥的。"

越星文点了点头，道："那就下午 3 点，课题组中心训练室见！"

越星文、江平策、刘照青和柯少彬是 C–183 课题组的初始队员，为了尽快跟大家组队，四个人在数学学院两门课获得的积分，每人拿出了 1250 分，凑够 5000 分将课题组一口气升到了三级，四个人手里只剩下不到 200 积分，一直不够升级技能。

如今在建筑学院考完了三门课，其中"城市崩塌"428 分，"工地之谜"570 分，"无尽阶梯"428 分，总共 1426 分，加上之前剩余的积分，越星文手里目前超过 1600 积分，升级技能绰绰有余。

中午回去睡了一觉，下午 2 点 30 分，越星文和江平策听见闹铃响，一同起床，洗了把脸便并肩搭乘电梯来到负一楼的图书馆资料库。

越星文说："我打算先把成语词典升到三级，如果有多余的积分，再换一本别的资料书。你呢？"

江平策道："我先把坐标系升到三级，有多余的积分再换个工具。"

越星文好奇道："你们数学学院都有什么工具？"

江平策道："绘图用的三角尺、直尺、圆规，珠算用的算盘，各种立体几何图形，数列公式，等等，挺多的，我仔细看一下再换吧。"

越星文笑道："好，那我们待会儿在课题组中心见。"

电梯叮的一声停在了负一楼，耳边响起熟悉的机械音："欢迎来到图书馆负一楼，资料中心。"

走出电梯后，面前的场景忽然变幻，越星文扭头一看，身旁的江平策已经消失不见了，他的眼前又是最初来到图书馆时的宽阔大厅。

四面墙的实木书架上摆满了各种各样的书籍，拱形大厅的中央垂着直径超过一米的大型水晶吊灯，温柔的灯光洒在干净的大理石地板上，光影交错，如同梦境。

越星文揉了揉眼睛，道："导师在吗？我要升级词典。"

熟悉的女性机械音在耳边响起："欢迎越星文同学。中文系技能书《成语词典》，从二级升到三级需要消耗的积分是500分，是否确认升级？"

当初从一级升到二级只要300分，如今升三级要500分？看来，技能越高需要的积分就会越多。这个设定越星文倒是能接受，他点头道："确认。"

话音刚落，《成语词典》就在神秘力量的召唤下从他手心飞出，飘浮到了大厅的中央，然后，一束耀眼的金色光芒从屋顶投射下来，笼罩住了词典。

过了三秒，光芒消失，耳边响起熟悉的系统导师的声音："恭喜，你的《成语词典》已成功升到三级。"

越星文伸出右手，词典乖乖回到他手上。他快速翻开一看——"五体投地""七上八下"依旧没有变化。

金蝉脱壳：

当自己被控制或被包围时，可用于解除控制，并移动到20米内的指定地点。

技能升级三级（已满级），对课题组全体组员有效，可让全体组员解除一切控制，并移动到100米以内的任意指定地点。冷却时间12小时。

之前二级的"金蝉脱壳"最多带队友移动二十米，三级居然能移动一百米，距离的提升十分显著，而且冷却时间也从二十四小时变成了十二小时。

越星文继续往后翻——

风驰电掣：

形容行动非常迅速。

技能升级三级（已满级），使用技能后，课题组全体成员移动速度提高500%，持续时间30分钟。冷却时间1小时。

全团加速五分钟直接变成了三十分钟，提升不是一般的大！

上次在"定向越野"课程中为了赶路，越星文开加速，但每次只能加速五分钟，断断续续的，并不好用。如果当时能持续加速三十分钟，他们只需要一两个小时就可以到达终点。以后不管是做任务赶时间还是危急关头逃命，全团三十分钟的加速，使用起来都会非常方便。

暴雨如注：

暴雨如同从天空中往下浇灌。

技能升级三级（已满级），可立刻画出一片 30 米 ×30 米的正方形区域，形成倾盆暴雨。

暴雨无法直接伤人，但可以作为引导媒介。三级后，形成的暴雨可根据使用者的指令，朝指定的方向移动。

越星文双眼一亮——之前的暴雨是一百平方米，位置固定；满级后，是九百平方米的大范围暴雨，并且能移动！

这样一来，他的暴雨不管是跟辛言配合变酸雨、跟卓师兄配合变雷电雨，还是跟刘师兄配合变刀子雨，加上能大范围的移动，简直就是杀怪的利器，遇到蜘蛛之类的小怪，能直接清场！

越星文激动地往后翻，词典升级后，又出现了两个新的成语——

水漫金山：

大水淹没金山寺，为古代神话故事《白蛇传》中的一段情节。

三级成语技能。

可召唤大水，淹没指定 100 平方米的区域。冷却时间 24 小时。

燎原烈火：

大火在原野上燃烧，使人无法接近。

三级成语技能。

可召唤烈火，瞬间点燃 100 平方米区域内的一切可燃物。冷却时间 24 小时。

再往后是空白的页面。

越星文仔细看了看新出现的技能，心情越发激动。

这次升级让词典的技能得到了全面的提升，不但“金蝉脱壳”“风驰电掣”“暴雨如注”这三个技能有了质的飞跃，还出现了“水漫金山”“燎原烈火”两个超级厉害的群体攻击技能。

大范围的水淹、火烧，这一刻，越星文才深切地体会到，中文系的词典，真是当之无愧的图书馆“魔法词典”！之前拿词典去砸人，真是太委屈它了。

越星文伸出手，轻轻摸了摸材质很好的硬壳封面，将词典收回了手心，问道：“我的词典继续升四级，需要多少积分？”

系统导师：“从三级升四级需要 800 积分。”

越星文拿着 1600 分来到资料中心，刚花掉 500 分，还剩下 1100 分，继续把词典升到四级的话积分是足够的，但他想起当初在客栈遇见的中文系师妹手里拿着的《标点符号大全》，忍不住道：“我能兑换一本别的资料书吗？”

只有一本词典，还是太过局限，万一对面有秦淼“杯酒释兵权”之类的大招，直接把他的词典给弄走了，他不就没有技能了？

系统导师：“当然可以。兑换不同资料书，所需的积分不同。你可以从书架上挑选心仪的书籍。”

越星文走到书架前方。

由于他提出了“兑换资料书”的要求，所有书籍的侧面都出现了类似超市标价一样的“积分标价”。

他一眼就看见摆在最中间的《标点符号大全》，这本书所需积分是 1200 分。他之前见过那位师妹用逗号、句号、省略号，还挺好玩的，可惜积分差了一点，不够换。要不换别的书看看？

越星文目光扫过书架。中文系的资料库堪比图书馆的文献库，各类古籍非常齐全，还有大量现代、当代作家的个人文集，光是一套名人文集，就摆了一排十几册，想要整套全部换下来高达 5000 积分，估计只有作家的死忠粉才会攒那么多积分去换全集。

其他作家的全集需要的积分也很高，例如，《张爱玲全集》要 3000 分。古籍当中最为夸张的，居然要 8000 分。

越星文将超过 1100 分的书全部略过，专门找一些便宜的书籍。

他走到书架拐角处，忽然，他的目光停留在《现代作家经典文选》这本比较薄的书上面——现代作家一般是指从 1919 年五四运动到 1949 年新中国成立这一期间活跃在文坛上的作家，这段时期的文坛人才辈出，代表作家有鲁迅、巴金、沈从文、张爱玲、朱自清等。

这种文选类的书越星文也曾看过，虽然不如作家全集那样能全面、彻底地展示某一位作家的创作，但经典文选涵盖的作品范围更广，并且风格多样，一本书中，会出现多位作家的代表作，更适合作为技能书来使用。

最关键的是，兑换这本书只需要 1100 分！

越星文双眼一亮，立刻说道：“我要换这本书。”

他伸出手将这本书从书架上拿下来，耳边立刻传来提示：“越星文同学，确定扣除 1100 积分，获得新资料书《现代作家经典文选》？”

越星文道：“确定！”

机械音：“兑换成功。”

他右手的掌心里，除了成语词典的图标之外，又出现了一个新的书籍图标。

越星文激动地翻开这本书——

现代作家经典文选

出版单位：图书馆

技能书限定：中文系学生

技能书等级：一级（可用积分升级）

已解锁文章如下——

翻开第一页，满满一页黑色小字居然是朱自清的散文《背影》全文。

越星文飞快地扫过这篇文章，往后翻一页，发现字体被加粗，并且出现了新的技能。

我说道：“爸爸，你走吧。”

他往车外看了看，说：“我买几个橘子去。你就在此地，不要走动。”

——朱自清《背影》节选

技能：背影

使用技能时，对着指定目标念出“我买几个橘子去。你就在此地，不要走动”，让指定目标原地等待你买橘子，除非你将橘子递给他，否则，他只能默默望着你的背影，不能动弹，持续时间 5 分钟。

支配技能，无法解除，并且被支配期间无法被任何人攻击。

使用技能，你可以获得一个橘子。

限定技能，每次课程考试中，只能使用一次。

朱自清的《背影》这篇散文，写的是朱自清的父亲送朱自清去火车站的场景。只是后来，有人由此衍生出了一种调侃。网上流传的“橘子梗”就是出自《背影》这篇散文。

越星文怎么也没想到，自己换的《现代作家经典文选》居然会出现“背影”

的技能！说出这段话，获得一个橘子，被指定的人必须看着他的背影长达 5 分钟不能动。

支配技能，越星文第一次接触到这种描述。

跟普通控制技能不同，支配技能无法被解除，也就是说，对于被“背影”支配的目标，“金蝉脱壳”之类的解控技能也没有用，除非越星文把橘子给对方。

忽略奇怪的描述，这真是一个非常强大的单体控制技能！

遇到打不过的，直接说“我买几个橘子去……”，然后让对方暂停，看着自己的背影，等大家准备好之后再回头把橘子给他；当队友遭遇危险，也可以说“我买几个橘子去……”，让队友原地不动五分钟，免受一切攻击。

这相当于按下了暂停键，被支配的人五分钟不能动，并且不受攻击。

越星文揉了揉太阳穴——图书馆的技能真是越来越怪异了！

他总觉得，兑换了这本奇怪的书后，他们团队的画风会渐渐往“搞笑团队”发展。

目前，这本新的资料书只出现了朱自清的《背影》，是难得一见的支配技能。他很期待，以后升级了这本书，还会出现哪些大作家的代表作。

升级完技能后，越星文乘坐电梯来到负二楼的课题组中心。课题组频道正好弹出江平策发来的消息：“我用团队积分开了间训练室，负二楼 4 号训练室，密码 7564。”

越星文输入密码进入训练室时，空旷的室内只有江平策一人。很快，其他队友也先后走了进来，刚升级完技能，大家的神色都很是兴奋。

下午 3 点，十二个人到齐。

为免学生使用技能造成人员伤亡，图书馆的公共区域禁用技能，只有在负二楼花积分开启的课题组训练室内，使用技能才不受限制。这回的课题组成员比较多，因此江平策申请的训练室比上次林师姐申请的面积大了三倍，层高超过十米，十分宽敞明亮。

训练室周围摆放着不少篮球、羽毛球作为练习道具。越星文见大家到齐，便拍了拍手，笑道：“好了，大家按顺序展示一下自己的技能，柯少负责记录。”

柯少彬打开笔记本电脑，手脚麻利地新建了一个表格，将所有人的姓名输入进去，清楚记录各人的技能效果、作用时间、冷却时间，这样看起来就会非常直观。

众人互相对视：“谁先啊？”

卓峰干脆地道：“我先来吧。”

他上前一步，右手轻轻抬起，只见一股金色的电流从他手心里倏地蹿出，噼里啪啦地包裹住他指向的几只羽毛球，然后，电流像串糖葫芦一样，将所有羽毛球串成了一长串！

越星文双眼一亮："卓师兄解锁了串联电路？"

卓峰点点头，紧跟着，右手五指一分，那些羽毛球像是被什么力量驱使，肩并肩排成五列队，并瞬间烧成了黑炭。

卓峰收回手道："三级电流，解锁了串联电路和并联电路。"

串联电路，如果敌人有很多人聚在一起，卓峰就可以用电流像串葫芦一样串起一大堆目标，造成连锁伤害；并联电路则是溅射伤害，从一个目标飞溅到周围的目标，单体攻击变成群攻。

越星文竖起大拇指："师兄的电流满级了吗？"

卓峰道："嗯。另外，我还在物理系的其他技能中选了重力，能跟平策配合。"

越星文扭头看向江平策："坐标系搭配重力，试试？"

江平策右手伸出，坐标系的公式让连续五个篮球瞬间浮空，并且做起了规律的正弦曲线运动；卓峰的右手拇指忽然比了个向下的手势，只见所有飘在空中的球，被重力影响，强制落地，啪的一声直接摔破！

周围的同学齐齐惊叹。柯少彬激动地道："平策送目标上天，卓师兄再用重力强制目标落地，这样就能把目标直接摔碎？！"

越星文道："那我的'七上八下'，是不是也能跟师兄配合？"

他翻开成语词典，用"七上八下"技能让七个篮球浮空，卓峰紧跟着使用重力，浮空的篮球同样瞬间落地并且摔烂！

重力的瞬间作用力确实很强。

卓峰笑道："所有让目标浮空的技能，搭配重力，都能做到秒杀敌人。"

卓峰选技能的时候，显然考虑到了队友们的技能配合。他没选光、磁、弹簧等其他物理系技能，先选了重力，正好可以跟越星文、江平策的浮空类技能完美组合。

越星文赞道："太好了，浮空加重力，组合技，秒杀目标会非常干脆！"

卓峰回头道："蔓萝，该你了。"

林蔓萝紧跟着说："我的藤蔓升到三级，可以放出一百米的长藤，用来攀爬，并且能同时放出十二条。另外，我还选了个新技能。"

越星文注意到她的右手掌心里出现了一棵树苗的图形。随着林蔓萝摊开手心，一棵树苗忽然出现在前方的地面上，以惊人的速度飞快地长大，不出五秒就变成一棵参天绿树。

绿树的树干直径超过一米，两个人手拉手才能环抱住它。大树枝叶茂密，绿叶在光线的照射下青翠欲滴，纯天然的绿荫绝对是夏天乘凉的好去处。

柯少彬从笔记本后面抬起头来，疑惑道：“师姐种的这棵树有什么作用？乘凉吗？”

林蔓萝笑道：“肯定不是乘凉啊！它有范围净化的作用，包括净化空气，提升空气质量，驱散雾霾、沙尘暴等功能。”

净化空气？不愧是环境学院的技能。越星文忽然想到一件事：“驱散雾霾？我记得公共选修课的时候遇见过一个大气科学专业的男生，他可以释放雾霾造成大范围的失明。”

辛言也想起这件事，道：“没错，他当时在我的团队，是临时队友。”

柯少彬一边飞快输入，一边激动地道：“这么说，师姐的绿树可以净化一切因气候引起的环境污染？大气科学专业的技能遇到这棵树就会被克制？另外，以后空气中有毒雾、瘴气的时候，师姐召唤这棵净化之树，我们就能呼吸到新鲜空气了？”

众人纷纷深吸几口气，果然，林蔓萝种了树之后，周围的空气都清新许多。

林蔓萝收回手，干脆地说：“我目前就这两个技能。藤蔓可以捆绑、控制，或者搭桥、救人；绿树的净化功能可以保证大家在恶劣的气候条件下有新鲜空气。”

越星文点了点头，看向许亦深。

许亦深习惯性地眯起眼睛，道：“我的‘有丝分裂’能分裂成五个，再多了控制不住，我就没往上升级。换了个新技能，目前升到三级。”

他伸出右手，然后就在大家的注视中消失不见了。

越星文环顾四周：“隐身了吗？”

一个带着笑的声音从越星文肩膀处传来：“我在这儿呢。”

越星文扭头一看，只见一颗樱桃大小的圆球状东西正粘在自己的肩头。越星文将它拿了下来，捧在手心里仔细观察。

里面传来许亦深的声音：“我变成了一个细胞。”

越星文哭笑不得：“你们生命科学学院又是分裂又是变细胞，最佳逃命学院？”

许亦深躲在樱桃大小的细胞当中，道：“生命科学学院的定位技能类似于游戏里的‘刺客’。以后遇到解谜类课程，我可以当人体窃听器，变成细胞粘在嫌疑人身上。”

大家好奇地走过来围观许师兄变成的细胞，越星文忍住想把这个细胞戳破的冲动，道：“你这样躲在细胞里面，确实很难被发现啊。”

柯少彬道：“许师兄变的细胞，很像是一颗橡皮糖。”

辛言面无表情：“你真是爱吃甜食，这都能联想到糖。”

许亦深急忙变回原形，后退几步，笑道：“我要离小柯远一点，不然以后我变成细胞，他把我吃了可怎么办？”

众人一阵哄笑。

柯少彬耳根发红，小声辩解：“我就是打了个比方，没想真的吃你。”

越星文看向他道：“小柯，你的机器人升级了吗？”

柯少彬召唤出他的机器人小图——比起之前，小图又长大了很多，现在身高都到柯少彬的腰部了，仿佛柯少彬领着一个小朋友。

柯少彬介绍道：“我把小图升到了四级，除之前的导航和雷达侦查之外，它还增加了拍摄、录音、监控功能，并且能释放激光……”

柯少彬摸了摸小图的脑袋，道：“小图，唱第三首歌。”

话音刚落，小图的脑门上就亮起了红灯，嘴里唱着“一闪一闪亮晶晶，满天都是小星星……”，每唱一个字，它脑门上的灯就闪烁一下，并且射出一道红色激光，地上的篮球随即被激光戳出了一个接一个的窟窿！

柯少彬开心地道：“它学会了攻击技能，可以在 180 度扇形范围内旋转扫射。”

一边唱歌一边激光扫射，而且小图不怕被攻击，遇到难以突破的局面，柯少彬完全可以设定一条导航路线，让小图用激光一路扫过去，帮大家开路。

越星文感慨道：“我们的小图果然长大了，变厉害了。”

小图用清脆的童音道：“谢谢夸奖。”

越星文有些意外：“它还听得懂人话了？”

柯少彬笑着说：“是的。不过，它只听我的指令。”

越星文轻轻摸了摸机器人的脑袋，心里很是感慨——

当初第一次见到小图的时候，它只有巴掌大小，只会唱《两只老虎》。如今，所有人的能力都在提升，小图都长高到腰部了，真有种“我家有儿初长成”的欣慰感。

越星文看向刘照青：“刘师兄有换别的技能吗？”

刘照青道：“手术刀升到了满级，可以一次性丢出很多把刀子，纱布的冷却时间变短，治疗效率提高了。另外，我还换了这个……”

他右手一抬，一把超大号的电锯出现在大家面前。

柯少彬的眼眸微微瞪大：“电锯？外科这么吓人的吗？”

刘照青笑道：“做手术需要电锯，截肢、开胸，都得用到……你们别用那种眼神看我，我又不会把你们给锯成两半！”

众人听到这里齐齐后退，忍不住联想到恐怖片《电锯惊魂》。

刘照青解释说：“这把电锯的威力还是挺强的，小年的挖掘机不能用的时候，我可以用电锯把楼梯锯开。技能描述说，不论多坚硬的岩石、金属，都可以锯开。”

越星文无奈扶额——反正他们这个团队的画风就没正常过。

章小年弱弱地说：“我的挖掘机升到了四级，解锁了挖掘机、推土机、起重机、搅拌机的功能，搅拌机可以将投进机械中的东西搅碎。另外，我的‘墙壁建造’也升到了满级，可以建造最坚固的防震墙了。”

小师弟没换新技能，把原有技能全部升级也是个不错的思路。防震墙比土墙、砖墙结实多了，必要的时候可以造个房子躲在里面，连地震都能扛得住。

柯少彬看向辛言，好奇道：“辛言，你换新技能了吗？”

辛言右手一抬，众人面前出现了一大堆透明的化学实验玻璃仪器。

“我换了一整套蒸馏装置——蒸馏瓶、冷凝管、接引管、接收器，可以将任意物体放入蒸馏瓶中，把物体中的水分全部蒸馏出来。”

面前巨大的蒸馏瓶足以装下一个人。越星文问道：“包括人类？”

辛言淡淡道：“如果把人类关在蒸馏瓶里，身体内的水分当然也可以蒸馏出来。”

众人一时呆愣。

人类被蒸馏的画面，光是想想都很可怕。柯少彬搓了搓手臂上起来的鸡皮疙瘩，道：“最好不要用这个瓶子这么做，太恐怖了。”

辛言看向他道：“嗯。我换它主要用来蒸馏植物和动物。这个蒸馏瓶无法用外力打破，可以算一个牢笼类的控制技能。缺水的时候，也能用它蒸馏一些水喝。”

辛言换一套化学实验装置，自然有他的考虑。

越星文点了点头，看向秦淼和秦露姐妹。

秦淼冷静地说：“赵匡胤的‘杯酒释兵权’技能升满，缴械时间延长到1分钟。另外我还换了秦朝的‘横扫六合’技能，可以瞬间放倒600平方米范围内的一切敌对目标。”

越星文竖起大拇指：“历史系都是大招啊！”

“杯酒释兵权”，能废掉所有的武器、道具，包括越星文的词典、章小年的挖掘机等，一切实体化的工具都可以被这个大招控制，从而失效；“横扫六合”，大范围群体放倒。历史系的技能杀伤力确实比较强，但缺点也很明显，冷却时间长，只能在关键时刻使用。

秦露道："我把'板块运动'升到了满级，可以使用十二次。另外还换了个新技能，能同时画出北回归线和南回归线，两条线之间的范围，气温能瞬间升高到一百摄氏度。"她有些忐忑地看向越星文，"我的积分只够换这个，用得上吗？"

越星文想了想，说道："可以配合小年的'墙壁建造'，把目标关在热带地区。"一百摄氏度的高温之下，动物很难存活，两人配合，可以制造范围最大的高温场域。

秦露开心道："能用得上就行！"

蓝亚蓉一直在旁边面带笑容看大家表演。她依旧穿着连衣裙和高跟鞋，当一位精致的大师姐。越星文看向她时，她才轻咳一声，道："到我了吗？"

越星文微笑着点头："师姐来展示一下法学院的技能吧。"

蓝亚蓉大大方方上前一步，右手一抬，拿出一本《刑法》。原本面带笑容的女生忽然眯起眼，目光锐利如剑："《刑法》第一百三十四条，判决，三年有期徒刑！"

话音刚落，一个铁笼子从天而降，将一个篮球关进了"监狱"里。

众人又是一愣：无辜的篮球就这样被判刑了？

蓝亚蓉解释道："用《刑法》这本技能书，需要准确背出《刑法》的处罚条例，大部分都是有期徒刑，可以将目标关进监狱。死刑的判决条件非常严苛。例如，某人杀死了我的队友，我可以用'故意杀人罪'立刻判对方死刑。可如果对方的犯罪程度达不到判决死刑的标准，这个技能就用不出来。"

越星文惊讶地道："也就是说，队友死亡后，能立刻让对方以命抵命？"

蓝亚蓉点头："嗯，死刑确实很难触发。有期徒刑的判决没那么多限制条件，对任何目标都可以使用。刑法中的三年有期徒刑，用出来的效果就是关目标三分钟禁闭；七年有期徒刑，就是七分钟禁闭。每一种刑法判决，在一门课程中都只能使用一次。"

越星文赞道："很灵活的单体控制技能。"

直接召唤监狱关押指定目标，确实是很强的单体控制技能。

蓝亚蓉收起了《刑法》。就在大家以为她展示完了技能的时候，她又拿出了一本《婚姻法》。

柯少彬睁大眼睛，一脸的不可思议："还有《婚姻法》呢？"

蓝亚蓉道："《婚姻法》的技能，会比较好玩。"她指定了两个篮球，并翻开《婚姻法》，念道："结婚登记！"

《婚姻法》规定，需要结婚的双方必须亲自到婚姻登记机关进行结婚登记。因此，蓝亚蓉念完技能后，前方立刻出现了一栋建筑，上面写着“民政局”三个字。

两个篮球很亲密地挨在一起，一路滚进了民政局。

蓝亚蓉笑容亲切：“我可以指定两个目标，让他们去民政局登记结婚。”

众人面面相觑：大师姐，您是媒婆吗？民政局都给搬来了？！

越星文看着两个滚去民政局登记结婚的篮球，无奈地按住了太阳穴。

队友们轮流展示过技能后，就只剩下越星文和江平策两个人，大家齐齐将目光投向他们。越星文回头看向江平策，笑道：“你先来？”

“好。”江平策干脆地上前一步，伸出右手，空中果然出现了熟悉的坐标轴，江平策飞快地写下一行公式。

只见地面上的两个篮球忽然腾空而起，并朝着左、右两个相反的方向飞上天空，在空中画出了两道如同镜面对称一样的弧形曲线。

紧跟着，江平策的右手微微一弯，旁边的羽毛球也腾空飞起，并在众人的头顶做起了奇怪的螺旋运动，画出类似蚊香一样的圈圈，让人看着都忍不住头晕。

越星文道：“这是解锁了新公式吗？”

江平策点头：“嗯，升级后的坐标系，解锁了双曲线和阿基米德螺旋曲线。”

越星文在高中的时候曾经学过双曲线运动，解锁了这个公式，江平策就可以将两个目标强行分开，毕竟双曲线是朝两个完全相反的方向运动。

至于阿基米德螺旋曲线，这个公式越星文从来没听说过。

看那个羽毛球在空中不断地环绕、盘旋，越星文不由笑道：“要是人或者动物被你送上天做螺旋运动，一圈下来，肯定会头晕眼花，比坐完一轮过山车还要刺激。”

抛物线再刺激也是朝一个方向运动，螺旋运动的不断环绕更容易让人头晕。

江平策补充道：“满级坐标系的冷却时间缩短到半个小时，可控制的坐标数量增加到十二个，目前能用的公式包括抛物线、三角函数、双曲线、螺旋曲线。”

越星文赞道：“笛卡儿坐标系潜力很强，但得看是谁用。要是我用，在短时间内一个公式都写不出来。但是，在平策的手里，笛卡儿坐标系就能发挥出最大的作用。”

队友们纷纷点头赞同。

“用个技能都要计算数据，太难了。”

“幸亏我们专业的技能简单粗暴。让我去用坐标系，我估计会变成废物！”

抛物线送队友翻山过河，正弦曲线连续位移，双曲线分离目标，螺旋曲线让人晕眩，坐标系技能目前已经被江平策升到满级。有坐标系在手，他依旧是最强的控场王。

越星文问道：“你的积分就只给坐标系升到满级吗？有没有换别的工具？”

江平策道：“先换了把便宜的三角尺。”

众人听到这里都期待地看向他。

江平策的手心里果然出现了新的三角形图标，他的右手轻轻抬起，只见无数透明的三角尺如暴雨一样激射而出，居然瞬间将地上摆放的篮球给戳出了一个个窟窿！

越星文走过去，俯身想捡起一把三角尺，江平策立刻上前抓住他的手腕：“小心，这尺子的边缘非常锋利，别把手割伤了。”

越星文点了点头，用手指小心翼翼地夹起一把尺子仔细观察——

透明的三角尺薄如蝉翼，如同一碰就会碎的玻璃，可实际上，三角尺坚硬如金刚石，每一条边缘都锋利无比，三角尺的尖端能瞬间戳穿篮球，边缘也能轻松割断人的咽喉。

越星文赞道：“能当暗器用。”

刘照青也走了过去，捡起一把尺子仔细研究片刻，得出结论道：“跟我的手术刀一样锋利，尖角应该能轻松将敌人捅穿。”

柯少彬扶了扶眼镜，一边记录，一边认真地说：“刘师兄的小刘飞刀、平策的暴雨梨花尺，我们团队的物理攻击能力也很强……对了，还有星文的板砖。”

蓝亚蓉疑惑地看向大家：“板砖是什么？”

越星文召唤出《成语词典》，给她做了一番演示。

只见他抬起手，将词典用力地抛了出去，在地上砸出一个大坑，笑道：“师姐，这就是简单粗暴的板砖用法。”

蓝亚蓉低着头若有所思，过了几秒，她忽然想到了什么，拿出了《刑法》，也学着越星文的样子将厚厚一本法典用力抛出去，在越星文砸的坑旁边又砸了一个小坑。

蓝亚蓉笑道：“是这样吗？”

柯少彬小声吐槽道：“蓝师姐跟着我们，要被带坏了。”

越星文道：“没错，师姐真会活学活用！以后我跟师姐一起砸人，刘师兄和平策一起用飞刀、三角尺，我们就能形成无懈可击的物理防御网，让对方没法近身。”

词典、《刑法》、手术刀、三角尺，一堆乱七八糟的武器在空中乱飞，那画面想想都很怪异。

秦露却小声说："如果对面有历史系的，一招'杯酒释兵权'，这些工具就全废了。"

越星文收回词典，赞同道："那倒也是。所以，我们还有'魔法攻击'！"

江平策道："看看你词典的新技能吧。"

越星文翻开《成语词典》，道："'五体投地''七上八下'，这两个技能没什么变化，我给没看过的人展示一下。"

章小年、蓝亚蓉等后期加入课题组的队友，没怎么见过越星文词典里的技能，他给大家依次展示了一下，然后召唤出升级过的暴雨。

辛言有些惊讶："暴雨的范围扩大了这么多？"

"嗯，还可以移动。"越星文道，"大家小心，都站到我身边来。"

众人立刻聚集到他旁边。越星文的手指在空中一划，天空中的乌云开始按照他指定的路径移动，暴雨也跟着移动。辛言试着将强酸王水注入云层，透明的雨水立刻变成了茶色，浇灌下来的雨水将覆盖范围内的地面腐蚀出了一片大洞。

卓峰赞道："能移动的酸雨，太牛了！"

越星文道："只能存在十分钟，遇到怪物比较多的时候，可以大范围清场。"

刘照青将手术刀注入云层，果然出现了密密麻麻的刀子雨。

卓峰再将电流注入云层，雨水带电，范围内的目标都会被电成焦炭。

暴雨这个技能单独放出来没办法伤人，跟队友配合才是最强的。

越星文收起暴雨，紧跟着向大家展示两个新的技能。

他右手抬起，一束火苗忽然从他手中射出，瞬间点燃了前方的无数个羽毛球。赤红的火舌飞快地席卷、蔓延，转眼间就形成了一片火海！

看着足以焚烧一切的熊熊烈火，柯少彬忍不住道："星文果然变成了魔法师，学会了火系的技能吗？"

越星文笑道："还有水系。"

随着他右手轻扬，大水汹涌而出，瞬间淹没了前方的火场。

见烈火被大水尽数扑灭，越星文这才收起技能，道："'水漫金山''燎原烈火'，两个成语群攻技能，范围都是一百平方米，冷却时间都要二十四小时。"

林蔓萝感叹道："中文系的魔法词典果然很强，有控制，有加速，还有攻击。"

刘照青忍不住问道："星文，你只升级了词典？有换别的技能书吗？我记得上次遇到那个小师妹拿的《标点符号大全》，中文系的技能书应该挺多的。"

越星文道："我换了一本《现代作家经典文选》。"

众人听到这里，好奇地围在越星文的身边。

“什么技能？”

“快给我们看看！”

越星文说道：“这个技能，需要一个人来配合。你们谁愿意跟我做个实验？”

柯少彬积极地举起手：“我来吧！”

越星文笑道：“好，柯少你过来。”

柯少彬将笔记本电脑递给旁边的辛言，扶了扶眼镜，端正地站在越星文面前。

越星文拿出经典文选，看着柯少彬道：“我买几个橘子去。你就在此地，不要走动。”

众人：啊？？

柯少彬刚想问为什么要买橘子，结果发现自己完全不能动弹了。他惊讶地睁大眼睛，张开嘴，却说不出一句话来。

越星文手里出现了一个新鲜的大橘子。

江平策察觉到不对，低声问道：“控制技能？”

越星文轻笑着说：“朱自清的《背影》。”

林蔓萝率先反应过来，道：“我明白了。朱自清的爸爸说过这句话，让他原地待着，不要走动，自己去给他买橘子。所以，星文刚才是用这个技能控制住了小柯，让小柯原地等待？”

柯少彬欲哭无泪。

爸爸！你能不能别玩了？呆呆地站在原地，变成雕像被人围观的感觉并不好！

辛言仔细打量了一下仿佛被定身的柯少彬，淡淡道：“你爱吃橘子吗？”

柯少彬：“……”

周围的同学笑成一团，林蔓萝道：“小柯表示：‘爸爸，你多买几个橘子吧。’”

“不，我要是小柯，肯定会说：‘爸爸，我还想吃桃子。’”

柯少彬耳朵通红，站在原地一动不动地发呆。

越星文轻咳一声：“正经一点。我试试看‘金蝉脱壳’能不能用。”

他用了“金蝉脱壳”技能，所有队友都跟着他瞬移到了指定的地点，但柯少彬并不受解控的影响——也就是说，支配技能，是不能被解除的。

越星文回到柯少彬面前，道：“我把橘子给你，你试试能不能动。”

他说罢就把橘子递给了柯少彬。

然后，柯少彬下意识地做出一系列让大家都惊讶的动作——

只见他剥开了橘子皮，将圆润的橘子放在手心里，问:“能吃吗？”

越星文:“……”

谁叫你吃了啊？!

柯少彬不但自己吃了一瓣，见大家都盯着他看，还自觉地将橘子掰开，给队友们每人分了一瓣，玩笑道:“‘爸爸’买的橘子，挺好吃的，大家都尝尝。”

一群人愉快地将橘子分着吃了。

越星文:这都什么队友？我这橘子是拿来给你们吃的吗？

见大家转眼间把橘子吃完，越星文才无奈地按了按太阳穴:“看来，把橘子给目标，对方就能立刻行动了；不给的话，被支配五分钟，人就变成雕像。”

江平策道:“可以针对一些不好处理的单体 boss。”

越星文点头:“我也这么觉得。就像按下暂停键，专门对付单体 boss 的。”

两人认认真真地讨论着技能的用法。

其他人却在讨论——

“这是我吃过的最好吃的橘子。”

“很新鲜，像是刚摘下来的一样。”

“确实很甜。”

“星文能再买一个吗？我还想吃。”柯少彬厚着脸皮道，“叫你‘爸爸’也行。”

你的节操呢？

越星文哭笑不得地拍了拍柯少彬的肩膀:“好了，今天先到这儿，大家回去好好休息，明天早上 7 点 30 分提前去生命科学学院选课大厅集合！”

队长一声令下，众人立刻散了。

柯少彬将自己整理好的文档给越星文发了一份。越星文仔细看了一遍，经过这次技能升级，团队的实力有了显著的增强，但后面的课程也有可能变难。

生命科学学院等待他们的会是什么呢？

第三章

基因变异

次日是周三，早晨7点，人家准时起床洗漱，抓紧时间去食堂吃过早餐，7点30分的时候就来到了四楼生命科学学院的选课大厅。

图书馆内的大部分团队还在三楼的建筑学院奋战，周二就过完建筑学院的全部课程，现在走到四楼课题组的，是目前进度最快的。

选课大厅内的人明显变少，越星文看到了好几个熟悉的面孔，包括京市大学的A-76课题组、喻明羽学长所带领的队伍、滨江师大秦朗学长的队伍，还有北江政法大学由陈沐云率领的团队等。

江平策目光扫过全场，凑到他耳边低声道："十队，一百二十个人。"

越星文点了点头："也就是说，实力最强、进度最快的团队，都在这里了。"

卓峰主动上前去打招呼："明羽，你们也是今天来生命科学学院？"

喻明羽道："对啊，队伍刚刚组好，跟你们进度一样了。"

既然大家进度一样，也就没有什么可以互相参考的攻略，都是第一次参加生命科学学院的考试，只能各凭本事。

越星文上前一步，跟熟悉的几位同学问好。师大的秦朗师兄说道："生命科学学院的课程表今天上午排的都是'基因变异'这门课，我们刚才还在讨论，听起来像是生存类课程。"

越星文走到液晶屏幕下方，抬头看生命科学学院的课程表：周一、周三、周五上午8点全都安排了"基因变异"这门必修课，学分高达6分；周二、周四上午8点安排的是"细胞工厂"必修课，学分4分；下午的时间则全是选修课。

越星文在课题组频道问："各位，今天上午我们考完'基因变异'，明天上午考完'细胞工厂'，周五休息一天怎么样？我怕这周末又有全校公共选修课，连着考试大家会很累。"

江平策赞同："周三、周四上午考试下午休息，周五休息一天，这节奏可以接受。”

卓峰道：“同意。我们的进度已经是最快的了，没必要太着急。”

其他人也纷纷在课题组频道打下“同意”。

越星文来到平板电脑前，按下选课按钮，熟悉的信息在屏幕上弹了出来——

生命科学学院必修课：基因变异

学分：6 分

考场人数：≤ 12

课程描述：C 市的生命科学学院研究所正在做一项秘密实验。不知何时，实验室的数据遭到泄露，人类基因组序列被盗走并篡改，产生了大量的变异人。

考试要求：逃离即将崩溃的 C 市，到达隔壁 F 市的基因研究中心。

附加题：保护好唐教授和资料芯片，护送唐教授一起到达 F 市基因研究中心，评分 +40 分。

备注：附加题不强制完成。该课程涉及基因工程相关知识，推荐有生命科学学院或者医学遗传学相关专业队友的团队尝试。

确认选课：是 / 否

久违的附加题又出现了，而且是护送任务。

越星文和江平策对视一眼，回头看向队友们，低声叮嘱道：“6 学分的生存类课程肯定会比较难。待会儿进入考场之后，大家不要贸然行动，听指挥行事；一旦被分散，第一时间注意课题组频道的消息，柯少彬让小图最快速度定位队友。”

柯少彬认真点头：“明白。”

越星文道：“做好准备，我选课了。”

他按下“是”，所有人耳边同时响起系统提示：“C–183 课题组成功选择生命科学学院课程‘基因变异’，考试将在上午 8 点准时开始，请准备……”

旁边，京市大学、滨江师大等团队也完成了选课。

喻明羽朗声说道：“各位加油，祝大家都别挂科。”

秦朗笑道：“希望两个小时后能在这里见到你们。”

陈沐云走过来跟越星文打招呼：“星文，麻烦你们多多关照一下蓝师姐。”

越星文笑道：“客气了，应该是师姐关照我们。”

蓝亚蓉走过去跟陈沐云拥抱了一下：“放心，我不会拖后腿的。”

蓝师姐今天依旧穿着件浅蓝色连衣裙，只不过她把高跟鞋换成了方便行动的运动鞋，长长的棕色卷发在脑袋后面绾了个“丸子”。她的个子看着更矮了，就跟中学生似的，说她二十五岁了大家都不敢信，这模样明明更像十五岁少女。

秦淼、秦露双胞胎按照约定，上身分别穿了一黑、一白的运动T恤，方便大家分清谁是姐姐谁是妹妹。林蔓萝的长发也在脑袋后面扎了个马尾辫，看上去很是利落。

考试期间，连平时爱穿皮鞋、衬衫的江平策也跟着越星文穿了身运动装。只是不知道，这次进入考场之后会不会给他们换装。

右上角开始倒计时，大家都紧张地屏住了呼吸。

直到倒计时来到“1”，众人眼前的空间瞬间扭曲——

越星文环顾四周，刚刚还在身边的队友居然集体消失不见了，而他出现在了一个陌生的实验室里，身上套了件白大褂，左侧胸口写着“研究员越星文”。

这房间到处都是冰冷的器械，越星文一个文科生，并不认识这些东西。他急忙在课题组频道发消息：“大家报一下自己的位置和周围的环境。”

柯少彬道：“我应该在一个办公室里，这里有好几台电脑。”

江平策道：“实验室，发现很多奇怪的标本。”

卓峰道：“我跟章小年在一起，这里应该是员工宿舍。”

秦淼道：“我和妹妹也在宿舍区，双人间。”

章小年很快报出一系列数据：“层高二米九、长六米、宽三米的长方形房间，坐北朝南，靠南的一侧有窗户，时间是上午8点。大家看下，都一样吗？”

林蔓萝道：“我和蓝师姐的宿舍跟小年说的一样。”

越星文走到窗边一看，确实有一束明显的光照射过来，墙上的时钟显示时间是8点。他很快做出判断：“大家应该都在课程描述中提到的生命科学学院研究所，只是部分人在实验楼，部分人被分去了宿舍区。”

江平策问道：“附加题做不做？”

考试要求是逃离这座城市，去F市的基因研究中心，而附加题的要求是护送唐教授和资料芯片。如果不做附加题，他们现在直接跑就行。

越星文深吸口气，问道：“大家觉得呢？”

江平策道：“40分的附加题，乘以6学分和1.5倍的课题组加成，算下来有360积分，试着做吧。”

柯少彬赞同：“我也认为可以尝试，360积分很高了。”

一道附加题积分这么高，护送NPC（非玩家角色）的任务肯定不简单，但直接放弃的话大家确实不太甘心，见队友们都没有反对意见，越星文果断地做出决定："行，那就做附加题，抓紧时间找到唐教授。宿舍区的几位先会合，实验楼这边的别乱跑，柯少来找我们。"

柯少彬召唤出了小图，开启"找朋友"的技能。小图唱着"找呀找呀找朋友"，脑门亮起灯，开启了雷达侦查。

柯少彬的笔记本电脑屏幕中很快就显示出几个蓝色的小圆点，代表队友的位置。

他打开门一路找过去，距离他最近的是刘照青和许亦深师兄，再往前是越星文、江平策，最里面是辛言，目前在实验楼的就他们六个人。

几人会合后互相看了一眼，发现大家都穿着实验室科研人员的白大褂，胸前挂着胸牌，白大褂里面则是他们进入考场时穿的衣服。

越星文走到江平策身边，问道："刚才在实验室有什么发现吗？"

江平策摇头："都是些实验仪器，不认识。"

越星文看向柯少彬："其他的队员呢？"

柯少彬解释道："小图找不到其他队友的位置，他们距离这里肯定超过了五百米，不在小图的监测范围内。"

越星文皱着眉环顾四周。这栋大楼的内部干净整洁，有一条走廊，两侧是不同功能的实验室和办公室，从窗户往下看去，他们目前所在的楼层应该是三楼。

其他队友跟小图距离超过五百米，说明宿舍区并不在这栋楼里。

越星文想了想，马上向课题组频道发消息："宿舍区的同学先不要着急，卓师兄带队，你们跟卓师兄会合后找宿舍出口，我这边先把关键人物唐教授找到。"

卓峰回道："明白，你们小心。"

目前什么事都没发生，大家心里也没有底，不知道这门课到底是什么情况。

许亦深的表情倒是很放松，笑眯眯地说道："生命科学学院的大楼至少不会塌方，考试也没有限制时间，我们不用慌，慢慢来吧。"

刘照青建议道："要不要先搜一下实验室，找找线索什么的？"

越星文也是这个想法："走吧，柯少先把办公室电脑里的资料拷下来。"

柯少彬刚才的出发点就是走廊最西边的办公室，他带着大家回到办公室，打开电脑，结果发现电脑里空空如也，所有硬盘中的资料都不见了。

柯少彬愣了愣："这……电脑硬盘被格式化，数据全部清空了？"

越星文急忙打开了旁边的几台电脑，发现除了装系统的 C 盘，所有放资料的硬盘都是空的。他皱着眉问："数据能恢复吗？"

柯少彬摇头："被处理得很干净，恢复不了。"

就在大家疑惑的时候，辛言忽然说道：“你们不觉得这栋实验楼很奇怪吗？”

江平策淡淡道：“确实奇怪，空空荡荡的没有人。”

辛言道：“这么大的研究所就我们几个人，其他员工呢？”

越星文的脊背冒起一丝寒意：“这是一栋废弃的研究所，还是说这里曾经发生过什么，科研人员集体逃离了？”

联想到当初医学院的第一门课“逃离实验室”，刘照青的神色忽然严肃起来：“这个生命科学学院研究所，肯定是做基因相关的实验，电脑硬盘被处理过，看来是有人不想让实验数据被找到，所以清空了这里的所有资料。”

许亦深摸了摸下巴，道：“人类基因组序列遭到泄露，被篡改，出现了变异人，课程提示就这么几个关键词。这门课，难道是类似《生化危机》的设定？变异人的存在，会冲击正常的人类社会？”

众人正聊着，外面忽然响起了敲门声。越星文怔了怔，如果是卓师兄带队过来，肯定会先在课题组频道打招呼，敲门的人会是谁？

江平策右手轻轻抬起，做好防御的准备，朝越星文使了个眼色。

越星文这才道：“请进。”

一位头发花白的中年男性推开办公室的门。他笑容温和，目光扫过大家，道：“你们就是基因研究中心派来保护我的人吗？”

众人面面相觑。

柯少彬扶了扶眼镜，礼貌地问道：“您是？”

中年男人道：“我叫唐然，是这所研究院的院长。”

越星文试探性地问：“唐教授吗？”

对方点点头，说：“没错。时间不多了，我们快走吧！”

越星文和江平策对视了一眼，总觉得哪里奇怪——附加题让他们护送唐教授，结果，他们还没来得及找到对方，这位唐教授就主动找上门了？！

附加题只告诉他们护送唐教授和资料芯片到达 F 市的基因研究中心，并没有告诉他们唐教授到底长什么样，是男是女。越星文也没法确定面前的这个人是不是他们要护送的目标，万一辛苦半天送错了人，他们岂不是白忙活了？

越星文谨慎地问道：“唐教授，资料在您的手里吗？”

唐教授怔了一下：“资料？”

越星文和江平策交换了一个眼神，江平策不动声色地绕到对方身后，越星文这才笑着说道：“基因研究中心的领导告诉我们，您的手里有一台电脑，储存了研究所全部的实验数据资料，让我们把电脑也带回去。”

唐教授恍然大悟：“对了！我的电脑被他们抢走了，我们得尽快去找……”

他话还没说完，江平策忽然扬起右手，凌厉的手刀如闪电一般劈向他的后颈！

“唐教授”被劈得眼冒金星，江平策三两下将他的双手反拧到身后，朝刘照青使了个眼色。刘照青会意，立刻上前一步，用两条纱布结结实实地将他的双手给绑起来，紧跟着用一把手术刀抵住他的咽喉，沉声问道：“你是什么人？唐教授呢？”

男人惊恐地缩了缩脖子：“我就是唐教授啊。你们这是做什么？”

江平策皱眉：“别装了，变异人！”

听到“变异人”这个词，中年男人的脸色忽然一变。

他的双手被绑在身后，颈部还抵着把刀，明明被大家控制住了，可下一秒，他的身体忽然如灵蛇一样快速扭动，整个身体柔软得像是没有了骨头。纱布被他轻而易举地挣脱，他腰部一扭，避开刘照青手术刀的威胁，紧跟着朝越星文扑过来——

男人张开嘴巴，细长的舌头倏然探出！猩红的舌头长达三十厘米，简直像毒蛇在吐芯！那舌头直直朝着越星文迎面刺来，舌尖上还有诡异的绿色毒液！

众人脸色骤变。江平策的心脏刹那间几乎要停止跳动，他下意识地喊道：“小心！”

越星文反应极快，翻出成语词典就是一招“五体投地”。

男人还没来得及靠近他，就在“五体投地”的控制之下摔了个狗吃屎，趴在越星文的面前行了个跪拜大礼。

辛言急忙召唤出蒸馏瓶，将他关进透明的瓶子里。蒸馏装置并没有启动，这个巨大的瓶子可以作为临时的“牢笼”。

越星文看着在透明瓶子里扭动挣扎的男人，心脏微微发紧：“果然是变异人！”

江平策快步来到越星文身边：“没事吧？”

“别担心，没事。”越星文朝江平策笑了笑说，“他的舌头你刚才看见了吗？”

江平策皱眉：“三十厘米的细长舌头，还有扭动的姿势，很像一条蛇。”

刘照青搓了搓手臂上的鸡皮疙瘩：“看他扭来扭去的，确实像爬行动物，加上超出我们理解的细长舌头……真是蛇吗？可外表还是人类啊！”

许亦深若有所思地盯着玻璃瓶内的男人：“生命科学学院的研究所本来在做人类基因实验，结果数据遭到泄露，有人拿走了人类的基因组序列，对人类基因进行了修改和编辑，说不定还跟某些动物的基因融合在一起，产生了变异人。”

刘照青脸色阴沉。

许亦深低声说：“植物是可以嫁接和杂交的，但动物不行，动物的不同物种之间有生殖隔离，没办法生育后代。可如果从基因下手，直接融合、编辑遗传基因，造出转基因变异人，后果真是不堪设想！”

蒸馏瓶内的男人还在疯狂挣扎，他的身体不断地扭动着，吐出长长的猩红舌头，嘴里还不时喷出毒液——明明是人类的模样，却是蛇的习惯和动作。

这诡异的一幕让大家都脊背发冷。

人和蛇、虎、狮等动物不可能生育出后代。生殖隔离是自然界对不同物种的保护，一旦用修改基因的方式打破了这种规律，整个社会将彻底乱套。

这才刚开始，他们就遇见一个变异人，谁知道后面还会遇到融合了什么基因的怪物！

生命科学学院6学分的课程果然不简单。

柯少彬脸色发白：“这个人我们要怎么处理？”

越星文走到蒸馏瓶前，道：“你们变异人，是不是有组织、有领导？你们来这里的目的是什么？如果你愿意告诉我们这些信息，我们可以放过你。”

瓶子里的人愤怒地瞪着越星文。

下一刻，他的眼眶、鼻子中忽然涌出了大量鲜血！

血液喷溅而出，瞬间染红了辛言的蒸馏瓶，而他也在短短三秒内死在众人面前。

辛言沉着脸收起蒸馏瓶，将他放了出来。

看着倒在地上满头鲜血的男人，越星文的脸色有些难看：“这是自爆吗？”

江平策沉声道：“变异人肯定有自己的组织，并且对组织非常忠心。他们来研究所，应该是接到了组织命令来找资料，或者是杀死知情人唐教授。”

越星文刚才之所以判断出这个人不是唐教授，是因为他问对方的时候故意下了个套，歪曲事实说对方有一台存放资料的笔记本电脑。

实际上，唐教授手里的并不是电脑，而是资料芯片。

柯少彬打开过办公室的电脑，可所有数据都被清除了，显然，研究所的数据绝对是人类的最高机密！唐教授不想让数据落入敌人之手，所以才将全部资料拷进了一张微型芯片，然后格式化电脑硬盘，清除了所有资料。

想要分辨唐教授的真假，得看他有没有资料芯片。

越星文想了想，猜测道：“他冒充唐教授，是想通过我们找到资料吗？”

江平策点了点头，道：“变异人已经来到了研究所，他们的目标很可能就是这份珍贵的资料——真正的唐教授可能会有危险，我们得抓紧时间去找他！”

越星文干脆地说：“走！”

几人绕过倒在血泊中的男人，快步走出了实验室。

越星文一边走，一边在课题组频道发消息："卓师兄，你们小心，如果遇见自称是唐教授的人，不要轻易相信。变异人已经来到了研究所，他们也在找唐教授！"

几乎是他刚发完消息，在宿舍区会合的卓峰几人就被一个女人拦住了去路。

女人留着齐耳短发，穿一身白大褂，看上去精明干练。见到卓峰等人后，她立刻走上前道："我是唐然。你们是基因研究中心派来保护我的吗？"

卓峰皱了皱眉，没有回答。

林蔓萝戒备地问道："你是唐教授？"

对方点头："没错。快走吧，这里很危险，我们得赶快离开这里！"

她说罢就转身往外走去，其他几人面面相觑，都没有动。女人回头看向他们："都愣着做什么？还不快跟上，没时间了！"

秦淼冷冷地问道："唐教授，资料在您的手里吗？"

女人抱紧了随身携带的公文包，道："没错，在我这儿。这份资料非常珍贵，是最高保密级别，我不能让你们看到。"

秦淼理解地道："明白。您放心，我们会保护您的。走吧。"

女人快步往前走去，秦淼给妹妹使了个眼色，秦露偷偷拿出地球仪做了个标记。

几人跟着她走了十几米，通过狭长的走廊。前方出现了一扇金属门，就在女人开门的那一瞬间，秦露立刻开启"板块运动"，六个人瞬移回刚才的宿舍！

在他们瞬移回去之前，他们看到了一幅极为诡异的画面——

很多长得一模一样的女人，伸出长长的舌头，朝着他们喷出绿色的毒液！

卓峰的脸色极为难看："那扇门的后面埋伏了一堆变异人？"

章小年脸色发白："她们的舌头好长，好恶心！"

秦淼和秦露对视一眼，心惊胆战。

蓝亚蓉摸了摸下巴，说道："看来，潜入研究所的变异人很多。刚才这个女的冒充唐教授，是想引我们过去，把我们统统杀掉？"

秦淼冷静地说："他们的目标应该是将我们还有唐教授团灭在研究所。所以，附加题才要求我们护送唐教授，这位唐教授的身上有非常关键的资料。"

林蔓萝急忙在课题组频道说："星文，我们刚刚遇到一个冒牌货，她身后还有很多变异人。你们找到唐教授了吗？"

越星文道："没有。大家小心，尽快逃出宿舍区。"

他们并不熟悉这栋宿舍楼的环境，也不知道出口在哪里。刚才大家会合后在走廊转了半天，没找到门。卓峰目光扫过屋内，干脆地道：“从窗户出去吧！”

章小年走到窗边，发现窗户是锁死的，玻璃砸不开。他立刻召唤出挖掘机，直接一铲刀下去将玻璃给砸碎。

秦露从窗户往外看了看，发现大楼侧面有一棵可以藏身的大树，道：“去那棵大树后面吧！”她迅速在地球仪上定好位置，将大家送去树后。

章小年环顾四周，道：“前面那栋五层高的建筑不就是我们刚才所在的宿舍楼吗？星文师兄他们的实验楼是哪一栋啊？这里有路标吗？”

生命科学学院的科研所面积还挺大的，周围有好几栋建筑。

林蔓萝走到路口，发现了一个路标，道：“实验楼是往西……那栋！”她指向前方一栋六层高的灰色大楼。

卓峰道：“走，去跟星文他们会合！”

六个人飞快地朝着实验楼跑去。

此时，越星文正带着队友们地毯式搜索实验楼，刚走到二楼，就被几个长得一模一样的女人团团围住。这些人全都穿着纯黑色衣服，眼睛是金色的，舌头又细又长。

刘照青低声骂道：“这是一群蛇精吗？”

江平策沉着脸提醒：“小心她们嘴里的毒液。”

女人们一边飞快地朝他们包围过来，一边从口中喷出诡异的绿色液体。几人急忙躲进房间，用力将门关上，砰的一声，冲在最前的女人直接撞到了门上。

越星文神色严肃：“让小图去引开她们。”

他将手指轻握成拳，在身后给柯少彬比了手势，然后猛地打开门，柯少彬立刻将小图放了出去，小图唱着歌将外面的变异人全部引走。

柯少彬看着走廊里那些行动灵活的女蛇精，忍不住吐槽道：“40 分的附加题也太难了吧。”

他们到现在还没找到唐教授，而且潜入研究所的变异人明显越来越多，如果再找不到护送目标，他们很可能连逃都逃不出去了！

直接放弃唐教授，叫上队友们跑路，还是继续找唐教授？

越星文也有些纠结，没必要为了附加题连考试都过不去。江平策看出他的纠结，轻轻按住他的肩膀，道：“10 分钟，如果还找不到，就放弃。”

越星文点头：“行！”

小图带着那群蛇精在二楼转圈，六人飞快地爬上了三楼。

三楼走廊两侧也全是实验室，众人刚想一间一间地搜，越星文忽然皱着眉道：“不用搜了，唐教授肯定不在这儿。他清除了全部资料，将资料存入微型芯片，显然是个非常警觉的人。既然预感到变异人会来这里抓他，他肯定会提前躲起来……他会躲在哪儿呢？”

越星文的说法没错，唐教授既然提前处理好了数据，肯定是察觉到了不对，不可能堂而皇之地站在实验室里被人找到，定是躲了起来等待救援。

有什么地方，既方便躲避，又能观察到变异人的行动？

越星文和江平策对视一眼，同时说道：“屋顶？”

许亦深道：“我去看看。”

面前出现了许师兄的五个分裂体，其中一个留在越星文他们身边，另外几个飞快地爬上楼，一路爬到天台。他发现天台的门从内部锁了起来，不像是有人出去过。

但唐教授也可能从里面锁上门，再想办法从侧面爬上屋顶，造成天台没人的假象。

许亦深干脆变成一个细胞，从门缝里挤了出去。

实验楼的天台视野开阔，摆着很多存放药剂的废弃铁箱。这些箱子叠放在一起，许亦深贴在箱子的旁边仔细听了听——果然听到下层的箱子里传来轻微的呼吸声。

许亦深回到分裂体位置，轻声朝越星文说：“他藏在楼顶天台的箱子里。”

越星文果断说道：“去天台找人！”

几人飞快地爬上顶楼。江平策直接用三角尺削断锁住天台的铁链，推门出去后，越星文快步走到堆放在一起的铁箱子面前，低声道：“唐教授，基因研究中心让我们来接您。”

周围一片寂静，许亦深指了指左侧的第三个箱子。

江平策和刘照青飞快地将周围的箱子丢到旁边，打开了这个箱子——

一位戴着金丝眼镜的中年男人正窝在箱子里，箱子旁边还戳了两个洞，可以随时观察外面的情况。他刚才没看见许亦深，是因为许亦深变成了一个樱桃大小的细胞。

见到越星文等人后，他扶了扶眼镜，问道：“你们是基因研究中心派来的？”

越星文点头：“是。”

男人从箱子里站起来，镇定地说：“我可以跟你们走。”

越星文问：“资料呢？”

男人神色平静地从口袋里拿出一个盒子，递给了越星文。

盒子里面放着一枚指甲盖大小的芯片。

这么重要的资料芯片，他居然直接交了出来？会不会有诈？

江平策和越星文对视一眼，就在这时，身后忽然响起了窸窸窣窣的脚步声——小图的歌声结束，那些变异人立刻追了上来。

越星文来不及细想，干脆地说道："走！"

天台的门被堵，他们没法原路回去，眼看无数变异人拥上天台，越星文只好将希望寄托在江平策的身上："平策，看你了。"

江平策轻轻握住他的手腕，快步退到天台的边缘。

就在大量变异人扑过来的那一刻，江平策右手忽然画出个坐标系，站在楼顶的所有人一起，集体飞到空中，一口气飞出几十米远的距离，稳稳地落在了地面上。

卓峰带着队友们跑过来的时候看到的就是这一幕画面：七个人如同下饺子一般从天上飞了下来。

卓峰认出越星文，立刻上前一步："星文，没事吧？"

越星文道："先离开这儿再说！"

越星文并不相信唐教授会将如此重要的芯片直接交给他，可大量变异人就在身后，脚步声越来越近，他已经没有时间去核对芯片的真假——离开研究所才是当务之急。

即便附加题做错了也可以通关，越星文当机立断，看向秦露说："走！"

秦露拿出地球仪飞快地点了两下，将众人所在的板块跟远处换位，十二个人带着护送目标瞬移到了几十米外的地方。

林蔓萝早就看过路标，一路向东便是研究所的大门。

然而，众人刚走过拐角，就见前方的宿舍楼里出现了大量变异人，他们手里拿着枪，从窗户探出头，朝着众人所在的位置一通扫射！

砰砰的枪声吓了大家一跳，章小年下意识地竖起一道墙壁阻挡子弹，秦淼也急忙抬起右手："杯酒释兵权！"

无数枪械从窗户掉了下来，大范围的群体缴械技能果然厉害。

枪声戛然而止，越星文急忙道："快走！"

秦露紧张地操控着地球仪，连续好几次瞬移，在"板块运动"技能快要用完的时候，一行人终于来到了研究所的大门。

然而，大门已经被一群黑衣人堵得水泄不通了。

他们所有人的面前都竖起了黑色的盾牌，手里拿着枪，整整齐齐，显然训练有素。

就在越星文一行人出现的那一刻，黑衣人团队手中的枪齐刷刷地举了起来。

越星文猛地停下脚步——

这是他们有生以来第一次被黑色的枪管指着!

就算他们掌握了各种技能，但面对数不清的、黑压压的枪口，谁都不敢大意！对方开枪射击的速度，只要比他们快一丁点儿，他们就得完蛋。

子弹射入身体可不是开玩笑的，刘师兄也救不了!

“别动。”站在中间的女人戴着墨镜，冷冷地说道，“把唐教授和资料留下来，我可以饶你们一命。”

变异人的目标果然也是资料。

越星文脑子飞快地转动着，思考对策。

从变异人的表现来看，他们这次找到的唐教授应该是真的。

一来，变异人只知道资料，不知道资料放在了芯片当中，唐教授直接将芯片交给越星文，不管芯片是真是假，至少他知道芯片的存在，那他是唐教授的可能性就很大。

二来，变异人没必要跑去天台，藏进铁箱子里假扮唐教授，他们有那个闲工夫，都可以把实验楼搜一圈找到真人了。

所以，躲在天台上并且能准确拿出芯片的中年男人就是他们这次护送的目标!

越星文扭头看向唐教授，而就在这时，唐教授忽然扶了扶金丝眼镜，朝着越星文温言说道:“唐教授，对不起，你就把资料交给他们吧，不然我们都出不去。”

众人:他叫星文“唐教授”?!

这位 NPC 可真会挖坑。他把芯片交给越星文，并且主动在变异人面前叫越星文“唐教授”，这样一来，变异人就会以为越星文是唐教授。

他这么做，明显想让越星文来顶替他，毕竟没人知道唐教授到底长什么样子，性别、年龄也都是谜，而他交给越星文的芯片很大可能是假的。

越星文瞬间想明白了一切。

果然，唐教授话音刚落，所有枪支齐刷刷地指向越星文。

女人冷道:“你就是唐教授？这么年轻？”

旁边有人小声道:“听说唐教授从小就是科研神童，没人知道他到底多少岁，说不定就是个二十岁左右的天才呢。”

女人怀疑地打量着越星文。

越星文将计就计，从口袋里拿出资料芯片盒子，给她看了一眼，然后迅速收回去，问道:“你们的目的就是这个资料芯片，对吗？”

女人看到芯片，脸色一变，立刻用枪指着越星文:“交出资料，饶你一命。”

越星文冷静地说："资料确实在我手里，不过，芯片密码只有我才知道。芯片设定了自毁程序，强行破译只会清除全部数据。你们如果杀了我，就算拿到芯片也没用。"

越星文临时胡编乱造，倒挺像那么回事的。

唐教授惊讶地看了他一眼。

越星文紧跟着道："我可以把资料给你们。先放下枪，让这些无辜的人离开。"

女人不悦地看着他："你有什么资格跟我谈条件？"

越星文目光缓缓扫过前方的变异人团队，冷静地说："就凭我是全世界唯一知道芯片密码的人。如果你们轻举妄动，这份资料毁了，你们也很难跟上级交代吧？"

女人皱着眉纠结了几秒，举起左手挥了挥："放人！"

所有的枪齐刷刷地放了下来，但那女人的枪依旧指着越星文的脑袋。

江平策的脸色很难看，紧紧地盯着越星文的眼睛，眸中满是担心。越星文朝他笑了一下，给了他一个"放心"的眼神，低声说："你们先走。"

队友们面面相觑。

江平策紧紧攥住拳头，干脆地道："走！"

秦露的"板块运动"次数已经用完，被那么多枪管指着，江平策也没时间写出那么多的公式。能瞬间脱离的技能，只剩越星文的"金蝉脱壳"。

而"金蝉脱壳"最大的限制是只对课题组的队员有效，如果他们用"金蝉脱壳"跑路，真正的唐教授就会被留下，附加题无法完成。

越星文冒充唐教授，带着资料芯片留在这里让变异人放松警惕，等队友们带着唐教授走远之后，他再用"金蝉脱壳"转移，是目前最好的办法。

其他队友都在担心越星文的处境，但江平策从他的眼中看懂了他的思路。

这样做有些冒险，却是最优解。

虽然心里担心得要命，但越星文的眼神让江平策做出了大胆的决定——他决定相信星文，就像以前走迷宫的时候，越星文总会笑着拍拍他的肩膀，说"我信你"。

越星文从不做没把握的事，更不会拿自己的命去开玩笑。他应该相信越星文的判断。

江平策带着队友们走出研究所，并在身后握住拳头，拇指向左。

越星文看见了。

女人上前一步，用枪抵着越星文的太阳穴："唐教授，跟我们走一趟吧。"

越星文无奈一笑："好吧。等我见到你们老大，他亲口承诺放了我，我就把芯片的密码当面告诉他。"

女人伸出另一只手，摊开掌心："资料芯片，麻烦交给我来保管。"

"没问题，反正你也不知道密码。"越星文点了点头，将右手塞进白大褂的口袋里，假装要掏芯片。其实，在他将手塞进口袋的那一刻，他心底就开始默念"金蝉脱壳"。

越星文的手从口袋里掏了出来，在女人面前缓缓摊开。

他的手心里出现了一本厚厚的词典！

女人愣了愣，还没来得及看清词典的样子，就见面前的年轻人忽然消失不见！

女人暴跳如雷："上当了！快追！"

越星文的"金蝉脱壳"升级之后，可以一次瞬移到一百米远的地方，江平策离开时给他用拇指指了方向。

越星文来到左侧一百米远的位置时，果然看见了正焦急等待着的队友们。

江平策猛地抓住他的手，声音微微发颤："你疯了？！"

惊险逃脱的越星文也是心有余悸！

子弹的速度肯定比他用技能要快，刚才，万一对方察觉到不对，直接扣动扳机，他的小命可就交待了。

然而，词典是凭空出现的。越星文就是利用了这一点，召唤词典的同时念出技能，在对方来不及扣动扳机的情况下逃走。

事实证明，他的决定是对的——不但十二个人逃了出来，唐教授也跟着一起跑出来了。

越星文暂时不想跟这位狡猾的唐教授理论，拍了拍江平策的手背，激烈的心跳渐渐地平静下来。

死里逃生，真是有惊无险。

越星文轻轻呼出口气，紧跟着道："别的话以后再说，先离开这儿。"

江平策点了点头，道："快走，我们的技能不够了！"

他的坐标系虽然可以控人，但能控制的目标上限是十二人，刚才用了一次，加上多了唐教授后，团队目前是十三个人，很难全控。

秦露和越星文的位移技能都已经用掉了。

许亦深看见旁边的汽车站停了辆公交车，上面贴了"清洁中"的牌子，司机不在车内，急忙说："没办法了，抢车走吧！"

江平策右手一抬，锋利的三角尺射向车窗，玻璃碎裂的声音在耳边响起，许亦深运用“有丝分裂”技能直接从窗户爬进车里，从内部开了门。

众人纷纷上车，许亦深坐在驾驶座上：“坐好了，走！”

他油门一踩，公交车就从汽车站猛地开了出来，飞快地驶向街道，汇入车流当中。

越星文和江平策坐在后面一排。

城市街景在车窗外快速滑过，江平策看着越星文，修长的手指明显还有些僵硬。越星文轻轻笑了笑，道：“别担心，我不是没事吗？”

江平策眸色深沉：“以后不要单独冒险，听见了吗？”

越星文认真地点头：“嗯，刚才也是迫不得已。只有那样才能让你们带走唐教授。幸亏你看懂了我的意思。要是你们犹豫不决，或者拆穿我，大家估计要集体玩完。”

江平策知道越星文一向胆大心细，不会莽撞做事。但回想起刚才星文被枪指着的那一幕，江平策还是不由得心里发紧。

越星文发现平策明显还带有担心的情绪，不禁笑了笑，轻声道：“好了，真没事。”江平策这才安稳下来。

江平策扭头看向窗外，过了几秒，忽然说：“这个城市不太对劲。”

越星文顺着他的目光往外看去，然后惊讶地道：“街上……没有人？”

大白天的，人行道上居然看不见行人，路旁的商铺大门也都上了锁，整座城市一片荒芜，安静得听不见任何人类的声音。

街道旁边的垃圾桶好久没有清理了，一阵风吹过，纸屑、塑料在天上乱飞。

越星文看向身边的队友们，严肃地说道：“街上连一个行人都看不见，难道变异人已经占领了这座城市？”

众人纷纷朝窗外看。

空荡荡的城市，让大家的心底升起一丝强烈的不安。虽然这座城市不会像建筑学院的城市那样直接崩塌，可荒无人烟的现代化都市，让人情不自禁地联想到“末日”这个词。

坐在后排的卓峰和林蔓萝对视一眼，林蔓萝小声说道：“这个城市的居民是集体外逃了，还是躲在家里不敢出来？”

卓峰压低声音：“问问唐教授，他可能知道些什么。”

越星文回头看向唐教授。

戴着金丝眼镜的男人端正地坐在后半部分的第二排，紧挨着越星文和江平策，神色镇定自若。刘照青跟他坐在一起，并且让他坐在了内侧的位置，免得他忽然逃跑。

越星文问道："唐教授，大街上的所有店铺全都关着门，这个城市发生了什么？"

唐教授苦笑着摇头："我不知道，我这几天一直在研究所。上周这座城市还是正常的，变故发生得很突然。我收到上级消息说资料泄露，有人在研究变异人，就马上处理了电脑里的资料，躲了起来，然后遇见了你们。"

也就是说，变故就发生在短短的几天之内。对方应该是秘密做了很久的研究，做好了充分的准备，这才忽然对城市发起攻击。能在短短几天占领一座城市，可见这个组织的庞大和可怕！

想起在研究所遇见的那些舌头超过 30 厘米的变异人，越星文只觉得脊背发毛。

城市里空空荡荡，街道上还出现了大量的血迹，显然，这里曾发生过激烈的战斗。大战之后的城市，居民们都去哪儿了？没人知道。

越星文深吸口气冷静下来，看向唐教授道："您刚才给我的芯片，是假的吧？"

唐教授扶了扶眼镜，说："抱歉，我怕你们是来抓我的变异人，所以给了你一份假的芯片。"

怪不得他们当时从屋顶飞下来的时候唐教授的表情那么平静，原来，唐教授一直把他们当成变异人看待，并且早有防备。

这位教授确实精明。越星文也没有责怪他的意思，继续问道："您有没有收到上级的通知，说有人会护送你前往 F 市的基因研究中心？"

唐教授点头："是有收到通知，让我等待救援。"

刘照青侧头看向他道："唐教授，我们确实是来保护你的，并不是变异人。能从屋顶飞下来，是因为我们有特殊的能力。"他张开嘴，伸出舌头给对方看了看，笑道，"你看，我的舌头还是正常人类的，不像变异人那么细长，也没有毒液吧？"

唐教授平静地说："并不是所有变异人都融合了蛇的基因。"

刘照青伸出双手双脚："那你看，我们这行动的姿势，也不像是别的动物啊！"

刘师兄在努力证明自己是正常人类。

唐教授没有理他，看向越星文，问道："你们的行动代码是多少？"

"行动代码？"越星文和江平策对视一眼，面面相觑。

课程提示并没有说他们还有行动代码啊！

越星文仔细想了想，试探地说："C-183 行动小组？"

唐教授点头：“嗯，看来你们不是变异人。”

居然用课题组编号作为行动代码。图书馆，可真有你的！

唐教授道：“我可以暂时相信你们，不反抗，不逃跑。但是，我不会把真正的资料芯片交给你们，除非你们带我去基因研究中心见到接应人。”

刘照青挑眉：“你就不怕我们把你绑起来搜身？”

唐教授沉默不语。

越星文笑了笑，说道：“这份资料芯片涉及生命科学学院研究所的最高机密，我猜唐教授肯定设置了密码保护和自毁程序，就算我们拿到了芯片，你不告诉我们密码，我们强行破译，也只会导致芯片数据被毁，对吗？”

这段话正是越星文刚才对变异人编造的说辞。唐教授当时看了他一眼，越星文猜测自己很可能说对了。

果然，唐教授赞赏地看向越星文，道：“你猜得没错。资料芯片的密码确实只有我一个人知道，资料中有变异人的弱点，所以，他们才迫切地想要杀掉我，得到这份资料。”

“不如，我再猜一猜真正的芯片在哪儿。”越星文认真说道，“第一种可能，你没把芯片带在身上，而是将它秘密藏在了一个只有你知道的地方。但这种做法不太保险，万一你离开之后变异人将研究所翻个底朝天，找到你藏起来的芯片，那就麻烦了。”

“第二种可能，只要你被变异人抓住，对方肯定会强行搜身抢走你的资料芯片，除非，”他看向唐教授的眼睛，一字一句地道，“芯片被你藏在了身体里面。”

唐教授原本镇定的脸色微微一变。

“比如，你用一种不能被胃肠道消化的材料，将芯片给密封起来，然后把它吃进肚子里。这样一来，不管你走到哪里，你都能保证芯片跟你同在，还不会被抢走。”越星文微笑着看向他，“这次猜对了吗？”

唐教授沉默了片刻，低声道：“你想怎么样？”

越星文耸耸肩：“放心，我们不会把你给解剖了，取走你身体里的芯片的。我们的任务，就是护送你和芯片顺利到达 F 市的基因研究中心。”

越星文强调道：“我们对你没有恶意，希望你不要故意给我们制造麻烦。”

刘照青锐利的目光扫过唐教授全身，似乎想扫描一下芯片到底藏在哪里。唐教授被他看得毛骨悚然，硬着头皮说：“好，我相信你们。”

刘照青笑了笑，道：“把芯片吃下去，亏你想得出来。胃里不难受吗？”

唐教授轻轻呼出口气，道：“情况紧急，我也没有办法。”

见他态度略有松懈，越星文顺势问道：“研究所到底发生了什么事？”

唐教授皱着眉说："我们研究所拿到了人类基因组的全部序列，本来想攻克一些基因遗传病方面的难题。这个计划是绝对保密的，但是，谁都没有想到，研究所出现了叛徒，偷偷将基因组序列带出去，进行秘密实验，制造出了很多变异人。"

他顿了顿，眼中浮起一丝愤怒："变异人，也被称为基因改造人。"

正在开车的许亦深听到这里，不由插话道："他们修改基因组序列，对人类进行了改造？"

唐教授点点头，说："改造的方向，包括肢体的柔韧度、肌肉的力量、代谢速率等；被改造的人，力大如牛，灵活如蛇，而且还能像部分动物冬眠时一样，每天消耗极低的热量，连续一个月不用吃饭也不会觉得饿。"

越星文心头一震，忍不住道："这样的改造人组成的部队，岂不是无敌了？"

唐教授一脸痛心："所以，这些改造人才会变成最可怕的生化武器！他们开始流水线一样批量生产改造人，甚至疯狂地融入各种动物的优秀基因。你们今天所看到的那些，都是混合了蛇类基因的变异人。"

柯少彬好奇地问："还有混合其他动物的吗？比如狮子、老虎、猎豹之类。"

唐教授道："具体情况我也不清楚，那帮疯子什么都做得出来！我是收到上级的紧急通知才知道这一切的。这些天，他们派了一批又一批的变异人来研究所找我。研究所的其他同事都被他们给抓走了，我躲在天台上，侥幸活了下来。"

越星文轻轻握住拳头，可以想象，改造人的出现会对正常人类社会造成极为严重的冲击，那些改造人不管是速度、力量、体能，都比正常人类强大太多，他们还能节省资源，长达一个月不吃任何东西……

在他们眼里，人类就是废物。

所以，他们要清理掉人类，自己做世界的主宰？

越星文深吸口气，问道："唐教授，从这里去 F 市要多远？"

唐教授说："飞机要两个半小时。"

越星文无奈扶额："我们没有人会开飞机。而且，现在整个城市都空了，机场、火车站那边肯定也停止了运营。我们只能走陆路，开车过去要多久？"

唐教授道："开车的话，全程走高速，昼夜不停至少要三天。万一高速路中断，绕行的话可能得一个多星期。"

越星文回头问伙伴们："除了许师兄，大家还有谁会开车吗？"

江平策道："我有驾照，但我没开过公交车。"

卓峰说："我也考了驾照，刚过实习期，你们敢坐我就敢开。"

许亦深说道："我也没开过公交车，但开公交车的原理跟开手动挡小轿车差不多，看清楚挡位，不涉及倒车入库、S 弯这种考试项目，一直往前开的话其实不难。”

江平策点了一下头：“那我跟许师兄、卓师兄换着开。”

卓峰道：“亦深你先开，上了高速之后平策开一段，我坐在旁边学习一下。”

昼夜不停的话，一个司机肯定坚持不住，有三个人换着开车会好很多。

越星文思考片刻，道：“这样，我们先找个超市，囤一些物资放在车里。我们不是变异人，不可能几天不吃不喝。”

众人纷纷点头赞同。

按照图书馆的考试规律，接下来不可能一路顺利，途中肯定会发生很多事情阻碍他们到达 F 市，他们必须储存足够的食物和饮水，才有力气跑到终点。

柯少彬道：“多存一些牛奶、饼干之类方便携带的东西吧。”

秦淼冷静地说：“我们先列一下清单，最好一人背一个书包装吃的。别怪我乌鸦嘴，万一途中，我们迫不得已要弃车，物资带不走会很麻烦。”

蓝亚蓉笑道：“变异人肯定不会让我们顺顺利利开车到 F 市，各种突发情况，都要提前做准备。我建议每人一个背包，装满吃的，再买几箱矿泉水放车上。”

许亦深提醒道：“还有汽油。跑长途肯定不够，得去加油站多存几桶汽油。”

越星文点了点头，目光飞快地扫过窗外：“大家快找超市或者是便利店，我们得抓紧时间，在被变异人追上之前做好一切准备。”

然而，大街上所有的商铺都锁着门，越星文目光扫过一圈，没看见附近有便利店和超市。他干脆回头问道：“唐教授，你知道哪儿有超市吗？”

唐教授是生命科学学院的研究员，在这座城市生活过一段时间，对周围的环境自然比越星文要熟悉得多。听到这里，他伸手指了指前方的岔路口，道：“前面左拐，再往前走一条街，购物广场的旁边就有一个大型生活超市。”

越星文干脆点名道：“许师兄、卓师兄、刘师兄、蔓萝姐，你们留在车上，其他人跟我走！”

许亦深将公交车开过前面的拐角，果然看见一栋四层高的购物广场。

然而，接下来的一幕却让所有人瞪大了眼睛。

只见宽阔的广场上放着大量人类的尸体！

密密麻麻的人类尸体，就像垃圾一样被随意地堆在那里，有老人，有年轻男女，也有小孩！那些尸体已经腐烂、发臭，整个广场触目惊心！

柯少彬恶心得差点吐出来，急忙扭过头，闭上眼睛深呼吸。

秦淼冷着脸道：“他们把人类当成垃圾？杀掉之后，连尸体都不屑于处理，就这样随意乱扔吗？！”

秦露紧紧咬着嘴唇：“好多小孩，太……太惨了……”

江平策沉声道：“看来，这座城市被变异人血洗过一轮，居民们要么被杀，要么逃跑，可能也没活人了。”

唐教授脸色苍白，颤声说：“情况比上级告诉我的还要糟糕。”

菜市场的烂菜叶也要集中扔进垃圾桶，到处乱丢的人类尸体连烂菜叶都不如。

冷冽的风吹过，贴在广场的海报随风飘扬，发出“哗哗”的声音。广场旁边有个“生活超市”的巨大招牌，招牌被砸坏了，半吊在那里，上面还沾着不少刺目的血迹。

许亦深一脚刹车，将公交车停下，越星文带着队友们快步下车。

空气里是浓烈的尸臭，几乎要将人熏得吐出来，众人立刻捂住口鼻，迅速绕过广场，一路小跑到了超市。

超市从内部上了锁，越星文看向章小年：“小年，挖。”

小师弟立刻启动挖掘机将铁门给挖断，越星文带头冲进了超市——

超市内部一片狼藉，货架上的货物几乎被哄抢一空，生鲜区的鱼虾在混乱之中掉了满地，散发着腐烂的臭味，整个超市也遭遇过一场浩劫！

越星文的目光快速扫过超市，道：“看来，这座城市的居民已经抢过一次超市了，找找看还有没有剩下的。”

变异人对这座城市进行了扫荡，有些人被杀了，有些人惊慌逃跑，混乱发生时，先去抢食物是人的本能反应。超市所有的货架几乎没有一处整齐的地方，摆放牛奶、矿泉水的货架被一扫而空，饼干、巧克力等零食区，一眼看过去也全都空空荡荡。

柯少彬有些失望地说：“吃的都被抢光了，一点都没剩……”

章小年愣愣地看了眼摆放酒类的货架，小声吐槽道：“连红酒、白酒都被抢走了一大半，这些人关键时刻居然还要抢酒喝吗？！”

越星文道：“可能是当时超市失控，有些人贪小便宜，顺手捞了些酒出去。”

江平策道：“找找看超市里还有没有仓库。”

越星文点头：“好，大家分头找，注意安全。”

货架上的东西被一抢而空，可超市里肯定还有储存货物的仓库，说不定居民们在混乱之中放了仓库一马，他们还能找到一些物资。

众人带着这点希望，分头去超市各处寻找。

很快，江平策和越星文就在超市的角落里找到了仓库。

但让两人失望的是，居民们已经将仓库洗劫过了，仓库的东西几乎被搬空，只剩几个破了洞的箱子被凌乱地丢在角落里。

越星文走过去抬起箱子看了看，无奈地道："三箱牛奶，全都过期了。"他看向江平策："你那边呢？"

江平策道："这两箱矿泉水还在保质期内，可以喝。"

两人对视一眼，无奈地抬着两大箱矿泉水出门。

蓝亚蓉的声音从右侧传来："我从货架最下面的箱子里找到了几个书包。"

两人往前走了几步，只见蓝师姐手里拎着几个画了卡通米老鼠的可爱书包，以粉色和红色为主。他们这些身高超过一米八的大男生，背上可爱的儿童书包，显得特别奇怪。

但现在不是纠结书包款式的时候，能用就行。

越星文道："全部带走吧。"

就在这时，柯少彬的声音从前方角落里传来："这里有个储藏间！"

越星文将矿泉水放进蓝师姐推的购物车里，快步朝声音的方向走了过去。

柯少彬正站在超市的五谷杂粮区，旁边有一扇锁起来的小门。

摆在外面的米、面、油和各种豆类已经被抢光，面粉撒了一地。由于这扇门正好锁了起来，并且有门帘遮着，居民们忙着抢别的东西，倒是没有强行破门去抢杂粮。

江平策右手一抬，锋利的三角尺从他手心射出，瞬间削断了铁锁。

柯少彬急忙推开门，发现储藏室里摆着大量红豆、绿豆、黄豆、花生、红枣……五谷杂粮一应俱全！里面居然还存放着瓜子。

越星文无奈道："这些杂粮不方便携带，但超市已经找不到别的食物了，要不，先用书包装一些杂粮回去？只要能吃，饿不死就行。"

柯少彬扶了扶眼镜，纠结地皱起眉："可是，除了红枣和花生可以直接吃，其他这些也没法生吃吧？以后总不能天天嚼生豆子啊！"

辛言忽然说："我可以用蒸馏瓶把这些蒸熟。"

众人齐齐回头疑惑地看他。

辛言解释道："放心，我的蒸馏瓶每次拿出来都是新的，大小可以随意改变，用酒精灯加热之后，瓶子内部就会变成一百摄氏度的高温，可以当蒸锅来用。只要有水，这些杂粮就可以做成豆浆、绿豆粥、红豆粥、桂圆八宝粥之类……"

柯少彬双眼发光："太好了！"他激动地看向辛言道，"你们化学系的实验仪器，居然还能当厨具用啊？"

辛言淡淡地道："所以我才换了一整套蒸馏装置。"

越星文笑着竖起大拇指："辛言，你可真有先见之明。"

这样一来，带着五谷杂粮上路，就不用担心没吃的。比起饼干、方便面等食物，每天能吃上辛言用蒸馏瓶换着花样现煮的杂粮粥，太难得了！

众人兴奋地拿起书包，开始疯狂地往书包里装杂粮。

柯少彬在旁边指挥：“大家分开装啊，各种杂粮都装上一书包，红枣和桂圆也别忘了，女生们吃红枣和桂圆会比较好。”

蓝亚蓉轻笑一声：“你还挺懂啊！”

柯少彬耳根一红，道：“我……我装一包冰糖。”

章小年站在旁边，目瞪口呆地看着队友们飞快地装满了七个书包的杂粮，然后，越星文大手一挥：“收工！”

众人每人背了个儿童书包，用购物车推着两箱矿泉水，快步回到公交车上。

林蔓萝远远看见他们整整齐齐地背着儿童书包，画面有些搞笑，但她笑不出来。等越星文上车后，她立刻担心地问道：“怎么样，找到吃的了吗？”

卓峰也上前一步，道：“两箱矿泉水？不错，省着点喝，够我们喝一个星期的。”

刘照青笑道：“这么多书包都装满了啊！超市里有饼干、巧克力吗？”

越星文走到刘师兄面前，拉开了其中一个书包的拉链，指着一书包的红豆说：“超市的零食全被抢光了，我们只找到一些五谷杂粮。”

刘照青的笑容一僵：“这红豆、绿豆，牙口再好，也不能生嚼吧？”

林蔓萝怔了怔：“书包里全是杂粮吗？”

越星文笑着说道：“放心，辛言说，他可以给大家熬粥喝。”

车上的众人纷纷露出了难以置信的神色。

这个逃生团队的画风真有些清奇！

化学学院的辛言同学居然变身大厨，以后要天天给他们用蒸馏瓶熬粥吗？

刘照青挠头笑道：“每天换一种粥，也挺好。”

林蔓萝调侃道：“我们这是提前进入了养生节奏？杂粮粥暖胃，比方便面健康！”

柯少彬小声吐槽道：“我看过很多末日小说，主角逃生的时候，带得最多的是巧克力、饼干、方便面。带红豆和绿豆的，我们绝对是第一批。”

众人心说：还能怎么办啊？这不是来晚了，找不到饼干和巧克力吗？

越星文轻咳一声，道：“大家坐好，抓紧时间上高速吧。”

驾驶位上的许亦深回头道：“唐教授刚给我们画了路线图，前面再过两条街，从金岭大道上环城高速，那里正好有一个加油站，上高速后一直往 F 市的方向走就行。”

江平策走过去问道：“师兄，你继续开？要不要换人？”

许亦深摆了摆手：“不用，我现在还不累。天黑之后，夜路我来开。我开夜路的经验比你们丰富，你俩坐我旁边学一下公交车的挡位。”

卓峰道：“行，你开前半夜，我跟平策后半夜再换你。”

众人各自坐好，许亦深开着公交车走过两条街，果然看见了加油站。

加油站依旧空空荡荡。许亦深、卓峰和江平策下了车，找到四个废弃的铁桶，直接拎了四桶汽油上来，将铁桶密封好。

越星文心里总算松了口气。

两箱矿泉水、七个书包的各种杂粮、四桶汽油，这些物资足够他们坚持到F市。前提是一路顺利。

唐教授给许亦深画了前往高速路的路线图，过了加油站，许亦深果然看到环城高速的入口，他将车子开上高速。高速公路上的路标指示牌非常清晰，每到岔路口，都会有前往F市的箭头。许亦深驾驶经验丰富，跟着路标，就不用担心会走错路。

坐在公交车前排的卓峰看着窗外，不由疑惑：“变异人攻占了整座城市，市民们难道没有人跑出去吗？怎么路上一辆车都看不见？”

许亦深道：“这座城市的人口少说也有上百万，不可能几天之内被团灭吧？”

越星文若有所思地看向窗外。天色渐渐黑了，整个城市陷入一片黑暗之中，连一丁点路灯的光线都看不见。许亦深打开了车灯照明，黑暗中，他不敢开得太快，车速保持在每小时七十公里左右。

时间一分一秒地过去，车内的同学们都没有出声，默默地盯着漆黑的窗外，仿佛黑暗之中会有什么东西忽然攻击他们一样，大家都全身戒备，丝毫不敢放松。

然而，什么都没发生。

车子就这样顺顺利利地在高速上开了半个多小时。

唐教授的肚子忽然发出咕噜噜的响声，他轻咳一声，问道：“你们有吃的吗？我已经三天没吃过饭了。”他躲在楼顶天台的铁箱子里，靠几瓶牛奶活了三天，此时，胃里空空如也，几乎快要支撑不住了。

越星文回过头说：“我们现在还在C市的范围内，这里是变异人的大本营，不能松懈，等离开C市之后大家再一起吃饭吧。唐教授，要不你先喝点水，吃些花生、红枣垫一垫肚子？”他从箱子里拿出一瓶矿泉水递给对方，又翻开书包，抓了一把花生递过去。

逃命呢！带一堆花生、红枣、芝麻、绿豆，这群人真有创意！唐教授嘴角抽了抽，接过矿泉水和一把花生，默默地嚼了起来。

车子正在高速上飞驰，辛言确实不好做饭。他们在超市没找到方便携带的食物，越星文也没办法，看向周围的队友们："你们饿不饿？谁要吃花生吗？"

柯少彬举起手："我要。"

其他人都不饿，毕竟是吃过早饭才来到考场，纷纷摇头表示不想吃。

柯少彬发现，除三天没吃饭饿坏了的唐教授之外，只有他举手要吃的，他的耳朵不由微微发红，小声补充："给我几颗尝尝就行。"

越星文笑道："别客气，刚才拿得够多，你尽管吃。"他给柯少彬塞了一大把花生，又问："瓜子要吗？"

花生瓜子的，像话吗！柯少彬咳嗽一声，接过越星文递过来的瓜子，低下头默默嗑瓜子。

安静的车里只有唐教授吃花生、柯少彬嗑瓜子的声音。这声音持续了几秒，辛言终于忍不住了，淡淡道："待会儿找个安全的地方，我再给你们煮粥。用酒精灯烧蒸馏瓶，旁边还有汽油，万一车辆颠簸引起火灾，会很危险。"

越星文道："嗯，先离开 C 市再说吧。"

众人正聊着，许亦深却突然减速，皱着眉道："前面收费站堵车了。"

越星文快步走到驾驶位附近往前看去，只见密密麻麻的私家车在高速公路上排成了一条长龙，将整条路堵得水泄不通。大部分车子都开着车灯，前方还传来震耳欲聋的喇叭声。

"滴滴滴"——刺耳的喇叭声让众人不由皱眉。

卓峰走到许亦深旁边，看向前方，皱眉道："怎么堵得这么严重？是有车祸吗？"

越星文说："我们这是遇到了逃跑大部队吧？"

刚才高速上没有车辆，大家还奇怪整个城市的居民怎么不往外逃？如今看来，居民们早就跑了，只不过，他们开车上高速想要出城的时候，被堵在了收费站。

这段路正好是一个弯道，从窗户往外看去，排成长龙的车队如同一条金色的链子，也不知他们在这里堵多久了。

越星文用眼神询问江平策要不要下车，江平策点了点头，越星文便回头说道："大家在车上稍等，我跟平策下去看看。"

两人一起下车，往前走了十几米。

拥堵的车流中很多司机神色惊恐地锁紧车门，也有不少司机下车跟周围的人聊天，越星文听见旁边有人在低声抱怨："这都堵了好几个小时了，前面到底出了什么事，有没有人管管啊？！”

“不知道，难道是连环车祸？”

“这条路走不通，我们该怎么办？要不要回头去找别的路？”

“你疯了！回去被那些怪物抓去做实验吗？”

做实验？越星文和江平策对视一眼，两人快步走上前去，越星文看向一个站在车旁抽烟的中年司机，问道：“大叔，做实验是什么意思？有人被抓去做实验了吗？”

满脸胡楂儿的中年人烦躁地吐出一口烟圈，道：“你还不知道吗？这个城市已经彻底乱套了！街上忽然出现一些奇奇怪怪的黑衣人，见人就抓，他们手里还有枪！”

旁边一个穿着运动服的年轻男人道：“我也听说，那些黑衣人会先问你要不要当志愿者跟他们去做实验，不愿意的人就直接杀掉！”

卷发女人紧紧攥住拳头，声音都在发抖：“我们一开始还以为是在演戏，结果，有个小孩转身逃跑，居然被他们一枪打死。太……太可怕了！”

男人沉着脸说：“哪有这样强迫人做实验，不同意就杀掉的？！那些黑衣人简直就是恐怖分子！这里已经待不下去了，我们才想去 F 市的亲戚家避一阵子。”

江平策低声问道：“他们上街抓人，是什么时候的事？”

女人道：“就在昨天。”

越星文道：“你们在路上堵了一整天吗？”

胡子大叔掐灭烟头，烦躁地将烟头丢在地上，用皮鞋碾碎，道：“昨天，那些黑衣人出现在城西区的研究所附近，杀了好多人。我是看见网上的消息后，急忙收拾行李，今天中午就跑了出来，结果堵在高速路上。”

年轻男人道：“我们也是今天下午才出来的！”

女人焦虑地四处观望：“再这么堵下去，万一被那些人追上了该怎么办？”

恐慌的情绪在人群中迅速蔓延，前方传来崩溃的大哭声，还夹杂着怒吼和咒骂，尤其是夹在中间的车辆，走不通，又不能后退，简直就是等死。

片刻后，忽然有一群人如同被狼追一样，尖叫着从车队的前方反向跑了过来。堵在路上的车队司机们看到这一幕，纷纷摇下车窗问：“怎么了？”

狂奔的人群中，有人用沙哑的声音大喊：“前面有怪物，怪物！快跑啊！”

听到这句话，有人立刻惊恐地锁紧了车门，有的司机则干脆弃车跑路。

整条高速公路瞬间乱成一团，不远处有个穿着高跟鞋的女人逃跑时崴了脚，不慎摔倒在地，后面人群不断拥过来，只听女人发出凄厉的尖叫。

孩子们的哭声、老人的叫声和车辆的喇叭声夹杂在一起，震耳欲聋。人群如潮水一般从远处涌过来，江平策脸色一变，急忙抓住越星文的手腕：“走！”

越星文还没来得及反应，江平策就忽然用右手画出坐标系，直接带越星文飞上高空。两人经过漫长的抛物线运动，一直飞到了收费站附近。

从空中往下看，越星文才终于看清前面发生了什么——

C市高速出口的收费站，一些黑衣人手持枪支，抓着平民挨个询问，冰冷的声音从下方传来：“愿意当志愿者吗？”

愿意的，被绑住手脚押送到货车的车厢里；不愿意的，当场处死。

有几个男人在被押送的时候找机会反抗，结果被押送他们的人猛地咬断了脖子！

那些人的牙齿比野兽的还要锋利，被咬断脖子的几个人惊恐地倒在血泊之中。

人群狂奔的速度，哪里比得上身后的子弹。

黑衣人立刻对逃跑的人群发起射击，砰砰砰的枪声响彻夜空——

人们接二连三地倒下，到处都是鲜血！转眼间，整条高速公路都被鲜血染红。在有组织、有武器的变异人面前，普通人类是如此渺小，几乎毫无反抗之力。

越星文看着这一幕地狱般的画面，脸色无比难看。

江平策道：“黑衣人数量太多，我们必须马上转移。”

变异人团队拿着枪一路往前扫射。他们的公交车虽然在最末端，但他们不能在原地坐以待毙，越星文咬了咬牙，道：“走吧！”

两人回到车上，林蔓萝紧张地迎上来：“前面什么情况？”

越星文道：“变异人提前堵住了收费站，想要逃出城的市民全被堵在这里。他们拿着枪，挨个儿询问人们要不要当志愿者——愿意的，装进大货车带走；不愿意的，当场射杀！”

听到越星文简短的描述，车内的同学们倒抽一口凉气。

许亦深沉着脸道：“志愿者？那些愿意当志愿者的人，相当于被迫加入了变异人团队，会被拉去做实验，被改造基因？”

卓峰面色凝重：“这样一来，变异人团队岂不是越来越强大了？”

江平策道：“想要活下去就必须加入变异人阵营，否则会被立刻处决。我们今天在广场上看见的那些尸体，应该都是反抗的人类，所以被当场枪杀……”

反抗的人会被杀死；可谁知道，加入变异人阵营的人，又会被拿去做什么研究？

在那些体力、速度、耐力，各方面都经过强化的变异人眼里，普通人类不过是实验室里的小白鼠，没有人权，没有自由，随时都可能被一针药剂处死。

刘照青紧紧攥住拳头，道：“这真是世界末日！人类还有转机吗？”

越星文忽然看向坐在后排的唐教授：“我记得唐教授说，你携带的资料当中，有变异人的弱点，所以变异人才急着想要找到你？既然他们都是基因改造的产物，唐教授手里的资料，应该有完整的基因组序列，可以从根源上解决变异人的问题，对吗？”

柯少彬很快明白过来，打了个比方道：“如果说，变异人是一种基因程序，那么，唐教授的手里，掌握着他们的源代码。有了源代码，就可以找出攻击变异人的最佳方式，将这些程序给摧毁！”

唐教授神色严肃地点了点头：“你们的理解没错。这份资料极其宝贵，所以，我就算死，也不会交给任何人，我必须将它带去基因研究中心。”

越星文深吸口气：“放心，我们会保护好您！”

如今，高速公路被彻底封锁，他们没法直接过去。

许亦深道：“这条高速走不通，身后是变异人大本营，我们也不能走回头路。想想办法，还有别的路吗？”

江平策冷静地说：“舍弃高速，走省道。”

许亦深回头看向他：“你认识路？”

江平策说：“我刚才一直在观察，高速公路的下面，还有一条并行的小路，上面标注着‘省道 106’，方向朝北，应该是出省的通道。变异人第一时间封锁了高速公路的收费站，但那条小路目前应该是通的。我们可以关掉车灯，抓紧时间绕过这段路。”

唐教授脸色微变：“但是，走省道的话，我们得先回头，从刚才的那个高速口出去，然后在市区里走好几公里……”

越星文道：“不用担心，我们有办法。”

他看向江平策，后者立刻点了点头，伸出右手，画出坐标系，将整辆车设为一个坐标，飞快地写出了一行公式。

江平策沉声道：“大家坐稳了！”

众人抓紧座椅扶手，整辆车瞬间浮空，从高速公路上直直朝侧面飞去——

唐教授紧紧闭上眼睛，还以为这次要车毁人亡！

然而，巨大的公交车从高速飞出去之后，并没有撞碎，反而稳稳地落在了距离高速百米远的另一条小路上。

唐教授心惊胆战：“这……”

越星文道：“你就当我们有特异功能，可以飞吧。”

江平策上前一步：“许师兄，关掉车灯，灯光会引起变异人的注意。”

这条路周围漆黑一片，他们开着灯堂而皇之地往前走，不远处高速上的变异人团队看见灯光，肯定会发现他们，立刻追上来。

许亦深关掉车灯，道："摸黑开车会很危险，让柯少彬过来！"

柯少彬快步走到驾驶位旁边，召唤出机器人，道："我让小图用雷达侦查，前方有障碍的话，它可以报警。"

小图开启了雷达监测功能，在屏幕中呈现出扫描后的路径。许亦深放慢车速，跟随着小图显示的路径，在黑暗中往前开去。

远处的高速公路上，不时传来撕心裂肺的尖叫和哭喊。

车内，所有人都没有说话，气氛压抑到了极点。

越星文紧紧地皱着眉。对他们来说，这只是一次考试，但对这个考场世界的人类来说，大家面临的，是整个物种的生死存亡。

许亦深集中精神盯着前方的路面，哪怕他有多年驾龄，经常在山路上飙车，可是，像今天这样两眼一抹黑地开夜车，对他来说也是第一次！

没有车灯的照明，他只能凭着感觉往前开。

幸好小图能扫描周围的环境，告诉他前方十米内有没有障碍物。许亦深因为准备随时刹车，不敢开得太快，车速一直控制在每小时二十公里左右。

远处的高速公路上，此起彼伏的喇叭声响个不停。周围杂音太多，也正因此，那些变异人并没有发现在跟高速公路并行的省道上，一辆公交车正在黑夜中缓慢地前行。

许亦深心惊胆战地摸黑开了一会儿，眼看左前方就是高速公路的收费站，大量的变异人和几辆大货车就停在那里堵人，只要绕过了收费站，他们就能离开C市的范围。

可就在这关键的时刻，小图忽然出声报警："前方道路中断，请绕行！"

许亦深不敢发出太大的声音，轻轻踩下刹车，让公交车尽量缓慢地停下来。

越星文上前问道："什么情况？"

柯少彬看着小图屏幕中显示出来的画面，说："前面的路被挖断了。"

众人的神色立刻紧张起来。

江平策皱了皱眉，道："怪不得他们只堵在高速公路的收费站，这条出城的省道直接被挖断，车子开不过去。"

越星文问道："你能用坐标系操控车子飞过去吗？"

江平策冷静地说："不行，我看不清前面的路。如果打开车灯来照明，高速那边的变异人，会立刻发现我们的存在。"

周围一片漆黑，不知道前面的路是直线还是拐弯，江平策用坐标系操控车辆升空，在完全没有视野的情况下确实很难精确落地。

越星文看向章小年：“小年有办法吗？”

小师弟挠挠头，苦着脸说：“可惜我没有桥梁施工的技能，不能在断裂的路面上架桥，我只会建造墙壁！”

越星文说道：“把墙壁放倒，换个方向，不就是桥梁了吗？”

章小年愣了愣，双眼倏地一亮：“我怎么没想到？！”

众人：我们也没想到……

越星文低声说：“小年、柯少，跟我一起去修补路面，其他人在车上等。”

许亦深急忙打开公交车的后门，越星文带着章小年和柯少彬下了车。柯少彬让小图用雷达监测，侦查到断裂路面的位置，章小年则在断面处横向造起墙壁。

竖着造墙，可以挡子弹；横着造墙，可以当桥梁。章小年发现建筑学院“墙壁建造”的技能还挺灵活的。这条路本身就有路基，只是路面被人为破坏了。横向造墙后，相当于在断裂的路基之上铺了一层新的水泥路面，自然就能让车辆通行。

越星文、柯少彬和章小年的三人施工小分队，偷偷摸摸在黑暗中修补路面。片刻后，三人回到车上，章小年兴奋地说：“补好了。”

柯少彬道：“小图侦查过，后续的路面没有断裂，可以直接开过去。”

许亦深看向他们，玩笑道：“一边逃命，一边还能修路，你们是真牛。”他按下关门键，轻轻踩了一脚油门，公交车顺着章小年修补过的路面，缓慢地开了过去。

左前方的收费站渐渐进入视野，众人紧张得屏住了呼吸。

他们这做法，相当于在变异人的眼皮子底下逃跑，一旦被发现，那群变异人会直接用枪朝他们扫射。这公交车的窗户又不是防弹玻璃，伤亡在所难免；而一旦车子的轮胎被打爆，他们需要徒步前往 F 市的话，更是难上加难！

秦露的“板块运动”一天只能用十二次，今天从研究所逃命的时候已经用光了，江平策的坐标系在黑暗中很难计算数据，大家只能寄希望于许师兄的开车技术。

许亦深的手心里都是冷汗。

高速公路就在侧面，跟这条小路的间隔距离约五十米，要不是高速那边人群狂奔、尖叫的声音太过嘈杂，他们开车经过的话肯定会引起变异人的注意。

五十米……一百米……一百五十米……

收费站渐渐被甩在身后，变异人并没有发现黑暗中悄悄前进的这辆公交车。

直到公交车将收费站远远地甩在身后，大家的视野中已经完全看不见高速上拥堵的车流灯光，越星文才微微松了口气，道："辛苦了，许师兄。"

许亦深擦了擦额头的汗，苦笑道："我在山路上飙车时都没这么紧张过。"

卓峰吐槽道："不开车灯，摸黑驾驶，感觉真像是走钢丝一样。"

许亦深回头看了眼身边一米高的白色机器人，笑道："幸好咱们有小图，要不然，我车技再好，看不见路，也很可能把车给开进沟里。"

小图道："谢谢夸奖。"

机器人进化之后，能听懂别人在夸它。柯少彬轻轻摸了摸小图的脑袋，笑道："你最厉害了，继续雷达监测。"

小图点头："好的主人，前方道路畅通。"

许亦深接着往前开，摸黑开了一段时间，距离 C 市的收费站已经过了十几公里，他才轻声说道："离得够远了吧？现在开灯，他们应该看不见。"

江平策看向身后收费站的方向，算了一下距离，道："好，开灯吧。"

许亦深打开了车灯。

一束柔和的光线从公交车的前方射出，终于看清了路面的许亦深长长呼出口气。在黑暗中紧张了一个小时的大家，看到这一束光，也总算松了口气。

越星文提醒道："不要松懈，我们距离 C 市还太近，万一他们察觉到不对，很容易追上。再往前开一个小时，距离超过一百公里了再说吧。"

许亦深点了点头："好，我接下来开快一点，大家坐稳了！"

众人立刻抓紧前面的座椅靠背。

许亦深一脚油门下去，公交车如同离弦之箭一样飞快地冲了出去。

刚才的公交车如同小心翼翼慢慢往前爬的蜗牛，加速之后的车就是狂奔的野马。

许师兄的车技真是让人心惊胆战。省道的路面并不平坦，他开着公交车走夜路都能上演弯道漂移，简直刺激！

时间一分一秒地过去，他们距离变异人的大本营 C 市也越来越远。

一个小时后，车子开到了荒无人烟的野外——左边是山，右边是一条河，前不着村后不着店。

时间显示是夜里 11 点 59 分。

过了 0 点，那些冷却二十四小时的大招都会刷新，大家的保命技能多了起来，就算被变异人追上，也有办法逃走。

越星文这才说道："好了，休息一下吧，我们吃点东西。"

许亦深将车子停在路边，众人纷纷下车透气。

唐教授实在受不了许亦深的漂移车技，晕车晕了一路，一下车就扶着一棵树开始吐。越星文跟过去，关心地说道："唐教授，您小心，别把芯片吐出来了。"

你这么一说，我是吐还是不吐啊？唐教授被这句话噎得脸色越发难看，强行忍住了想吐的冲动。

越星文拍拍他的肩膀，给他递去一瓶水："辛苦了，我们许师兄开车的风格就是这样的，恐怕接下来您还得习惯一下。"

唐教授一脸生无可恋。他回头一看，就见辛言在旁边架起了蒸馏瓶，正准备做粥。

那蒸馏瓶的高度几乎跟他的腰部平齐。唐教授第一次见到这么大的蒸馏瓶，他瞪大眼睛，不敢相信地看着眼前的庞然大物，没看错的话，这瓶子……是凭空变出来的吧？

似乎为了印证他的猜想，辛言在他震惊的眼神中，又凭空变出来几个酒精灯，放在蒸馏瓶的下面。

卓峰和许亦深拿来矿泉水倒进蒸馏瓶里，柯少彬在旁边积极地拉开书包拉链，忙着分配食材，一边清点一边问众人："大家今晚想喝什么粥啊？银耳莲子粥？桂圆红枣粥？黑米粥？绿豆粥？还是各种材料都放一点，做个八宝粥？"

这花样还挺多！

林蔓萝小声吐槽："真是个养生团队。"

蓝亚蓉举起手，笑容亲切："我喜欢桂圆红枣粥。"

秦露小声说："我也喜欢红枣。"

柯少彬兴奋地点点头："那就听女生们的，今晚先煮一锅……不，煮一蒸馏瓶的桂圆红枣粥。不过，红枣桂圆吃多了会上火，明天我们再煮绿豆粥败火。再来一瓶矿泉水，我再加点冰糖，会比较好吃。"

越星文提醒道："你们省着点儿，这样下去，矿泉水可能不够用。"

辛言平静地说道："没关系。旁边不是有一条河吗？取一些河水上来，我把河水蒸馏之后，就能收集到可以饮用的蒸馏水，再装进刚才的那些空瓶子里。"

带个化学系的队友，如同带了一个大厨。几瓶矿泉水拿去做粥，辛言又能再生产几瓶，这样循环利用，他们就不会缺水了！

江平策、卓峰听到这里，立刻去河边打水。辛言又召唤出一个巨大的蒸馏瓶，连上冷凝管、接收瓶等全套蒸馏装置，在旁边点了几个酒精灯，开始烧水。

越星文忽然想到一个问题："对了，我们没有碗筷。当时去超市的时候，碗筷已经被抢光了，这粥做好了怎么吃？总不能全体用手抓吧？"

辛言低头想了想，右手忽然一抬，空中出现了一串蒸馏装置中的圆形接收瓶，他道:“将瓶口打破，可以当碗用。至于筷子……”

林蔓萝笑道:“筷子我有办法。”她忽然召唤出一条长长的绿藤，看向刘照青道:“师兄，借手术刀用一下，我用藤蔓给大家做筷子。”

刘照青哭笑不得地给了她几把手术刀。几个女生开始忙活，转眼间，她们就将藤蔓上的绿叶全部去除，把细长的枝干切成二十厘米左右的长度，连续切了二十六段，两两一对，做出十三双干净整齐的筷子。

越星文竖起大拇指:“现场制造，厉害！”

辛言的蒸馏瓶，温度能瞬间达到一百摄氏度，去掉接收装置，盖上盖子之后，就是个封闭的“高压锅”，煮粥的速度极快。片刻后，一锅香甜的桂圆红枣粥完工。

辛言将接收器连上了蒸馏瓶的出口，道:“好了，开饭。”

众人纷纷上前去拿粥。

唐教授看着眼前的画面，一脸惊恐——居然用蒸馏瓶做饭，接收瓶当碗？忽然出现的藤蔓被砍成了一截截当筷子？汽车还能随时起飞？

他怎么觉得，这群人比变异人还要厉害啊！

热气腾腾的桂圆红枣粥出锅，越星文走过去盛了两瓶，转身来到唐教授的面前，将一个装满粥的接收瓶递给他，道:“唐教授饿坏了吧？先吃点东西。”

唐教授脸色复杂地伸手接过“碗筷”，见周围的人都在埋头吃饭，他只好低下头默默地吃了起来。

别说，这粥的味道还真不错。红枣和桂圆都煮得很烂，搭配黑米，还加了一些冰糖，入口软糯香浓。没有勺子喝粥不太方便，但藤蔓做成的筷子也能勉强将粥扒拉进嘴里。

唐教授拿起筷子，夹了颗硕大的桂圆在嘴里嚼着。之前躲在箱子里连着饿了三天，几口热粥下肚，他感觉全身的细胞都在这一刻瞬间恢复了活力。

唐教授加快速度，狼吞虎咽，转眼间就将一瓶粥喝完了。他意犹未尽地舔了舔嘴唇，看向越星文，小声问:“还……还有吗？”

越星文道:“放心吧，管够。”

他将唐教授手里的接收瓶拿过去，又盛得满满的递回去。唐教授接过来迅速喝完，继续抬头看向越星文。

越星文笑着道:“您还想吃第三碗？”

唐教授扶了扶鼻梁上的眼镜，有些委屈:“我三天没吃饭了……”

辛言煮的粥确实够多，每个人都能至少喝两碗。越星文见唐教授可怜巴巴的，又给他盛了第三碗，让他放心吃。

唐教授总算吃饱了，打了个嗝，看向越星文说：“谢谢你们。”

“不客气。我们拿的五谷杂粮够多，接下来，您每天都可以喝到不同花样的粥。”越星文笑着说道，“不会让您饿着的。”

唐教授神色复杂，没说话。

越星文回头问辛言：“这些碗筷要怎么处理？”

“大家用我做出来的蒸馏水洗干净碗筷，各自收好，下回吃饭就不用再做了，能省很多时间。”辛言说道。

众人纷纷去旁边排队洗碗。

辛言打开了另一个蒸馏装置冷凝管的出口，大家飞快地接水洗碗，剩下的水则用空的矿泉水瓶子收集起来。卓峰和许亦深还拿来几个之前为了装汽油收集到的空桶，装了满满五桶河水放在车上。以后，矿泉水不够用了，就让辛言临时制作蒸馏水来解渴。

人不能长期喝蒸馏水，但他们是在逃命，条件有限，也没必要讲究那么多。

凌晨 0 点 30 分，这顿“夜宵”前前后后花了半个小时。越星文道：“再给大家五分钟时间，洗把脸，该上厕所的去树林里上厕所，我们不能在这儿待太久。”

唐教授道：“我也想上厕所。”

越星文笑着说道：“我陪您去吧。”

他担心唐教授会跑路，所以亲自跟上去盯着对方。但唐教授并没有逃跑的意思，去树林里小解之后，就老老实实地回来了。

队友们先后上了车，江平策主动走到驾驶位，道：“师兄，你开了好几个小时，休息一下，后面的路我来开吧。”

许亦深连续开了六小时的车，一路上精神紧绷，确实很累。听到这话，他便笑着捋了捋额前略显凌乱的卷发，道：“行，我先睡会儿，后半夜你们再叫我。”

卓峰问道：“师弟一个人行吗？要不要我帮忙看路？”

江平策冷静地启动车子，挂上挡，说：“不用，你们都休息吧。这段路没有别的车，我可以直接开远光灯，让小图帮忙侦查就够了。”

柯少彬急忙召唤出机器人：“小图我刚放回去充了电，可以连续工作十个小时。”

越星文走过去，坐在了离驾驶座最近的位置上，回头说：“大家都睡一会儿，我陪着平策。凌晨 5 点左右，我们再叫醒下一位司机。”

有越星文陪着江平策，大家当然很放心。

蓝亚蓉笑着说：“辛苦两位了，我们先睡会儿，养精蓄锐。”

公交车内部十分宽敞，座位也很充足。为了方便睡觉，每个人占了并排的两个座椅。有人将脑袋靠在窗上睡，也有人趴在前方的靠背上，许亦深师兄干脆占了最后的一排座椅，横躺着睡觉。唐教授被大家围在车厢的后半部分，也开始闭目养神。

今天累了一天，加上车子轻微的颠簸如同晃动的小船，催眠效果一流，很快，众人便东倒西歪地睡着了，车厢内渐渐只剩下轻微的呼吸声。

越星文回头看了眼队友们，心情渐渐地平静下来——不管发生什么，身边有这么多的伙伴在，比一开始的孤军奋战好太多。

他们这个团队的技能是有些奇怪，但让越星文欣慰的是，大家的心态都很乐观。

找不到饼干、牛奶，就现场煮粥吃；矿泉水不够，直接用河水做蒸馏水；遇到困难，大家的第一反应是齐心协力地想办法解决问题，没有任何人抱怨，也没有人垂头丧气地说一些让人难受的话。队伍的氛围很好，越星文这个队长当得也比较轻松。

前面的路弯弯曲曲，车辆一直在山间行驶。

江平策发现越星文安安静静地坐在旁边不说话，便压低声音，用只有彼此能听见的音量说道："你去睡吧。有小图在，我一个人开车可以的。"

越星文小声说："没关系，我以前比赛的时候也经常熬夜；再说，深更半夜的，你一个人开车，万一遇到什么事，连个商量的人都没有。旁边有我在，万一你疲劳驾驶，我还能提醒你。"

江平策的唇角轻轻扬起："好吧。"

越星文愿意陪着，江平策的心里其实很高兴。他以前从来没有开过公交车，在这种弯弯曲曲的山路上开车的经验更是屈指可数，有星文陪着，他的心情很快就平静下来，握住方向盘的手指也没那么僵硬，状态放松了许多。

江平策低声问道："这次任务，比以前的要难得多。"

越星文点头："是啊，以前的附加题都是固定的，可这次，唐教授是个大活人，有自己的思想，不好控制。他之前故意给了我一份假芯片，差点坑了我们。看得出来他戒备心很强，或许到现在还没有完全相信我们。"

江平策道："看我们刚才做饭的过程，他明显很惊讶，但他什么都没说。这个人非常聪明谨慎，接下来得盯紧他，防着他忽然逃跑。"

两人轻声聊着，并没有发现，坐在车厢后排的唐教授的睫毛轻轻颤了颤。

今天，这个叫越星文的年轻人让他喝了三碗粥。他喝着香浓的红枣桂圆粥，看着越星文的笑脸，总有种犯人临刑之前被看守喂饭，看守对犯人说"吃饱了好上路”的悲壮感。

他吃饱了，所以这群人就带他继续上路了吧。

但他们到底要带他去哪儿？难道变异人产生了进化，出现了科学无法解释的超能力？

那个叫辛言的男生，苍白的脸色带着一丝病态，看上去像是被基因改造过一样，眼睛冰冷如同毒蛇，让人对视时脊背发凉，还能凭空变出一堆蒸馏瓶、酒精灯……

留着黑色长直发的女生林蔓萝，她的手心里居然生出了一条长长的绿色藤蔓。难道，那些人在做人类改造实验的时候，还融入了植物的基因吗？

叫江平策的这位甚至能带着人直接从楼顶飞下去，不知道他的基因里增加了什么序列。能飞的物种只有鸟类，所以，江平策是雕还是鹰？

唐教授心乱如麻。

他总觉得自己刚逃出虎穴，又进了一个狼窝！

而且，面前这些“高级改造人”比他知道的变异人还要可怕得多。

变异人只是身体素质经过改造强化，他们的厉害之处是不知道从哪里弄来的大量的枪支弹药。可面前的这些人，有很多没法用科学解释的奇怪能力！

唐教授紧紧地攥着拳头，总觉得这次凶多吉少。

他还能逃得掉吗？

江平策谨慎地开着车经过了这一段弯弯曲曲的山路。前方的道路明显比刚才宽敞了许多，并且出现了一个岔路口。车灯照亮了道路右侧的路标，只见蓝底的路标上用白色字体标注着“←黑河镇”“→清水镇”。

远光灯可以照亮前方几十米的距离，越星文透过车窗玻璃，隐约可以看见前方的左、右各有一个小镇，低矮的房屋十分整齐地排列在路边。

此时已经凌晨 3 点 30 分，小镇的周围看不见一个人影，偶尔传来狗吠的声音，路上没有尸体和鲜血的痕迹。目前看来，两个小镇都是安全的，变异人的势力还没有扩张到这里。

江平策将车子在岔路口停下：“走哪边？”

越星文皱着眉道：“这条路我也不熟，要不要找个当地人问问看？”

可惜现在三更半夜，周围根本没人，除非他们直接去敲门，把村民吵醒。

就在这时，唐教授忽然迷迷糊糊地睁开眼睛，问：“怎么停下了？”

越星文从车内的后视镜看到这一幕，立刻说道：“唐教授，您知道去 F 市的路线吗？左边是黑河镇，右边是清水镇，我们该走哪边？”

唐教授仔细想了想，道：“应该是走右边，F 市在 C 市的正北边，我们目前是从东向西走的，往右拐，就是正北。”

越星文抬头看了眼天空中明亮的北极星。

唐教授说得没错，往右确实是正北，F 市就位于北边。

越星文和江平策对视一眼，道：“右拐吧，走清水镇这条路。”

江平策再次发动车辆，在岔路口右拐。

唐教授闭上眼睛，似乎又睡着了。

越星文回头看着他安安静静睡觉的样子，总觉得今天的唐教授有点奇怪——他亲眼看到大家用各种异能做粥，难道，他就不怀疑大家的身份？

按正常人的思维，忽然看见这么多奇奇怪怪的异能，恐怕会觉得他们是伪装的变异人，要将他掳走，解剖他，取出他身体里的芯片。

唐教授不可能这么单纯，直接相信这群人是来“护送他”的。

越星文摸着下巴仔细想了想，低头看向小图雷达监测中呈现的路径，然后发现，接下来的路，是环形的，虽然弯曲度比较小，但能看出来路径并不是直接向北。

他看了江平策一眼，在课题组频道打字：“唐教授告诉我们的方向是错的，他故意用北边误导我们。”

他们的车从东边开过来，遇到往南、往北两条岔路。已知F市在C市的北边，唐教授说往北边清水镇这条路，听上去似乎是对的。可是，由于接下来的路是弧形路段，往北走，道路弯曲之后，反而不是正北。往南走，道路环绕弧形后才是正确的方向！

江平策给了越星文一个了然的眼神，在前方路段不动声色地掉头。

假装睡觉的唐教授察觉到了，脸色微微一变。

完了，他遇到的这群人不但很厉害，还很聪明。他这次真的难逃魔掌！

他们要带他去解剖了吗？

唐教授的心底忐忑不安，轻轻在身侧握紧了拳头。

他刚才让江平策开车往北走，是想引导他们走清水镇那条路线，再到隔壁的花海市。他小时候在花海市长大，对整个城市的道路非常熟悉，到时候再找机会逃跑躲起来，然后想办法自己去 F 市的基因研究中心，就能脱离这群人的掌控了。

然而，越星文和江平策居然没有上当？！

大半夜的，这两个人的脑子倒是非常清醒，开着车走了不到一公里，就忽然调头，朝着完全相反的黑河镇方向开去。

眼看车子回到了岔路口，唐教授假装被惊醒，环顾四周，小声提醒道：“你们是不是走错了？不是往北边走吗？”

越星文来到他身边，耐心解释道：“唐教授放心，我们刚才仔细观察过，清水镇那条路虽然路口的方向是正北，但环绕一圈之后，方向应该是朝西。倒是去黑河镇这条路，看上去不对，但绕一圈正好是往北走的。”

唐教授一脸惊讶：“居然是这样吗？多亏你们细心。”

越星文笑了笑，心道：您就装吧。

唐教授的演技还不错，表情很无辜地说：“辛苦你们了。”他顿了顿，假装不经意间问道，“这次护送我，是陈主任交代给你们的任务吗？”

基因研究中心的主任叫什么名字越星文根本不知道，说不定根本就没有什么“陈主任”，如果他回答错误，唐教授肯定会更加怀疑他们的身份。

越星文想了想，换了种说法道：“基因研究中心的主任我并不认识，我们只听直属上司的命令。我们 C–183 行动小组的组员，全都具有特殊能力，平时很少会出现，只有紧要关头才接受指派，执行特殊的任务。”

也就是变异人中的精英队伍？唐教授默想。

越星文也知道他不会轻易相信，无奈地揉了揉太阳穴，说道：“我们的有些能力确实不好解释，但我们跟变异人还是区别很大的。您看，我们的身体各项素质都跟正常人类一样，也没有像某些动物的奇怪行为，对吧？那些变异人有的舌头很长，有的牙齿锋利，融合了各种动物的基因，但我们没有。”

唐教授沉默不语，心想：可你们是我见过的最奇怪的一群人。

见一时半会儿跟他解释不通，越星文干脆放着他不管，道：“您先睡吧。放心，我们会把您安全送到基因研究中心。”

唐教授点了点头，闭上眼睡下。

越星文回到驾驶座附近，轻声跟江平策说道：“这个唐教授不太安分，他一直没有打消对我们的怀疑，可能会想办法逃跑，这也是附加题的难点。”

江平策建议道：“不行的话，让林师姐用藤蔓把他绑起来。”

越星文点头：“嗯，如果他轻举妄动，我们也只能把他绑起来了。”

江平策开着车进入了黑河镇，经过长达几公里的环形路段之后，他们果然绕到了另一条相对偏僻的山路，路标写着“省道 167”，方向是正北。

越星文看向天空中的北极星，说：“这次方向对了。”

幸亏他们留了个心眼，要不然就被唐教授给骗了。

凌晨 4 点 30 分左右，卓峰和林蔓萝同时醒来。卓峰走到驾驶座旁边，道：“星文、平策，你们两个去休息吧，换我来开车。”

江平策连续开了四个小时夜路，确实有些疲惫，便不再强撑，将公交车停在了路边，把方向盘交给卓峰师兄。

林蔓萝道："已经 4 点 30 分了，你们快去睡几个小时。"

越星文压低声音叮嘱："唐教授一直怀疑我们是变异人团队，他所说的相信也只是口头上相信，一旦有机会，他很可能会跑路。师姐，你用藤蔓把车厢内部封锁，别给他任何逃跑的机会。"

林蔓萝点了点头，伸出右手，长达二十米的藤蔓在空中飞快地蔓延，将唐教授所在的那一片区域完全环绕、包围起来；只要唐教授想跑，林蔓萝就能第一时间感知到，并且让藤蔓瞬间收紧，将他捆成一个粽子。

布置好这一切后，越星文和江平策放心地走到唐教授旁边坐下。

唐教授躲在箱子里连续三天不眠不休，终于忍不住累得睡了过去，脑袋歪在一边，并没有察觉到林蔓萝用藤蔓包围住了他。

他这一觉睡得很不安稳，噩梦连连。他梦见那个叫刘照青的人凭空拿出无数手术刀，将他的肚子给剖开，取出了他身体里的芯片；叫辛言的人将他装进了蒸馏瓶里，面无表情地说："这次，我们在八宝粥里加点肉。"

唐教授蓦然惊醒，衣服都被冷汗给湿透了。

天边露出一丝鱼肚白，车内光线昏暗，他低头一看，座位周围布满了绿色的藤蔓，他别说是逃跑，连在车厢内自由走动都做不到。

扭头，正好对上辛言冰冷的目光。

唐教授想起梦境里被辛言拿去煮粥的画面，全身寒毛直竖，尽量平静地扶了扶眼镜，朝辛言露出个友好的微笑。

辛言一脸的莫名其妙，忍不住问："怎么了？您又饿了？"

唐教授的笑容僵在脸上："不饿，不饿。"

柯少彬也醒了，屁颠屁颠地跑过来，小声道："辛言，今天能做玉米粥吗？"

辛言说："可以。"

天渐渐亮了，周围的同学们依次醒来。越星文和江平策凌晨 4 点多才睡，还没有醒，大家自觉地没有吵醒他们。

发现唐教授的周围布满绿色藤蔓，秦露不由疑惑，凑到林蔓萝的耳边小声问道："林师姐，这些藤蔓是……防止他逃跑吗？"

林蔓萝点头："星文让我布置的。唐教授还是不信任我们，以防万一吧。"

附加题有 40 分的分值，肯定没那么顺利。唐教授有自我意识，并且不信任他们，要是跑了，再去找会很麻烦。从根源上杜绝他逃跑的可能性，才是最简单的。林蔓萝相信，有这么多人守着，唐教授也折腾不出什么幺蛾子来。

越星文和江平策早晨 7 点 30 分醒来，辛言已经做好了玉米粥，大家每人分了一碗当早餐。

上午 9 点，车子开进一段山路，外面忽然下起了雨。

雨势越来越大，顷刻之间，车窗就被雨水淋得一团模糊，完全看不清外面的景色。卓峰打开了雨刷器，雨刷不断地刷过前挡风玻璃，可依旧看不清前面的路。山间的大雨让周围浮起了浓厚的雾气，一片白雾之中，能见度不足 5 米。

许亦深理了理略显凌乱的头发，走到驾驶位说："卓峰，你休息吧，我来开车。下雨路滑，得开慢一点。"

卓峰的驾驶技术不如许亦深，干脆将车停在路旁，把方向盘交给许亦深。

柯少彬看着窗外的暴雨，有些发愁："这么大的雨，走山路会很危险吧？"

辛言淡淡地道："可停下来休息的话，又不知道暴雨什么时候才会过去；如果这雨下个一整天，我们总不能原地等一整天。"

许亦深系好安全带，道："走还是不走，大家做个决定。"

众人齐齐回头看向组长越星文。

山间的天气阴晴不定，整天下雨也是常见的事，停下来等待太浪费时间，越星文果断地说："继续走吧，开车小心一点。"

暴雨、大雾、山路……现实中，在这种情况下没人会开车进山。冒雨走山路确实危险，但他们毕竟是逃命，不是旅游，时间对他们很重要。

许亦深绷紧神经，道："让小图侦查，我看不清路。"

柯少彬让小图站在许亦深旁边雷达监测。车子在暴雨中开出去几十米远，缓慢地走过一个弯道，就在这时，小图忽然发出警报："前方出现障碍，请绕行……"

话音刚落，众人就听头顶传来砰的一声巨响！

那巨响震耳欲聋，整个车身都被砸得微微摇晃，越星文抬头一看，车顶出现了明显的凹陷，他急忙说道："是落石！"

巨石接二连三地从空中落下。

砰！砰！

落石砸在车顶，公交车开始不断地晃动。许亦深咬紧牙关，努力把着方向盘维持车辆的平稳，但很快，他就大声喊道："前面的路被泥石流冲断了！"

越星文眉头紧皱："小年，上推土机！"

章小年快步跑到公交车前方，将推土机召唤出来，启动推土机往前疏通。

公交车迫不得已停在原地。

就在这时，众人忽然听见周围响起啪的玻璃碎裂声——

由于唐教授坐的位置正好在公交车的右侧，靠近山体那边，篮球大的落石从空中飞过来的时候，唐教授根本来不及反应！

石块瞬间砸碎了玻璃，眼看就要朝着唐教授的脑袋砸过去，越星文几乎是条件反射一样伸出右手，猛地召唤出《成语词典》！

沉重的词典擦着唐教授的鼻尖飞过，跟石块在空中相撞。

巨大的冲力将石块反推向车外，越星文喊道："快保护唐教授！"

连续几块玻璃被砸烂，越来越多的石块从高空中落下，几乎要将他们这辆车给淹没在石堆里。

章小年以极快的速度造了五面墙，前、后、左、右、上方，如同一个城堡一样，将公交车给罩在里面！这是建筑学院最坚固的防震墙，落石撞击墙壁，发出轰轰的巨响，周围如同大地震一般，公交车内的队友们神色一个比一个紧张。

越星文回头问："小年，你这墙壁能扛多久？"

章小年道："这墙能防六级地震，石头一时半会儿砸不穿。等推土机把路疏通了，我们就尽快离开这个危险的路段。"

队里有建筑系小师弟，跑路确实方便，这坚固的"堡垒"可以支撑到道路疏通。

越星文松了口气，看向一脸惊恐的唐教授，关心道："唐教授没事吧？"

唐教授回过神来，脸色苍白："没……没事。"

刚才，落石砸烂了车窗玻璃，要不是越星文急中生智召唤出词典，将石头给撞出去，唐教授很可能被砸中脑袋一命呜呼。想到这里，越星文就心有余悸，急忙上前仔细替唐教授检查了一番，道："玻璃碴儿划伤了脸，刘师兄，麻烦帮他处理一下吧。"

刘照青拿出一条洁白的医用纱布，走过来一边迅速帮唐教授包扎脸上的伤口，一边安慰道："放心，只是被玻璃划破了皮肤，皮外伤，没什么事。"

唐教授如同雕像一样僵硬地坐在那里，任凭刘照青摆布。

脸上清清凉凉的很是舒服，纱布贴上去之后，伤口居然神奇地愈合了！

唐教授深吸口气，摸了摸光滑的脸，心情越发不安——这个团队的人奇奇怪怪，能凭空拿出一本厚重的词典，纱布居然连他熬夜三天后脸上爆出的痘痘都给消掉了！刚才，那石头差点砸到他的脑袋。越星文是真的救他，还是故意演戏换取他的信任？

就在唐教授心情纠结的时候，刘照青忽然认真观察着他的脸，玩笑道："唐教授，您这脸上的痘印挺多的啊。应该是研究所工作繁忙，激素分泌有些失调。要不要我帮你去掉？"

唐教授心说：你们这团队不但带厨师，还带美容师吗？！

对上唐教授镜片后面震惊的眼眸，越星文忍着笑说："师兄，你就别吓他了，他昨天已经受了太多的刺激。纱布先收起来吧。"

刘照青收起纱布，哈哈笑道："吓着吓着不就习惯了吗？以后咱们再召唤出监狱、橘子之类的，他也就淡定了。"

唐教授更疑惑了：什么监狱？什么橘子？？

越星文无奈扶额，总觉得他们C-183课题组越来越像反派了。在唐教授的眼里，他们大概是比变异人还要恐怖许多的"恐怖组织"。

唐教授遇到他们，到底是幸运呢，还是倒霉呢？

大量落石砸在墙上发出的轰然巨响，让众人不由得心惊胆战，一旦墙壁塌陷，整辆车都会被滚落的巨石砸成一堆废铁！

越星文走到公交车前方，紧张地问道："路通了吗？"

柯少彬说："刚刚疏通了，可是，小图的监测范围内又出现了新的障碍物。"

越星文朝着章小年招了招手，道："师弟，你过来，把车子前面的墙壁给撤了，看一下路况。"

章小年立刻照做。正前方的墙壁撤除后，许亦深用雨刷器刷干净玻璃，众人这才看清前面的路况——推土机已经推出去十几米远，将刚才被泥石流阻塞的道路全部疏通。然而，由于山顶的石块在不断地滚落，刚刚疏通的路面又被落石给堵住了。

只不过短短的半分钟，他们为了救唐教授，耽误了最佳前进时机。

越星文想了想，道："我们必须紧跟在推土机的后面，让推土机回来，把公交车跟前的这些石头给弄走。"

章小年道："好的，我让它回头。"

前方正在工作的推土机在章小年的指挥下转过身，将路面上的石块全部推到了旁边的河水中。在推土机跟公交车几乎接触的那一刻，越星文才道："准备开车。"

许亦深立刻发动了车子，紧跟在推土机的身后，这样就不会导致推土机刚疏通的道路又被堵住。只是，暴雨导致山体滑坡，这段路本身就很难走，即便有推土机在前面开路，从高处滚下来的大量落石，依旧相当危险。

章小年的推土机材质特殊，被落石砸中也丝毫不会损伤。

可公交车并没有那么坚固，顶棚已经被砸出来一个坑，车窗玻璃也有好几块被砸碎。要是车子被砸烂，他们接下来没了交通工具，会更麻烦。

越星文深吸口气，立刻说道："小年，在车顶再造一层墙壁，加固防御。"

章小年点点头，立刻在公交车的顶部造了一面横向的墙壁来挡住落石。

头顶不断传来砰砰巨响，又一块石头降落，砸在了防震墙上，虽然车身被砸得晃动，但防震墙就像一层"保护壳"，车子本身并不会损伤。

推土机在前面开路，公交车带着一层防震壳艰难地往前走，耳边不断响起砰砰的声音，无数落石压得整辆车几乎要走不动。

所有人都屏住呼吸，生怕小年的墙壁外壳不够牢固，他们的车被砸个对穿。

就这样紧张地过了十几分钟，头顶的巨响才渐渐地减弱，前方的道路彻底疏通，他们有惊无险地走完了落石路段。

许亦深看着前面的山路，微微松了口气，道："暴雨还在下，山路上能见度很低，而且，我们的公交车顶落满了石头，相当于超载了！"

刚才那段路，章小年的墙壁虽然保护车子不被砸烂，可公交车的车顶积累的石头也越来越多，无数沉重的石头压在车顶，车快开不动了。

在超载的情况下走山路会更加危险，遇到意外，急刹车都刹不住！

越星文仔细想了想，道："秦露，可以用'板块运动'换位吗？"

"板块运动"不受重量的限制，原理是脚下位置的交换。秦露听到这里，立刻说道："我可以开启换位，但我需要具体的距离和角度，才能定位交换。要是定错了位置，把大家换去河里可就糟了！"

这段山路弯弯曲曲，一边是高耸入云的山峰，另一边是深不见底的河流，不像笔直的路径可以直接往正前方换位，弯曲的道路一旦算不好具体落点，公交车被换进河里，大家会被淹死。

越星文看向柯少彬："我们视野的能见度太低，许师兄把车停下，下坡路段，超载太危险了，让小图先去侦查看看。"

暴雨引起浓雾，人类的眼睛在浓雾中只能看到五米以内的东西，江平策的坐标系、秦露的换位技能，由于无法定位具体的位置，都不能使用。

但小图是机器人，不受雾气影响，雷达侦查的范围依旧在五十米左右；而且，小图脚下带着滑轮，此时的山路是下坡，小图的速度也比人类要快。

柯少彬将小图放下车，小图立刻闪着灯往山下滑去。

小图跟笔记本电脑是同步的，它一边滑，一边在柯少彬的笔记本电脑里呈现出一条弯曲的路径。江平策看着路径迅速算出了距离，朝秦露说："左下方，十度，五百米。"

秦露在地球仪上定好位置，移形换位，公交车果然瞬间出现在另一段山路上！

小图又走了一段距离，江平策飞快地在大脑中立体建模，算出弯弯曲曲的路径终点：“右下方，三十度，三百米。”

向右下角倾斜三十度，瞬移三百米，秦露一番操作之后，车子再次稳稳落地。

众人看了眼笔记本电脑，惊讶地发现，这次位移，居然让车子绕过了三条U形的山路弯道，直接飞跃到了一公里外的地方！

许亦深赞道：“这办法好。如果我们沿着弯曲的山路慢慢往前走，这山路十八弯的，可能几个小时都走不出去。用‘板块运动’换位的话，能直接跳过弯道，向斜下方飞跃。”

秦露激动地说：“对的，‘板块运动’并不要求在同一个平面，可以向斜下方、斜上方换位，只要直线距离在五百米以内就可以！”

也就是说，如果前方有一座山，算清楚山脚到山顶的倾斜角度和直线距离，秦露甚至可以将大家瞬间换位到山顶。

发现了这个强大的功能之后，队友们纷纷感慨——

“知识就是力量啊！”

“多亏平策算得准角度和距离！那么多弯弯曲曲的山路，我眼睛都花了。”

小图踩着轮子滑得飞快，它一路滑下山，在笔记本电脑中呈现出山路的曲线图，江平策飞快地算出角度和距离，于是，原本几十公里的危险弯曲山路，被秦露用十二次“板块运动”一路换位，直接把公交车换到了山下。

而这过程，只花了不到半个小时。

山下并没有下暴雨，天气晴朗。

许亦深看向前方平坦宽阔的道路和头顶万里无云的天空，长长松了口气，道：“太刺激了！我以前在山路飙车都没这么紧张过！”

卓峰笑道：“经过这一次，你回去之后的驾驶技术肯定会突飞猛进。”

许亦深摸了摸鼻子：“回去以后我再也不飙车了，活着不好吗？”

越星文提醒道：“大家先下车，把车顶的那些石头给弄掉吧。”

众人纷纷下了车。

唐教授脸色苍白，看他们的眼神如同看一群怪物。

这段山路叫“黑河十六盘”，是因为有十六个惊险刺激的U形大弯道而得名。平时，这段山路也是事故频发的路段，刚才下起暴雨，山间出现大雾，这样的天气根本不可能有司机敢进山！

这群人不但开着公交车进了山，还用奇怪的魔法，一路带车子瞬移，半小时开完了几十公里的十六盘山路？！

据他所知，变异人只是融合了动物的基因，体能方面有所增强……没听说会魔法啊！

唐教授僵硬地坐在车上，百思不得其解。刘照青路过座位时看了他一眼，笑道：“唐教授，下来活动一下吧，坐了那么久，您不累吗？”

林蔓萝撤掉了围住他座椅的藤蔓，唐教授神色复杂地下了车。

刘照青给他递过去一瓶水：“喝点水，压压惊。”

压压惊？估计是压不住，面前发生的一切太不可思议了。

旁边，越星文翻开了厚厚的词典，道：“大家躲开！”

众人纷纷往后躲避。

越星文在嘴里念叨：“七上八下！”

公交车上面那些篮球大小的石块，被一股神奇的力量操控，七块石头飞上了高空，八块石头哗啦啦落地。紧跟着，卓峰右手一扬：“落！”

被重力影响的石块齐刷刷地落在旁边地上。

车顶还剩三块漏网之鱼，江平策直接开出坐标系，让那三块石头顺着抛物线轨迹掉落到了旁边。

章小年撤掉了罩在车顶的防震墙，林蔓萝用两条绿藤搭成了梯子，越星文和江平策顺着绿藤爬上去，仔细检查了一番。

越星文的声音从车顶传来：“顶棚被砸了两个坑。”

江平策说：“好在没被砸穿。”

柯少彬扶了扶眼镜，认真地说道：“可车窗玻璃被砸碎了很多，晚上会漏风，这样也很危险，我们是不是得修补一下这辆车？”

刘照青想了想，说：“要不，我用纱布把窗户给糊住？”

越星文仔细一想，大家都没有修补破洞的技能，只能让刘师兄暂时做一些纱窗来挡风，于是点点头说：“好，辛苦刘师兄了。”

刘照青召唤出一长卷纱布，固定在破掉的窗户上。

于是，整辆公交车就变成了部分窗户是玻璃、部分窗户是纱布的“病号公交车”。

许亦深在旁边轻轻揉着太阳穴：“这是我开过的造型最拉风的车了。”

刘照青笑道：“裹着纱布的车，果然很潮。”

卓峰叹了口气，爱惜地摸了摸公交车上的纱布，道：“我对这辆陪着大家遍体鳞伤的公交车都有感情了。”

众人脸上终于有了一丝放松的笑容。

开着这辆裹满纱布的公交车上路，感觉他们不是在逃命，是来搞笑的。

唐教授喝掉半瓶水，看着这群互相开玩笑的年轻人，沉默不语。

越星文走过去，微笑着问道：“唐教授，还是觉得我们像变异人团队吗？”

唐教授嘴角抽搐了一下，不知道该怎么回答。

这个团队确实越来越奇怪了，但对他似乎并没有恶意，而且跟那些冰冷的变异人不同，这些人一路上互相关心，有说有笑，更像是有感情的人类。

众人在原地休息了十分钟后，许亦深开着这辆缠满纱布的公交车重新上路。

离开了惊险刺激的盘山公路，山下的路好走很多，平坦又宽敞。许亦深加快了车速，往前开了约莫半个小时，车子开进了一个偏僻的小村庄。

公路正好从村子中间穿过，路旁有不少村民坐在一起晒太阳、聊天，还有老人摆了棋盘在路边下棋。

看见这辆公交车后，村民们的脸上都露出极为惊讶的表情。

有小孩子好奇地指着车子道：“妈妈，那辆车好破啊，就像打了很多补丁！车上为什么贴了白色的布？”

女人笑着解释道：“那是他们窗户碎了，拉上的窗帘。”

纱布虽然能挡风，却不能隔音。车内的大家听到这段对话，哭笑不得。

刘照青吐槽道：“我们这车确实像打了很多补丁，要是开到大街上，别人会把我们当成精神病院的在逃病人吧。”

卓峰道：“有车坐，总比徒步狂奔的好，别要求太高。”

江平策透过窗户，对上那些村民好奇的目光，低声朝越星文道：“这个村子的村民看着挺正常，还有闲心在路边下棋，他们可能根本不知道外面发生了什么。”

越星文见路边几个小孩还在踢毽子，轻叹口气，说：“周边的这些偏僻乡镇，并不是变异人的第一目标。他们应该会先占领大城市，顺着高速公路渐渐扩张势力。”

危机发生的时候，偏远的村落反而成了类似世外桃源的存在。想起C市广场上堆成山的尸体，再对比这个小村子里快乐玩耍的孩子和路边下棋的老人……真像是两个完全不同的世界。

破烂的公交车在村民们的集体围观之下，慢慢开出了村落。

接下来又是一段长达几十公里的荒无人烟的乡间小路，三个司机轮换着开车，在天黑的时候，众人终于来到了两省的交界处。

周围全是没有开发的荒地，许亦深将车停在路旁休息。油箱里的汽油快要见底，几个男生合力将桶装的汽油倒了进去。

大家下车准备晚饭，越星文走到唐教授身边问：“唐教授，今晚想吃什么？”

唐教授扶了扶眼镜，道：“随便吧。”反正你们手里全是五谷杂粮，连续吃了三顿杂粮粥，唐教授觉得，自己也适应了养生节奏，肠胃还挺舒服的。

越星文回头看向柯少彬：“红豆花生粥行吗？”

柯少彬兴奋地点头：“可以啊，这一书包的红豆还没用过。”

众人手脚麻利地做了晚饭。刚吃饱肚子，忽然，身后传来一阵奇怪的声音。

那声音很像是摩托车启动时的车轮跟地面摩擦的声响，还有马达的轰鸣声，夹杂在一起，在黑暗中清晰地传递过来，越来越近。

越星文脸色一变：“难道是变异人追了上来？”

偏僻的乡间小路上，怎么可能出现摩托车队？！

众人立刻警惕地聚在一起，目不转睛地盯着声音传来的方向。

他们的公交车时速有限，和摩托车赛跑肯定跑不过；而且，摩托车轻便灵活，在这种相对偏僻的路上会更有优势。从声音判断，对方的数量并不少。

不到五分钟，那些摩托车就齐刷刷地出现在众人面前，摆成扇形将他们团团围住。

骑着摩托车的人，全是二十岁左右的年轻男女，戴着头盔，穿着干练的特种部队迷彩服，人数也刚好是十二个人。

他们从车上下来，走路的姿势挺像正常人类。

为首的女人向前走了两步，看向戴眼镜的唐教授，礼貌地鞠了个躬，道：“唐教授，很抱歉，我们来晚了。您没事吧？”

越星文的心里忽然有种不妙的预感。果然，下一刻就听那女人继续说道：“我们是 C–183 行动小组，来保护您的。”

越星文皱了皱眉：“你们？保护唐教授？”变异人居然半路拦截，而且还知道“C–183 行动小组”这个暗号？

唐教授也不会傻到轻易相信，看向他们，问道：“你们是谁派来的？”

一个年轻男人站了出来，低声解释：“唐教授，我们受郑主任的委托，前来护送您，可惜，路上遇到了变异人的拦截，来晚一步。”

旁边的女人补充道：“我们到达 C 市研究所的时候，整个研究所已经被炸成了平地，您也不见踪影；高速收费站被变异人占领，我们只好绕路走国道，尽快前往 F 市。”

她锐利的目光扫过越星文一行人，冷冷地道：“没想到会在这里遇见您。您是被劫持了吗？放心，我们一定救您出去！”

越星文很清楚面前的这帮人是冒充的。

可是，在唐教授的眼里，恐怕骑着摩托车、穿着迷彩服的这群人，才像是上级安排来护送他的保镖，而开着公交车一路玩“魔法”的他们，更像是变异人吧？

女人右手忽然一挥，所有人齐刷刷地举起枪，枪管瞬间对准了越星文一行人。

她冷冷地道：“把唐教授放了！”

越星文忽然笑了笑，评价道：“演技还不错。”

他的手指在身后握成拳，比了“3，2，1”的手势。

那是他给队友们的行动暗示。

就在他手指比到“1”的那一瞬间，所有队友同时抬起右手，下一刻，一面坚硬的墙壁猛地在前方立了起来，章小年的防震墙直接挡在面前，可以拦下所有的子弹！

砰砰的枪响传到耳边，暴雨般的子弹尽数嵌入墙壁之中。

同时，秦淼冷静地念了句：“杯酒释兵权！”

周围的空气像是瞬间被扭曲，那些人手里的枪，齐刷刷地全部落地！

缴械大招会让人一时无法捡起武器，林蔓萝紧跟着从墙壁后面甩出藤蔓，五条碧绿的藤蔓如同灵蛇一样倏地探出，迅速飞过去，将地上的枪支全部卷走。

这一切配合只发生在短短的几秒之内，那些穿着迷彩服的人还没反应过来怎么回事，手中的枪就被全部收走！

越星文看着身旁一脸惊恐的唐教授，轻声说道：“虽然看上去我们更像反派，但是，很多事不能只看表面。”

对方同样是十二个人的团队。

武器被缴之后，他们中的首领立刻喊道：“唐教授快跑！”

唐教授转身想走，蓝亚蓉忽然召唤出厚厚的《刑法》：“有期徒刑七年！”

一个铁笼子从天而降，直接将唐教授关进里面。

被关进监狱的唐教授一脸茫然，别说逃跑，他根本打不开这个笼子！那一刻，心中的绝望如潮水一般将他淹没，他还以为自己下一刻就要死在这里。

越星文低声道：“带唐教授上车。许师兄、蓝师姐、秦露、章小年，你们先走！”

被点名的几个人迅速将唐教授连同笼子一起抬上车，许亦深踩下油门，开着车飞快地往前冲去。

为首的女人脸色难看地厉声喊道：“追！”

他们刚要追，越星文翻开词典就是一招“燎原烈火”，熊熊烈火在墙壁周围迅速蔓延，直接形成了两米多高的火场，他们的摩托车根本过不去。

变异人终于不再伪装，其中一个深吸口气，双腿用力一蹬，极强的跳跃能力让他一口气跳了十几米远，直接翻过墙壁，锋利的爪子凶猛地抓向越星文的颈部！

江平策急忙抓住越星文，坐标系迅速计算，直接带着越星文飞到了天上！

越星文朝下一看，那些变异人接二连三地跳过火场，朝大家扑了过去。他们动作矫健，跳跃、前扑的动作如同猛虎扑食！

越星文急忙提醒："小心！"

秦淼脸色冰冷，右手轻轻抬起，再次开启历史系的大招："横扫六合！"

一股极强的气流从她手中猛地涌向四周，那些变异人瞬间被气流扫翻在地，越星文紧跟着召唤出暴雨，道："卓师兄！"

一片乌云出现在天空中，暴雨降落。卓峰会意，迅速将电流注入了云层。

带着电的雷阵雨倾盆而下，浇在那些变异人的身上。

被电到的变异人全身都在抽搐。越星文操控着暴雨朝旁边移动，但那些变异人反应极快，发现己方陷入了劣势，他们便飞快地跳跃着逃走！

他们逃跑的速度迅捷如风，甚至比开足马力的摩托车还要快，转眼间就融入了黑暗之中，消失得无影无踪。

越星文看着那些快速逃窜的身影，心情沉重："这是融合了什么基因？"

刘照青道："看上去像是从林野兽，豹子、老虎之类的，奔跑的速度快得惊人，扑向我们的时候，动作也像猛兽扑食，手指甲还异常锋利。"

被电晕过去的三个变异人躺在地上，失去了意识。

越星文和江平策一起落地后，道："林师姐，把他们绑了，带到车上研究一下。"

他之所以没让辛言用酸雨直接溶化掉这些人，而是让卓师兄配合用了电雨，就是想先把这些人电晕过去，仔细观察一下变异人的特征。

林蔓萝听到之后，立刻用藤蔓将三个变异人捆成了粽子。

越星文这才在课题组频道打字："许师兄停车，我们马上过来。"

公交车在前方停下，越星文开启全团加速，带着三个变异人俘虏快步追了上去。

车上，关在笼子里的唐教授一脸绝望。

越星文上了车后，让柯少彬把笔记本电脑打开，道："给唐教授看一下刚才的录像。"柯少彬将刚才录下来的画面，给唐教授从头播放了一遍。

唐教授越看越震惊："他们跳得这么高？"

越星文道："他们是变异人，融合了野兽的基因。正常人类不可能瞬间跳过十几米的火场和高达两米的墙壁，您现在知道了吧？”

唐教授仍将信将疑。

越星文笑道：“当然，能直接召唤出烈火和墙壁的我们，看着也不像是正常人。但相比起来，我们对您的态度还算友好，他们就不一定了。”

唐教授没有回答，扭头看向被抓上车的三个变异人。

越星文忽然道：“您身上的资料芯片，里面存放的是变异人的弱点，对吧？如果变异人抓到您，您觉得他们会怎么处置您呢？”

唐教授脸色一变：“你……你什么意思？”

“您和芯片的存在，对变异人来说就是最大的威胁，杀掉您，毁掉芯片，才是他们的真正目的。不直接杀您，而是以各种方法抓您，只是因为他们还无法确认芯片在不在您的身上。

“而我们，不但确认您是唐教授，也知道芯片在您的身体里，但一直没有杀您、毁掉芯片，而是在全力保护您。”越星文笑了笑，诚恳地看着他，“您好好想想吧。”

唐教授心情复杂地沉默下来。他发现，面前这个的年轻人口才很棒，几乎要将自己给说服了。

越星文摸着下巴，看向被抓上车的三个被电晕的变异人，道：“这些变异人为什么那么听话？柯少，你扫描看看，他们的身体有没有异常。”

柯少彬让小图过来扫描，很快就得出结论：“他们脑袋里有奇怪的东西。”

他指着笔记本电脑里的异常图像，刘照青凑过去仔细看了看，道：“好像是植入了什么金属，小图雷达扫描呈现的是银色。”

“所以，变异人组织的首领是通过这种手段来操控这些批量生产的生化武器的吗？”越星文顿了顿道，“他们的智商不是很高的样子，说不定，该说什么话，也是组织发送到他们大脑里之后，他们照着念的。”

江平策说道：“植入他们大脑里的金属，很可能有追踪功能。保险起见，还是别把他们带在车上，免得变异人组织掌握我们的行踪。”

越星文点了点头，将三人丢下车，许亦深加快车速往前赶路。

柯少彬忽然回头看向唐教授：“我要不要扫描一下唐教授？他把芯片给吃了，如果芯片在他的肚子里，小图的雷达扫描，可以检查到异常的金属。”

唐教授全身一僵：“你们……你们不要乱来！”

刘照青笑着按住他的肩膀，道：“唐教授，配合一下，给您做个全身扫描检查。”

小图的扫描功能，虽然不能像医院的CT（计算机层析成像仪）那样清楚地呈现出人体的结构，但它能通过雷达反射回来的信号，监测到异常金属的存在。

柯少彬提出对唐教授进行全身扫描，本来只是开个玩笑。结果，唐教授听到这句话后，脸色瞬间变了。看着他一脸抗拒的模样，越星文不由疑惑道："只是扫描而已，您这么担心做什么？难道，您并没有把芯片吃到肚子里？"

唐教授咬紧牙关，不肯说话。

越星文朝柯少彬使了个眼色。

柯少彬立刻招来小图，用雷达监测器对准唐教授。

越星文微笑着说道："唐教授，得罪了，我们只是对您进行检查，不会伤害您。请配合一下。"

唐教授语气僵硬："反正你们可以用藤蔓绑住我，或者用笼子把我关起来，我还能不配合吗？"

越星文笑道："您知道就好。"

唐教授心说：所以你刚才那段话只是语言上的客气？我不配合的话你们就要来硬的？

唐教授眉头紧皱，闭上眼睛，一脸"任凭你们摆布"的绝望模样。

小图开启雷达监测功能，对准唐教授，从头到脚扫描了一遍。笔记本电脑中很快就出现了清晰的图像——人形的轮廓，心脏、胃肠道等有血流的地方，都呈现出代表热量的红色斑点。

刘照青顺着整个胃肠道仔细检查一遍，惊讶地说："胃肠道中没有发现特殊的金属。看来，唐教授并没有将芯片给吃下去。芯片到底藏哪儿了？"

唐教授冷静地道："芯片不在我身上。如果你们杀了我，我的同伴会立刻将芯片中的资料通过网络发送到基因研究中心。"

越星文回头看他："是吗？如果能通过网络发送，您早就发过去了，还有必要在研究所天台的箱子里躲起来，等个三天三夜？"

唐教授脸色微变。

越星文笑着说："这份资料必须保密，不能让第三个人看到，通过网络发送有可能再次泄露。变异人的存在，就是资料泄露的后果，您不会冒这么大的风险。"

唐教授咬了咬牙，没有反驳。

越星文得出结论："所以，芯片肯定还在您的身上。您最重要的任务就是带着资料芯片去基因研究中心，把变异人的基因弱点告诉组织的最高领导。这张芯片对您来说，比自己的命还重要。"

他目光扫过唐教授全身，上下打量了一番："没吃到肚子里，那到底藏在哪儿？”

柯少彬小声道：“他的身体其他部位，发现了三处异常金属信号。”

越星文仔细看向小图扫描之后呈现出来的图像，道：“手腕、脖子、面部。”

柯少彬点头：“手腕上是金属表，脖子上是一条项链，面部是他的眼镜。”

越星文转过身看向唐教授，微笑着问道：“唐教授，您的手表、眼镜，还有项链，能给我们看一下吗？”

唐教授还没来得及反应，站在他旁边的刘照青就按住他的肩膀，强行取下他的金丝眼镜、手表还有项链，将三样东西递给了越星文。

越星文接过来仔细一看，项坠是圆形的金属，背面有个很小的针孔。林蔓萝从藤蔓上取下来一根刺，戳进小孔当中——

这果然是一个机关。

打开之后，就见里面放着一张长约八毫米的绿色芯片。

越星文将芯片轻轻拿起来给他过目：“是这个吗？”

唐教授脸色极其难看：“既然找到了，你们可以拿去给上级交任务了。”

越星文并没有急着确认，又将他的手表拿起来仔细检查一番，翻转之后，打开后面的表盖，没有发现异常；再拿起眼镜仔细研究，眼镜两侧的镜架上，粘着一对精致的装饰，是十分常见的菱形款式。越星文左右观察片刻，将那装饰轻轻掰开——右侧的镜架上居然也粘着一张绿色的芯片。

越星文笑道：“您真是考虑周全，准备了三张芯片，以假乱真糊弄人。刚开始在研究所给我的那张肯定是假的，项链和眼镜上发现的两块，哪个才是真的？”

唐教授脸色骤变，如同被踩到痛脚的猫一样愤怒地道：“真假还重要吗？既然我落在了你们手里，你们杀了我，将芯片全部摧毁不就行了？”

越星文和江平策对视一眼，后者低声道：“眼镜里的这块可能是真的。”

之前说到唐教授将芯片吃进了肚子里，他顺水推舟就承认了，越星文也没有怀疑，结果，唐教授还挺会挖坑——他根本没把芯片吃进肚子里，而是藏在了眼镜上，还在项坠里藏了个假的，方便以假乱真，欺骗变异人。

越星文将芯片仔细收起来，道：“不管真假，这些芯片都交给我们保管吧。”

唐教授一脸绝望。

越星文道：“放心，我们不会杀您的。”他说罢，就将手表、项链、眼镜全部还给了对方，唐教授沉默着接过去，坐在座位上一言不发。

江平策走到驾驶位，跟许亦深交换了位置，道：“师兄你休息，前半夜我先开吧。”

许亦深换到后排去休息，江平策和越星文像昨晚那样负责开车。

越星文道："大家累了一天，先睡吧。"

车内渐渐安静下来，其他同学都睡了，黑暗中，公交车在偏僻的道路上飞驰。

时间一分一秒地过去，路的两边荒无人烟，大片的荒草地，整条路上只有他们这辆车，仿佛他们被整个世界遗弃了一样。

越星文盯着前面的路，有一搭没一搭地跟江平策聊天。

夜晚 11 点 30 分，越星文正犯困，忽然，耳边响起奇怪的声音，像是鸟类扑腾着翅膀从头顶飞过。越星文猛地惊醒，警觉地看向周围："什么声音？"

江平策也没看清，猜测道："好像是乌鸦。"

越星文从窗户往外看去，借着灯光，居然看见一只蝙蝠倒吊在树枝上。只是，那蝙蝠的体积未免太大了，几乎跟七八岁的小孩子一样大。

越星文怔了怔，道："不是乌鸦，是蝙蝠！"

下一刻，耳边挥动翅膀的声音越来越大，黑暗中，密密麻麻的蝙蝠群，如同收到了什么指令一样，忽然朝着公交车包围过来！

黑压压的一群蝙蝠，几乎瞬间就将公交车给淹没了！

江平策正在开车，车窗的正前方忽然扑过来三只蝙蝠，它们并排趴在车窗上，身体明明长着翅膀，脑袋却跟人类毫无差别。正对着江平策的，是一个扎着辫子的小女孩，她目光冰冷，黑翅哗啦一声展开，几乎遮住了半面车窗玻璃。她的伙伴跟她并肩趴在挡风玻璃上，眼睛盯着车内，用翅膀将车窗整个遮住。

江平策完全看不清前面的路，一脚刹车让公交车停下。

对上周围一双双明亮的人类眼睛，看着糊满车窗的乌黑的翅膀，越星文心脏发紧，急忙厉声喊道："大家快醒醒！"

车厢内的同学本在熟睡，江平策的急刹车加上越星文的一声厉喝，大家同时被吵醒，纷纷紧张地做好了备战姿态。

唐教授惊恐地环顾四周："怎……怎么了？"

卓峰一个箭步冲到驾驶座附近："什么情况？"借着车灯的光亮，他看到了趴在车窗上的"人脸蝙蝠怪"，脊背蓦地一阵发凉，"变异人？"

刘照青扭头看向窗外，正好对上一个小男孩的眼睛，对方扇动着翅膀，舔了舔唇边的鲜血，如同盯着猎物一样盯着他。

刘照青搓了搓手臂上的鸡皮疙瘩，忍不住骂道："太恶心了！脸长得像人类、身长超过一米的蝙蝠，这样的怪物到底是怎么生产出来的？"

越星文道："大家小心！这些蝙蝠会吸血！"

他之所以做出这个判断，是因为他看见几只蝙蝠露出了尖锐的牙齿，唇边还有血迹。显然，这群变异人被改造成吸血蝙蝠，继承了蝙蝠飞行、吸血的能力。它们的牙齿无比锋利，可以瞬间咬断人类的脖子！

话音刚落，耳边就传来砰砰的撞击声，车窗玻璃几乎被瞬间撞碎，刘照青缠在车子上的纱布也被蝙蝠用尖锐的牙齿咬破。

蝙蝠们凶猛地扑进车内，嘴里发出刺耳的吱吱叫声，不分青红皂白就开始撕咬他们！

车厢内乱成一团。

吸血蝙蝠张开大嘴专门盯着人的脖子咬，一旦被它们咬中大动脉，绝对会瞬间没命！

蝙蝠的数量多得数不清，它们一些在车内乱飞，一些倒挂在车厢顶部，整个车厢里几乎没有了行动的空间。

显然，变异人在今天傍晚冒充C-183行动小组来抓唐教授的任务失败之后，组织决定改变计划，对他们发起全面攻击——不管芯片，干脆将他们彻底消灭！

秦露的“板块运动”、秦淼的大招，今天都已经用光了，凌晨0点技能才会刷新，变异人的第二拨进攻正好卡在11点30分这个时间点，很多技能都在冷却。

逃生技能中，只剩越星文的“金蝉脱壳”。

然而，金蝉脱壳只能带走课题组的队友，带不走唐教授。要是把毫无自保能力的唐教授扔在这里，不出一分钟，他就会被蝙蝠群吸干全身的血！

越星文的脑子飞快地转动着。

怎么保护唐教授？

忽然，他脑子灵光一闪，拿出另一本书，正是之前刚换的《现代作家经典文选》。

越星文对着唐教授飞快地念出一句话：“我买几个橘子去。你就在此地，不要走动。”

一片混乱中，听见越星文要给他买橘子，唐教授一脸蒙——这个奇葩团队到底是什么情况？被蝙蝠群包围，生死攸关之际，居然说要买橘子？！

下一刻，越星文又翻出成语词典：“金蝉脱壳，走！”

十二个人被越星文带着集体脱离，瞬移到距离公交车五十米之外的地方，只有唐教授被孤零零地留在了车上。

柯少彬一脸担心地看向公交车：“把唐教授留下，没问题吗？”

越星文看了眼手里的新鲜橘子，道：“没问题，只要我不把橘子给他，接下来的5分钟内，他会进入不能被攻击的无敌状态，那些蝙蝠伤不到他。”

蓝亚蓉忍不住道：“唐教授要被吓死了。”

可怜的唐教授，被蝙蝠群团团包围。虽然越星文的技能可以让他免受攻击，但视觉上和心理上的压力，肯定会让他特别崩溃！

然而，这是目前保护唐教授的唯一办法。

越星文没时间跟唐教授详细解释，深吸口气，严肃地说：“我们只有5分钟时间，大家配合，以最快速度把这些蝙蝠怪物清理干净！”

公交车内，唐教授发现自己完全不能动弹。

他明明脑子非常清醒，身体却失去了控制。他想要跑，双腿却像灌了铅一样扎根在公交车上，不能挪动分毫，手臂也完全不能举起。他像是忽然变成了一尊雕像，僵在原地，一动都不能动，而他的周围，密密麻麻的全是变异蝙蝠人！

他被变异蝙蝠人给包围了！

这些庞大的蝙蝠，给人视觉上的冲击极为震撼，尤其是倒吊在车顶的蝙蝠，它们的脑袋也是倒着的。被这些蝙蝠盯着，唐教授只觉如坠冰窖，全身血液几乎都要冻结。

他潜心科研多年，却从没见过这么多可怕的怪物。

倒吊在车顶的带头蝙蝠居然还能说话，它冰冷的眼眸紧紧地盯着唐教授，厉声道：“追，一个都不能放过！”

随着它的一声令下，围绕在公交车周围没能挤进车厢的蝙蝠立刻扑腾着翅膀，飞快地朝着越星文等人逃离的方向追去——借着车灯的光亮，唐教授能清楚地看到黑压压的蝙蝠从车前飞过。

车厢内部剩下的蝙蝠有十只左右，它们包围住唐教授，舔了舔嘴唇，如同饥渴的野兽盯着自己的猎物。唐教授被盯得脊背发毛，心底无比悲愤！

那个越星文嘴上说着“我们会保护您的”“放心，我们一定安全护送您到F市的基因研究中心”……结果，刚把芯片搜出来，那群人就扔下他不管了？！

他们的目标果然是芯片，拿到芯片就跑了。

一群骗子！临走之前还说什么给他买几个橘子？！

唐教授气得咬牙切齿，但他已经顾不上这些，周围的几只蝙蝠忽然朝着他猛扑过来，张开的血盆大口中，尖锐的獠牙让人看着都心脏发颤！

一只长着可爱小女孩脸蛋的蝙蝠对准他的脖子就用力地咬过去——

唐教授崩溃地闭上眼睛。

旁边的蝙蝠也飞快地包围过来，女蝙蝠去咬唐教授的颈部大动脉，其他四只男蝙蝠便抓住唐教授的双手和双脚，对准他的手腕和脚腕咬下去，想分一点鲜血吃。

它们饿了很久，总算有食物了。

饥渴的蝙蝠们相当激动，颇有将唐教授立刻分食干净的架势。

颈部传来的冰凉感，还有手腕、脚腕的皮肤上被舔食的诡异触感，让唐教授的心底毛骨悚然——被当成食物的感觉太糟糕了！

完全无法移动的他，只能站在原地被五只蝙蝠包围、攻击，他的脸色异常苍白。在蝙蝠用力咬住他脖子的那一刻，他只觉得眼前一黑，脑袋里一阵晕眩。

唐教授心想：他一定是人类历史上死得最没尊严的科学家。

然而，就在他昏过去之后，女蝙蝠一口咬向他脖子，牙齿居然传来了一阵剧痛，如同咬在了坚硬的钢铁之上！

它愣了一下，问道："怎么回事？他的脖子怎么咬不动？"

正在咬手腕的两只蝙蝠也一脸疑惑："他的肉好硬，就像有一层金属外壳，我的牙差点崩了！"

"我也是，咬不动。难道他是机器人？"

五只蝙蝠面面相觑。

唐教授迷迷糊糊中隐约听到些"咬不动"的对话，但眼前的场景过于恐怖，被蝙蝠围住吸血的场景，让他的大脑在惊吓之下停止了运转。

他挣扎着想要醒来，却没法睁开眼睛。

为首的女蝙蝠冷冷地命令道："你们四个看住他，待会儿再吃。其他的，跟我去收拾逃跑的那些人——全部消灭，一个不留！"

周围响起齐刷刷的声音："是！"

公交车内只留下四只蝙蝠看守"咬不动的唐教授"，其他蝙蝠全部飞出去，找越星文他们的麻烦。

而此时，越星文已经开启了"风驰电掣"的全团加速技能，飞快地朝公交车冲过来！

蝙蝠的数量太多，直接放火很容易引爆公交车，毕竟公交车上有好几桶汽油，还有他们储存的物资，炸了车，他们后续想要前往 F 市就得步行。

所以，越星文舍弃了火攻方案，决定再次启用暴雨。

直接在公交车附近放电雨和酸雨，都有可能毁掉车子，最好将蝙蝠群给引出来再杀。让越星文欣慰的是，那些蝙蝠虽然智商不高，但发现咬不动唐教授后，它们也知道扭头先对付其他人。

在蝙蝠首领的带领之下，大量蝙蝠呼啦啦地扇动着翅膀飞了过来。

此时，他们的位置距离公交车五十米左右。

蝙蝠的速度极快，转眼间就飞到了他们面前。遮天蔽日的人形蝙蝠吱吱地叫着，这场景真是堪比恐怖大片！

周围一片黑暗，很难看清蝙蝠群的动向。辛言的右手猛地一抬，无数酒精灯从他手心里射出，一盏接着一盏的酒精灯很快就在众人周围环绕成了一个暖色的光圈。

在酒精灯的照明之下，众人清楚地看到了头顶的蝙蝠群有多么可怕。

蝙蝠视力不好，夜间行动时靠回声来定位目标的位置，但改造之后的蝙蝠人并不怕光，视力和听力都得到了强化。发现辛言用酒精灯光圈环绕住大家，它们毫不畏惧，朝着越星文众人就凶猛地扑了过来。

越星文借助酒精灯的光亮，迅速翻开词典："暴雨如注！"

随着他念出成语，头顶忽然形成大片乌云。眼看暴雨即将落下，辛言立刻抬起手，将腐蚀性极强的王水注入了云层。

倾盆暴雨混杂着强酸，从空中浇灌而下！

在暴雨范围内的蝙蝠陡然发出凄厉的惨叫声！

强酸的腐蚀性，将它们的身体瞬间溶成了一汪血水。看到大量同伴牺牲，蝙蝠首领急忙说道："躲开雨水！"

蝙蝠人行动敏捷，它们扇动着巨大的翅膀，飞快地躲避暴雨。

但越星文升级后的暴雨可以移动，见它们往两侧躲避，越星文右手猛地朝旁边一划，天空中的云层忽然移动到了右边，往右侧躲避的蝙蝠群又遭遇酸雨的洗涤，吱吱的惨叫声不绝于耳！

这一番操作几乎灭掉了半数蝙蝠。

蝙蝠首领大喊一声："朝上方飞，飞过云层！"

剩下的蝙蝠双目赤红，同伴的死亡让它们越发暴躁，吱吱吱号叫着，扇动翅膀迅速飞到了云层高处。

暴雨只能水平移动，无法垂直向上，这样一来，越星文的暴雨确实不能再攻击到它们。越星文干脆收起了暴雨。那些蝙蝠见雨水消失不见，立刻俯冲而下，锋利的爪子直朝越星文等人抓来！

卓峰眸色一凝，看了眼林蔓萝。

两人默契地同时抬手——

"串联电路！"

"藤蔓缠绕！"

连续几条碧绿的藤蔓一路朝天空中席卷、缠绕，迅速形成了一道天然的绿荫防御伞，撑在头顶拦住蝙蝠群的俯冲；而卓峰的金色电流激射而出，“串联电路”效应让冲在前面的几只蝙蝠直接被烧成了焦炭！

藤蔓可以导电，卓峰将电流注到藤蔓上，金色电流顺着藤蔓迅速流窜，转眼间，众人的头顶居然形成了一道难以突破的人工电网！

撞到这“电网”上的蝙蝠，全部被电击而死。

它们前仆后继地飞过来，被电网撞出去，转眼间又死了大半。

越星文赞道：“漂亮！”

卓师兄和林师姐的配合，藤蔓电网，防御的同时还能攻击，对付这种飞行类的怪物，比小年的城堡还要好用。

为首的蝙蝠脸色无比难看，厉声道：“撤！”

剩下的蝙蝠听到首领的命令，急忙转身往后方飞去，但越星文并不会轻易放过它们，看向章小年道：“拦住它们！”

章小年以极快的速度在前面竖起了一道墙。

坚硬的墙壁拔地而起，一路长高，瞬间就高达十几米，直接拦住了蝙蝠群的去路。

江平策右手抬起，无数透明轻薄的三角尺如暴雨一样射出，飞在空中的蝙蝠，不少被他射中脖颈，直接被一击毙命！

卓峰紧跟着抬起右手：“落！”

重力效应让附近的蝙蝠瞬间落地，直接被摔死。

柯少彬放出小图。小图脚下带着滑轮，行动飞快，一路红色激光扫射，扇形范围的激光如同利箭一般穿过了蝙蝠的身体，幸存的蝙蝠也被射了下来。

刘照青紧跟着上手术刀。

三角尺、激光，还有刘师兄的飞刀——各种武器齐齐射出，场面一度十分混乱。

直到江平策的三角尺精确地射中那位蝙蝠首领——

锋利的三角尺居然直接插中了蝙蝠首领的喉咙，一击毙命！看似轻薄的三角尺，当暗器用时的威力，也让队友们纷纷心惊。

周围终于安静下来。

满地都是蝙蝠的尸体，越星文看了眼一片狼藉的战场，道：“去救唐教授！”

车内的四只蝙蝠早就听到了外面伙伴们的惨叫声，它们想带唐教授逃跑，可奇怪的是，它们用尽全力也挪不动唐教授，这个唐教授如有千斤重！它们只好丢下唐教授冲出公交车。

刚走出来，就听一个女生温柔地喊了句：“判决四位嫌疑人有期徒刑三年！”

四个铁笼子从天而降，瞬间将它们罩在笼子里。

蝙蝠们瞪大双眼，在笼子里扑腾了片刻。越星文看向柯少彬道：“扫描看看它们的脑子里是不是也被植入了芯片！”

柯少彬让小图雷达一扫，点头道：“它们脑子里都有一枚金属芯片。”

越星文得出结论：“看来，批量生产的变异人就是生化武器，组织通过植入大脑的芯片来控制它们的行动。这批蝙蝠人，就是接收了指令来屠杀我们的。”

众人听得脊背发毛。

秦淼冷冷地道：“我们有超能力，对付它们都费了一番功夫；要是它们直接进攻人类城市，普通的人类连还手的机会都没有。”

想象一下，成千上万的蝙蝠人在夜间突袭人类城市，吸血蝙蝠的战斗力秒杀普通人类，人类岂不是会被活活咬死一大片？

C市已经沦陷，他们这几天一直在走偏僻的小路，并不知道变异人的势力扩张到了哪里，但从今天大规模出动的蝙蝠人来看，形势不容乐观。万一F市也被变异人占据，基因研究中心沦陷，他们又该怎么完成任务？

越星文深吸口气，先将心底的不安压下去，道：“看看唐教授怎么样了。”

五分钟时间正好到了，越星文带头上了车，本来打算把橘子给唐教授，让他吃个橘子压压惊，结果却惊讶地发现，唐教授双眸紧闭，四肢“大”字形躺在车厢地板上。

越星文三两步上前，蹲下来轻轻晃了晃唐教授的肩膀：“唐教授，没事吧？”

刘照青将手指搭在唐教授的腕部摸了摸脉搏，道：“脉搏正常，还活着。”

柯少彬疑惑道：“所以，他是晕过去了，还是在装睡？”

刘照青探了探对方的鼻息，道：“不是装的，晕过去了。”

蓝亚蓉无奈地笑了笑，同情地看着躺在那里的男人，说：“受的刺激太大，超过了心理承受的上限，吓晕了吧。”

许亦深笑眯眯地说：“也可能被星文给气晕了。他肯定在想：你们这帮王八蛋，居然丢下我一个人不管，让我被蝙蝠围攻，还说去给我买橘子！说好要保护我的呢？一群坏蛋，遇到危险就不管我了！”

许师兄学唐教授的声音学得还挺像，大家听得哭笑不得。

越星文轻轻扶额：“当时情况危急，我也来不及跟他解释。唉，辛苦他了。”

江平策淡淡地道：“他晕过去，其实也挺好。”

众人回头看向江平策。

江平策说：“这样他就不会给我们添麻烦，我们直接把他抬去基因研究中心就行。”

越星文仔细回忆了一下附加题的要求——保护好唐教授和资料芯片，护送唐教授一起到达 F 市基因研究中心，评分加 40 分。

也就是说，不管唐教授是否昏迷，只要大家将他跟芯片一起送到基因研究中心，就算完成任务。如今，资料芯片已经被越星文找到并亲自保管，唐教授也陷入了昏迷，接下来要做的，就是将昏迷的唐教授送到 F 市。

江平策的话也有道理：唐教授昏迷了，一来不会想方设法逃跑，能让大家省心很多；二来，如果再遇到变异人的攻击，唐教授至少不用亲眼看到那些怪物，担惊受怕。

无论对他们还是对唐教授自己来说，昏迷都是当前最好的结果。

看着双眸紧闭的唐教授，越星文轻叹口气，道："他跟着我们受了不少罪，就让他安心休息吧，大家把他搬到椅子上。"

刘照青和卓峰一起动手，将唐教授抬起来，让他在座椅上坐好。林蔓萝为免车辆颠簸时唐教授摔出去，还贴心地给他做了个藤蔓护栏。

越星文目光扫过公交车，道："我们的车也要再修补一下。"

那些蝙蝠刚才疯狂地撞击车窗玻璃，仅剩的玻璃都被它们给撞碎了，刘照青之前糊在车上的纱布也被它们全部咬破，如今的公交车简直是千疮百孔。

刘照青问道："要把所有窗户都用纱布包起来吗？"

越星文道："只能这样了，不然整个车透风，夜里大家会被吹感冒。"

刘照青立刻抬起右手，手中出现了源源不断的纱布。他将纱布用手术刀分成好几段递给同学们，每人拿着一截纱布，帮忙将车窗全部粘住，为免漏风，还粘了两层。

幸好驾驶位正前方的车窗玻璃没被彻底弄碎，只撞出了几道裂痕，要不然，司机就得对着纱布开车了。

等车子重新被"包扎"好后，刘照青看着环绕了一圈白布的公交车，忍不住吐槽："不是我说，我们这车，现在看起来就像是送葬的灵车。"

车身糊满白布，可不就像灵车吗？

许亦深笑眯眯地道："开着这样的车走在荒郊野岭，感觉像是恐怖片一样，要是有人路过看到这一幕，估计会被吓哭吧？"

刘照青玩笑道："公交车要是会说话，肯定想骂我们，哈哈。"

柯少彬扶了扶眼镜，认真地拍拍公交车的后视镜，道："陪我们这一路，你受苦了。"

蓝亚蓉轻轻揉着太阳穴，总觉得自己加入了一个搞笑杂技团。

越星文无奈扶额："先凑合一晚，明天天亮之后再看看能不能换辆车。"

他们目前所在的位置前不着村后不着店，确实找不到别的交通工具。这辆车虽然破破烂烂，总好过他们徒步几十公里。

众人纷纷上了车，重新出发。

卓峰道："平策、星文，你俩开了前半夜，先休息吧，我开后半夜。"

林蔓萝主动说道："我陪着卓峰，免得他犯困。其他人都睡会儿。"

众人刚刚经历了一场惊心动魄的战斗，确实有些心累，便各自找位置睡下。

后半夜没再发生意外，卓峰和林蔓萝顺着这条国道一路往前开，凌晨时分又换了许亦深来开车；等 7 点钟大家全部醒来的时候，车子已经开到了一个叫"跃门镇"的地方。

许亦深担心小镇里有变异人埋伏，将车停在路边，让辛言先给大家做早饭。

卓峰朝越星文提议道："星文，我们还是换个交通工具吧。这满身纱布的公交车开着太奇怪了，而且，前挡风玻璃也有不少裂痕，开车的时候很影响视野。"

越星文仔细一看，前挡风玻璃的裂痕就像蜘蛛网一样，确实很影响视野。昨晚，卓师兄和许师兄开着这样的车走夜路，真的很危险。

许亦深道："我去小镇里找找看。我能有丝分裂，遇到危险还能变成细胞，方便去查探。要是找到合适的车子，我就开回来接应你们。"

越星文不放心他一个人去，便说："我跟平策陪你一起。"

许亦深点头道："好吧。"

越星文开启加速技能，三个人一起飞快地潜入小镇。

此时，天刚刚亮，小镇的路上并不热闹。

路旁开了一家包子铺，热气腾腾的包子应该刚刚出炉，空气里远远传来浓郁的香味。

越星文问道："变异人的势力，还没扩张到这座小镇？"

江平策说："虽然小镇比较冷清，但街道上没发现血迹和尸体，应该是位置太偏僻了，还没被变异人影响。"

许亦深眯起眼看向周围："可我总觉得这个小镇有些奇怪。"

越星文沉默几秒，道："先去找找看有没有合适的车子。"

三个人沿着街道找了片刻，看见远处有个加油站，加油站的旁边停着一辆大货车。越星文刚想说话，忽然听见货车内传来"砰砰"的轻微声响，像是有人在拍打车厢的门。越星文朝许亦深使了个眼色："师兄，上去看看。"

许亦深立刻分裂出五个复制体，让其中一个飞快地冲到货车旁边查探。

车厢后面上了锁，不知道里面装的是什么。他变成一个细胞，从门缝中挤了进去，然后就被眼前的画面惊得一个激灵——

整个车厢里密密麻麻的全是人类，可他们的待遇连牲畜都不如！

他们被迫挤成一团，身体互相挨着，快被挤到变形。除一个小孩趴在车厢最后，努力用手拍打车厢的门之外，其他所有人都安静得如同被按下了暂停键。

许亦深还没来得及出来，那辆大货车就忽然发动了。

江平策急忙拉着越星文闪身躲去旁边的树后。

越星文在课题组频道问道："师兄，怎么回事？"

许亦深发消息道："车厢里全是人类，很可能是变异人强行抓来的'志愿者'。"

志愿者？

越星文和江平策对视一眼，道："师兄小心，我们很快跟上来。"

江平策计算好距离，画出坐标系，带着越星文完成了一个精确的抛物线运动，轻轻落在车顶。货车的车厢顶棚是一层棕色的布，两人趴在车顶扒开一点缝隙往里看去——

车厢内的拥挤程度超过了一线城市上班高峰期的地铁，人们几乎是前胸贴着后背，所有人的双手都被绑在身后。有些人躲在角落里崩溃地哭泣，也有一些人绝望地低声祈祷着，但大部分人都神情恍惚，脸色一个比一个苍白难看。

有个小男孩在锲而不舍地用手拍门："放我出去……"

一个女生声音颤抖着问道："他们召集志愿者，到底是做什么实验啊？"

旁边的男生低声道："我也不知道，但不愿意做实验的，都被他们给杀了。"

车厢内的氛围异常压抑，恐慌的情绪在人类之间蔓延。

片刻后，车子停在一处类似废弃工厂的地方。开车的一男一女穿着黑衣，转身来到货车的后面。

女人伸出舌头，轻轻舔了舔嘴唇。她的舌头又细又长，跟当初在 C 市遇见的变异人一模一样。而男人虎背熊腰，身高超过两米，走路的时候同手同脚，显得有些笨拙，力气却极大，他直接单手掰断了门锁，然后将拍门的小孩揪住衣领提起来丢下车，朝车厢内的人们大声吼道："你们都下来！"

车里的人战战兢兢地走下来。女人抬起一把枪，冷声命令道："排成一队，去那边的 1 号门。你们最好老老实实听话，否则，我的子弹可不长眼睛。"

被她用枪指着，人群开始挪动沉重的脚步，慢慢走向前方的 1 号门。

许亦深飞快地在课题组频道汇报："我变成细胞粘在那个小孩的脑袋上，跟进去看看。这里很可能是变异人的一个研究点，这批'志愿者'，是他们从别的地方用大货车运过来的。"

当初在 C 市的高速公路收费站，变异人就堵住了逃离的车辆，询问他们愿不愿意当志愿者去做实验，愿意的人被赶上了大货车，不愿意的当场枪杀。

没想到，在这处偏僻的小镇，他们居然看见了被俘虏的人类。

越星文看着人群如同牛羊一样被赶着走向那扇未知的门，心中不由愤怒。他紧紧攥住拳头，打字问道："师兄，他们在做什么实验？"

许亦深很快就发来一串字："所有人走进实验室后，会被注射一种奇怪的药物。难以承受的人，当场全身抽搐、口吐白沫而亡；可以承受药物作用的人，身体会迅速变异……"

变异？！

远处，停留在小镇外面的队友们，也能看到课题组频道的对话。

刘照青道："先抓住大量的人类俘虏，再将这些俘虏改造成变异人，怪不得他们的势力扩大得这么快。这个小镇，应该就是他们改造变异人的其中一个工厂！"

林蔓萝紧张地道："那这小镇的变异人岂不是很多？我们还是尽快离开这儿吧！"

刚刚被送进实验室的那些俘虏，有上百人，越星文就算是救了他们，也不可能带着上百人逃命，他们只能先保全自己。

越星文深吸一口气，迅速做出决定："师兄回来吧，我们快走！"

许亦深从门缝里溜了出来，很快，一团幻影就出现在越星文和江平策的身后。

目睹了实验工厂内部的惨状，一向笑眯眯的许师兄，脸色也变得十分难看，沉声道："把大货车开走会立刻引起变异人的注意。他们一旦全力追杀我们，我们不一定跑得掉。看来，我们得继续开那辆公交车了。"

三个人对视一眼，江平策道："回去吧。"

越星文在课题组频道打字："大家全部上车，准备撤离！"

小镇外围，众人看见消息后迅速上了车。不出五分钟，越星文三人也跑了过来。上车后，越星文直接道："这个小镇是变异人的据点，我们不能直接开车从主路上穿过去，刚才平策侦查了小镇周边的环境，可以从侧面绕行。秦露，准备换位。"

江平策冷静地说："右前方十五度，五百米。"

秦露迅速拿出地球仪开始换位，公交瞬间出现在了小镇的一个工厂后方。

江平策："正前方，三百五十米。"

秦露根据江平策的指示，操控着公交车一路换位瞬移，公交车从小镇侧面悄无声息地绕了过去。

绕行的途中，他们又看见一辆装满人类俘虏的货车开进了小镇。

清冷、荒凉的小镇，成了无数人的坟场。

直到远离小镇，重新上路，众人的心情依旧很是沉重。

这样的世界他们真的再也不想看到了，赶紧送唐教授到基因研究中心，结束这门可怕的考试吧！

离开这个奇怪的小镇后，公交车往前开了一天，在天快黑的时候来到一处岔路口，路口出现了高速公路的标志。

许亦深将车停在旁边，回头询问大家："我们继续走小路，还是上高速？"

越星文皱着眉思考了片刻。

走高速的话，有可能遇到变异人的拦截，就像当时在C市，变异人提前占领了收费站，他们一旦遭遇变异人，就会很危险。但如果继续走小路，由于小路弯道、山路较多，加上道路不够宽敞平坦，车速一直控制在每小时六十公里以下，到达F市，要比高速多花整整两天的时间。

越星文回头询问江平策的意见："你觉得呢？"

江平策道："昨天半夜蝙蝠人对我们发起突然袭击，它们行动失败，组织那边肯定收到了消息，所以，我们的行踪已经不是秘密。"

越星文点了点头："也就是说，我们不管走高速还是走小路，都有可能遭到变异人的拦截。那还不如上高速，至少速度快得多，能提前两天到达F市。"

卓峰赞同："我也觉得。这乡间小路太难走，后面如果又遇到山体滑坡、暴雨之类，同样危险。上高速，至少路况比较好，可以把车速提到每小时八十公里以上。"

许亦深提醒道："我们这辆小破车，如果车速上了每小时八十公里，噪声会非常大。"

由于两侧的车窗玻璃全部损坏，临时用纱布遮挡，时速超过八十公里的话，胎噪、风噪会非常吵，越星文看向同学们："噪声，大家能忍受吗？"

林蔓萝说："我无所谓。"

柯少彬认真地说道："吵一点没关系，吵多了就习惯了。"

越星文道："行，那就上高速，抓紧时间去终点。"

在队友们的一致赞同之下，许亦深在岔路口左拐，收费站无人看管，总算顺利将公交车开上了高速。

三车道的高速公路果然平坦宽敞，视野也极为开阔，许亦深一脚油门下去，公交车的速度很快就提到了每小时八十公里。

不知是不是变异人的势力还没扩张到这里的缘故，偶尔会有私家车出现在高速路上，那些司机看见这辆一边开一边哐哐作响的“灵车”，纷纷露出惊骇的表情。

有一位司机从公交车旁边开过去，看见满身纱布的车子，差点因为惊讶而撞到路墩。

车厢内的噪声吵得大家耳朵嗡嗡作响，但如柯少彬所说——吵多了就习惯了。

半个小时后，众人已经能神色自若地扯着嗓子大声聊天。

越星文朝身后问道：“看一下唐教授怎么样了。”

刘照青大声道：“他还没醒，已经昏迷了一天一夜，看来这次受的刺激有点大！”

越星文见唐教授双眸紧闭，昏昏沉沉地靠在座椅上睡觉，便没有强行弄醒他，笑着说道：“先别管了，让他躺到终点也挺好。”

这一整夜大家都提心吊胆，后半夜的时候，三个司机为了安全，甚至一起盯着路况，但接下来并没有意外发生。

天亮以后，高速路上的私家车越来越多。

越星文掀开纱窗的一条缝隙往外看去，发现这条高速正穿过一座现代化的都市。城市的街道上车水马龙，路旁的商铺也在正常营业，跟人间炼狱一般的C市相比，一千公里以外的这座城市似乎完全没有受到影响。

越星文有些疑惑：“C市彻底沦陷，死了那么多人，照理说网上应该会有很多消息，怎么其他城市的人类这么平静？”

江平策道：“有可能是网上的消息已经被变异人给控制了，偶有遗漏的，其他城市的人也会以为那是谣传，毕竟没有亲眼看到的话，大家很难相信变异人的存在。”

繁华的都市，面带笑容的人们并不知道灾难将至。

柯少彬小声问道：“变异人目前只占据了C市，将周边一些偏僻的小镇当作实验基地，他们没有朝附近的城市扩张吗？”

越星文一行人带着唐教授离开C市已经整整三天，走的还是弯弯曲曲的乡间小路，如果变异人直接走高速，早就应该来到了这里。

从末日危机的节奏来看，变异人扩张的速度确实有些慢。

是他们在C市忙着处理别的事务，还是说他们在进攻人类城市的时候遇到了麻烦？

越星文不知道具体原因，但他并不敢掉以轻心。

天亮之后，他们这辆“打满补丁”的公交车，确实成了一道最“靓丽”的风景，周围一辆辆私家车经过，很多人都会透过车窗好奇地看他们几眼。

越星文叮嘱道：“大家不要放松警惕，技能全部留着。”

众人绷紧神经，忍耐着噪声在高速上走了一整个上午，除了被周围车辆里的人们好奇地观看，什么都没发生。

距离 F 市越来越近，越星文还是不敢放松。

中午的时候，他们来到了一处高速服务区。

服务区十分热闹，有一些私家车、大巴车停在那里，很多人下车吃东西、喝水，还有人靠着栏杆抽烟。越星文仔细观察片刻，发现服务区并没有异常，便说道：“停下来休息十分钟，解决午饭，想上洗手间的尽快，结伴去。”

秦露小声问道：“姐，你去洗手间吗？”

秦淼淡淡道：“我陪你去。”

林蔓萝和蓝亚蓉也跟了上去。

四个女生结伴去洗手间，并准备到服务区的便利店买点吃的。

就在这时，外面忽然响起一个老人的声音：“卖凉皮，凉皮要吗？”

柯少彬双眼一亮，下意识地去掏口袋，结果发现自己不但没有带钱包，手机也没有。他只好吞了吞口水，努力将注意力放在辛言的粥上。

老奶奶卖力推销：“五块钱一碗，好吃的凉皮哦！”

还有个小孩举着一大串糖葫芦：“糖葫芦要吗？一块钱一根的糖葫芦！”

越星文笑了笑，客气地说：“不要了，谢谢。”

就在这时，一直盯着窗外的江平策忽然低声说：“这个服务区不对劲。”

他之所以出声提醒，是因为他无意中看到一个吃玉米的女人，张开嘴的时候露出了锋利的獠牙。越星文扯开纱布往外看去，发现一个小孩站立的姿势非常奇怪。

是变异人！

越星文急忙在课题组频道打字：“速回！”

去上洗手间的四个女生正在洗手台前洗手，一个可爱的小姑娘忽然说道：“姐姐，买一朵花吗？”林蔓萝下意识地回答：“不要。”

那小姑娘锲而不舍地跟她推销：“买一朵花吗？”

看见课题组频道的信息后，林蔓萝立刻说道：“走！”

四个人飞快地转身往公交车跑去，然而，她们刚跑出洗手间，就被一群小孩团团围住，那些小孩双手双脚趴在地上，如同一群小狼一般，目光冰冷而锐利。

转眼间，他们就朝四个人凶狠地扑了上来！

秦露拿出地球仪，迅速按下两点："移形换位，走！"

四个人瞬间换到公交车旁边，但公交车已经被狼人团团围住。林蔓萝大喊一声："卓峰！"喊完后，她立刻伸出手放出一条藤蔓，卓峰的电流倏地从窗户窜出，附在她的藤蔓之上，带着电的藤蔓在周围飞快抽打，那些狼被电到，全身抽搐着飞快地跑开。

四个人抓紧时间上了车。

卓峰急忙走过来，看着林蔓萝道："没事吧？"

林蔓萝摇了摇头："没事，我们刚刚被包围了。"

江平策严肃地说："这个服务区到处都是变异人，他们埋伏在这儿就是为了等我们。"

刘照青忍不住吐槽："喝水的、抽烟的、啃玉米的，甚至还有卖凉皮、卖糖葫芦的！这帮满口狼牙的变异人，演技都赶上影帝、影后了！"

他们肯定是接受了上级指令行动。只是，变异人毕竟是变异人，哪怕行为跟人类再相似，也难以掩饰动物的一些本性。

他们本来的计划，应该是趁着越星文团队临时休息、上洗手间的时候，快速包围公交车，并将唐教授和整个团队同时捕获。只是他们没想到，其中一个变异人表演啃玉米时不小心露出了獠牙，被目光锐利的江平策发现了。

他们还没来得及行动，就被越星文一行人看穿。

行踪暴露的变异人不再伪装，其中一个带头的老大一声狼嚎，周围所有狼人以令人心惊的速度瞬间扑了上来——

可惜它们扑了个空！

秦露直接使出换位技能，将公交车瞬间换回了高速车道上。

许亦深一脚油门下去，公交车飞快地冲出，然而，狼的奔跑速度极快，变异人疯了一样追在公交车后面，柯少彬脸色发白："这是狼吗？它们的速度好快！"

江平策沉声说道："大家坐稳，我们直接飞出去。"

狼群速度快，也只能在陆地上奔跑，江平策的坐标系却能操控目标飞行。

江平策直接将公交车设为坐标，迅速写下了正弦公式——

公交车如离弦之箭一样忽然蹿到了空中，开始在空中飞快地做波浪形正弦运动。

车子一边往前飞，江平策一边修改后面的公式，这样一来，只要江平策的视野不被阻挡，公交车就可以一直在天上持续飞行三十分钟。

那些狼群在地上嗷嗷号叫着追赶。由于车辆在空中，无法攻击到，它们只能不甘地盯着头顶的车子，一路撒腿狂奔。

大部分队友习惯了江平策的正弦运动，已经不会像第一次那样晕车了。

蓝亚蓉刚加入团队，第一次坐这样上上下下的“过山车”，无奈地扶住椅背，心想：这真是个杂技团吧？！

就在这时，车上的唐教授忽然迷迷糊糊地醒了过来。

身体一直在起起伏伏，晃得他想吐，他这才悠悠转醒，睁开眼，发现自己居然坐在……“过山车”里吗？

唐教授一脸惊恐：“怎么回事？！”

他忽然出声，大家都愣了愣，越星文回过头，惊讶道：“唐教授您终于醒啦？！”

对上越星文这熟悉的眼眸，唐教授不由脸色铁青——自己是死后下地狱了吗？为什么还能看见这些人？你不是要去给我买橘子吗？！

似乎察觉到唐教授的想法，越星文笑着掏出个橘子：“吃个橘子压压惊吧，一直给您留着呢。”

唐教授翻着白眼：“我不吃！”

他的身体上上下下，起起伏伏，比坐过山车时还要头晕。

唐教授强忍住想吐的冲动，透过纱窗的缝隙往下一看——只见车子飞在空中如同波浪一样起伏，而车子的下方追着一大群怪异物种——变异狼群？

唐教授的脸色瞬间一僵：“什……什么情况？”

越星文解释道：“您没死，我们不会丢下您不管的。您看前方，是不是有些眼熟？”

唐教授顺着他的手指往前看去。

繁华的城市，高楼林立，高速路的路牌上清晰地写着：“F 市”。

唐教授震惊地道：“我到了 F 市？”

越星文道：“没错。您一觉睡醒，直接到了终点，是不是很意外？”

唐教授眼睛眨了几下，又仔细看了看“F 市”的标牌。

车子砰的一声落地，章小年直接在车后面竖起一道墙拦住了狼群，许亦深开着车出了高速匝道，拐弯驶入市区。

唐教授看着被风吹得哗哗作响的纱布，熟悉的公交车，比他昏迷之前还要破烂；再看向周围的人，一张张熟悉的面孔，居然在朝着他友好地微笑。

唐教授嘴角抽了抽，脸色一阵青一阵白——他居然活着到了 F 市！太不可思议了。

唐教授根本不敢相信面前的这一切，在蝙蝠将他团团围住、咬向他颈部的那一刻，他还以为自己要死了！结果一睁眼，居然活着来到了 F 市！

他想不通，事情为什么会发展成这样。

越星文对上他疑惑的眼神，耐心解释道："那天情况紧急，来不及跟您说清楚，其实我去买橘子的时候，触发了一种超能力，可以让您在一段时间内免受任何攻击，那些变异蝙蝠没办法伤害您。我们把蝙蝠群消灭之后发现您昏迷了，就带着您继续上路。"

唐教授似懂非懂，一脸"我是谁、我在哪儿"的茫然表情。

他看了眼手里的橘子，茫然道："橘子？免受攻击？"

越星文揉了揉太阳穴："算了，跟您解释您也无法理解，您就当我们会魔法吧。这个橘子您可以尝尝，还挺好吃的。"

魔法橘子，他怎么敢吃？！

唐教授立刻将橘子还给越星文："不……不用了。"

越星文耸耸肩，接过来把橘子剥开，队友们每人分了一瓣吃掉。

唐教授愣神片刻，才小声问道："你们真的是魔法师？不是变异人？"

魔法师？这词用来形容他们还挺贴切的。

越星文笑了笑，坦然接受了新身份，道："变异人只是增强身体各方面的素质，虽然融合了其他动物的基因，本质上还介于人和动物之间。但我们'魔法师'可以瞬间出现在远处，忽然召唤出藤蔓、蒸馏瓶、酒精灯、酸雨之类，跟变异人不一样。"

唐教授心说：你们好像更可怕一点。

见唐教授的精神状态稳定了许多，江平策才问道："唐教授，基因研究中心在哪儿？"

唐教授回过神，低声说："城南新区，建设路，最高的那栋楼。"

江平策盯着他的眼睛，淡淡道："后面还有很多变异人追着我们不放，您最好别说谎，这对您没好处。我们不会伤害您，变异人却只想吃了您——还记得那些蝙蝠吗？"

想起自己被蝙蝠围住吸血的恐怖画面，唐教授脊背一阵发冷，立刻说道："我没骗你们！基因研究中心确实在城南新区。"

越星文朝许亦深使了个眼色。

许亦深开着车在路口掉头，往城南开去。

F 市看上去还没有沦陷，街道上车水马龙，他们这辆贴满纱布的公交车走在大街上，吸引了无数市民的视线。许亦深开着公交车在街道上快速穿梭，才走了不到两公里，就听身后忽然传来砰的撞击声。

众人回头一看——

只见高速路上追着他们跑的那些变异狼人，居然锲而不舍地一路追到了F市！

上百个变异人手脚并用，在街道上追着一辆破破烂烂的公交车狂奔，这一幕诡异的画面让路上的司机们大惊失色。一个司机猛打方向盘，想要避让，结果车子直接撞到了路边的大树上，前车盖都被撞废了。

后面的司机来不及踩刹车，十几辆车连环追尾！

严重的交通事故让整条街道瞬间瘫痪，喇叭声震耳欲聋。

有个司机看见无数“人类”从车旁狂奔而过，激动地拿起手机拨打了报警电话，声音都在发抖：“喂，交警吗？我这儿刚刚发生连环追尾，有很多疯子手脚并用在街上爬，不知道是不是精神病院跑出来的……”

他话还没说完，从他车旁爬过的一个年轻女人猛地回过头。

两个人目光相对——那女人长得非常漂亮，眼睛却冰冷锐利，瞳孔的颜色跟正常人类不同，爬行的姿势也特别奇怪。司机怔了怔，刚要关上车窗，然而下一刻，那女人就猛地跳起来，伸出双手，脑袋瞬间探入车内，像是饿疯了一样抓住他的脖子就用力地咬下去！

女人锋利的牙齿瞬间咬破了司机脆弱的颈部血管。

跟这辆车并行的司机清楚地看到眼前发生了什么，对着那满嘴是血的女人，口中发出崩溃的尖叫：“啊啊——”司机狂踩油门想要逃离这条路，却跟侧前方的私家车相撞，发出砰的巨响，车轮都被撞飞了出去！

路旁的行人见发生连环车祸，纷纷驻足围观，直到看到那些满嘴是血的疯子之后，人们终于意识到不对，开始尖叫着逃跑。

越星文坐在公交车的前排，正好通过后视镜看到了这一幕——那些饿疯了的变异人见人就咬，原本热闹的大街，瞬间变成了人间地狱。

周围惊恐的尖叫声此起彼伏。

拥入城市的变异人越来越多，比高速上追咬他们的还要多出数倍。

江平策沉着脸道：“看来，变异人大部队已经来到了F市。”

众人同时想到了C市广场上那些密密麻麻堆放在一起的尸体。

变异人攻占人类城市的手段极其残忍，上千万人口的城市一旦沦陷，死亡的人将不计其数！由于变异人都是批量生产的生化武器，普通人类跟他们搏斗几乎没有胜算。必须抓紧时间完成护送任务。

唐教授的芯片里有变异人的弱点的数据，这是最后的希望！

越星文深吸口气，道：“快走！”

城市的街道上私家车太多，他的公交车根本开不快，哪怕他车技一流，能S形弯道超车，遇到红灯也没办法。

前方的十字路口，是长达九十九秒的红灯，他们的公交车被堵在了车流之中。

越星文立刻做出决定："不等了，飞过去。"

江平策开启坐标系，操控着公交车直接从拥堵的车流上空飞过！

正在等红灯的私家车司机们集体目瞪口呆——

"那辆车会飞？！"

"我看到了什么？会飞的灵车吗？"

还有人急急忙忙拿出手机拍照发朋友圈，本想拍摄车子飞上天的画面，结果却拍到一个成年人扑到旁边的公交车站，直接将一个女子活活咬死！

整个城市彻底陷入了混乱，尖叫声从一条街传递到另一条街。

唐教授紧张地抓住座椅扶手，看着下面一片狼藉的街道，感受着过山车一样的刺激。

然而，公交车刚刚落地，旁边路上，一辆大货车忽然杀出来，直直朝他们撞过去！路面狭窄，许亦深哪怕开车技术再好也避之不及。

只听身后传来砰的一声巨响，大货车的车头和公交车的车尾剧烈碰撞，本就破破烂烂的公交车，几乎要被大货车给撞废！

车里的几个汽油桶骨碌碌地滚到地上，汽油在车厢内迅速蔓延，刺鼻的汽油味让越星文心头一紧，急忙厉声喊道："这辆车要炸了，快撤！"

秦露立刻打开地球仪，迅速换位，车内的人瞬间出现在远处的人行道上。

下一刻，公交车就在众人眼前轰然爆炸！

大量汽油的存在，让整辆车不出3秒就被凶猛的火舌所席卷。熊熊烈火冲天而起，硝烟弥漫，在风的助力下，烈火迅速引燃了旁边的大货车以及附近的小轿车。

整条路变成了一大片火海炼狱。

司机、乘客、行人尖叫着逃离，有的人衣服被烈火点燃，一边大声哭喊一边往前跑，然而只跑了几步，就被烧成黑炭，摔倒在地。

爆炸的巨响一声接着一声。众人心惊胆战，唐教授的脸色更是苍白如纸！

他们刚才要是逃得慢那么一秒，此时早已经葬身火海。如果没有秦露的群体换位技能，即便他们第一时间从车门跑下来或者跳窗逃生，都没法逃出车辆爆炸的范围。

唐教授嘴唇微微发抖——这群魔法师果然厉害。关键时刻，魔法可以救命！

陪了大家一路的破烂公交车，终于支撑不住，在这里彻底烧毁。好在大火虽然烧毁了他们的公交车，却也阻断了追击他们的变异人。

从街道两旁的路标来看，这里还是城北区，到城南路程应不短。

越星文见路边一对夫妻惊恐地看着燃烧的汽车，三两步迅速上前，问道："你好，请问你知道F市的基因研究中心在哪儿吗？"

女人回过神来，颤声道："在城……城南新区。"

看来这次唐教授并没有说谎。

越星文干脆地挥挥手："大家快走！"

他拿出词典，开启了全团加速技能"风驰电掣"。担心唐教授跟不上，刘照青干脆一把拉住唐教授的手臂，半蹲下来道："我背您跑！"

唐教授还没反应过来，卓峰和许亦深就将他强行按到刘照青的后背上，林蔓萝紧跟着放出两条绿色的藤蔓，把唐教授结结实实地绑在了刘师兄的背上。

刘照青开玩笑道："您还挺沉！"

唐教授：所以我应该去减肥吗？

加速五倍，持续三十分钟。

在全团加速技能的作用下，大街上的市民们只见一群人风一样从眼前晃过，转眼间就消失得无影无踪。

刘照青不愧是学外科的，体力确实很强，即便背着个成年男人，他的跑步速度也能跟柯少彬、章小年这些人保持一致。

柯少彬小声道："看来，回去之后我得健健身。"

章小年道："我也是，每天去操场跑跑步。"

连续半个小时跑下来，大家都累得气喘吁吁，弯下腰撑着膝盖疯狂喘气——这可丝毫不比"城市崩塌"那门课轻松。

唐教授趴在刘照青的背上，被颠得快要吐出来，脸色苍白地说："放……放我下来。"他昏迷了一天一夜，一口饭都没吃，又被背着亡命逃跑30分钟，头晕得厉害，感觉自己会随时昏过去。

刘照青将唐教授放了下来。

柯少彬翻开书包，体贴地给他递过去一把红枣："您要不要补点营养？"

唐教授脸色难看地接过红枣，胡乱吃了几颗。

越星文环顾四周，发现路旁有几辆私家车。大概是车辆连环爆炸引发了恐慌，这几辆车的司机直接弃车逃跑，车门都还开着。

越星文干脆地说："这么跑不是办法，不如我们分队行动。"

他看向身后的队友，迅速分组："许师兄单独开一辆车引走变异人；我和平策、秦露、章小年一组，带着唐教授以最快速度往城南赶去；卓师兄开旁边的那辆商务车，带上其他人断后！”

加速技能有冷却，江平策的坐标系、秦露的换位技能也都有时间限制，他们徒步跑几十公里肯定跑不过狼群，开车跑才是最好的办法。只要他们分三队，变异人也只能分头追击，实力自然会减弱。

众人都没意见，迅速分成三队行动。

许亦深上了最前面的那辆红色跑车；江平策、越星文上了第二辆私家车，江平策坐驾驶座，越星文坐副驾驶座，秦露、章小年将唐教授送上后排，如同保镖一样把唐教授夹在中间。

剩下的人跟着卓峰上了后面的商务车。

三辆车同时启动，分成三路，朝着终点出发！

私家车果然比公交车灵活太多，许亦深开着小车，在街道上以 S 形路线穿梭。

周围的司机只见他疯了一样左右穿插着往前跑，甚至从两辆出租车的夹缝之间惊险地穿过去，差一丁点就蹭到两边车子的后视镜。

那司机忍不住摇下车窗，破口大骂：“你赶着投胎啊！”

周围的司机也在狂按喇叭表达他们的不满。但许亦深已经顾不上这些，他神色严肃，目光紧紧地盯着道路前方，油门几乎要踩到底。

就在这时，越星文发现，天空中忽然出现了密密麻麻的怪物。它们煽动着黑色的翅膀，朝着许亦深的车子就追了过去！

秦露也看到了这一幕，不由紧张地道：“是变异蝙蝠！它们去追许师兄了？”

越星文道：“许师兄的车最快，它们肯定以为唐教授在那辆车上。”

变异人中本身就有会飞的蝙蝠人，今天一直没出现，越星文总觉得奇怪。如今看来，蝙蝠人早就来到了 F 市，只等他们出现，再突然袭击。

许亦深开车开得最快，它们立刻追了上去。

章小年担心道：“他一个人开车，没问题吗？”

江平策冷静地说：“许师兄的开车技术是我们当中最好的，放心吧，星文让他单独开车跑在最前，就是为了让他引开空中的变异人。”

越星文道：“必要的时候，许师兄可以开启‘有丝分裂’弃车逃跑，或者变成细胞藏在某个角落里，我相信，他不会有事的。”他看向身旁的江平策，说，“我们换条路。”

江平策点了点头，迅速在前方岔路口右拐。

秦露总算明白了越星文兵分三路的做法——许亦深开最快，引开空中的变异人；卓峰开最慢，拦截后方追逐的变异人大军；位于中间，真正带着唐教授的车子就会相对安全。

江平策开的车是一辆很常见的黑色轿车，十分低调，在路口右拐之后，果然没有引起蝙蝠人的注意。

唐教授心惊胆战，浑身僵硬地坐在章小年和秦露的中间，朝后看了看，小声道："空中的那些怪物没有发现我们吗？"

越星文说："许师兄开的红色跑车太拉风，蝙蝠都去追前面的那辆跑车了。"

唐教授神色复杂，沉默片刻，才道："我相信你们不是变异人了。"

越星文意外地看向他："哦？怎么突然信了呢？"

唐教授道："变异人都是批量生产出来的生化武器，没你们这么多花样。"

众人一时不知道他是在夸人还是在骂人。

越星文笑了笑说："我就当您在夸我们了。"

卓峰的开车技术比不上许亦深，加上开的是七座商务车，车速最慢，落在了后面。

越星文从后视镜看到变异狼人已经越过火场追了上来，迅速在课题组频道打字："卓师兄，你们断后，拦截变异人的追击，在前面路口左拐引开它们。"

林蔓萝回复："收到。"

眼看大量变异人手脚并用的在街上狂奔，林蔓萝急忙甩出三条藤蔓，横向拦截，卓峰左手握紧了方向盘，右手将金色电流注入藤蔓之中。

扑到藤蔓上的变异狼人顿时被电得外焦里嫩，浑身抽搐。

街道上乱成一团，卓峰专注地往前开车，在道路尽头忽然左拐。

还活着的变异人绕过带电的藤蔓，飞快地左拐追了上去！

三辆车分别朝三个方向行驶。

载着唐教授的这辆车很快就低调地汇入了车流之中，跟普通人类的车子混在一起，并没有引起变异人的注意。

越星文心底松了口气，在课题组频道叮嘱道："大家小心，要是变异人太多，打不过就不要恋战，保命为主。我们会抓紧时间送唐教授去基因研究中心。"

前方路口遇到红灯，越星文道："秦露，换位。"

秦露会意，立刻拿出地球仪移形换位，将车子直接换去下一条街，跳过红灯等待。

江平策专心开车，越星文则在课题组频道询问其他小队的情况。

林蔓萝道："放心，变异狼人已经被电死了一大半，威胁不了我们。"

柯少彬道："我们现在正被一群蛇人追着跑。"

越星文道:“注意安全。”

许亦深忙着开车，没时间回复消息。

他在前面开，蝙蝠群在后面飞，遮天蔽日的蝙蝠让街道上的人大惊失色。

眼看脚下的那辆车如同泥鳅一样在车流中钻来钻去，蝙蝠首领立刻说道:“你们几个，去前面那条路拦住他！”

几只蝙蝠从大楼顶部飞过，朝着路面俯冲而下！

许亦深的车从拐角处过来时，就见几只蝙蝠人，朝着自己迎面扑了过来。那些诡异的人脸怪让许亦深不由得屏住呼吸，他立刻踩下刹车将车停在路边，开启“有丝分裂”，将自己的分裂体直接送出了车外。

那些蝙蝠只见眼前忽然出现了五个一模一样的许亦深，还没来得及分辨哪个是真身，下一刻，许亦深就消失不见了。

他变成一颗花生米大小的细胞，粘在了一只蝙蝠的头顶。

那蝙蝠根本不知道对方在自己头顶，疑惑地汇报:“老大，他不见了！”

蝙蝠首领:“唐教授呢？”

蝙蝠:“车里没有人！”

蝙蝠首领暴喝一声:“我们上当了！直接去基因研究中心！”

一群蝙蝠“呼啦啦”地扇动着翅膀从楼顶飞过，集体朝着南郊的基因研究中心赶去。

大楼内，一位西装革履的男人正站在落地窗边喝咖啡，忽然看见一大群长着人脸的东西从头顶飞过，吓得咖啡杯都掉了，惊恐地瞪大眼睛。

恐惧在城市四处蔓延，出现在 F 市的变异人越来越多。

整个城市的交通网渐渐瘫痪，街上的车堵了一路，江平策开着车来到城南新区的时候，发现这里的路也被堵了，只能靠秦露的移形换位让车子往前瞬移。

秦露的换位技能最多使用十二次，这一路过来，为了节省时间跳过红灯，换位技能已经用得差不多了，只剩最后的两次。

距离终点几百米，但街道上已经被堵得水泄不通，周围不断响起震耳欲聋的喇叭声。

越星文远远看见一栋高楼，楼上写着“F 市基因研究中心”的大字，他回头问道:“唐教授，是那栋楼吗？”

唐教授一脸惊喜:“没错！”

越星文道:“秦露，直接换位过去。”

江平策道:“左前方十五度，三百米。”

秦露在地球仪上迅速点了两下，车子立刻越过拥堵的车流，侧向位移，直接出现在了基因研究中心大楼的门口。

唐教授目瞪口呆——这群会魔法的年轻人，真的把他带来了基因研究中心！他们居然是好人啊！

唐教授激动地握住越星文的手："谢谢你们！太感谢了！"

越星文道："我送您上去。"

送佛送到西，他们现在还不算完成任务。

一行人飞快地下车，刚一下车，越星文敏锐地嗅到一丝危险，他的脊背猛然一僵，拉着唐教授迅速扑倒在地："小心！"

话音刚落，耳边就响起砰砰的枪声，密密麻麻的子弹全部射到了身后的车上，唐教授吓得脸色发白，趴在地上一动都不敢动。

章小年急忙在身后竖起一道墙壁自动拦截，脸色苍白地道："有埋伏！难道基因研究中心被变异人占领了吗？"

江平策说："基因研究中心应该还没沦陷，否则，送唐教授来基因研究中心就没有意义了。"

越星文赞同道："他们应该是刚赶到附近。"

就在这时，许亦深忽然在课题组频道发消息："我看见你们了，蝙蝠人抄近路，从空中飞到了基因研究中心拦截。它们数量很多，还都带着枪！"

蝙蝠人在空中用枪扫射。这也太丧心病狂了，简直不讲武德。

章小年急忙又在旁边竖起一道墙。

许亦深道："右侧柱子是它们的视野死角，从那边进去！"

此时，他正粘在一只蝙蝠的头顶，飞在空中，能清楚地看见下方的越星文一行人。

越星文收到消息，立刻说道："秦露，右侧石柱后面！"

秦露用最后一次移形换位技能，将大家换了过去。

石柱的后面正好有一扇窗，江平策右手一抬，锋利的三角尺从掌心激射而出，直接将窗户砸碎，众人立刻翻窗而入。

基因研究中心内部果然还没有沦陷，但里面看不见一个人影。

越星文道："唐教授，去哪儿？"

唐教授急忙说道："最顶层，三十楼！"

越星文按下了电梯。

电梯从顶楼慢慢降落，就在下降的数字显示为"4"的时候，身后忽然响起了枪声，越星文脸色一变："走楼梯！"

那些蝙蝠人发现他们进入大厦，居然从空中飞下来，同时冲了进来。

没能等到电梯，越星文只好带着唐教授走楼梯。

往上爬三十层楼太慢了，江平策右手一抬，直接让大家用抛物线飞上去，一次抛物线飞跃一层楼。唐教授满脸惊恐，发现自己的身体再一次不受控制，如同抛物线一般不断地往上飞。这是他第一次用“飞行”的动作爬楼梯！

三十层高的楼，不出半分钟就爬到了。

唐教授头晕眼花，急忙扶住旁边的墙壁。

越星文看着狭长的走廊和一道金属门，问道：“是这里吗？”

唐教授连续深呼吸，这才让眩晕的脑子恢复冷静。他快步上前，将眼睛对准了瞳孔扫描设备，耳边响起柔和的机械音：“瞳孔识别中……唐教授，欢迎回来。”

金属门在眼前缓缓打开，唐教授刚要进屋，越星文忽然抓住他的手腕：“等一下，您不要芯片了吗？”

唐教授脊背一僵：“啊，差点忘了……”

越星文见他目光闪躲，立刻明白过来：“眼镜和项链里取出来的芯片全是假的，真正的芯片，依旧在您身上？”

江平策的目光扫向他腕部的手表：“手表的机芯？”

唐教授尴尬地笑了笑：“机芯的里面，还有一层机芯。”

众人：你可真会藏！

屋内，一位穿着白大褂的女人快步迎上来：“唐教授终于到了，我们都在等你！”

就在这时，楼梯那里忽然传来凌乱的脚步声，变异人显然也追了上来。

越星文脸色一变，轻轻推了唐教授一把：“快走！”

章小年直接用一道防震墙壁封住了楼梯的出口，让变异人一时半会儿过不来。越星文和江平策对视一眼，飞快地转身进门。

厚重的金属门在他们身后迅速关上。

门内站着一群科研人员，整整齐齐地穿着白大褂。

唐教授终于拿下自己的腕表，将它慎重地交给一位头发花白的老科学家。

对方沉声说道：“太好了，这份宝贵的资料就是我们的希望。楼顶的天台安排了直升机，大家尽快撤离！”那人又看向越星文，问道，“你们就是 C-183 行动小组？”

越星文点头：“是的。”

头发花白的老教授道：“谢谢你们护送唐教授，这一路辛苦了！”

越星文笑道：“不客气。唐教授跟着我们，这一路才是受苦了。”

唐教授想起这几天的经历，脸色微微一僵，道：“这几天，确实是……过得比较艰难。总之，谢谢你们。”

越星文笑容诚恳，认真地说：“能给我们打个高分吗？”

唐教授愣了愣：“打分？”

旁边的同事在催促：“没时间了，我们尽快转移！”

唐教授只好转身跟上他们，走了几步，又回头看了越星文一眼，那眼神很是复杂。越星文笑着说：“您是舍不得我们吗？”

唐教授脊背一个激灵，立刻撒腿跑了，跑得像被狼追。

越星文哂笑：也不用这么害怕我们吧！

旁边，章小年小声吐槽道：“如果这门课的评分，真的是唐教授来评，我怀疑他会给我们负分，毕竟他都被我们吓晕了。”

秦露忍着笑说：“星文，你问他是不是舍不得我们，他脸都吓白了。”

江平策淡淡地道：“他觉得我们比变异人还可怕。”

章小年叹道：“我们明明是好人，为什么从头到脚似乎拿了反派剧本！”

科学家团队打开实验室的门，封闭的天台上果然停着几架直升机，还有武装部队亲自护送。越星文目送他们离开后，总算松了口气。

基因改造人的详细数据被唐教授带走，这个世界接下来会发生什么，他们并不知道。考试结束后，他们就会被传送出考场。

越星文开玩笑道：“唐教授现在肯定在想——太好了，终于解脱了。”

直升机上，旁边的同事关心地问道：“唐教授，你这一路到底经历了什么？怎么看上去眼眶红肿，像是被虐待过一样？”

唐教授急忙摆摆手：“没有，就是……经历比较丰富罢了。”

比如，用蒸馏瓶煮粥吃，在天上飞来飞去，被蝙蝠咬脖子，从弯弯曲曲的山上瞬移到山脚，坐着破破烂烂糊满纱布的公交车逃命，还被他们用纱布消掉了一脸的痘痘……

唐教授轻轻按住太阳穴，觉得自己像是做了一场噩梦。

旁边，有人给他递去一张纸，道：“C-183 行动小组这次表现怎么样？您打个分？”

想到刚才越星文说“能给我们打个高分吗”时的灿烂笑容，唐教授双手一抖，下意识地在卷子上写了个“100”——会魔法的团队，得罪不起啊！万一这群人又将他掳走，那他就不是吓晕，而是吓死了！

同一时间，越星文的悬浮框中出现提示——

附加题已完成，唐教授对你们的评分为满分。附加题得分 +40，通关积分结算中，请退出考场！

越星文心中默念：谢谢唐教授，您辛苦了！

离开基因变异的世界后，众人眼前出现了熟悉的考试过关提示——

课题组：C-183
课程：基因变异
学分：6 分
考核评分：95 分
附加题：40 分（唐教授评分 100 分）
积分：6×135=810 分
课题组加成：C 组积分加成 1.5 倍，每人最终获得积分 1215 分。
该课程挂科率：55%

考核评分 95 分，跟其他课程一样，是由系统根据大家在考试过程中的表现来评定的。而这次的附加题“保护好唐教授和资料芯片，护送唐教授一起到达 F 市基因研究中心”，最后居然由唐教授亲自打分。通关 95 分加附加题 40 分，总分 135 分。

这是大家有史以来拿到的最高分数。

这门课是 6 学分的必修课，系数本来就高，再加上 C 组的 1.5 倍加成，一门课最后拿到的积分，相当于其他学院的两门课！

大家看到自己的积分都很激动。

刘照青道：“咱们开着那辆破破烂烂的公交车，连续四天昼夜不停地赶路，看来还是有效果的！最后拿到 1215 积分，太赚了。”

许亦深笑眯眯地说：“考核评分 90 分以上是咱们C-183 课题组的正常成绩。我没想到的是，附加题居然能拿到满分。唐教授对我们这么满意吗？”

柯少彬轻咳一声，道：“恐怕不是满意吧？他不是很讨厌我们吗……”

卓峰严肃道：“他肯定以为我们是神出鬼没的魔法师，如果不给我们打满分，万一我们不高兴，回头去找他，他岂不是又要吓晕？”

林蔓萝笑着说：“我觉得，星文最后跟唐教授说的两句话很关键，第一句是‘能给我们打个高分吗’，第二句是‘您是舍不得我们吗’，站在唐教授的角度来讲，这就是赤裸裸的威胁！潜台词是——不打高分，我们就回头找你。”

众人恍然大悟：怪不得唐教授直接给了满分！

看来，唐教授求生欲满满，不想得罪他们这群“魔鬼”，所以用满分换平安。

越星文无奈扶额：“我只是随口说的，哪知道他会吓成这样。”

卓峰严肃地点点头：“毕竟他被蝙蝠围攻的时候，你还丢下了他，说要买橘子。”

越星文哭笑不得，真不是故意的，这不没办法吗？去买橘子也是为了保护他啊！

不管怎样，最后的评分结果大家都很满意。

柯少彬认真问道：“这次考试拿到这么多分，要去升级技能吗？”

越星文想了想，说道：“1215 分买新的技能书可能会不够用，等过完生命科学学院的课，再统一升级技能。”他看向队友们，温言道：“大家辛苦了，今天下午没有安排考试，先回去休息，明天早上考生命科学学院的第二门课‘细胞工厂’。”

众人跟着越星文一起走出休息室。

刚出来，就见北江政法大学陈沐云的团队、滨江师大秦朗的团队，还有京市大学喻明羽带的队伍同时从教室里走了出来。大家当时一起参加的“基因变异”考试，不管过程中花费了多少时间，考完回到图书馆的时候都是上午 10 点。

陈沐云走到蓝亚蓉面前，问道：“蓝师姐，看你们的表情，考试应该过了吧？”

蓝亚蓉笑容亲切：“当然，我们评分还挺高。”

卓峰看向老朋友喻明羽、秦朗两人：“你们也过了吧？”

秦朗笑容直爽：“没过的话就要回一楼补考。我们这次运气还行，过了。”

喻明羽建议道：“既然都通关了，大家交流一下信息，方便星文写攻略给后面的人参考吧。”

陈沐云问道：“你们护送的唐教授，有没有给你们找麻烦？”

越星文道：“他在岔路口给我们指了条错误的路，被我们识破；后来跟着我们经历几次恶战，可能是被吓到了，挺老实的，倒是没主动给我们找过麻烦。”

陈沐云皱着眉说：“我们当时没看出他指的路是错的，被他引导着去了花海市，他还在半路跑了。花海市就跟迷宫一样，我们花了整整一天才找到他。然后，他又把我们引到了变异人的基地，害得我们差点被团灭！”

跟她并肩站在一起的师兄皱着眉吐槽：“这位唐教授，一路上到处给我们找麻烦，我们花了一周时间才将他护送到基因研究中心，最后评分是 95 分，附加题 25 分，总共拿到 120 分。”

秦朗有些意外：“你们那么辛苦吗？看来，我们团队要容易多了。”他看向身旁个子不足一米六的刘潇潇，道：“师妹，给大家描述一下。”

刘潇潇简单讲述道：“找到唐教授后，我们就开了辆大巴车往 F 市基因研究中心赶去。中途担心唐教授逃跑，我们将他用绳索绑在了座位上。遇到变异人，我们就念讲义让变异人罚站，最后花了四天时间到达终点。”

秦朗笑着说：“如果唐教授不听话，我们也给他上课。这一路上，大家轮流给他上课，他都快听烦了，最后，考核评分 90 分，附加题我们拿到了 36 分。”

师大的队伍，过关方式果然硬核，他们不需要经历太多血腥、激战的场面，直接一路上课，让变异人和唐教授听课罚站到终点。

京市大学的喻明羽直率地说道：“我们队里有麻醉专业的师妹，直接把唐教授麻醉扛走。唐教授在最后关头才醒来，都不认识我们是谁，附加题只给了我们一半分数。”

众人齐齐看向越星文：“星文，你们呢？”

越星文认真说道：“我们把唐教授好吃好喝地供着，最后通关之前，我跟他说了句能不能打个高分，他就给了我们满分。”

好吃好喝地供着？满分？

秦朗、陈沐云、喻明羽等人都惊讶地睁大眼睛。

陈沐云疑惑道：“你们给他吃的什么啊？”

越星文摸了摸鼻子，看了辛言一眼，道：“每天给他煮不同口味的杂粮粥，对了，是用化学学院的蒸馏瓶来煮的。”

京市大学也有化学学院的同学，听到这里忍不住吐槽：“杂粮粥，你们真有创意！我们吃的都是路边的便利店翻出来的牛奶、面包。”

卓峰轻轻揉着太阳穴，道：“我们过关的方式比较特别，唐教授最后给满分，其实是被我们给吓的。我们把他丢在了蝙蝠群里，他被吓晕，直接晕到了终点。可能是担心我们会找他麻烦，不想再见到我们，就给了满分。”

林蔓萝补充道：“他以为我们是魔法师，特别坏的那种。”

秦朗忍不住感慨：“我以为，NPC 对我们已经够讨厌了，毕竟我们天天给他讲课，没想到还有更绝的，直接把 NPC 吓晕了！”

喻明羽笑着摸鼻子：“看来，这次的附加题，是护送目标根据大家的表现还有他个人的喜好来打分，有一定的随机性。”

秦朗拍拍越星文的肩膀，道：“整理攻略的事就交给你了。”

越星文点头：“没问题。”

卓峰问道："大家下门课也是明天早上 8 点去考吗？"

其他团队的人对视一眼，秦朗说："没错，我们打算一周过两个学院，这样的话，时间分配会比较合理。"

陈沐云也道："是的，我发现大部分学院的课程都是周一、周三、周五排一门必修，周二、周四一门必修，又或者上午一门、下午一门。不管怎么排课，五天时间，都能过掉两个学院，周末过公共选修课或者休息，这是进度最快的。"

喻明羽说："那就大家一起吧，有相同进度的团队，以后也好互相借用 X 组员。"

越星文点了点头："明天上午，生命科学学院第二门课见！"

众人互相道别，各自回到宿舍休息。

越星文开始整理攻略。

这次的攻略中，他不但将 C–183 课题组的经历写了上去，还得到陈沐云、秦朗、喻明羽的许可，将他们三支队伍的不同过关方式也写了上去。

方式一：跟着 NPC 的指示走。由于护送的 NPC 会给大家找麻烦，过关会比较辛苦，这样做考核评分肯定在 90 分以上，附加题多少分随 NPC 心情。

方式二：相对温和的模式，一路使用群控技能，不跟变异人发生战斗。师范学院的讲课罚站，或者其他学院的群体控制类技能都可以。这种方式适合控制技能非常多的团队。

方式三：暴力通关。为了不让 NPC 给大家找麻烦，直接把护送的 NPC 打晕、麻醉带走，一直带到终点，附加题能拿到一半的分数。

至于越星文他们的过关方式，其他团队很难效仿——不直接把唐教授打晕，而是无意识中的操作把唐教授给吓晕过去，最后唐教授还因为畏惧他们回头找麻烦而打出满分……

并不是所有的团队都能这样操作。把握不好分寸的话，唐教授真有可能把他们当成反派，直接给个负分。

攻略帖发出去后，论坛上出现了大量调侃的评论——

星文学长，你们居然把 NPC 给吓晕了吗？

唐教授表示：这些怪物，太恐怖了！

我忽然有些同情遇到 C-183 课题组的唐教授！

我们考试的时候，一定要保护好世界上最可爱的唐教授！

越星文看着这些评论，忽然回头问道：“平策，你说唐教授真的存在吗？他是真实的人，还是课程考试中的一个数据 NPC ？”

江平策反问：“那你觉得图书馆真的存在吗？”

这个问题很难解释。

如果唐教授是真人，他怎么会同时分裂出那么多个唐教授，面对不同课题组同学们的护送，根据不同小组的表现，做出不同的反应，最后还给出不同的分数评价？难道他会有丝分裂，同时操控很多个分身吗？

可如果他不存在，大家经历的一切又是那么真实。蝙蝠人、狼人、蛇人都让越星文印象深刻，他们甚至渐渐习惯了图书馆的生活。

越星文沉默片刻，道：“我总觉得，我们目前经历的这些很像一款感触逼真的全息游戏，图书馆就是游戏的服务器，我们每一次参加考试，就像是游戏里进入副本。”

网游里，同一个副本可以生成无数个复制空间，每个空间容纳一支小队，玩家们在不同的空间，看到一模一样的 NPC 和怪物，这都很正常，因为这一切都是数据。

数据是可以随意复制的。

如今他们身在图书馆，一切感受都那么真实，却无法用科学来解释。如果唐教授是高智能 NPC、数据机器人的话，就好理解了。

江平策皱着眉思考了几秒，道：“如果是游戏，我们是怎么忽然被拉进来的？这个游戏世界存在的意义又是什么？”

越星文道：“之前我一直想不明白，可是，这次‘基因变异’的考试结束后，我忽然有了一种猜想。”

他认真地看向江平策，说：“如果某天，人类世界遇到灾难，凭借普通人类的力量，很难反抗外来的入侵者。人类在遭遇危机时，很可能像基因变异世界的人们那样，惊慌失措，恐惧尖叫，毫无计划地到处逃窜，结果被轻松杀死。”

江平策很快就理解了他的思路：“可如果是像我们这样，经历过图书馆磨炼的人，以后就算是遇到再大的危机，大家都不会惊慌失措，至少能保持冷静，思考应对的策略？”

越星文点了点头：“没错。你不觉得，图书馆虽然给我们设置了很多难题，却也一直在提升我们的能力，磨炼我们的心智吗？”

从一开始让大家被变异兔子、猴子追着跑，到后来，让他们破解各种谜团，经历各种逃生类课程……他们确实比一开始要冷静、成熟许多。

哪怕现实中因为路痴闹过不少笑话，对自己没什么信心的章小年，跟着团队经历了这么多课程后，也能在被蝙蝠人追着跑的时候，反应极快地建造防震墙保护队友。

小师弟的心态成熟了很多，其他人也在不知不觉中渐渐改变。

江平策低声道：“你的意思是，图书馆其实是一个培养全国大学生综合素质的拟真全息游戏？它存在的意义，就是发掘大学生中的潜在人才？”

“我只是猜测，这是我认为比较合理的解释。”越星文轻轻呼出口气，“要不然，忽然失踪好几万大学生，你不觉得更恐怖吗？整个社会都会乱套，跟末日没什么区别。如果是游戏的话，现实中的我们，说不定都还好好的。”

“嗯，有道理。”江平策点头赞同，“不过我们现在还没有证据，这个结论，暂时不要告诉队友们，免得大家把这里当游戏，以为死了也没事，关键时刻松懈大意。”

“当然。”越星文站起来，拍了拍江平策的肩膀，笑道，“既来之，则安之。好好休息，准备参加明天的考试吧！”

第四章

细胞工厂

次日早晨，越星文和队友们准时在生命科学学院的选课大厅集合，果然看见昨天过了“基因变异”课程的那些团队。大家进度一致，今天又要一起参加下一门课的考试。越星文跟大家简单打过招呼，便来到平板电脑前，按下选课按钮——

生命科学学院必修课：细胞工厂

学分：4 分

考场人数：≤ 12

课程描述：人类最初由一个成熟的受精卵细胞开始，分裂为两个细胞，继续以 2 的倍数分裂，最终产生四十万亿到六十万亿个细胞，这些细胞共同组成人类的健康机体。细胞，是组成人体的基本单位，形态多样，有球形、方形、柱状等。

考试要求：在这次考试中，你们将变成细胞，参与人体的生长发育过程，一旦你们出现失误，你们所在的人体有可能出现畸形，甚至死亡。

备注：本次课程禁用一切技能，所有考生自动获得生命科学学院特定技能“有丝分裂”。

确认选课：是 / 否

同学们面面相觑。

许亦深从头到尾扫了一遍信息，道：“让我们变成细胞，参与人体的生长发育过程？我们所在的环境就是一个人体，我们出错，母体就会生病？”他回头问刘照青，“刘师兄，你还记得细胞学、组织胚胎学、免疫学知识吗？”

刘照青头疼地按住太阳穴："我更喜欢外科。我们外科都是手起刀落，哪里坏了直接做手术切掉完事。那些细胞啊，免疫啊，我一看就觉得头大。"

许亦深道："我们生命科学学院也有细胞相关课程，知识点我倒还记得一些。"

越星文看向两人："那我开始选课了？"

刘照青道："选吧，反正这门课是必修，总不能跳过。"

越星文按下"是"的按钮。

片刻后，众人眼前同时一黑，等再次恢复视野时，大家发现他们十二个人全都没有了手、脚等身体部位，而是变成了一只只可爱的圆球。

所有球体的前面只保留了一双眼睛，没有眉毛、鼻子和嘴巴。

众人看着身旁的球状队友，大眼瞪小眼。

之前大家见过许亦深变成的细胞，此时，大家也变成了许师兄"细胞化"之后的模样。刘照青正好紧挨着越星文，一扭头，就对上一双熟悉的清澈眼睛。

他忍不住哈哈笑道："星文，你变成了一个球！"

越星文心说：你以为你还是个人吗？

没有手脚的他们，走路要靠"滚"吗？

大家都变成球的后果，就是大家现在长得很像，只能靠眼睛来分辨彼此。

旁边那只冷冷淡淡的眼眸十分熟悉，柯少彬一看就认了出来："辛……辛言？"

辛言声音冰冷："嗯。"

细胞没有嘴，声音似乎是从圆球的中心发出来的。辛言转了转眼珠，看向柯少彬道："图书馆真够体贴，还给你配了一副眼镜。"

柯少彬愣了愣，他没有手，不能去扶眼镜，但他能感觉到眼睛的前面还有一层玻璃状的东西，正是他九百度的眼镜！

众人听到这里，齐齐往后看去——

十二个细胞中，只有柯少彬的眼睛上还架着一副眼镜，看上去呆呆的。

林蔓萝调侃道："我们这是变成Q版画风了吗？"

越星文笑了起来："戴眼镜的细胞太可爱了！"

一个球戴着眼镜，确实呆萌呆萌的。

江平策正回话题："我们十二个细胞挤在一起要做什么？考试要求呢？"

就在这时，所有人耳边同时响起男性系统机械音："人类是这颗星球上最神奇的物种。然而，所有的人类，最开始都是一颗携带了父母双方遗传基因的受精卵。那么，一颗小小的受精卵细胞，是怎么变成复杂的人类的呢？走进细胞工厂，带大家完整体验一次人类的诞生过程。”

刘照青小声吐槽道：“这是《走近科学》栏目组和图书馆联动了吗？”

许亦深无奈地转了转眼珠子：“完整体验人类的诞生过程？难道是让我们作为细胞，配合完成胚胎发育的过程吗？不至于吧！”

他话音刚落，就听机械音再次响起——

“请跟随系统提示，互相配合，完成从受精卵到整个人体的细胞分化过程。在这次考试过程中，你们将扮演不同功能的细胞，一旦某位考生出现了错误，最终分化出的人体就会存在各种先天缺陷。

“婴儿无法出生、先天畸形，或成长过程中死亡，则考试失败。

“婴儿顺利出生且成长到三岁，则考试过关。

“为了你们课题组共同孕育的孩子，请大家一起努力吧。”

众人听到这里，都忍不住想要骂人。

他们这帮人，除了卓峰和林蔓萝，都是单身，居然要模拟造孩子？！

越星文道：“婴儿出生还要长到三岁？孕妇怀胎十个月，总不至于让我们在这里待三年十个月吧？”

旁边的队友大惊失色。由于此时大家都是球形，没有脸，只能用眼睛来表达震惊的情绪，一个个的，眼睛都瞪得超大。

好在下一刻系统音就提示道：“细胞分化的过程会加速，并不是让大家在这里度过怀胎十月的时光。”

众人纷纷松了口气。

机械音继续道：“考试开始。目前受精卵已经形成，启动卵裂机制，下一阶段，受精卵将分裂为一百个左右的细胞，形成内细胞团，请执行分裂任务。”

众人都是一脸迷茫。

片刻后，许亦深率先反应过来：“这门课禁用了所有技能，但大家自动获得了生命科学学院的‘有丝分裂’技能。现在，我们的任务是分裂成一百个左右的细胞，我们只有十二个细胞，所以，第一步就是继续分裂。”

刘照青恍然大悟：“这么说，接下来，我们十二个人要分工合作，完成胚胎在母体内的分化、发育过程，形成一个婴儿？”

许亦深道：“是的，我们现在只是细胞。”

越星文听得头疼：“我们要怎么分裂？”

江平策很快算出结果：“每人分裂三次，变成八个细胞，共九十六个细胞。”他毕竟是理科生，高中生物的知识还没有忘记。内细胞团有一百个左右的细胞，并没有严格限制数量。

细胞分裂的过程是以“2 的 n 次方”来分裂的——一个分裂成两个，两个分裂成四个，四个分裂成八个……他们十二位队友，每人变成八个细胞，总数最接近任务要求。

众人听到江平策的解释，只好说道：“大家一起分裂吧。”

越星文道：“每人分裂三次，来，开始！”

十二个细胞同时开启了“有丝分裂”的技能，两个越星文，四个越星文，八个越星文……很快，周围出现八个一模一样的球状越星文，所有的细胞都睁着大眼睛。

越星文眨眼，复制的七个越星文也会同时眨眼。

大家看着周围密密麻麻的球状细胞队友，纷纷头痛起来。

这就是“细胞工厂”？

自然界的神奇就在这里，人体正是由一个渺小的细胞不断分裂、分化产生的。这次，他们要集体完成“孕育新生命”的任务。

C–183 课题组的孩子，一定要顺利出生啊！

分裂出足量的细胞后，眼前又出现了一个难题——细胞太多了，每个人都复制出了八个，分不清哪个是最开始的本体；而且，九十六个球状细胞挤在一起，大家都看不清队友在哪里。

越星文大声询问：“许师兄，分裂体要怎么控制？我找不到你们在哪儿！”

许亦深的声音从远处传来：“我拿到的‘有丝分裂’技能跟这里的不一样，我是能瞬间分裂出五个复制体。但这门课程的‘有丝分裂’严格遵守‘2 的 n 次方’分裂规律，也就是说，每次分裂都是所有的细胞全部一分为二，变成 2 的倍数。”

他顿了顿，声音有些无奈：“我也在研究该怎么控制这些细胞。”

二变四，四变八，下一步再分裂就是十六。

这样下去，他们分裂的细胞就会越来越多。

刘照青也道：“我们现在只是最开始的细胞，一百个左右的细胞大家都快眼晕了，如果后期分裂成几千几万个，甚至四十万亿到六十万亿个组成完整人体的细胞，那不就变成了细胞的海洋？到时候还分得清吗？”

柯少彬弱弱地道：“我发现，我可以往前滚着走。”

大家听到这里，回头一看，只见戴着眼镜的一只小球咕噜噜地往前滚了一段距离，它的身后，紧跟着复制出来的七只球。

在密密麻麻的细胞群中，戴眼镜的柯少彬真是最独特的一道风景线了。

许亦深双眼一亮：“我找到规律了——大家的本体是一直不变的，旁边那些复制体会跟随本体进行移动。只要我们脑子里发出‘我要往哪个方向走’的指令，我们的球状身体，就会朝着指定的方向滚过去。”

越星文之前还想，没了手脚全部变成球，他们该不会要滚来滚去吧？事实证明，他想对了。看着滚到远处的戴着眼镜的细胞，越星文忍着笑问：“柯少，你这样滚一圈，头晕吗？”

柯少彬的声音从前方传来：“还好，感觉跟正常走路一样啊！”

越星文想了想，说道：“那我们大家也朝着不同的方向滚一圈，先适应一下作为细胞，该怎么走路吧。”

众人听到这里，纷纷往前、后、左、右滚去。

一时间，不太宽敞的空间内，无数小球到处乱滚，偶尔发生碰撞，几乎要变成“球球大混战”了。越星文往左滚，江平策往右滚，本体正好撞到了一起。

两个人眼睛的距离只剩不到一厘米，越星文睁大眼睛，能清楚地看见江平策漆黑的瞳孔，他愣愣地看了片刻，然后笑着说道：“好像我们都没有睫毛。球状的脸只长了一双眼睛，但我能看清楚平策你还是单眼皮，哈哈。”

江平策心说：关注点能不能正常些？

旁边传来“啊”的声音，蓝亚蓉和刘照青撞到一起，蓝亚蓉道：“停停停，我要被撞成脑震荡了！”刘照青道：“我也有点晕。大家小心点，本体互相撞到会头晕！”

章小年在那里求助：“我分不清方向，我被自己的复制体包围了！”

场面一度十分混乱。

越星文只觉得头痛欲裂，一大群人忽然变成球，移动方向很难掌握，视野受到影响之后，滚动时还容易互相碰撞。这样下去，他们还怎么配合造孩子？别到时候彻底混乱，该长心脏的地方，长了一个肝脏，造出一个怪物来！

江平策冷静地出声提醒：“大家停下。”

众人纷纷停了下来。

江平策道：“大家转动脑袋，先找到柯少彬，戴眼镜的那只最好分辨。”

柯少彬小声吐槽：“‘只’？第一次听见有人用这种量词叫我。”

一个个圆球转动脑袋，很快就找到了戴眼镜的那“群”柯少彬。大家分不清哪个是本体，反正八个球一模一样，柯少彬自己能分清就行。

江平策道：“现在把柯少彬的方向作为正前方。辛言、秦露去跟柯少会合，蔓萝姐、秦淼、蓝师姐反向往后滚，卓师兄、刘师兄、许师兄往右，我、星文、章小年往左。”

他这样一分配，原本混乱的局面立刻变得井然有序。众人带着自己的复制体，飞快地滚到不同的方向，然后，所有人回过头，发现他们形成了一个大型的“环形队列”，整整齐齐站了四排，大家都能看清彼此的位置了！

许亦深笑道：“还是平策有办法，这样就不会头晕，我能看到每一个人。”

章小年道：“我终于能分清方向了！”

越星文扭头看了眼身边的江平策，心想：平策的归类整理能力果然很强，不管多乱的局面，他都能理得清清楚楚。

前排，柯少彬眨了眨眼睛，道：“接下来我们该做什么？”

许亦深道：“我们现在只完成了人类诞生的第一步。受精卵在卵裂之后，形成了内细胞团，下一步，就是受精卵经过输卵管进入子宫腔，通过表面的黏性物附着在子宫内膜。”

刘照青道：“靠近子宫内膜的细胞会分泌一种酶，将子宫内膜裂解，形成一个小洞，然后埋进去，这就是临床上所说的‘着床’，我记得没错吧？”

许亦深回道：“是的！”

团队有一个生命科学学院的、一个医学院的，对人类诞生的过程一清二楚。

越星文紧跟着问：“输卵管呢？”

蓝亚蓉忽然说：“我们三个的身后发现了管道状的通路，是不是这里啊？”

许亦深道：“大家再找找看，别走错地方变成宫外孕了。”

刘照青严肃道：“没错，要是着床的位置错误，导致宫外孕，我们的孩子就没法出生了，说不定还会引发母体大出血。”

众人突然感到一阵紧张。

此时，大家位于一个密闭的空间内，除蓝亚蓉、林蔓萝和秦淼身后发现一个管状通路外，其他位置并没有出口。

所有人的耳边响起机械音提示：“内细胞团分裂完成，请准备着床。”

许亦深道：“看来就是蓝师姐说的那里了。”

江平策指挥道：“大家别乱，排队进去。”

蓝亚蓉道：“我是文科生，胚胎发育什么的完全不懂，许亦深你带路吧。”

许亦深道：“好，大家原地不动，我先过去，刘师兄、卓峰跟在我后面。”

江平策安排道：“蓝师姐你们第二批，柯少彬第三批，我跟星文、小年最后过去。到达目的地之后，大家继续按照顺序排成队，每个人带着自己分裂的细胞站一排，别乱。”

他把十二个人分成四支小队，这样三人一组依次行动，就不会乱套了。

蓝亚蓉等三人自觉地让开了一条通路，然后就看着瞳色明显比别人浅的许亦深带着七个复制体骨碌碌地滚了过来，后面紧跟着刘照青、卓峰……

能从眼睛分辨出谁是谁，也真不容易！

一排球球从输卵管滚过去之后，蓝亚蓉、林蔓萝和秦淼也立刻跟上。

秦淼和秦露是双胞胎，变成细胞后长得一模一样，根本无法区分。越星文提醒道："柯少彬走最前，秦露走最后，你别跟你姐姐混在一起！"

秦露轻声道："好……"

又一排细胞滚了过去，越星文等三人最后进去。

输卵管还挺长，大家排成队一路往前滚，感觉就像小时候坐滑梯一样。

过了片刻，眼前豁然开朗，大家进入了一个形状奇怪的空间，这空间前方宽，后方窄，如同一个倒置的三角形。

耳边传来刘照青的声音："这里应该就是母体的子宫吧？"

许亦深道："看形状是的。我们要在哪里着床？"

刘照青道："还是侧壁比较稳吧？要是太靠近宫颈口，容易形成前置胎盘，母体分娩的时候就太危险了。"

许亦深此时在队列的最前方，能清楚地看见周围宽阔的"房间"，"房间"墙壁上有绒毛，显然是模拟的子宫黏膜。

根据"房间"的形状，能分清子宫内部的不同位置。着床一般是在子宫前壁、后壁、侧壁，许亦深选了右侧壁，道："大家跟着我。"

他率先滚了过去，其他人一个接着一个，集体来到右侧。

许亦深道："大家通过细胞表面的黏性物，黏在侧壁上面。"

众人纷纷照做。

大家排成队，紧贴在毛茸茸的"墙壁"上。

从他们的视野来看，这个房间特别大，墙壁上还有一层内膜。可实际上，这是图书馆模拟的母体子宫，他们现在就在"妈妈"的子宫内，需要借助母体来获得营养，发育成一个小小的胎儿。

目前他们组成的胎儿只是一团细胞，连心脏都没形成。

柯少彬好奇地道："我发现，后背贴上去之后，就不能动了。"

刘照青吐槽道："内细胞团着床之后当然不能乱跑，你乱跑会造成流产。"

柯少彬一脸尴尬。

许亦深笑道："大家都别乱动，等待下一步指示。"

众人乖乖将后背贴在子宫壁上不敢乱动。在场的同学们都没有生育经验，可这次，他们要亲身经历胎儿的孕育过程，虽然有些奇怪，但大家都不敢大意。

稍微不小心，他们组成的婴儿就会流产，或者产生缺陷。

渐渐地，大家发现身后的内膜出现了变化，那层膜像是有弹性一样，将他们温柔地包裹了起来。众人好奇地盯着眼前的一幕，不知过了多久，他们似乎换到了另一个相对狭窄的空间，外面像是有一层透明的膜在保护着他们。

许亦深道："着床成功。胎盘形成了吗？"

刘照青仔细观察了一下周围，道："应该是的，绒毛膜上的胎儿血液循环都建立了，你们看到的这些管道，就是胎盘血管。"

众人往前一看，果然看见那层膜上有些红色管道。

许亦深感慨道："这门课程让胎儿生长的速度加快了几十倍。正常来说，胎盘形成要在怀孕两周之后，我们这还不到两个小时。"

图书馆还算仁慈，没有让他们在这里待十个月，否则，他们变成细胞，在这里滚来滚去地生存十个月，大家估计会精神崩溃。

就在这时，柯少彬忽然小声说道："我们接下来不用吃东西了对吧？血液循环会自动给我们输送营养？"

许亦深道："是的。"

作为吃货，柯少彬忽然有些遗憾。

越星文问道："下一步呢？"

许亦深想了想，说道："应该是分化成三个胚层。大家分一下工吧！谁去外胚层，谁去中胚层，谁去内胚层？"

众人一脸茫然。

为了这位即将出生的宝宝，他们真是操碎了心。

受精卵在子宫内着床成功，并发育成囊胚之后，接下来会通过"脱层"的方式，最终分化为外胚层、中胚层和内胚层组成的胚胎；胚胎再慢慢分化，形成完整的人体结构。

几乎是在许亦深刚提出"胚层"这个问题的同时，众人的耳边就响起了系统机械音："胚胎分化中，已形成外胚层、中胚层和内胚层。三个胚层的细胞在之后的分化、发育过程中不可互换，请提前进行分工。"

大家原本站成好几排，下一刻，众人之间居然出现了两条明显的分界线，将他们这个内细胞团分成了外、中、内三层。

刘照青建议道："我们十二个人，是不是四人一组比较好？分为外胚层小队、中胚层小队、内胚层小队？"

越星文说道："具体该怎么分，刘师兄和许师兄决定吧。"有生命科学学院和医学院的在场，这门课越星文也不想指挥了，他一个文科生确实不懂胚胎发育。

许亦深认真给大家科普："外胚层，最后会形成表、感、神、腺，也就是：人体表皮系统，如皮肤、指甲、头发；感官系统，如眼、耳、鼻；神经组织，如大脑、脊髓、神经；还有部分汗腺、皮脂腺、唾液腺等。外胚层的细胞一般体积比较小，分裂速度最快。"

分裂速度快这很好理解，因为人的皮肤、头发再生速度确实是最快的，内脏一旦损伤，就很难恢复。

许亦深顿了顿，笑眯眯地调侃道："大家谁愿意去外胚层？负责制造我们宝宝的眼睛、鼻子、头发。"

蓝亚蓉主动开口道："我是颜控，我们要生一个皮肤白皙、头发乌黑、大眼睛的漂亮宝宝。我去外胚层，主管我们宝宝的皮肤。"

蓝师姐说要一个高颜值宝宝，这个观点很快就得到了妹子们的赞同。

林蔓萝道："我也去外胚层，我管眼睛、鼻子、嘴巴之类的五官。"

秦淼淡淡地说："我跟你们一起，管汗腺这些吧。"

秦露本来也想去外胚层，但她跟姐姐长得一模一样，两人一起去同一个区域会互相分不清，她只好安静地待在柯少彬的身后，想着待会儿再选。

许亦深问道："外胚层还差一位同学，谁去？"

下一刻就听刘照青爽快地说："我也去外胚层，主管神经系统这一块。神经脉络遍布全身，万一哪里出错，生出来的宝宝可就瘫痪了。"

众人听他这么一说，都感觉压力很大。

虽然他们有十二个人，但胚胎分化需要注意的细节太多，真是马虎不得。

神经系统确实非常复杂，得找一位专业的人来搞定，从大脑、脊髓，再到遍布全身的神经网络，任何一条神经出错，相应的部位就会听不到大脑的指令。

刘照青主动请缨负责神经系统，大家都特别放心。

外胚层的四个人就确定下来了。

许亦深接着道："内胚层，最后会形成整个消化管道、呼吸管道和肺的上皮，以及肝脏、胰腺，还有胸腺、甲状腺的上皮。简单记忆就是消、呼、肝、胰。"

卓峰自告奋勇地说："我去内胚层吧，我可以负责呼吸系统。高中我学的是理科，生物还记得一些。"

柯少彬的眼珠子左右动了动，似乎在思考，过了几秒后才说："辛言，你要不要跟我一起去内胚层？我们一起做宝宝的消化系统？"

辛言淡淡地道："然后把宝宝培养成一个吃货吗？"

众人会意：辛言说话总是这样一针见血。

柯少彬弯起眼睛笑道："只有消化功能好，宝宝才能吸收营养，快快长大！

别忘了，我们的任务不单是把宝宝顺利地生下来，还要陪着他长大，上幼儿园。小孩子要是厌食，或者消化吸收不好，会很麻烦的。”

刘照青忍不住吐槽：“小柯的语气怎么跟盼着孩子出生的老父亲一样？”

柯少彬认真说道：“我虽然母胎单身二十一年，但能在图书馆跟大家一起造个孩子，也是一段难忘的经历，我一定会珍惜这次来之不易的机会。”

真是越说越奇怪了，说得好像他真怀孕了似的！

越星文忍着笑道：“那你就去内胚层弄消化系统吧。我相信，有柯少彬亲自把关，咱们的孩子，胃口一定会特别好！”

柯少彬笑得很开心：“那是当然。作为一个吃货，整个消化系统的结构我都很清楚，从口腔到食道、胃、十二指肠、空肠、盲肠、回肠、阑尾、结肠、直肠……”

众人听他一个计算机系的居然熟练地背出了消化管道组成，纷纷惊讶地瞪大眼睛——什么叫“硬核吃货”？为了吃，居然去研究消化系统，真是不得不服。

越星文想竖个大拇指给他，忽然想起自己变成了球，没有拇指，只好朝柯少彬眨眨眼。

辛言的声音依旧冷淡：“那我去内胚层，负责肝脏和胰腺。”

秦露紧跟着道：“我也去内胚层。胸腺和甲状腺这两个结构我来负责行吗？遇到不懂的我就问许师兄和刘师兄。”

许亦深道：“放心，总体上，我跟刘师兄会帮大家把关。”

外胚层、内胚层都有人了，最后四人无疑只能去中胚层了。

越星文问道：“中胚层都负责哪些组织呢？”

许亦深道：“在胚胎发育的过程中，中胚层的分化是最复杂的，真皮、肌肉、骨骼、结缔组织，还有血液循环系统，包括心脏、血管、骨髓，还有淋巴系统，体腔各种管道的末端，所有内脏的浆膜层、结缔组织、平滑肌，泌尿系统的肾脏、输尿管，还有生殖管道……”

越星文光是听着都觉得头大：“这么多吗？”

许亦深的声音透出一丝无奈：“是的，中胚层的细胞种类最多。星文、平策、小年，我们四个的任务会相对重一些。”

江平策冷静地说：“没问题，我可以负责全身的骨骼。”

越星文道：“我负责全身所有的肌肉。心血管系统就交给许师兄吧。”

许亦深问道：“还有真皮、内脏浆膜层，交给小年行吗？”

越星文想了想，道：“要不秦露和小年换一下？小年容易迷路，负责胸腺、甲状腺这种单独的器官会比较好，让他全身到处跑，他可能会分不清方向。”

章小年刚才听见许师兄说出中胚层的结构时就想找个人换一下，没想到星文师兄主动开口帮他解围。在胚胎发育的过程中，每一个人都不能出错，任何错误都有可能造成胎儿畸形，他也觉得自己负责器官会比较稳妥。

章小年说道："秦露师姐，你愿意换吗？"

秦露欣然同意："好，那我来中胚层，小年来这边负责胸腺和甲状腺。"

总算分工完毕。

许亦深道："好了，开始干活儿吧。外胚层的去最外围的那条通道，内胚层的往里走，中胚层的原地不动。"

众人听到指令，纷纷朝自己所在的位置滚动过去。

大家带着自己分裂出来的球球，滚了片刻后，依次站成外、中、内的三层结构，一层层井然有序地排列在了一起。

耳边再次响起考官的机械音："神经系统开始发育，形成胎儿的大脑和神经组织。"

外胚层出现一处大脑形状的光点，负责神经系统的刘照青迅速赶过去继续分裂。原本呈球状的刘照青，由于分化成了神经细胞，体型也明显有了改变。

在他附近的蓝亚蓉转动眼珠一看，忍不住道："你怎么变得像棵树？还有根须？"

刘照青道："我这是神经细胞的树突和轴突！"

蓝亚蓉眨了眨眼："哦，好奇怪。"

刘照青也觉得有点奇怪。

许亦深笑着说道："大家不要惊讶，因为不同组织的细胞长得不一样，我们待会儿就要慢慢从圆球变成各种奇奇怪怪的形状了。"

蓝亚蓉好奇地问道："皮肤细胞长什么样？"

许亦深道："皮肤细胞比较复杂，有好几层，每层都不一样，有柱状的、多边形的、梭形的、扁平的……"

蓝亚蓉愣了愣："那我待会儿岂不是要变成各种各样的形状？"

许亦深说："为了宝宝天生拥有白皙的皮肤，你就辛苦一下，多变几个。"

柱子一样的蓝师姐、扁扁平平的蓝师姐、多边形的蓝师姐……

众人无法想象那样的画面。

刘照青一个人在忙着分裂神经细胞，其他人都原地待命。

很快，耳边又响起机械音："孕六周，心脏原基出现，并开始跳动。"

话音刚落，众人就见中胚层这边两条管道状的结构忽然合并起来，许亦深急忙滚了过去，占好心脏的位置，开始让自己变形并迅速分裂。

随着无数心肌细胞的出现，胎儿心脏形成。

许亦深忙碌片刻，忽然，整个空间内响起怦怦的心跳声。

这种来自胎儿的心跳声让大家觉得很是神奇，所有人都默契地安静下来，认真地听着来自一个新生命的心跳声。

那声音虽然微弱，却一下一下，清晰地传递到众人的耳边。

过了不知多久，许亦深才笑着说道："好奇怪，我怎么有种要当爸爸的期待感？"

其他人也有同样的感受。

以后回到学校，是不是可以跟人说——我虽然没有谈恋爱的经验，但我有造孩子的经历？

生命科学学院的这门课，是让他们作为细胞参与人类诞生的过程。之前大家的心里一直没有清晰的概念，脑子都是蒙的，直到这一刻，听见宝宝心脏跳动的声响，他们才终于有种"创造新生命"的神圣感。

尤其是，这宝宝的心脏，是许亦深亲自制造而成的！

规律的心跳声让大家备受鼓舞。越星文转动眼睛，看向旁边的江平策，笑着说道："宝宝有心跳了！"

江平策缓缓答道："……嗯。"

柯少彬忽然说道："大家觉不觉得，宝宝心跳好快？这一分钟都超过一百次了吧？"

刘照青解释道："正常成年人的心率是每分钟六十到九十次，胎儿的心率非常高，超过一百是正常的。心脏快速跳动才能给胎儿全身供血，让细胞迅速增长。"

柯少彬恍然大悟："哦，那就好，我还担心宝宝会有先天性心脏病。"

许亦深的声音从心脏跳动的位置传来："放心，心脏这边我会把好关。"

话音刚落，众人耳边再次响起机械音提示："孕六周，心脏进行有规律的跳动，开始划分心室，并向胎儿全身供血。胎儿的细胞迅速分裂，肾雏形发育，神经管开始连接大脑，脊髓开始发育。"

随着提示音落下，众人所在的胎儿模型空间内，又出现了大量的通路。

许亦深问道："胎儿的心脏，一开始只分成左心房和右心室，后期才会渐渐分割成右心房、左心室，刘师兄我没记错吧？"

刘照青道："没错，先分成心房和心室，之间形成房室瓣，确保血液只能顺着一个方向流动而不会逆流；后期，心房形成房间隔，分成左、右心房；心室形成室间隔，分成左、右心室，整个心脏才算发育完成。”

心房和心室之间的特殊瓣膜，称为“房室瓣”，就像一处开关，只朝向心室开放，保证血液只能从心房流入心室。血液逆向流动，会被瓣膜挡住。

许亦深很快就找到瓣膜区，根据区域提示，迅速做好心脏的房室瓣。

下一刻就听机械音道：“请建立全身血液循环网络，疏通全身的血管，让胎儿形成独立的血液循环系统。”

循环系统也是许亦深在负责。听到这里，他不由头疼道：“全身血管？我都记不清到底有多少了。”

刘照青建议道：“先把大血管给建好，那些毛细血管后期再慢慢弄。”

越星文看见圆球状的许亦深师兄忙碌地从心脏那边跑了出来，开始像工人修路一样往全身各处造血管。

许师兄一边造一边说：“我记得，血液循环系统分成肺循环和体循环。我先弄肺循环，血液从右心室出来，流到肺动脉，经过各级动脉分支，在肺泡毛细血管网进行气体交换，再去肺静脉，最后回到左心房。”

刘照青赞道：“没错，完整的肺循环就是这样右心室出、左心房回。你先把肺动脉、肺静脉造好，胎儿的肺组织现在还没发育。”

许亦深“嗯”了一声，开始努力造血管。

不远处，看到忙碌的许师兄，章小年不由轻声说道：“造孩子真是个巨大的工程，我们快要变成人体施工队了。”

柯少彬说：“这个孩子的身上，凝聚了我们十二个人的心血。我们的孩子，一定会又漂亮又聪明又健康。”

辛言淡淡地道：“而且还很能吃。”

柯少彬立时语塞。

许亦深很快就建立好肺循环通路，紧跟着建立体循环通路。

刘照青提醒：“体循环，血液从左心室出，经主动脉到达全身血管，再从上腔静脉和下腔静脉回右心房。先把这三条主要的大血管造好，后期备用。胎儿建立完整的血液循环系统，要在心室、心房分隔之后了。”

许亦深忙碌了片刻，总算将主要的大血管全部造好了。他笑着说道：“造个宝宝可真累！血管搞定了，我回心脏去分裂血细胞，准备运输血液。”

刘照青道：“肾呢？泌尿系统谁负责的？”

众人面面相觑——刚才好像没有分配谁负责肾脏吧？

柯少彬小声道：“大家快点啊，宝宝不能没有肾！”

许亦深道：“泌尿系统属于中胚层。星文、平策，你俩谁来？”

江平策冷静地说："我来吧。"

两个肾脏的雏形，在胎儿发育第六周的时候形成。有了肾脏，胎儿就可以慢慢建立属于自己的泌尿系统。

江平策虽然不是学医的，但肾脏的位置他大概知道。他一路滚过去之后，果然看到有两个豌豆状的标志——图书馆为了方便大家辨认不同器官的位置，在胎儿体内画出了相应的器官图形，并且用柔和的蓝色亮光做了标注。

这样就不会让大家制造出"心脏位置长出个肝脏"的怪物宝宝。

江平策迅速分裂，让细胞将两颗肾脏的区域填满。

同时，由于许亦深努力造出血细胞，胎儿的血液循环正式建立。众人只见红色的光顺着许亦深疏通的血管缓缓地流动着，随着心脏每一次跳动，开始向全身供血了。

耳边再次响起机械音提示："孕七周，面部器官开始发育，眼睛轮廓出现，鼻孔打开，耳朵凹陷，手、脚及四肢的幼芽形成，肌肉纤维和垂体开始发育。"

听到这里，众人纷纷开始忙活。

蓝亚蓉负责胎儿全身的皮肤，许亦深提醒道："蓝师姐，皮肤需要包裹胎儿全身，你得顺着身体的轮廓从头到脚走一遍。"

蓝亚蓉说道："明白。"

只不过，皮肤的结构比较复杂，分表皮、真皮和皮下组织，光是表皮就有很多种细胞，刘照青道："外胚层负责的是表皮，由内到外，分成基底层、棘层、颗粒层、透明层和角质层，蓝师姐要辛苦了，你得分化成五层细胞。"

蓝亚蓉听着就有点头大。

她果然在外围看到了五条通道，每层都要环绕宝宝一整圈。

为了宝宝的皮肤，她真是拼了！

只不过，不同层的细胞有什么特点，她完全不知道，只能虚心求教："我从最内层开始修建皮肤屏障，最里面是基底层对吧？细胞长什么样？"

刘照青说："长得像柱子，柱状上皮细胞。"

于是，蓝亚蓉在基底层分裂的时候选择了柱状细胞。圆滚滚的蓝师姐，忽然变成了一根高高的柱子。

看到这一幕的刘照青忍着笑说："恭喜你，从球形变成柱形。"

蓝亚蓉好不容易将基底层全部造完，接下来还有四层！

蓝亚蓉无奈地问："第四层呢？"

刘照青道："有很多突起的棘状细胞。"

第四层结束，蓝亚蓉问："颗粒层呢？"

刘照青:“这一层你得变成梭形的细胞。”

第三层结束，蓝亚蓉的声音有气无力:“第二层了，透明层对吧？”

刘照青:“这一层是扁平的细胞。”

蓝师姐如同被放掉了气的球一样，瞬间扁掉了，变成了扁扁平平的蓝师姐。刘照青看得有些想笑，真是难为她了，变来变去换了好多种造型。

最后一层的时候，蓝亚蓉已经累得快要喘不过气了，说话声音如同病危:“最后，一层了……角质层，还要变什么？”

许亦深笑眯了眼睛:“你们女生护肤的时候常说的去角质，去的就是这一层。”

刘照青道:“这一层也是扁平细胞，辛苦了！”

扁掉的蓝师姐终于铺完最外面的一层屏障，感慨道:“平时只觉得皮肤很薄，没想到，人的皮肤有这么多层结构。”

刘照青道:“这才是表皮，表皮下面还有真皮。”

许亦深忙道:“对了，真皮是由中胚层分化而来的，我这边血液循环系统忙不过来，你们谁负责一下？”

越星文主动说道:“我来吧，师兄说一下我该做什么。”

刘照青道:“真皮层有很多胶原纤维、网状纤维、弹力纤维以及基质。这一层比较复杂，毛细血管、神经都是分布在真皮层的，还有部分汗腺、皮脂腺、毛囊，需要我们好几个人合作。星文，你先把真皮层屏障给建好，空出来的部分我们还得慢慢填上。”

越星文:“好的。”

他从江平策身边骨碌碌地滚过去，来到蓝亚蓉建好的表皮屏障后面，开始修建真皮层。真皮层分布着大量的纤维状结构，来维持皮肤的弹性，同时在机体受损时，纤维组织也可以负责对机体屏障的修复。而纤维状的结构，很多是由一种叫“成纤维细胞”的细胞分化形成的。

刘照青说道:“星文，真皮层有很多成纤维细胞，你也要改变一下造型。”

越星文:“看到了，我分裂的时候眼前弹出了几种选项，我先选成纤维细胞，让这种细胞遍布全身的真皮层就可以了，对吧？”

刘照青:“没错。”

越星文选完之后瞬间变形。

大家只见本来圆滚滚的越星文，忽然变成了一个扁平的、有点像不规则的星星状的细胞，由于细胞就像被压扁了一样，正前方没地方，眼睛就只能长在“头顶”。

江平策朝下一看，发现星文扁扁的，正趴在地上，眼睛在脑门顶端眨了眨，有点蒙。

蓝亚蓉忍不住笑出声：“哎，星文这个扁扁的星星状细胞很可爱。”

林蔓萝也笑道：“星文都蒙了，怎么办？扁了之后没法继续往前滚了！”

秦淼说：“可以试着往前爬。”

蓝亚蓉道：“我有经验，我刚才变扁之后，就直接往指定的方向挪过去。”

越星文无奈，只好往旁边挪去。

众人就见一个扁扁的星星状细胞，在大家的眼前快速往旁边挪动，星星上方的两只大眼睛，十分无辜和茫然。

越星文此时只有一个想法：造孩子好累啊！

真皮层的纤维组织遍布全身，越星文变成扁平的成纤维细胞后，不能再像之前那样滚动，倒是可以滑行，甚至能从其他细胞的缝隙当中溜过去。

不规则的星星状细胞如同坐了滑板一样在身体各处滑行、穿梭，根据课程的提示，在不同位置复制、分裂……

很快，全身各处都出现了越星文制造的成纤维细胞。

为了让同学们区分本体和复制体，细胞大量分化之后，只有本体长着眼睛，其他复制出来的细胞只有形状，没有眼睛。

除了成纤维细胞，真皮层还有巨噬细胞、肥大细胞等，越星文有了这一次制造成纤维细胞的经验，接下来的工作变得顺利很多。

他开始在胎儿的全身忙碌，如同到处缝缝补补的工匠，在蓝师姐制造的表皮层下面建造真皮层。

时间一分一秒过去，越星文终于完成了真皮层的建造，累得趴在原地，动都不想动，声音也病恹恹的：“总算搞定了，比跑了一个全马还累。”

刘照青笑道：“造孩子哪能那么轻松？”

越星文想想也是，便说道：“大家再接再厉。下一步该做什么？”

秦淼冷静地说：“刚才机械音提示过，孕七周，胎儿的五官开始出现。”

林蔓萝兴奋地说道：“是不是到我了？我来捏宝宝的眼睛、鼻子、嘴巴？”

刘照青补充道：“这时候，胎儿的双手和双脚应该也会出现，只不过，手指和脚趾还没有分清楚，是一个小肉团。大家看一下附近有没有代表四肢的通道。”

蓝亚蓉很快就发现了周围的通道，说：“我这里有，刚才看见左上角、右上角、左下角、右下角各有一团鼓起的部位，应该就是胎儿的四肢雏形吧？”

刘照青道：“没错。蔓萝，你去头部造宝宝的五官。蓝师姐、星文继续辛苦一下，复制细胞，把宝宝四肢的皮肤、真皮层和肌肉给填充了。”

越星文虽然很累，但为了孩子能顺利出生，他这时候也不好掉链子，立刻说道：“没问题，大家开始干活儿！”

话音刚落，大家就见星星状的越星文如同坐滑梯一样，飞快地滑到蓝师姐所说的位置，配合她一起造皮肤表皮层、真皮层的细胞。

造完之后，越星文继续造真皮层下的肌肉组织。

越星文要造的四肢有大量的横纹肌，于是，越星文在分化时变成了一只又一只的肌细胞。

大家很快就看到，扁扁的梯形越星文在胎儿的四肢部位滑来滑去，他一边工作一边说道：“宝宝的胳膊和腿都好短，蜷成一团，还挺可爱的。”

蓝亚蓉忽然说：“等一下，我好像看见宝宝除了双手和双脚，还有一条长长的尾巴？！难道我们的宝宝……”她微微一顿，严肃地说，“是个妖怪吗？”

众人听到这里都愣了愣。

柯少彬忍着笑说：“师姐，我们要是生出个妖怪，这就变成玄幻剧了。这个宝宝混合了我们十二个人的基因，一出生就能唤醒史上最强魔族血脉。魔尊降临，一统三界？”

章小年问：“为什么是魔族？不能是仙族吗？”

柯少彬认真地说：“因为，我们十二个人放在修真小说里，肯定是反派。”

众人一时无语。

辛言淡淡道：“你要不要考虑从计算机系转专业，去学个编剧？”

众人心想：小柯确实有当编剧的天赋。

柯少彬轻咳一声：“我开个玩笑，我们的宝宝不可能是妖怪。”

秦淼冷静地说：“应该是出现了返祖特征，人类的祖先就有尾巴。”

刘照青道：“没错。其实我们所有人在胚胎发育时期都会出现尾巴，这是祖先留给我们的基因，但人类经过漫长的进化，已经不需要尾巴了。胎儿在发育时，所有的器官都会越长越大，只有尾巴越长越小。大概怀孕三个月的时候，尾巴就会完全消失。”

许亦深道：“科学上解释为，主管尾巴发育的这部分基因关闭，导致尾巴无法继续生长，最终退化消失。也就是说，我们人体内依旧存在尾巴的基因，只是在胎儿发育的时候没有表达出来。”

蓝亚蓉恍然大悟：“原来是这样。我说怎么还多出一条尾巴！”

林蔓萝问道：“接下来到我了吗？开始造五官？”

刘照青低声叮嘱：“五官都是细活儿，蔓萝你小心些。目前只能分清眼睛、鼻子还有耳朵，宝宝的眼睛还是闭着的，按照课程提示，预留出位置就行。”

林蔓萝眨了眨眼:“好，那我去了。”

她一路滚到胎儿面部的位置，果然看见眼睛、耳朵、鼻子等标注。林蔓萝根据提示一边填充，一边问道:“大家觉得，宝宝单眼皮好看，还是双眼皮好看呢？”

越星文毫不犹豫地说道:“我觉得单眼皮好看。”

大部分人喜欢双眼皮，为什么星文更喜欢单眼皮？林蔓萝想了想，很快就明白过来:“你是说，像平策这样的单眼皮吗？”

越星文道:“对，身边的帅哥美女当中，双眼皮很常见，单眼皮才特别，也更有辨识度，我就觉得平策挺帅的。”

江平策忽然像噎了一下似的，道了一声:“……谢谢。”

许亦深笑眯眯地道:“双眼皮是显性基因 Aa 或者 AA，单眼皮是隐性基因 aa，常染色体基因遗传。如果父母都是双眼皮，孩子极大概率是双眼皮；父母都是单眼皮，孩子 100% 是单眼皮；如果父母一单一双，则孩子两种可能都有。”

文科生们听得有点蒙，只觉得许亦深特厉害。

蓝亚蓉总结道:“也就是说，孩子将来单眼皮还是双眼皮，早在基因里就决定好了，我们没办法随便乱改，对吧？”

许亦深:“是的。”

林蔓萝有些遗憾:“好吧，那我先把宝宝的眼睛给造好。”

眼睛、耳朵、鼻子……

林师姐忙活了一阵，将胎儿的五官雏形建造完毕。紧跟着，刘照青开始建造神经系统中的大脑和垂体。

耳边再次响起机械音提示:“孕九周，胎儿所有的器官、肌肉、神经都开始工作，并且迅速发育。”

这声音一响起，刘照青急忙说道:“大家干活儿了！内胚层的同学们也开始工作，胎儿的胸腺即将发育，甲状腺要推迟一些，章小年你先去胸腺的位置。”

章小年一脸蒙:“胸腺具体在哪个位置？”

刘照青道:“一开始发育是在咽部，在十二周左右的时候下降到前纵隔，也就是肺动脉、主动脉和上腔静脉之前的位置。你一路往前走，找到许亦深造的那几根大血管，再往上一点，应该能在那儿看到标志。”

章小年对医学一无所知，听到刘师兄的指示后，立刻一路往前滚去，果然在三根血管的上方看到了刘师兄所说的标志。

柯少彬兴奋地道:“我的消化系统是不是也可以工作了？”

刘照青道:“胎儿的消化系统发育最慢，你不用着急，先把胃、肠这些管道的雏形给做出来。”

宝宝哪怕在出生之后也不能立刻吃好吃的，还要母乳喂养一段时间。婴儿的消化功能很弱，胎儿就更别说了，基本靠母体和血液循环来提供营养。

柯少彬不需要指路，很快就找到了胃肠道的位置。

辛言跟他一起，负责肝脏、胰腺等器官。

卓峰主动负责呼吸系统，事实上，在许亦深开始造血管的时候，他就准备造肺部和支气管，如今接收到指示，立刻开始积极地干活儿。

内胚层的四位同学忙碌起来。

外胚层和中胚层的同学们当然也没法闲着。

由于胎儿从这一周开始迅速长大，蓝亚蓉需要不断地填补胎儿新生的皮肤，而且，皮肤每多出一点，她都要来来回回在五层上皮细胞之间跑，时而变成柱状，时而变成梭形，时而又变成扁平状……

忙碌的蓝师姐为了宝宝的皮肤操碎了心。

越星文同样不轻松，表皮下的真皮层、肌肉层都是由他负责的。他时而变成星星，时而变成梯形，在几层通道间滑来滑去……

婴儿的汗腺也开始出现，秦淼在真皮层内处理各种汗腺、皮脂腺。

刘照青也任务繁重——从大脑开始，将宝宝的神经脉络渐渐在全身四处铺开。

许亦深开始布毛细血管网，造的血细胞越来越多。

江平策开始修建泌尿系统的输尿管通路，肾脏的组织结构也需要进一步完善。

秦露负责部分内脏和肌肉之间的连接，并在同学们忙不过来的时候搭把手。

十二个人忙忙碌碌，如同在一个工厂的车间里卖力工作。

在大家的努力之下，胎儿渐渐有了一个“人”的初始形状，身体内部的器官、组织、神经和血管脉络也初步形成。

然后，大家遇到一个难题——

“孕十一周，胎儿生殖器开始发育。”

听到这句机械音后，众人都愣了愣。

刘照青提出一个严肃的问题：“话说，我们忙活这么久，造出来的宝宝是男孩还是女孩啊？”

许亦深无奈道：“是男是女，这是受精卵形成的时候就决定好的。十一周到十二周，这个阶段正好生殖器会开始发育，就看宝宝出现什么生殖器了。”

刘照青道：“如果出现男性的器官，就是男孩，没出现就是女孩。平策，你不是负责泌尿生殖系统吗？要不你去看一下？”

江平策淡淡地道：“嗯。”他此时正在肾脏的位置，飞快地滚过去看了一眼，回来说道：“是男孩。”

蓝亚蓉有些遗憾地叹了口气：“男孩啊，出生后肯定很调皮。我喜欢女孩。”

柯少彬道：“图书馆这是故意的吧？让我们造个男孩，出生后上房、爬树受个伤，还得让我们救人？”

众人都长叹一口气：造孩子都这么累了，养孩子更累吧？

宝宝的性别让大家心情复杂。

蓝亚蓉道：“对了，宝宝的皮肤是我负责，男孩子的皮肤就不用太白了，还是健康的小麦色比较好看吧？我待会儿多注意一下。”

林蔓萝紧跟着说道：“男生的鼻梁也要高挺一点，我待会儿在宝宝的鼻子这里多填充一些细胞。还有眉毛，你们喜欢刀眉、剑眉、一字眉还是流星眉？”

蓝亚蓉想了想，说：“男孩子的话，剑眉比较有气势。”

秦淼淡淡地道：“我也觉得剑眉帅。”

几位妹子讨论的话题，男生们都有点蒙，他们搞不懂几种眉形的具体区别。

越星文笑道：“有这么多人为宝宝的五官操心，这孩子将来肯定是个大帅哥！”

蓝亚蓉道：“那是当然。”

卓峰无奈地提醒林蔓萝：“孩子刚出生的时候，眉毛都没长开，你们现在就操心哪种眉形好看，会不会太早了一点？”

林蔓萝说：“这叫未雨绸缪，提前规划！宝宝的眉毛虽然长得慢，但长眉毛的毛囊，我们可以提前布下啊！”

蓝亚蓉接道：“就是，眉毛是从毛囊里面长出来的对吧？我们在他眉毛的位置，画好剑眉形状的毛囊细胞，将来他的眉毛长出来之后就会很好看了。”

作为医学生的刘照青也不得不服：“厉害！这样的话，他以后都不用修眉，周围的杂毛都比一般人少。”

蓝亚蓉开玩笑道：“那些什么半永久的文眉算什么？咱们这是娘胎里自带的永久好看眉形。遇到我们这些人，宝宝可太幸运了。”

妹子们居然从胚胎阶段，就给宝宝做好了眉形、眼睛、鼻子轮廓的形状规划，试问，全世界有哪家医院的整容效果能比“胚胎整容”更强？

来自妹子们的关爱真是太牛了。

柯少彬认真地说：“咱们的宝宝，将来是不是可以靠颜值出道？”

许亦深眯起眼睛笑道：“你们要不要顺便给他胎教？”

卓峰哭笑不得："这是要培养多学科综合型人才吗？比如，星文给宝宝念诗词，平策给宝宝背公式，秦淼给宝宝讲古代历史，秦露再给孩子科普地球的板块和国家？"

十二个人一起进行胎教，宝宝会崩溃吧？别到时候宝宝一出生，直接精神错乱了。

听大家越聊越奇怪，江平策冷静地将话题正了回来："你们的工作进度怎么样？"

蓝亚蓉汇报道："宝宝发育有点快，我一直在复制上皮细胞。"

越星文说道："我跟蓝师姐一起，肌肉和真皮层已经弄完了。宝宝的骨头什么时候开始发育？全身的骨骼是不是也该着手做准备了？"

刘照青道："是的，十二周的时候，宝宝的手指、脚趾会慢慢分开，骨骼也开始发育，出现部分关节的雏形。骨骼是平策负责，但他一个人是忙不过来的，秦露要不要帮一下忙？"

秦露欣然同意："没问题，我手头上的任务并不多，我来帮忙吧。"

刘照青迅速分配任务："那秦露负责上半身的骨骼，平策正好在做泌尿生殖系统，任务比较重，做完之后负责下肢部分。最后，平策再来我这边，帮忙建造颅骨。"

两人都没有意见，开始分工制造骨细胞。

就在这时，他们所在的"房间"忽然一阵天旋地转。

由于大家都是细胞形态，有的是圆滚滚的球状，有的是扁平的星星，也有一些三角形、梭形、细条形……他们没有手脚，根本站不稳。周围突然一晃，所有人都开始东倒西歪，尤其是球状的，直接滚向下方，撞到周围的细胞，撞得头晕眼花。

越星文此时是扁平的梯形，他直接被震得如同坐了滑梯一样，一下子滑到底，跟正在努力制造骨关节的江平策当面撞上。

越星文愣了愣："什么情况？"

江平策："不清楚。"

许亦深在心脏的内部，突如其来的"大地震"让胎儿心脏差点停跳。他急忙补充心肌细胞，一边造血一边大声喊道："很可能是母体出了问题！"

柯少彬眨了眨眼睛，小声道："该不会流产吧？"

刘照青严肃道："难说。胎儿发育的前三个月非常关键，从第四个月开始，脐带和母体的连接就会越来越紧密，胎儿自身也有了完整的循环系统，流产、致畸的概率会降低。但我们这宝宝现在才十二周，正好三个月，还是很危险的。"

耳边果然响起机械音提示："由于妈妈走路时不小心崴了脚，从楼梯摔下去，胎儿正面临流产的风险，请尽全力挽救！"

众人听到这里，彻底蒙了。

林蔓萝紧张地道："怎么办啊？孕妇直接从楼梯滚下来，孩子还保得住吗？"

许亦深的语气也十分严肃："大家尽量保证自己负责的区域器官都在正常工作！我会让胎儿的心脏加速跳动，恢复全身血液供应，试试吧！"

众人听到这里，纷纷回到自己的岗位。

周围依旧在不停地震动，所有的通行管道都晃来晃去，越星文被晃得头晕眼花，但他还是尽量保持自己的平衡，一路滑回真皮层，修复因为母体剧烈运动而受损的细胞。

许亦深是压力最大的一个。

一旦胎儿的心脏停止跳动，造成"胎死腹中"的结果，那就避免不了流产的结局。而孩子一旦流产，他们这门课会挂科不说，这么长时间的努力也都白费了！

虽然大家嘴上不说，但经过这么长时间的悉心培养，大家对这个孩子已经有了感情。

孩子的心脏是许亦深用一个一个细胞复制、填充，亲自建造起来的，心房和心室具体多大、之间的瓣膜开口在哪儿，他都一清二楚——比对自己的心脏都要清楚。

蓝亚蓉和越星文忙碌了那么久，做好了宝宝全身的表皮、真皮层防御屏障，孩子小短腿和小胳膊里面的肌肉也是越星文亲手造出来的。

其他各处器官、组织、管道中，都留下了同学们忙碌的身影。

这一刻，所有人达成了共识——保护好大家的宝宝，母体受损后会送去医院由医生来治疗，而宝宝身体受损，必须由他们来亲自修复。

许亦深如同陀螺一样忙个不停，短时间内造出了大量的血细胞，让这些细胞顺着血管，输送到宝宝全身各处。其他同学，也拿出了最快的速度，开始修补自己负责的区域。

大家听着耳边似乎变得微弱的胎儿的心跳声，心里紧张得要命，如同自己的孩子就要流产一样。所有人都不敢说话，拼尽全力去抢救这个小生命。

他们是胎儿体内的细胞，胎儿能不能活下去，除母体因素之外，他们也很关键！

周围的晃动渐渐停止，说明母体被移动到了一个安全的地方。

众人卖力地复制、填补胎儿身体各处的细胞空缺，渐渐地，随着大量新鲜血细胞的流通，胎儿的心跳又变得规律起来。

机械音传来：“你们做得很好，医生说，孩子保住了，可以继续妊娠。”

真是虚惊一场！

柯少彬忍不住道：“我一个没谈过恋爱的人，听见‘孩子保住了’这句话，简直比当年拿到华安大学的录取通知书还要开心！”

越星文笑道：“这孩子命大！辛苦许师兄了。”

快要忙疯掉的许亦深总算松了口气：“还好没事，不然之前都白忙活了。”

刘照青提醒道：“大家不要掉以轻心，继续按照胎儿的发育规律，一步一步来。只要这孩子一天没出生，我们就一天不能大意。”

许亦深道：“没错，都专心一点吧！”

众人可不敢再乱开玩笑了，纷纷认真工作起来。

孕十三周，肝脏开始制造胆汁，肾脏开始向膀胱分泌尿液，胎儿双眼距离拉近。

负责相应部位的同学根据发育规律开始忙碌。很快，由辛言亲手制造的肝脏，分泌出了第一滴胆汁；由江平策制造的肾脏，也顺利产生了尿液。这时候的胎儿，已经有了人类的部分初级功能，虽然还很弱小，可每一次心脏跳动，肝脏、肾脏等器官的工作，都在提示大家——这是一个鲜活的小生命。

孕十六周，眉毛、睫毛开始生长。

林蔓萝按照妹子们的喜好，给胎儿造了两条剑眉形状的毛囊，细小的绒毛从毛囊中慢慢地长出来，胎儿的眉毛虽然还不清晰，但已经有了好看的眉形。秦淼在睫毛部位安排的毛囊也非常密集，这孩子天生就会有长而浓密的睫毛。

孕十七周，胎儿发育迅速，体重增加到两倍以上！

大家又开始新一轮的忙碌，也明显感觉到他们的宝宝身体在快速长大。

孕二十周，胎儿生殖器官发育完成。

在众人的卖力工作之下，孕程很快过半，此时的胎儿已经开始胎动了。察觉到孩子在动，众人真是感慨万分！

从一个小小的细胞，到现在小手小脚可以慢慢动弹，身体各处的器官、系统功能也在渐渐形成。亲自参与这个过程后，他们才想到，其实，他们每一个人都是这样出生的。

由于呼吸、循环、泌尿生殖、消化、神经等重要的系统已经由大家齐心协力建设完毕，接下来的后半段孕程，大家只需要按照胎儿生长的速度，继续增加全身各处的细胞，根据课程提示认真地做好一些细节上的补充，让器官渐渐成熟、身体长大就可以了。

转眼间，孕程到了三十八周，胎儿即将入盆。

机械音提示道："孕三十八周，胎儿已经发育成熟，即将诞生，请做好准备！"

众人听到这句提示，颇有种"第一次当父母"的紧张感。

刘照青道："我在医院的手术台都没这么紧张过！"

越星文很是激动："我们要有儿子了！"

柯少彬忽然提出建议："要不要给宝宝起个名字？"

许亦深眯起眼睛："有必要。只不过，我们十二个人的宝宝，姓什么好呢？"

刘照青调侃道："我们课题组的组长是星文，孩子跟组长姓，大家觉得呢？"

众人现在都是细胞形态，集体眨眼表示同意。

刘照青乐道："星文，你中文系的，你来取名字吧，大家都同意孩子跟你姓。"

柯少彬补充一句："毕竟你还可以给儿子买橘子。"

越星文无奈：之前只是学会了送橘子的技能，让指定的目标定身，这次却是真的"喜当爹"吗？！

这个宝宝并不是他们的后代，只是他们作为细胞，像是"女娲捏人"一样，从头到脚捏出来的，宝宝身体的每一个部位，都留下了他们的足迹。但宝宝到底叫什么名字，还是得宝宝生理学上的父母来决定。

越星文提出了自己的疑问："孩子的名字，应该是图书馆早就取好的吧？"

话音刚落，就听耳边响起熟悉的系统机械音："孕三十八周，宝宝很快就要出生，请为你们辛苦培育的宝宝取一个名字。"

越星文无语："图书馆能听到我们说话？"

柯少彬分析道："大概是为了让考生更有'生孩子'的参与感，所以，宝宝的名字也交给我们亲自来取？"

刘照青道："星文你来取吧，我只能想到勇、强、凯这种的。"

越星文虽然是中文系的，但"给宝宝取名字"这种事，他也是第一次经历。既然刘师兄将这个重要的任务交给了他，他不好再推辞，便爽快地说："行，我来取。大家喜欢什么风格的名字？简单点的，还是文雅一点的？"

蓝亚蓉提出建议："我们费了好大功夫给这孩子从娘胎里就开始'整容'，孩子将来的颜值肯定很高，要取个符合帅哥气质的名字！"

秦露赞同道："取个稍微文艺一点的吧！"

这个宝宝的存在，对他们每个人来说都意义非凡。取什么名好呢？越星文思考片刻，说道："我想到一个名字，清睿，出自一句冷门的唐诗'皇鉴清居远，天文睿奖浓'。这两个字用在男孩身上挺合适的，也符合你们说的帅哥气质。"

“越清睿？”蓝亚蓉念了念名字，道，“不错，有帅哥范儿！”

“小名可以叫睿睿。”林蔓萝道，“睿，代表聪明，越叫越聪明吗？”

“太好了，我们睿睿一定是个聪明的宝宝！”秦露也激动起来。

“宝宝的神经系统是刘师兄负责的，有刘师兄把关，宝宝大脑里的神经分布肯定没问题，脑细胞也发育得特别好。”许亦深笑眯眯地说道，“对吧师兄？”

“嗯，那肯定的！”刘照青笑着调侃，“恭喜星文，要当爸爸了。”

“恭喜星文！”其他人也纷纷跟着开玩笑。

“我也恭喜大家。”越星文哭笑不得，“孩子不一定跟着我姓吧？”

“跟你姓挺好听的。”江平策淡淡地说道，“我们课题组的十二个人共同养大的孩子，跟着组长姓，没什么争议，大家说呢？”

“没错，就跟着星文姓越！”众人齐齐附和。

“好吧。”越星文接受了众人的好意，笑道，“等孩子长到 3 岁，我们才算正式通关。接下来大家还得继续努力，让宝宝顺利出生，并且把他养大。”

“我们还要做什么吗？”蓝亚蓉虚心求教，“既然宝宝已经发育完成，接下来，我们就等着孩子出生？”

“再确认一遍胎位。”刘照青说道，“如果胎位不正，分娩过程还是挺危险的。我们提前调整一下，让宝宝脑袋朝下入盆，到时候方便生出来。”

“现在的胎位还不够正吗？”许亦深虽然是生命科学学院的，清楚胚胎发育的全部过程，但妇产科相关的知识他了解得还不够。

“嗯。大家配合我一下，我这边负责头部，把宝宝的头往下推。”刘照青快速滚到胎儿的头部区域，继续指挥，“负责四肢的星文、蓝师姐，你们让宝宝的四肢蜷缩起来；还有颈部那里，秦淼去看一下，别让脐带绕颈！”

众人分头行动，让宝宝脑袋朝下，像虾米一样倒着蜷缩在子宫内。

调整好胎位之后，刘照青才松了口气，笑道：“现在的宝宝应该是左枕前位，胎位很正，可以顺产。”

在刘照青的严格把关之下，他们努力把宝宝的胎位调整好，并且排除了脐带绕颈的危险情况，这样孕妇在生产的过程中就能少受一点罪。

时间一分一秒过去，大家又是紧张又是期待。

不知过了多久，眼前忽然一阵天旋地转。

熟悉的晕眩感让众人东倒西歪，细胞们也到处乱滚乱撞了一阵，大家惊讶地瞪大眼睛：“怎么了？”

“妈妈又摔倒了吗？”

柯少彬紧张地问道：“不会要流产吧？”

刘照青道：“孩子已经发育成熟，应该不会流产，这是要生了！”

许亦深很快就回到自己的岗位：“大家做好准备！”

此时，胎儿的听力系统已经发育完全，他们在母体内也可以听到外面的声音。

许亦深话音刚落，众人耳边就响起几个成年人惊慌的声音：“快叫救护车！”

“叫救护车来不及，直接开车送医院吧。”

没过多久，有分娩迹象的妈妈被扶进了车里，车辆发动的声音响起。

他们待在子宫内，心急如焚。

许亦深安慰大家道：“宝宝现在身体各项功能都很正常，胎心一直在规律地跳动，全身供血充足，胎位也是正的，应该没问题。”

柯少彬眨了眨眼：“待会儿生孩子的时候，我们要做什么吗？”

章小年道：“胎位既然是正的，能顺产，是不是妈妈用力就可以了？”

刘照青急忙说道：“当然不是。我们现在是宝宝体内的细胞，我们的活动会直接影响宝宝的活动，待会儿，我们得一起配合妈妈，让宝宝顺利出生。”

江平策淡淡道：“我们都没有生孩子的经验，刘师兄你来指挥吧。”

刘照青欲哭无泪：“你这话说的，我也没有生孩子的经验啊！”

越星文笑着打圆场：“平策的意思是，师兄你是学医的，至少知道生孩子的理论知识，我们可是一无所知啊。”

刘照青轻咳一声：“嗯，我在产科实习过，这方面倒是清楚。产妇的分娩会有三个过程。第一产程，子宫开始收缩，并且收缩的强度会不断增加，我们可能会像刚才那样头晕目眩，大家得尽快适应这样的环境。”

越星文道：“没事，我相信大家很快就能适应。”

刘照青继续说道：“第二产程，胎儿的头部就要开始下降。平策管胎儿头部骨骼区域，蔓萝管面部，我来管大脑，到时候我们三个先走。秦淼看好颈部，星文和蓝师姐管四肢，其他负责内脏器官的同学跟着我们努力往产道的方向跑！”

他顿了顿，又补充道：“到时候，医生会将产妇送去产房，医生每次喊用力，我们就排好顺序一起往外冲，明白了吗？”

这可真是一次奇奇怪怪的经历。

秦露好奇道：“第一产程开始宫缩，第二产程开始生，第三产程呢？”

刘照青说：“第三产程是把胎盘排出来的过程。那时候胎儿已经离开了母体，我们也帮不上忙了。第二产程，对我们来说才是重点，大家做好准备！”

产妇被送往医院的途中，每隔一段时间都会宫缩。而每次宫缩，对他们来说都像是地震，大家在胎儿的体内撞来撞去，快要晕了，好不容易熬到医院，耳边响起成年男性紧张的声音：“医生，我老婆要生了，快！”

医生说：“等我检查一下。宫口才开一指。你去办入院，让产妇在病房住下。”

外面一阵嘈杂，待在母体的“宝宝细胞们”真是比当年高考时还要紧张。

在持续不断的宫缩过程中，作为细胞的大家晃来晃去、撞来撞去，终于习惯了这样的生存环境——反正他们互相撞到也不会疼，只觉得晕。

也不知过了多久，医生又推门进来，说：“宫口开了三指，继续等吧。”

第一产程是个漫长的过程。结果都等到半夜了，宫口还没全开，大家在地动山摇的环境中熬得心力交瘁。

越星文变成扁平状细胞趴在那里，无奈地叹气：“该不会今晚生不了吧？”

刘照青道：“第一产程开始后，等一整夜还没法生的也很常见……”

众人都有些焦虑，仿佛一个个期待孩子出生的老父亲、老母亲，希望宝宝能顺顺利利地生出来。但情况并不如他们所愿。

宫缩持续了一整夜，产妇痛得嗷嗷叫，大家也被晃得头昏脑涨，几乎要分不清方向。

也不知过了多久，就在所有人都浑浑噩噩的时候，耳边才传来医生的声音：“快送去产房，准备生了。”

产妇很快就被推进产房，扶上了产床。

医生耐心地叮嘱：“别急着用力，等宫缩的时候，我们让你用力，你再深吸一口气，憋住，然后使劲儿！别紧张，宝宝的胎位很正，放松心情！”

周围有很多人忙碌的声音。

伴随着猛烈的晃动，耳边响起助产医生的声音：“准备，深吸气，用力！”

众人头昏脑涨地回过神。

刘照青急忙喊道：“头部的同学们，快行动！”

刚才被指定负责胎儿头部颅骨的江平策、负责五官的林蔓萝，还有负责大脑的刘照青，迅速往胎儿头部滚去，带领着周围的细胞努力往前冲。

林蔓萝喊道：“我要被挤变形了……”

刘照青道：“别急，没那么快生出来，大家继续往前！”

医生在给产妇鼓劲儿：“一、二、三，用力！”

刘照青也给大家鼓劲儿：“冲啊！”

医生：“看到宝宝的头顶了，很好！加油！一、二、三，用力！”

刘照青：“后面的同学推我们一把，卡住冲不动了！”

众人心说：这都什么奇怪的台词！

还能怎么办？为了宝宝顺利出生，大家真是铆足了劲儿，其他同学组成的细胞团队在后面一拥而上，用力往前挤。

刘照青、江平策和林蔓萝三位负责头部的细胞，早已被挤到变形。

耳边不断响起医生的声音——

“继续加油！加油！用力！

“准备用力，深吸气，一、二、三！

“很好，休息一下。要不要吃点巧克力？

“有力气了吗？再来，深呼吸，用力！”

医生们如同助威的加油声和产妇的叫喊声夹杂在一起，震耳欲聋。

还有刘照青的指挥声：“大家加油，快了！”

第二产程持续了将近一个小时，就在大家全被挤到变形快要筋疲力尽的时候，刘照青忽然激动地大喊：“宝宝的头出去了！”

胎儿的头部一旦分娩出来，之后的身体分娩出来就容易多了。

果然，耳边医生在喊：“头已经出来了，太棒了，加油！”

没过几分钟，医生又道：“恭喜恭喜，生了！是个男宝！”

听到医生这句话，十二个人比产妇还要激动——

“生了生了！”

“终于生了，啊啊啊！”

“我们的宝贝长什么样？我们看不见啊！”

然而，柯少彬很快就发现了异常：“宝宝怎么不哭？没有哭声呢？”

刘照青回过神来，急忙说道：“我们是宝宝身体内的细胞，负责他的各个系统，我们让他哭，他才能哭出来！”

许亦深恍然大悟：“对对对，大脑快发出指令！”

刘照青立刻发出哭的指令，各个系统开始配合工作，果然，众人耳边传来哇的一声清脆啼哭声。这哭声清澈响亮，中气十足。

旁边有护士在报数：“宝宝出生时间早晨 7 点整，体重 3500 克。”

众人听到这里都长长地松了口气。

伴随着清晨的第一缕曙光，十二个人共同培育的婴儿终于顺利来到人世。

亲自参与生娃的过程，这绝对是他们终生难忘的一段经历。

宝宝出生后不久就被护士抱去洗澡，然后用襁褓包裹着送去了新生儿区。妇产科最近几天出生的宝宝都在一起，由护士们统一照顾，耳边不断响起婴儿啼哭的声音。众人渐渐从“宝宝终于出生了”的兴奋中冷静下来，开始发愁“养孩子”的问题。

刘照青道：“孩子的出生只是开始，课程要求我们把孩子养到三岁，才算完成考试任务。接下来大家还要继续完善宝宝全身的系统、器官，让他慢慢长大。”

柯少彬问道：“这门课时间加速的比例是多少啊？我们还要多久才能离开生命科学学院？”

对数据最为敏感的江平策冷静地给出结果：“宝宝在母体内待了三十八周，两百六十六天，而我们实际上经历的时间只有不到三天，也就是说，这门课程的时间加速是一百倍。”

一百倍的加速，他们经历一个小时，这门课程的时间就会经历一百个小时。他们过一天，宝宝相当于长大了一百天。

柯少彬道：“这么算的话，三年也不是很久。”

江平策：“三年是一千零九十五天，我们实际上需要经历差不多十一天，宝宝就能长到三岁。”

越星文听到这里，总算松了口气：“还好不用我们真的在这里待三年。要是待在宝宝的身体里，滚来滚去、头晕目眩整整三年，出去之后，我们都会变成精神病。”

刘照青笑道：“宝宝发育的时候，真是一天一个样，接下来大家有得忙了。”

一百倍加速的结果就是，众人感觉只过了不到半小时，宝宝和妈妈就一起出院了。妈妈开始喂养母乳，负责消化系统的柯少彬立刻积极地工作起来：“我们宝宝的胃口真好，一天能吃好几次奶。”

辛言道：“在你的努力之下，他从一出生就是个吃货。”

柯少彬笑道：“胃口好才能尽快长大啊！”

刚出生的小宝宝大部分时间都在睡觉，因此，他们不用再频繁经历地动山摇，可以专心将精力放在宝宝身体各部位的发育上，还能每隔一小时休息片刻。

时间过得很快，他们在宝宝体内只待了一天，宝宝就出生满一百天了。

这时候的宝宝已经不只是哭，嘴里还会嘀嘀咕咕一些大人听不懂的单音节。刘照青发现，这个宝宝似乎有了一些自我意识，他在宝宝的大脑内没有发出任何指令，宝宝却能自己控制身体动来动去。

宝宝最爱动的就是眼睛。在林蔓萝的把关之下，宝宝的眼睛又大又亮，左看右看的，似乎对这个世界充满了好奇心。而他看到的景象，会通过视神经的传递来到大脑中枢。

许亦深道：“咱们这孩子，还挺活泼好动的！才三个月就闲不住，每天传到大脑的图像多得数不清。”

越星文十分无奈："他只要醒着，小胳膊小腿就一直在动个不停。我在他的四肢位置，被他晃得眼晕，只能换到不容易动的肩膀位置待着。"

蓝亚蓉说："而且这孩子很爱笑，总是发出咯咯的笑声，也不知道他在开心些什么。我感觉这孩子应该挺聪明。"

刘照青欣慰地说："确实聪明，咱们的宝宝算是发育得比较快的。"

宝宝要努力探索这个世界，作为宝宝体内的"细胞们"，大家只好尽全力去配合他。很快，第二天过去，宝宝已经是两百天的生理年龄了。

一百倍的加速真的让大家感受到什么是"时光飞逝"。

他的嘴里开始发出一些"咿咿呀呀"的可爱音节，父母也给他添加了辅食，像蛋黄、稀粥、菜泥等。柯少彬最开心，因为孩子的肠胃里不再是简单的母乳。辅食的添加会刺激胃肠道的功能，柯少彬抓紧时间增强胃肠道内的细胞，协助宝宝消化这些新鲜的食物。

而且，一百天的时候，宝宝还学会了翻身。

第一次翻身的时候，大家又感受了一回"大地震"的可怕晕眩。越星文强忍着晕眩，道："宝宝这是会翻身了吗？接下来他是不是要学习爬行？"

刘照青道："按照时间加速一百倍来计算，到第三天，他就是九个月大，可以坐着，也可以手脚交替爬行了！"

越星文本以为把孩子养到三岁会很难，可实际上，孩子长得真是太快了。小孩子本来就发育迅速，何况如今时间加速了一百倍，真是一天一个样。

昨天还只会"咿咿呀呀"地发出无意义的声音，费劲儿地翻个身，没两天，他就九个月大了，会尝试着坐在餐椅上，自己努力地拿瓶子喝水；会用两只肉嘟嘟的小手去碰触周围的玩具，看到什么东西都想用手去拿；还会努力地手脚交替，在地毯上爬来爬去。

大家在他身体的各处忙着复制细胞。宝宝的体形也大了一圈，从出生时的三千五百克，到现在已经超过了十千克。

这天，宝宝的妈妈带着他称了一下体重，不由感慨："我们这宝宝真是太能吃了，已经变成一个小胖子，妈妈快要抱不动你了！"

众人听到这句话，纷纷看向柯少彬。

越星文忍着笑说："柯少，你是不是让宝宝的消化系统发育得太快了些？"

刘照青吐槽道："说好的大帅哥呢？吃成个胖子，气质可就被破坏了！几位女生努力制造的大眼睛、高鼻梁、剑眉……配上胖乎乎的身材，有用吗？"

众人想象了一下一个胖乎乎的男孩朝大家走过来，由于脸上肥肉过多，原本的大眼睛被挤成了小眼睛，剑眉和高鼻梁也无法挽救他的颜值。

蓝亚蓉立刻严肃地说：“柯少彬同学，不要让他吃太多，注意控制体重。”

林蔓萝也道：“再好看的五官，配一张超级胖的大饼脸也不会很好看。”

许亦深补充道：“还不光是颜值问题，小孩子太胖对健康也不利，容易导致血脂代谢异常，进而引发许多疾病。”

柯少彬只好默默接受大家的批评：好吧，差点忽略了，宝宝太胖也不是好事！

大家刚说到这里，就听耳边响起一声惊呼：“我刚刚放在桌上的那颗纽扣呢？”

成年男性道：“我没看见。你再找找！”

女人找了半晌，忽然看向怀里的孩子，宝宝正两眼无辜地看着她笑。

女人：“该不会被睿睿吃下去了吧！”

男人也惊慌起来：“快快快，送医院！”

体内的细胞们也立即紧张起来。

睿睿真的吃下去了。

待在颈部的秦露率先报警：“我看见一个圆形的蓝色的东西从宝宝的食道滑了下去。”

柯少彬说道：“出现在了胃部，好像是纽扣……这个真不怪我！”

刘照青无奈地说：“也不能怪我，我在他的大脑里，都不知道他在想什么，我可没发出过吃掉纽扣的指令。”

越星文无语：“我都没看见他什么时候伸手去拿纽扣的！”

宝宝，你虽然消化功能好，但也别拿到什么都往嘴里塞啊！

柯少彬紧张起来：“怎么办？”

刘照青道：“一颗小纽扣，已经到了胃部，应该没大事。小柯你注意，别让扣子卡在肠道的拐角处，你帮忙推一下，把扣子一路排出去就行了。”

柯少彬严肃地说：“明白，我会盯着这颗纽扣的。”

父母将宝宝急忙送去医院，医生对宝宝做过检查后，说法也跟刘照青一致。

当天晚上，宝宝误食的纽扣顺利排了出去。在便便中找到纽扣后，宝宝的父母松了口气，带着他回家了。

这宝宝倒是不哭不闹，一脸无辜，仿佛自己根本没有做错事。

越星文头疼道：“我以后一定时刻盯着他的手，别让他乱拿东西往嘴里放！”

然而，越清睿小朋友虽然不往嘴里放东西了，但他依旧喜欢到处乱爬。

这天晚上，所有人都在睡梦之中，就连体内的细胞们也因为忙碌了一整天的缘故昏昏欲睡，开始休眠。

忽然，耳边响起咚的一声巨响，紧跟着是越清睿小朋友声嘶力竭的哇哇哭声。

那哭声撕心裂肺的，几乎要震破所有人的耳膜。

耳边传来母亲惊讶的叫声："睿睿，你怎么爬到地下去了？！"

父亲立刻打开灯："刚才还好好地睡在床上，估计是半夜醒来后到处乱爬，结果掉到了地上。"

母亲心疼地道："后脑勺摔了个大包，送去医院看看吧。"

没过几天，大家稍微不注意，耳边又是砰的一声响，伴随着越清睿小朋友的号啕大哭。这次，他不是到处乱爬掉下床去，而是学习走路的时候，一头撞到了墙。

半夜送宝宝去医院变成父母的日常事务了。

……

一岁的时候，越清睿学会了叫"爸爸""妈妈"。在他体内的大家听着孩童用稚嫩的声音叫出"爸爸""妈妈"，激动得无以言表，仿佛孩子在叫他们似的。

越星文笑着说："真好听，再叫一遍！"

越清睿正好叫出声："爸爸！"

众人目光相互对视一番，心里都笑了。

两岁的时候，越清睿不但学会了走路，还学会了到处乱跑，虽然时不时摔一跤，让大家体验一下坐过山车一般的惊心动魄，但有父母看着他，大部分情况下受伤并不严重，只需要表皮细胞、纤维组织对摔伤的位置进行修复。

十天时间过得飞快，越清睿很快就长到了三岁。

临近课程结束，大家忽然有些舍不得他。

他们陪伴着这个孩子出生，也陪伴着他慢慢长大。

柯少彬控制了饮食后，渐渐瘦下来的越清睿小朋友粉妆玉琢的，长得特别好看。

大家虽然不能当面看到他，却可以看到镜子里他的样子传递到大脑里的影像。

刘照青忍不住感慨："咱们儿子可真帅！"

蓝亚蓉道："我们真的给他雕了一张好看的脸，不知道将来会迷倒多少人。"

林蔓萝骄傲地说："眼睛和鼻子好看吧？我按偶像剧标准做出来的。"

越星文笑着说："配上这张脸，长大一定超帅。"

越清睿三岁整被送去幼儿园的那一天，就是他们离开的时候了。

这天，越清睿小朋友背上了一个画着卡通图案的小书包，被父母送去了幼儿园。一路上，越清睿认真地说："幼儿园好玩吗？"

母亲："好玩啊，有很多像你这样的小朋友。"

越清睿立刻问道："那儿有好吃的吗？"

众人无语地看向柯少彬。

柯少彬轻咳一声："他肠胃好，喜欢吃甜食，这一点随我。"

辛言："毕竟他的消化系统是你造的。"

越星文感慨道："总算送去幼儿园了。养大一个孩子真是不容易。我们只需要负责他身体内的细胞复制填充，最辛苦的还是他的父母，半夜送医院都好几回了。"

江平策说："我们每个人，都是这样磕磕碰碰长大的。"

或许，这才是生命科学学院"细胞工厂"这门课存在的意义。

他们切身体验了一个细胞是怎么发育、分化，变成一个完整的胎儿的，清楚地认识到了人类的起源和生命的奇迹。

他们亲自体验了母亲在分娩时的痛苦和艰难，也知道了婴儿是怎样从爬行到走路，磕磕绊绊地慢慢长大的，意识到父母在孩子成长过程中所付出的心血和努力。

十二个人共同培育的孩子总算去了幼儿园，开始了属于自己的人生。

每一个生命都来之不易，所以才更值得珍惜。

第五章

技能升级

总算顺利通过了生命科学学院的“细胞工厂”，所有人的眼前同时弹出了熟悉的系统提示——

课题组：C-183
课程：细胞工厂
学分：4 分
考核评分：95 分
积分：4×95=380 分
课题组加成：C 组积分加成 ×1.5 倍，每人最终获得积分 570 分。
该课程挂科率：35%

这门课，让他们十二个人联手造孩子、生孩子、养孩子，过程虽然辛苦了些，但比起之前的逃生类课程，至少没有生命危险。如今回忆起来，待在宝宝体内的这段时间还挺好玩的，大家也从这门课程中收获了很多。

课程结束，他们恢复了人类的模样，有了双手双脚，并且能直立行走。之前作为细胞在宝宝体内滚来滚去十多天，如今终于能站立，大家反倒不太适应。

柯少彬走了两步，忍不住道：“我忽然有些怀念变成一个球，滚着走路的日子！”

蓝亚蓉也说：“当一个扁平的细胞，滑来滑去挺好玩的。现在恢复用双脚走路，发现自己走路好慢啊！”

“确实，还是滚着走、滑着走比较轻松。”越星文深有同感。

大家不约而同地活动起双手、双脚，找回对身体的控制权。

推门出去的时候，正好碰见喻明羽、陈沐云等其他学校的团队，卓峰主动上前问道："考试结果怎么样？大家都过了吧？"

喻明羽揉了揉太阳穴，苦笑道："过了。居然让我们造孩子，我真是服了图书馆！我们组生的宝宝是个男孩，还挺可爱的！"

陈沐云说道："我们组的宝贝是女孩，有会画画的同学亲自捏了她的五官，那孩子从小就是个大美人，我都有些舍不得她了。"

秦朗走过来，看向越星文道："这门课的攻略该怎么写，星文，你有想法吗？"

越星文哭笑不得："我也不知道该怎么写，不如交给刘师兄和许师兄吧！"

刘照青说："没问题。我们回头写一份关于胚胎发育还有胎儿分娩的攻略，就当是给大家做一次科普。"

卓峰问道："对了，通过了生命科学学院的两门必修课，明天周五，大家都休息吗？"

喻明羽毫不犹豫："当然，周五一天时间也不够过下一个学院的，而且，连着考试，大家都累疯了，休息一天吧，说不定周末还要上公共选修课。"

越星文也道："不如大家去升级一下技能。周末公共选修课万一又是类似'定向越野'的那种生存类课程，多一些技能，也就多一分通关的保障。"

众人纷纷点头赞同。

这回不用整理攻略，越星文回宿舍后就睡了一觉，醒来时发现论坛出现了刘照青和许亦深发的"细胞工厂科普"，详细写出了胚胎发育的阶段、胎儿分娩的过程。

同学们纷纷震惊——

在图书馆还要生孩子？

体验也太丰富了吧！

谢谢两位学长的科普，作为一个男生，我会努力参与生孩子的过程。

生命科学学院真硬核，回到现实后，我可以说：我也是生过孩子的人了！

还没考这门课的学生都是一脸蒙，没想到图书馆居然有这样的操作！幸亏刘照青和许亦深发了攻略，不然，他们哪知道怎么生宝宝！

下午，越星文在课题组频道发来消息："大家去升级技能，升完后发给柯少统计。"

生命科学学院的“基因变异”“细胞工厂”两门课，大家拿到 1785 分。

越星文回到熟悉的负一楼资料库，问道：“导师在吗？我要升级技能。”

熟悉的女性机械音在耳边响起：“欢迎越星文同学。技能书《成语词典》从三级升到四级，需要消耗的积分为 1200 分。技能书《现代作家经典文选》从一级升到二级，需要消耗的积分为 400 分；从二级升到三级，需要消耗的积分为 1000 分。请问你要升级的技能书是？”

《成语词典》目前解锁的成语已经有很多了，包括单体控制“五体投地”、群体控制“七上八下”、群体解控加脱离“金蝉脱壳”、群体加速“风驰电掣”，还有群体攻击“暴雨如注”“燎原烈火”“水漫金山”。

再往上升级，需要的积分很多，但只能解锁两个新成语，感觉不太划算。

越星文不再犹豫：“我要升级《现代作家经典文选》，直接升到三级。”

系统导师：“《现代作家经典文选》升到三级，总共消耗 1400 积分，是否确认？”

越星文：“确认。”

“积分已扣除，技能书升级中，请等待。”

话音刚落，《现代作家经典文选》就从他手心里飞了出去，飘浮到大厅的中央，然后，一束柔和的银白色光芒从空中倾泻而下，笼罩住厚厚的技能书。过了几秒，光芒消失，熟悉的导师声音再次响起：“恭喜，技能书升级成功。”

越星文拿回文集，快速翻开，低头仔细看去——

第一页的正面依旧是朱自清的散文《背影》，背面则是相应的技能。越星文发现，文选升级后，这个技能也跟着升级了。

技能：背影（技能升级，已满级）

使用技能时，对着指定目标（满级可同时指定三个目标）念出“我买几个橘子去。你就在此地，不要走动”，让指定目标原地等待你买橘子，除非你将橘子递给他，否则，他只能默默望着你的背影，不能动弹。持续时间 5 分钟。

支配技能，无法解除，并且被支配期间无法被任何人攻击。

使用技能，你可以获得三个橘子。

限定技能，每次课程考试中，可使用三次。

之前“背影”这个技能每场考试只能使用一次，指定一个目标，获得一个橘子；如今升级后可以使用三次，每次三个目标，获得三个橘子，也就是说，一场考试可以拿到九个橘子，控制九个人。

从一到九，技能的提升显而易见。

越星文带着兴奋的心情，继续往后翻——

他看到了一段熟悉的文字，来自鲁迅先生的一篇小杂感——

楼下一个男人病得要死，那间壁的一家唱着留声机；对面是弄孩子。楼上有两人狂笑；还有打牌声。河中的船上有女人哭着她死去的母亲。

人类的悲欢并不相通，我只觉得他们吵闹。

——鲁迅《小杂感》

翻过这一页，背面出现了相应的技能描述。

技能：不要吵闹（已满级）

念出鲁迅先生的名言“人类的悲欢并不相通，我只觉得他们吵闹”，可让1000平方米范围内所有的杂音全部消失，成为完全静音的世界。同时，废除全部音律类、声场类技能。持续时间10秒。

限定技能，每场考试只能使用三次。

这个技能可以让大范围环境静音，而图书馆的很多技能是靠乐器、声音发出的，静音就会导致这些声音类的技能全部失效！

在团队作战的时候，这是个非常强的场控，尤其对音乐学院的技能，控制力相当明显……音乐学院的同学遇到静音场景，估计要哭了！

这个技能在解谜类课程当中，或许可以让大家悄无声息地接近嫌疑人，调查取证；在逃生类课程中，也能消除脚步声、呼吸声，让追击他们的敌人失去目标。

越星文仔细想了想，觉得这个技能的适用范围还挺广的。

对环境的控制技能，这还是第一个。

他继续往后翻，第三页出现的是一篇熟悉的文章，鲁迅先生的《故乡》。

我想：希望是本无所谓有，无所谓无的。这正如地上的路；其实地上本没有路，走的人多了，也便成了路。

——鲁迅《故乡》

技能：路（已满级）

念出文章中的句子“地上本没有路，走的人多了，也便成了路”，可朝着指定的方向强行开辟出一条路径（可自由绘制路径形状）。路径存在时间1分钟，总长不可超过500米，不受地形限制，可开辟在水中、空中、山脉上、丛林中等。走在这条路上时，免受一切攻击。

限定技能，每次考试只能使用一次（在迷宫类课程中也可使用）。

这个技能比章小年的挖掘机还要厉害！挖掘机遇到障碍物，还得慢慢地挖开。但是，鲁迅先生的技能，在遇到“没有路”的情况下，可以直接开辟出一条免受一切攻击的捷径，可直线、曲线，还能自由绘制。

再往后翻，发现后面是熟悉的“想要解锁更多技能，可升级技能书”。

越星文摸了摸《现代作家经典文选》的硬壳封皮，心情愉快地将这本书收回了右手掌心。

这次解锁的全是鲁迅先生的文章技能。“不要吵闹”，使环境静音，废除声音类技能效果；“路”，强行开辟一条无视地形的路，遇到悬崖能在空中开路，遇到大海也能在水中开路，并且免受攻击。

两个技能都很强。周末的公共选修课不管是什么类型，他的实力都有了极大的提升！

越星文升级完自己的技能后，对队友们的技能升级情况十分好奇。当天下午，大家正好休息，越星文便召集队友们再次来到课题组中心。

江平策提前去负二楼开了一间训练室。层高超过十米的训练室宽敞明亮，周围摆放着熟悉的篮球、羽毛球作为练习道具。

下午3点，众人到齐。

越星文道：“大家按顺序展示技能，柯少负责记录。”

柯少彬打开了笔记本电脑里的团队技能表格。这份表格中已经记录了上次升级后所有人的技能详情，他又在后面补充了一列，以记录这次升级后的技能情况。

越星文上前一步，笑道：“每次都是我最后，这回我先来吧！”

队友们立刻默契地后退几米，将空间留给越星文。

越星文站在场地中间，召唤出《现代作家经典文选》，回头朝大家说道：“我这个技能会比较特别，等我开启技能后，大家试着用自己以前的技能，看看能不能用出来。”

队友们纷纷点头表示明白。

只听越星文低声念道：“人类的悲欢并不相通，我只觉得他们吵闹。”

话音刚落，周围忽然间变得极为安静，甚至连呼吸声都彻底消失。

柯少彬疑惑地想要说话，却发现自己只有张嘴的动作，发不出任何声音。他召唤出小图，对小图发出的指令也全部无效。

秦淼念出“杯酒释兵权”，蓝亚蓉想使用《刑法》判刑，都失效了。

而刘照青的手术刀、江平策的三角尺、林蔓萝的藤蔓、辛言的蒸馏瓶等不需要语音启动的技能倒能正常使用。

发不出声音的众人面面相觑。

十秒后，越星文才朝队友们解释道：“这是鲁迅先生的技能，大范围环境静音。看来我猜得没错，所有需要声音启动的技能，在这个静音场域内都不能使用。”

柯少彬恍然大悟：“怪不得我对小图发出的指令都没反应，原来是被静音了！”

秦淼道：“我们历史系的技能都要念出来，星文这次的静音环境控制，可以屏蔽一切需要声音启动的技能，挺厉害的。”

蓝亚蓉赞道：“据我所知，文科类专业，如法学、外语、商学、历史等，技能大多靠念台词启动。中文系是文科的基础，鲁迅先生的这个技能，几乎能废除 90% 以上的文科专业技能，这太强了。”

江平策道：“相当于制造十秒的技能真空期？”

刘照青分析道：“但对理科专业的影响并不大，理科专业的道具全都能用出来，所以，这个技能的强度虽然高，但也不至于太过霸道。”

秦淼问：“星文，你这个静音的技能冷却时间长吗？”

越星文道：“当然，这样的大招，限制也很多，每场考试最多使用三次。”

厉害的技能冷却时间都很长，否则就强过头了。柯少彬一边飞快地记录，一边问道：“星文，还有别的技能吗？买橘子的技能升级了吗？”

越星文道：“可以买三个。”

小柯最关注的果然还是吃。

越星文紧跟着道：“另外还增加了一个技能，鲁迅先生的‘路’。”

他飞快地念出“地上本没有路，走的人多了，也便成了路”，并指定一个方向，果然看见一条宽阔的道路出现在前方，像是悬浮在空中的一条丝带。

越星文道：“开路技能，逃生类和迷宫类课程应该很好用。”

章小年赞道：“厉害，那我就不用换桥梁建设的技能了！”

越星文展示完技能，接着看向周围的同学：“大家依次来吧。”

卓峰道："大家闭眼。"紧跟着他扬起手，手心里出现了一颗光球，"我把重力升到满级，可以控制物体浮空、降落；还换了初级的光，光球能造成大范围失明，持续十秒。以后，我打算把光技能升满，再去换磁铁。"

柯少彬迅速记下来。

林蔓萝道："除了召唤藤蔓和净化用的绿树，我还换了草坪。"

越星文疑惑道："草坪有什么用？"

林蔓萝说："技能描述说，草坪用于美化环境，能清除草坪范围内队友的一切负面状态，身体表面的伤口也可以愈合。"

柯少彬双眼一亮："治愈草坪？就跟游戏里的范围净化、加血一样吧！"

林蔓萝点头："差不多。"

刘照青道："我的纱布要一个一个疗伤，比较费事；以后受伤的人比较多的话，蔓萝可以直接开启一片草坪，进行群体治疗。"

十二个人的团队，刘师兄一个人确实治不过来，有了蔓萝姐的这个"净化草坪"技能，大家的生存就有了更多的保障。

越星文看向刘照青："师兄换了什么医学工具吗？"

刘照青笑道："手术常用的缝针和外科缝线，用起来也挺好玩的，可以把两个人缝在一起，让他们连起来。"

众人一听又是目瞪口呆：这位医生有些可怕，居然要把两个人缝起来！

许亦深说道："我的细胞变形技能升到了满级，可以让团队所有人集体变成细胞，大家能随时回忆'细胞工厂'的感觉，滚着走路。"

他说罢就用了细胞变形的技能，周围的所有同学瞬间变成了樱桃大的球。

圆球们你看看我，我看看你，面面相觑。

许亦深收起技能，道："大家可以适应一下，以后遇到危险，我们集体变细胞逃命也是一种思路。"

越星文无奈扶额："师兄除了升级细胞变形技能，还换了别的吗？"

许亦深右手一抬，手里出现了一条熟悉的双螺旋结构，如同两条缠绕在一起的弹簧。

柯少彬愣了愣，道："这是……DNA？"

许亦深点头："是的，生命科学学院的攻击武器，就是 DNA 螺旋体。可以用 DNA 缠绕住指定的目标，将目标拧成一个麻花。"

众人心下叹服：你们生命科学学院真的很硬核！

辛言道："我这次用积分换了白磷，可以配合酒精灯，撒上去，点燃指定的目标。"

白磷是最容易燃烧的化学固体，四十摄氏度就能自燃。辛言可以先将白磷撒到目标身上，再用酒精灯点燃。由于他兑换的白磷可无限使用，化学系的大火，足以烧毁一栋楼！

柯少彬小声道："化学系怎么跟破坏分子似的，腐蚀、蒸发、点燃，太可怕了！"

辛言回头问："你还想吃热粥吗？"

柯少彬立刻改口："我觉得化学系的技能特别酷。"

被队友们注视，柯少彬耳根发红，轻咳一声道："我家小图也学会新技能了，它会飞了。"

在众人惊讶的目光中，小图后背出现了两只翅膀，瞬间上天。

飞上天的小图，不管是唱歌引怪、找队友还是放激光，战斗力比之前提升了不止一个档次。柯少彬欣慰地说："我本以为小图只是个机器人，没想到，它居然还是个无人机。"

每次到技能训练室，大家的技能都在刷新着众人的想象力。

章小年弱弱地说："我解锁了挖地洞的技能，可以建造地下堡垒。"

相对来说，建筑系这次升级的技能要普通多了。

秦露扬起右手，忽然，一阵冷空气迎面袭来，她说道："我这次用 1400 积分升级了地理系的气候类技能，解锁了'西伯利亚寒流'，寒流朝着固定的方向吹过，可以让范围内迅速降温，并将所有目标冻结三秒。"

柯少彬打了个喷嚏，道："快收起来，冻死我了！"

秦露立刻收起了右手，补充道："大招，冷却时间也是二十四小时。"

柯少彬搓了搓被冻到发红的手指，飞快地记下数据。

秦淼面色冷淡："我这次换的是唐朝的技能'文成和亲'，派我方一位队员，扮成文成公主的样子，进入敌方势力范围内和亲，双方停战十分钟。"

打累了，或者打不过了，派一个人去和亲，这都行？！不过，历史上，各个朝代为了停战而和亲的事迹数不胜数，历史系出这个技能倒也能够理解。

越星文哭笑不得："派过去的人怎么办？送羊入虎口？"

秦淼道："派去的人免受一切攻击，和亲结束后，可瞬移回到队友身边。"

越星文松了一口气："这还差不多。"

刘照青笑道："如果这技能不限性别，我可以扮个公主去和亲！"

众人看了眼身高一米八八的刘师兄——这样的公主，未免太"威猛"了些吧？

还剩江平策和蓝亚蓉没有展示技能。

越星文看向江平策，后者伸出右手，不知道写了什么公式。

然后，周围的队友忽然像是身体不受控制一样，迅速排成了三列，第一列两人，第二列四人，第三列六人，整整齐齐。

江平策解释道：“我换的是数列技能，刚才写了个等差数列。”

越星文立刻反应过来：“你是写了个数列公式，让目标按公式列队吗？”

江平策点头：“嗯，目标上限是一百人。只要我能写出正好让所有目标按规律列队的公式，就可以瞬间完成一次群体控制。”

这也太牛了！果然是学霸才能用出来的技能！

之前，江平策的坐标系可以控制目标的运动轨迹，如今，能让群体目标瞬间排队，这样的群体控制技能，再配合其他队友的群体攻击技能，简直是团战利器。

卓峰道：“平策这么一列队，我这串联电路下去，岂不是直接烧焦一片？”

越星文激动地说：“我的暴雨配合辛言的强酸，也能瞬间溶掉一片！”

混乱的局面下，最怕的就是目标到处分散。

但江平策的数列技能一出来，瞬间聚拢目标，让指定目标排排站好……

对敌人而言，这简直是毁灭性的打击！

只不过，目标数量较多的时候，也很考验计算能力，江平策要恰到好处地算出数列公式，囊括所有目标，技能才可以生效。

蓝亚蓉吐槽道：“这种技能，就是白送给我，我也不会用。”

林蔓萝：“加 1。”

秦淼：“加 2。”

刘照青哈哈笑道：“幸亏我当初没学数学。我发现，数学系的技能虽然很强，可不是学霸的话，真的很难用出来。算公式算个半天，命早没了！”

江平策淡淡道：“不会公式，也可以兑换一些几何道具，例如三角尺、直尺、圆规之类的做武器。”数学系也会给差生一条活路，几何工具就简单粗暴。

最后还剩蓝亚蓉没有展示技能。

越星文笑着看向她：“蓝师姐，这次是什么法？”

蓝亚蓉道：“我把《婚姻法》升级了，解锁了一个更好玩的技能。”

柯少彬好奇地道：“这次还要把民政局搬过来吗？”

蓝亚蓉笑眯眯地说：“上回不是‘结婚登记’吗？这次的技能是‘离婚登记’。”

越星文无奈扶额：“离婚登记，确实要民政局。”

蓝亚蓉正色道：“夫妻财产分割，把两个人赶进民政局去做离婚登记，然后分割共同财产。图书馆最大的财产是技能。所以，我可以指定两个目标，去民政局交换技能。”

她看向秦淼，说：“比如，淼淼的技能正在冷却，我抓一个大招还没放过的人，跟你去民政局做财产分配，把他的技能临时换给你用。”

这也太无赖了。

强制人去结婚，还能强制人去分配财产，他们果然是反派团队吧?!

第六章

运动会

周五这天，越星文难得睡了个懒觉。

醒来的时候已经是上午 11 点，江平策正坐在床边看平板电脑，越星文翻身下床，打着哈欠问："平策，今天不是休息吗？你还起这么早？"

"我的生物钟很难改，每天早上 7 点准时醒来，一醒就睡不着了。"江平策一向严谨自律，养成了早睡早起的习惯。

发现江平策的平板电脑里打开了一份通知，越星文好奇之下坐在他旁边，凑过去问道："你在看什么？这是……"

江平策将通知放大，低声念道："本周末，为迎接新同学的到来，将举办第一届图书馆运动会，还望各位同学积极报名参加。"

越星文愣了一下："运动会？也就是说，周末没有公共选修课，改成运动会了？"

江平策看向他道："你不是一直觉得，这个图书馆很像一所大学吗？有必修课、选修课、公共选修课，如今，连运动会都有了。"

越星文轻轻按住太阳穴："图书馆确实在努力扮演一所大学的角色。"

江平策将电脑递到他手里："这次运动会以课题组为单位报名，项目很多。周六早晨正式开始，你先看一下。今天周五，我们全天休息，下午的时候把大家叫过去开个会，商量报哪些项目。"

越星文接过电脑，低头仔细看了看。运动会举办时间为周六、周日两天，周六早晨 8 点开幕，周日晚上 8 点闭幕。持续两天的运动会，包括田径、游泳、跳水、体操、乒乓球、羽毛球、足球、篮球、排球等常见的夏季运动会的项目。

越星文看到这里不由吐槽："这项目多得都快赶上奥运会了。平时，咱们学校开运动会，也没这么多项目啊！"

江平策道："学校开的一般是田径运动会，这次图书馆的运动会是综合型的，项目丰富不说，更关键的一点是，不限制使用技能。”

不限制技能，这就可怕了。

田径项目各种加速跑，地理系的还能直接用“板块运动”，换位几秒到达终点。球类运动，数学系的学霸能用坐标系精确操控球的落点，投篮百发百中。

这些还都是小事。

一旦不限技能，遇到小组竞争的时候，说不定同学们之间会为了争夺冠军使出各种撒手锏。当旁边赛道的同学看见你超过他时，会不会一时心急朝你泼硫酸或者用电流？

表面上这是一次可以使用技能的运动会，实际上，一旦把握不好尺度，整个运动会将变成技能乱飞的大屠杀现场。

意识到这一点，越星文立刻说道：“看来我们得尽快跟高校联盟的成员碰个头，商量一下对策。运动会期间，也要遵守一定的规则，不能滥用技能。”

江平策赞同：“让高校联盟定个规则，一旦误伤同学，强制退赛。运动会期间，自觉限制一些技能的使用，以免伤人。不然，化学系的直接朝对手泼硫酸，物理系的用串联电路放倒一片，参赛的同学死伤会很严重。”

这段时间，图书馆倒是没发生技能伤人事件，很大原因是这一周的课程都是十二人左右的小考场，课题组之间不存在竞争关系。

然而周末的运动会，是全体学生都可以参加的“大考场”。比当初一百人的“定向越野”更可怕的是，这次运动会，有将近三万的考生参加！如果没有任何约束的话，简直无法想象现场会乱成什么样。

举个例子，如果越星文不把同学们当人，单纯想赢，甚至可以配合辛言，用“暴雨如注”加上“强酸”，直接把对手全部腐蚀掉。

这样的恶性竞争，伤人伤己，最后只会演变成技能大乱斗。

越星文立刻发了论坛私信给秦朗师兄，让他帮忙叫人。

午饭过后，负二楼课题组中心的 1 号贵宾会议室内，当初组建高校联盟时的各校学生代表又一次聚齐。

越星文直说道：“秦朗师兄这次召集大家开会，是为了运动会的事。我想，大家都看到关于周末运动会的通知了吧？”

众人纷纷议论开来——

“看见了。”

“这份通知是群发到宿舍的平板电脑上的，所有人都会收到提示。”

“我中午刚看到。这周末办运动会？”

卓峰道：“不限制使用技能，星文是在担心这个吧？”

越星文点头：“没错。大家有什么看法？”

秦朗道：“我物理系的光技能已经升满了，如果乱用，直接放出一片光团，能让范围内所有人瞬间眼瞎，这样的竞争是不公平的。”

陈沐云道：“最可怕的还是化学系。我听说，大部分化学系的同学强酸技能都升到满级了，还有换到白磷这种易燃物的……”

负责记录的柯少彬说：“计算机系的智能机器人如果升到五级以上，会变成可飞行状态，加上激光扫射，能从空中发动攻击，杀死一片同学，也挺危险的。”

想到技能乱飞的运动会现场，众人都不寒而栗。大家交头接耳讨论了一番，会议室内很是热闹。

片刻后，陈沐云冷静地说：“当初制定《图书馆学生公约》的时候就强调过，在图书馆这样恶劣的环境下，同学之间不要使用杀伤性技能。大家彼此不是仇敌，没必要互相拼命。这次运动会也是一样，泼硫酸、放电流的事情绝对不能发生，否则现场会彻底失控。”

越星文道：“我们可以再联合发布一条声明，禁止比赛过程中使用杀伤类技能。”

师大的刘潇潇问道：“哪些是杀伤类技能？有具体的范围吗？”

江平策冷静地说：“伤害人身安全的技能，例如化学系的强酸、强碱，物理系的电流、重力、光，医学院的手术刀、电锯等外科工具，数学系的三角尺、直尺等几何工具，计算机系智能机器人的攻击技能，生命科学学院的DNA绞杀，法学院的大招死刑，等等。”

刘潇潇恍然大悟：“那师大的讲义可以用，罚站并不伤害人身安全。”

越星文点头：“对，控制类、加速类技能并不会伤害到别人，比赛中可以使用。杀伤力强的必须做一些限制，否则你伤我，我伤你，大家都不会有好果子吃。”

在座的同学们纷纷点头。

技能运动会，跑步的时候加个速、定个身，大家还能接受，直接泼硫酸、放高压电，这就过分了。

喻明羽干脆地说：“大家合计一下，尽快出个声明，我相信大部分同学都能遵守，毕竟，办一场有规矩的运动会对所有人来说都是好事。至于少数几个投机取巧的，直接上黑名单，交给我们处理。”

这已经是他们目前能想到的最好办法。

如果什么都不做，运动会的场面一旦失控，后果将不堪设想。

越星文道：“运动会上得到两枚金牌或四枚银牌或十二枚铜牌才能兑换 1 学

分，奖励其实不算多。”

卓峰赞同道：“这么多参赛队伍，连拿两个项目的冠军确实有点难。我还是倾向于把这次运动会当成放松心情的趣味运动会，别在赛场上拼命。”

众人商议过后，一致同意将周末的运动会项目当成“趣味运动会”。

连续考试这么长时间，所有同学都累得够呛，本周末大家就当放松一下，体验别样的技能运动会，能不能拿名次无所谓，尽力就好，拼命就不必了。

当天下午，高校联盟在论坛再次发布了运动会联合声明——

禁止在运动会期间针对参赛同学使用杀伤类技能，希望大家能共同维护友好和睦的图书馆环境，不要为了区区 1 学分去杀人。

禁止使用的技能，也在声明中详细地列了出来。

这个声明果然得到了大部分同学的支持。毕竟大家都不想在运动会现场看到一大堆同学的鲜血和尸体，单纯地享受一次趣味运动会不好吗？

体校的这次爽了，田径项目是不是要被承包？！

也不一定。我觉得田径最牛的是地理系，直接用“板块运动”移动去终点！

把地理系同学给控住，他就移动不了啊，控制类技能会很吃香！

论坛开始热火朝天地讨论起来。

而 C–183 课题组内部，大家也在纷纷发表意见。

刘照青道：“4 × 800 米的接力我们要不要报？我觉得这种接力项目我们能拿奖，我们有星文的加速、平策的抛物线、秦露的板块移动、许亦深的有丝分裂。”

蓝亚蓉问道：“集体项目咱们报几个啊？”

柯少彬道：“这次运动会不分男女组，每个课题组最多报名参加四个团体项目，每一位同学，最多报名参加四个单人或者双人类项目。”

许亦深毛遂自荐道：“我会打篮球，团体项目要不要考虑篮球？”

刘照青道：“报篮球的肯定很多，竞争激烈啊！咱们也可以考虑足球或排球。”

越星文和江平策在宿舍里低声商量：“我们要不要报羽毛球双打？”

江平策问道：“你会打羽毛球？”

越星文笑着说：“我从小就会打羽毛球，再加上你的抛物线计算，我觉得，咱俩配合一下，或许能拿个名次。”

江平策点头：“行，试试。”

越星文在课题组频道发消息：“大家尽快想好自己要报的项目，再提议四个团队项目，交给柯少汇总。今天晚上 0 点之前就要定下来了！”

图书馆运动会给大家的准备时间非常仓促，越星文并不期待能拿多少奖励，只希望大家都能开开心心地度过这个周末。

本次运动会的团体项目非常多，包括篮球、足球、排球、自行车团体竞速赛、体操团体全能赛、花样游泳、团队拔河、4×800 米田径接力、4×200 米游泳接力、射箭团体赛、赛艇团队赛等。

有些项目大家根本不会玩，球类项目又限制只能三选一，越星文在征求了队友们的意见后，最终确定报名参加四个团队项目——4×800 米田径接力、足球、赛艇、拔河。

至于队员们的个人项目，林蔓萝报了游泳，蓝亚蓉报了乒乓球、羽毛球单人赛，秦露和秦淼双胞胎报了乒乓球双打、网球双打等四个双人赛，男生们大部分报的田径，江平策除了跟越星文合作羽毛球双打，还报了标枪、铁饼和铅球。

越星文、刘照青、许亦深都报名参加了个人马拉松。

章小年和柯少彬这两位体能差的同学没报个人项目。

柯少彬道：“我的小图虽然跑得快，但小图不能代替我，我自己还是跑得慢，就不去凑热闹了，到时候我给你们助威！”

章小年惭愧地表示：“我体育也不太行，总不能坐着推土机去跑田径。我也给大家当啦啦队吧，团队项目我会加油的！”

刘照青疑惑：“平策报的怎么全是投掷类的项目？”

越星文道：“这是我提议的。投掷类项目像铅球、铁饼本质上都是抛物线运动，平策可以最快速度算准坐标落点，拿下好成绩，说不定可以拿到个人项目的金牌。”

其实江平策的体能也很强，可以去长跑、短跑；但由于长短跑项目竞争激烈，还有地理系这种技能能移形换位的专业，江平策在跑步类的田径项目上并不占太大的优势。反倒是投掷类项目，不限时间，只看目标的落点，数学系的抛物线公式就是无敌的存在。

许亦深道：“大家加油！我觉得咱们 4×800 米的接力能拿奖，至于足球、拔河、赛艇，尽力而为就好。”

团队项目能不能拿奖，确实得随缘，毕竟他们十二个人中会踢球、会划船的连一半都不到，拔河的话也有好几位同学力气并不大。

越星文之所以报足球而不是篮球，是因为足球可以让十一人同时上场，加一个替补，他们全团成员都能参与。就算有人不会踢球，大家一起上，乱踢一通，就当去玩了。

晚上 11 点，柯少彬通过平板电脑提交了课题组所有成员的项目报名。

大家各自的电脑上很快就收到系统信息——

C-183 课题组成功报名第一届运动会，请注意图书馆广播，在项目开始之前到相应的检录处检录，记好自己的运动员编号。越星文同学的运动员编号为 C-183-1，江平策为 C-183-2，柯少彬为 C-183-3……

所有运动员的编号都是课题组之后再加一个数字，非常好记。

在宿舍断网之前，越星文最后在课题组频道发了条消息：“大家早点睡，明天早上 7 点 30 分集合吃早饭。我跟平策会提前去超市给大家买一箱水，到时候每人拿几瓶。”

刘照青道：“运动会期间，我们大家要统一行动吗？”

越星文道：“不用。大家报的项目太多，如果时间冲突，就自由活动。团队项目开始之前我会在课题组频道发消息，大家随时关注课题组频道的通知。”

次日早晨，大家神清气爽地来到饭堂吃过早饭，瓜分了江平策买来的水，一人拿了两瓶，紧跟着就听耳边响起图书馆的广播：“第一届图书馆运动会，将在 8 点整准时开幕，请各位同学尽快前往负六楼的体育馆集合。”

图书馆大楼之前只开放到地下五层，负六楼是今天才开放的。

由于运动会并不强制报名，很多身体素质不好、技能也没优势的同学并没有报名参加项目，但这些同学大部分也出于好奇，前往负六楼的体育馆看热闹。

空旷的体育馆内，密密麻麻的环形座位整齐地排列着。整个体育馆分成 A 区、B 区、C 区，座位上有课题组编号。

耳边响起机械音提示：“请各位同学尽快按照运动员编号入座。”

江平策目光迅速扫过四周，道：“这个体育馆，可以容纳四万人左右。”

越星文道：“都快赶上大型演唱会的规模了。我们先找位置坐吧。”

大家来到 C 区，找到标注了“C-183”的座位。前排坐的是 C-182 课题组的同学，几人看了越星文一眼，凑在一起说着悄悄话，过了片刻，才有一位大胆的女生回头问道："是 C–183 课题组的越星文学长吗？"

越星文礼貌地笑了笑："是的。"

女生双眼发亮，兴奋地说："我们刚过完建筑学院的课，幸亏有你的攻略帮忙！"

后排也有同学主动打招呼："江平策学长，我们也是按你的攻略过了'无尽阶梯'这门课的。"

他们经常在论坛发攻略，在图书馆已经成了"名人"，有人主动搭讪很正常。江平策并不在意别人会怎么看他，倒是越星文性格随和，笑容满面地跟前后排的同学们寒暄了几句，缓解了江平策不爱理人的尴尬气氛，这才回头将注意力放在中间的大操场上。

8 点整，体育馆内响起机械音："第一届图书馆运动会正式开始！"

伴随着熟悉的《运动员进行曲》背景音乐，图书馆用毫无情绪的机械音念起了台词："这是一场让人期盼已久的盛会，充满青春朝气的同学们，将以饱满的热情、昂扬的斗志，接受大家的检阅！首先出场的是，计算机系的智能机器人方阵。"

只见无数白色的机器人排成一个方阵，踩着滚轮绕操场滑行一周，机器人的脑门上亮起灯，齐声唱着："两只老虎，两只老虎，跑得快，跑得快。"

图书馆，你真是够了，这开幕式是来搞笑的吧？！

"接下来向我们走来的，是理工学院方阵。他们勇往直前，他们热血飞扬！他们手中的电流可以谈笑间让人灰飞烟灭！"

现场再次出现九行、九列的方阵，穿着奇怪校服的机器人整齐排列在一起。随着它们路过操场，噼里啪啦的电流直接在操场上形成一大片高压电网，把草坪给电成了焦炭。

观众席："谈笑间灰飞烟灭"原来是这么用的！

"恰同学少年，风华正茂！化学学院的同学们，正英姿飒爽地走向我们。扛着烧瓶，拿着酒精灯，努力做实验的化学学院的同学们，将在运动会上绽放属于他们的风采！"

辛言冷冷道："图书馆能不能闭嘴？！"

越星文无奈摇头："用冷冰冰的机械音念出这些奇怪的台词，真是违和。"

刘照青忍不住笑出声："不知道从哪儿找来的台词，真是难为它了。它在努力给我们办一场难忘的运动会开幕式，可惜效果适得其反，那些机器人方阵越看越奇怪。"

一群机器人的头顶扛着烧瓶，旁边有一圈酒精灯跟着它们飞行，这样魔幻加科幻的出场效果震得全场静默了好几秒。

偏偏图书馆还在冷冷地讲话："让我们以热烈的掌声，继续欢迎数学学院的同学们出场！数学学院的同学们排成了整齐的数列，他们手握三角尺，朝着我们意气风发地走来！"

江平策："真是没眼看……"

轮到中文系的时候，所有机器人的手里都抬着厚厚的典籍，翻开书，一边走一边齐声念道："发展体育运动，增强同学体质，锻炼身体，保卫图书馆！"

越星文："啊……"

如果图书馆有实体，这一刻，估计全场的同学都想把它揪出来暴揍一顿吧。

保卫图书馆？大家最想做的事，就是把你这座图书馆给炸了好吧！

环境学院出场的时候，一边走一边种了一操场的树；法学院出场的时候，放了一排的牢房；地理学院出场的时候，"嗖"的一声瞬移去了终点！

医学院集体穿白大褂还算说得通，历史系居然让机器人集体穿上了汉服！

商学院的一边走一边朝周围撒金币，几乎要闪瞎人眼，但让人郁闷的是，这些金币在图书馆根本不能用，图书馆买东西只能用积分。

在让人一言难尽的诡异开幕式结束后，机械音总算说道："下面我宣布，第一届图书馆运动会正式开幕！今天上午首先要进行的是所有田径类项目的比赛。请报名参加了田径项目的同学，在座位前方的平板电脑上签到，没有报名的也可以去赛场观战。"

越星文提醒道："大家报了田径的都签一下到，估计要把我们拉去田径赛场。"

他猜得果然没错。两天时间，不可能办完那么多的项目，所以，周末的运动会也用平时课程考试的形式，将田径大项作为一门"课程"单独拉进一个副本空间，时间独立计算。这样一来，哪怕田径项目比赛比个两天，图书馆也只算两个小时。

签完到后，众人来到了一片广阔的操场。

操场入口处是不同项目的检录区，周围依旧是一排排环形的座位。

耳边响起广播："第一项，400 米短跑。请报名参加 400 米短跑的同学到 1 号检录处检录，并领取分组编号。"

报名短跑的同学特别多，检录处转眼间就聚集了上千人。他们课题组只有许亦深报了短跑，见他起身去检录，越星文笑着伸出手："师兄加油。"

许亦深跟他击掌："看我的！"

等许师兄下去之后，林蔓萝忽然问道："小露，你怎么没报短跑？地理系有换位技能，岂不是瞬间就换到终点了？”

秦露说：“地理系的技能一天只能用十二次，我想留在团队项目中用；而且，地理系不一定能立刻换到终点，我觉得大家肯定会针对地理系的同学，优先用控制技能‘招呼’我。”

蓝亚蓉赞同：“有道理，要是跟我一组的有地理系的同学，我肯定先拿一个监狱把他给关起来。大家都知道地理系的位移技能最强，这就像用道具赛跑的时候，第一名最容易被攻击，最后反而很难拿到冠军。”

法学院的一个监狱可以把人关至少三分钟，400 米赛跑早结束了。

如果跑道上的同学有控制技能，秦露确实占不到便宜。她们双胞胎姐妹舍弃了单人项目，报了很多双人项目，把技能留给团队赛其实更加合理。

机械音：“400 米分组完毕，宣布比赛规则：跑步必须逆时针进行，过程中可以使用技能，不论使用任何手段，从起点到终点所花费的时间为最终考试成绩。第 1 组，准备开始！”

这操场跟平时的标准操场一样，一圈的长度是四百米，十条跑道，十人一组比赛。

越星文坐直身体，兴奋地看向场地中央。他很好奇，不同专业的运动员会使出什么样五花八门的手段来参加这次“趣味运动会”。

400 米项目是田径中最难练习的项目之一，介于短跑和中长跑之间，人类创下的世界纪录，男子目前是 43 秒 03，女子是 47 秒 60。

然而图书馆运动会不限制技能的使用，跑完四百米肯定不用那么长时间。理论上来说，地理系同学用“板块运动”技能，甚至能在两秒内直接从起点瞬移到四百米外的终点。

这次运动会，完全超出了人类体能的范畴，全看大家怎么使用技能。

哨声一响，四百米项目的第一组参赛运动员就整整齐齐地出现在了跑道上，1 号到 10 号跑道，每人占一条。每条跑道的起点处都有标志，看着还挺正式。

耳边响起冷冰冰的机械音：“在裁判的枪声响起之前，选手使用任何技能，都视为抢跑犯规，将直接取消参赛资格。观赛区的同学不允许使用技能。枪声响起后，选手们请围绕操场逆时针跑四百米到达终点，裁判系统将自动记录比赛成绩。本次运动会的预赛阶段，每个小组只有两位同学可以进入初赛。”

听到这里，越星文不由惊讶道：“按小组来统计，而不是看总名次？如果同组的选手中厉害的太多，哪怕自己跑得快，也不一定能进前二；要是同组的实力比较弱，出线就会相对容易。”

江平策点了点头：“嗯，小组比拼，运气因素很重要。不过，这次运动会本来就不是看体能，关键在于技能，同组遇到什么对手，对最终的结果影响本来就很大，按小组来决定出线名额，也算合理。”

柯少彬说：“预赛、初赛、复赛、决赛，层层淘汰，竞争还是非常激烈的。希望许师兄能进复赛。”

卓峰笑道：“复赛有什么意思？他应该能进决赛！”

第一组的比赛很快开始。

十位同学有男有女，高矮胖瘦也各有差别。

观众席的同学们纷纷好奇地看向操场中央的大屏幕，屏幕中列出了本组参赛选手的详细信息，包括课题组、专业、姓名、性别。第一组选手中有数学、中文、地理、法律、体育等专业，甚至还有一个音乐学院的妹子。

十人在跑道上活动筋骨，观众席议论纷纷——

“我觉得这一组，地理系和体校的两位应该能进下一轮吧？”

“不一定哦！大家都知道 5 号跑道的男生是地理系的，控制技能肯定会优先朝他‘招呼’，他会变成众矢之的！”

“各就各位，预备——”

随着砰的一声枪响，赛场上的十位同学立刻撒腿狂奔！

如观众席的很多人所料，5 号跑道那位地理系的男生，刚拿出地球仪，就被一个从天而降的铁笼子罩住了——

“有期徒刑三年！”隔壁跑道的法学院女生直接用监狱把他给关了起来！

被关禁闭的人是无法换位脱离的，只能使用“金蝉脱壳”这种解控类技能。被关进去的男生气得要命，只能咬牙看其他同学往前狂奔。

法学院的妹子语速飞快，连续召唤了四个监牢，将认为对她有威胁的数学学院、地理系、体校、化学学院的四人全部关在原地。

然而下一刻，她却发现自己根本挪不动脚步——操场上响起了熟悉的音乐，是用笛子吹奏的乐曲《难忘今宵》。

这笛声一响起，所有跑道上的同学，居然……集体睡着了！

参赛选手全部陷入了昏睡，音乐学院的女生紧跟着吹奏一曲《追风的女儿》，然后，她的脚下犹如踩着疾风，奔跑的速度快得让人眼花！

不出十秒，她就跑到了终点。

而那些陷入昏睡的同学这时候才刚刚醒来，然后惊讶地发现，同组已经有一个同学到达了终点，剩下的立刻开始互相使绊子。最终，一位体校同学用撑竿跳的方式在 15 秒时来到终点。

机械音冷冷宣布：“400 米项目第一组预赛，晋级选手为 A–99 课题组周佳瑶，B–196 课题组瞿亮。请第二组选手做好准备。”

看到这样的结果，观众席大跌眼镜！

越星文也很是意外：“音乐学院的技能我还是第一次见。没听错的话，她这笛子吹《难忘今宵》是群体催眠，吹《追风的女儿》是给自己加速？”

柯少彬道：“音乐学院看来全是法师，说不定还有音波攻击。”

刘照青笑道：“幸亏她没遇到我们星文，要是星文念一句鲁迅先生的‘人类的悲欢并不相通，我只觉得他们吵闹’——把环境给静音了，音乐学院的技能岂不是全都废了？”

越星文无奈扶额：“鲁迅先生这段话太长，我怕还没念完他们就先把我给控制了。”

众人仔细一想，也是这个道理。越星文常在论坛发攻略，很出名，如果他参加这种比赛，其他同学知道他很厉害，肯定第一个把他给控制住，他的技能或许真的用不出来。这就是“枪打出头鸟”。

平时的运动会，大家能根据参赛选手的体能，判断出大概的成绩排名，可今天的图书馆运动会，一切都是未知数。

400 米的预赛一组接一组地进行。

由于图书馆采用了全智能化管理和裁判，加上同学们速度都很快，通常会在二十秒内结束一组比赛，快一点的小组甚至能几秒内结束！

越星文坐在观众席上，看得很是投入。今天的赛场出现了很多他没见过的专业和技能，真是让他大开眼界。

“400 米项目，103 组预赛，请准备。”

随着时间的推移，大家终于在屏幕中看到了一个熟悉的名字——

C–183 课题组，生命科学学院，许亦深，男

章小年激动地道：“许师兄要出场了！”

越星文迅速扫过同组的对手，道：“这一组有三个体校的、一个地理系的、一个师大的，还有化学学院的，师兄他能出线吗？”

卓峰道：“他的‘有丝分裂’速度挺快，得看临场发挥吧。”

许亦深所在的 103 组，光看屏幕中列出的名字就是个“噩梦小组”：三个体校的学生各个身高腿长，本身跑步就快，加上滑板、撑竿跳、三级跳远、百米跨栏等技能，参加这种竞速类的项目很有优势；其他专业的同学也各有本事。许亦深能不能出线还真不好说。

“各就各位，预备——砰！”

枪声响起的瞬间，化学学院的男生右手一抬，连续几个烧瓶从天而降，周围的同学纷纷躲避，体校身材最高的男同学躲避不及，被关进了透明的玻璃瓶子里。男生一拳往前砸去，却发现这个玻璃瓶居然砸不烂！

男生忍不住骂道：“把人关进瓶子里算几个意思？！”

离得近的同学听见他的吐槽，纷纷笑出声来。

这位兄弟太倒霉了，一步都没来得及跑，就结束了比赛，只能待在玻璃瓶里，满心不甘地看大家往前飞奔。

7 号跑道地理系的男生再次受到全员的针对，他躲过了化学学院的烧瓶，却没能躲过旁边环境学院的藤蔓。

绿藤往他身上迅速一捆，他的双手都没法使用地球仪了，又怎么换位？！

男生哭笑不得：“我们地理系今天仇恨值这么高吗？”

观众们忍不住道：“当然了！毕竟只有你们能三秒结束比赛！”

之前的小组中，只要地理系的同学没被控制住，他们都能用地球仪进行板块换位，在三秒内到达终点。其他学院都很忌惮地理系的换位技能，因此，看到大屏幕中同组有地理系的同学时，都会优先去控制他们。

隔壁跑道上，肤色偏黑的男生脚踩滑板，以极快的速度冲向终点！

可惜只冲了一半的路程，旁边忽然响起一个女生温柔的声音：“同学们，上课了，今天，我们要讲述的内容是……”

师大的妹子居然跑来操场上讲课。

师范大学的讲义可以让大范围内的目标罚站听讲。于是，踩着滑板的同学脚下一滑，猛地停在原地，差点摔了个跟头。

他被“老师”罚站，不能动弹，只能眼睁睁看着一个师大的女生从身旁跑过。

师大妹子也是厉害，一边跑步，一边讲课，气喘吁吁的。在她跑到两百米之外的时候，由于讲义的影响范围失效，罚站的同学们立刻恢复了行动！

会撑竿跳的体校男生一次性跳跃十几米，转眼间就追上了她。

还有一个有满级跳远技能的体校学生跑得也贼快，跳一次就是十几米，穿着白色 T 恤的男生行动如风，就像武侠小说里会轻功的白色幻影。

三人集体往终点冲刺。

越星文看到这里，忽然觉得哪里不对：“许师兄呢？”

章小年也揉了揉眼睛，疑惑道：“没看见他啊！好像从比赛一开始，他就不见了。”

越星文仔细一想，立刻反应过来：“他变成了细胞吗？”

观众席前排，加油的助威声不绝于耳。师大女生和两个体校男生距离终点只剩最后的十米，很快，三个人就先后到达终点，比赛结束！

师大的女生不比体校的男生腿长，在最后阶段迟了那么两秒。

本以为本场比赛进复赛的是体校的两位男生，然而，宣布结果时却让观众大跌眼镜："103 组进入复赛的是许亦深、周凯。"

周凯就是体校那个撑竿跳的男生，大家都看见他率先到达终点。

可许亦深是谁？终点根本没有这样一个人啊！

这时，许亦深从周凯的头顶骨碌碌地掉下来，变成一个人，笑眯眯地拍拍他的肩膀："谢了兄弟。"

周凯："啥？"

生命科学学院的还能更赖皮一点吗？！

自己不跑，直接变成一个细胞，趴在第一名的头顶，跟着第一名躺赢？

这也算晋级？！

许亦深笑眯眯地表示："这就是我报名田径项目的理由。"

不管第一名是谁，他变成细胞趴在对方身上，不就是第二名了吗？

400 米项目虽然有上千名参赛选手，在经过预赛阶段的大洗牌后，进入初赛阶段的选手只有二百五十人，他们被随机分成二十五个小组。

初赛的规则跟预赛一致：每个小组晋级两个人，也就是能进复赛的只有五十人。五十人再分成五组，选出十个进行决赛。

预赛、初赛、复赛、决赛，上千人的参赛选手，一轮淘汰 80%，这个过程中，运气稍微差一点，被针对或被控制，那就没法进入下一轮了。所以，在赛场上的应变能力非常重要。

地理系的学生在预赛阶段被针对得很惨，大部分淘汰出局，反而那些不太引人注意的专业的同学，倒容易从小组出线。

许亦深在初赛、复赛阶段的运气都很好，分到了实力相对较弱的小组，他利用生命科学学院仇恨值低的优势，使用"有丝分裂"快速位移到终点，顺利出线。

一个小时后，400 米项目迎来决战。

一路过关斩将杀入总决赛的十人名单出现在了大屏幕中。

看到大屏幕中的信息，章小年和柯少彬激动地鼓掌："许师兄进决赛了！"

林蔓萝笑道："他要是继续变成细胞，趴在别人身上，至少能稳个第二名吧？"

江平策淡淡道："那要看他的预判对不对，他要从整个小组中挑一个最有可能得冠军的人，趴在对方身上，才有可能得第二。要是选择错误，他自己也会被范围控制影响。”

决赛小组藏龙卧虎，屏幕中出现了好几个熟悉的名字。这个小组的群体控制类技能非常多，许亦深要是选错目标，被控制了，那就完了。预判好谁最有可能夺冠，再搭顺风车，确实相当重要。

距离决赛开始还有三分钟。

越星文对着名单开始分析：“1 号跑道是喻明羽师兄，地理专业，他能杀进决赛，是因为他没有直接用板块换位技能，而是先用‘西伯利亚寒流’把周围的同学全部冻住，再换位去终点。只要他顺利出手，肯定能拿冠军。”

江平策道：“喻明羽是 A 组的，A 组的组员都会享受速度加成和冷却时间缩减，所以他的技能出手会比别人快。如果他跟秦露同时放寒流，秦露会先被冻住，对吧？”

秦露点头道：“没错。技能冷却时间短，释放速度也更快，他的寒流会优先到达其他同学那里。如果我遇到他，肯定会先被他控制住。”

最初选择课题组的时候，越星文选了 C 组，是为了每次考试都有积分加成。C 组强在团队，因为有积分加成，全团所有人的技能等级会比别的组的同学高。

但如果是单人 PK，C 组的积分加成就没什么优势了——A 组有加速度，冷却时间缩减，能保证抢到先手；B 组则有体能加成和免死护盾。

理论上来说，决赛中，只要喻明羽放出技能，他肯定能三秒到达终点拿下冠军。但他能放出来吗？

越星文继续看向大屏幕，分析道：“4 号跑道陈沐云，法学院，B 组的，可以开启免死护盾，使自己免受攻击。如果陈沐云对喻明羽的寒流冰冻免疫，反手一个监牢将他关起来，喻明羽就到不了终点。”

江平策紧跟着道：“5 号跑道是滨江师大的刘潇潇，她也是 A 组。理论上，她放技能的速度不会比喻明羽慢，如果她先念出讲义，那么，周围所有人都要罚站听课，喻明羽还是没法到达终点。”

林蔓萝道：“这么说，8 号跑道环境学院的周林同学可以开启‘净化草坪’技能，挡掉第一波控制类技能，再用藤蔓把其他同学全部绑住？”

柯少彬道：“那个音乐学院的妹子也进决赛了，她要是再吹一曲《难忘今宵》呢？”

章小年挠了挠头：“这么说的话，进决赛的还有商学院、化学学院、中文系等专业的同学，谁能最先跑到终点，还不一定吧？”

众人越听越觉得情况复杂。

进决赛的同学各个不容小觑，许亦深能不能拿奖，确实不好说。

三分钟准备很快结束，操场上响起熟悉的机械音：“400 米项目决赛即将开始，各就各位，预备——砰！”

机械音刚落，整个操场猛然一阵冷风过境，夹杂着雪花和冰雹迎面扑来，喻明羽果然以最快速度开启了“西伯利亚寒流”！

他的技能等级比秦露低，冰冻范围只有二十米，但是此刻，所有人都在出发点，二十米的范围足够他冻住除了自己的其他目标。

不能及时使用解除控制技能的同学全部变成了冰雕！

许亦深消失不见，肯定变成细胞了，但距离太远，大家看不清他趴在了谁的身上。

本以为喻明羽能直接换位到达终点，然而，几乎是他放出寒流的那一瞬间，师大的刘潇潇也同时说出：“各位同学，上课！”

虽然刘潇潇说完这句话后自己就变成了冰雕，可是，她说出这话，就代表课已经开始，同学们必须认真听讲。

于是喻明羽就被罚站了。

被罚站，无法再使用换位技能。

音乐学院的周佳瑶也是 A 课题组的，同样有速度加成，她与刘潇潇几乎同时行动，吹响了《难忘今宵》，结果就是喻明羽被罚站控制后，又被昏睡给控制了。

于是，前排的观众们看到一幅诡异的画面——京市大学的喻明羽学长在操场上站着睡觉！

柯少彬通过放大的屏幕看到这里，忍不住笑道：“我要拍照留念。”

作为京市大学的学霸，“站着睡觉”这种经历，对喻明羽来说绝对是第一次！

地理系喻明羽、师大刘潇潇、音乐学院周佳瑶，三位 A 组同学在比赛开始的那一刻同时放了一波技能，冰冻、罚站、昏睡，结果就是互相控制，谁都到不了终点！

旁边也有同学被他们的技能给控住，变成了站着睡觉的冰雕。

观众席传来一阵笑声，被冻住的几个人姿势还挺奇怪的。

第一波技能影响发出后，被控制在出发点的只有五人，还有五个人没受影响。

这五人中，3 号跑道的许亦深从比赛一开始就消失不见；4 号跑道法学院的陈沐云、6 号跑道商学院的女生，这两人都是 B 组的，显然是 B 课题组的免死护盾帮助她们躲过了第一波控制；8 号跑道环境学院的周林，开启“净化草坪”技能，解除了控制；9 号跑道中文系的李漠然，用“金蝉脱壳”技能解控，并闪身去了两百米之外的地方。

目前，看得见的四个选手当中，李漠然跑得最远。距离终点还剩一半路程，李漠然开启了“风驰电掣”加速技能，健步如飞！

就在这时，众人只见环境学院的周林手中忽然蹿出三条绿藤，那些藤蔓如同长着眼睛的灵蛇，以极快的速度将跑在前面的三个人手脚全部绑住。

中文系的男生立刻翻开《标点符号大全》，甩出了好几个省略号。

省略号会放慢所有的动作，藤蔓的动作被放慢之后，还没来得及捆住他，他就迅速跑出了藤蔓捆绑的范围，让藤蔓抓了个空。同时，男生再甩出一排问号，让跟在自己身后的同学们满脑袋问号，当场蒙了。

观众们看见几位选手头上出现的问号，顿时哄堂大笑。

问号的控制力虽然强，可惜时间短。那男生还没来得及跑到终点，陈沐云忽然发出一招审判——只见一座铁笼从天而降，当头罩住了跑得最快的男生！

法学院的审判是锁定目标审判，男生刚刚用掉了“金蝉脱壳”的技能，被法学院铁笼子一关，也就意味着他跟冠军彻底无缘。

男生苦笑着摇了摇头。

不远处，从问号状态清醒过来的几个人，继续撒腿狂奔。

中文系的被关了，她们都有戏！

商学院的女生直接朝目前跑得最快的陈沐云撒出大量金币，陈沐云转眼间就被金币给埋了。

被钱埋起来是什么体验？如果换成现实，大家估计做梦都会笑醒。可是，图书馆这些金币不能当钱花！被埋在一堆金币里的陈沐云很想吐血！

这就叫螳螂捕蝉，黄雀在后。

她只来得及关住跑得最快的中文系男生，却没来得及回头去关身后的商学院女生。

商学院女生很快就超过了陈沐云，跑到第一位！

然而，就在这时，大家惊讶地发现，一个影子忽然从关住中文系男生的铁笼里分裂了出来！

那男生身高腿长，头发是很特别的栗色天然卷，眸色偏浅，混血儿的长相十分俊美，脸上还笑眯眯的，回头看了眼被关在铁笼里的李漠然，说：“辛苦了兄弟。”

李漠然一脸急切与愤怒。

你趴在我身上一路，如今看我被关在牢里，就要舍我而去吗？

观众席的同学们面面相觑。

看了半天比赛，根本不知道他是从哪儿冒出来的！

很快就有人反应过来："他是3号跑道消失的那个生命科学学院的许亦深吧！"

有人满脸问号："他怎么从监牢里出来了？"

立刻有法学院的同学回答道："我们法学院的审判是指定目标审判，刚才陈沐云师姐只审判了中文系的李漠然，许亦深不是被判刑的犯人，应该是用'有丝分裂'从牢里出来的！"

生命科学学院的"有丝分裂"可以瞬间分出好几个复制体，并且随意转移本体到任何一个复制体所在的位置。他既然不是被审判的目标，当然可以用这种方式脱离牢狱之灾。

章小年激动地说："看来许师兄是变成细胞，趴在李漠然的身上了！"

柯少彬疑惑："但李漠然是用'金蝉脱壳'解除控制的，他如果一开始趴在李漠然身上，他俩不是队友，李漠然解除了控制，他依旧会被冻住，变成一只冰冻细胞滚到地上吧？"

越星文笑道："他最开始选择的目标不是李漠然，而是环境学院的周林！"

林蔓萝道："没错，环境学院草坪的作用是范围净化，他变成细胞跟着周林，只要周林开启'净化草坪'，他也能被净化掉。然后，周林放出藤蔓去捆李漠然，他再变成细胞服伏在藤蔓上，顺着藤蔓，就能跳到跑得最快的李漠然身上！"

大家仔细推演了一下许亦深的"附身"过程，纷纷感叹许师兄的先见之明！

他先找范围解控的环境学院女生，保证第一次不被控制；然后，环境学院的妹子肯定会用藤蔓去绑跑得快的人，他再顺着藤蔓跳到最快那人身上；法学院控住了跑得最快的人，这时候，他才终于利用"有丝分裂"现身！

由于李漠然距离终点只剩不到两百米，许亦深只需要跑完最后不到两百米的距离。

众人只见操场上跑在最前面的男生忽然变成五个分裂体，集体朝着终点冲刺！

别人是一个人在比赛，许亦深是五个人在比赛！

法学院的陈沐云艰难地从金币堆里爬了出来，想再追上大家已经不可能了。

环境学院的周林哭笑不得——她也分不清哪个是许亦深的真身，哪个才是复制品，同时去绑五个人，她的藤蔓没那么长，够不着！

商学院的女生一路跑一路撒金币，整条操场都被她撒得金光闪闪，她同时开启“金融风暴”技能，让所有的金币瞬间化成泡沫，拦住了身后同学的去路。

追不上最前的，她也能拿个第二名。

转眼间，五个许亦深当中，有一个冲向了终点。

操场上响起熟悉的机械音：“单人 400 米项目决赛冠军，C-183 课题组，生命科学学院，许亦深同学，决赛用时 10 秒 01。”

比赛前，大家都以为冠军会在地理系或者体校的同学中产生。

谁能想到，生命科学学院的同学居然变成细胞搭了个顺风车，而且在附身的同学被控制时，毫不犹豫地分裂跑路，一口气拿下了冠军？！

观众席不少人吐槽：“还能这么玩？！”

越星文看到大屏幕里许师兄的脸，笑着说：“师兄很机智啊。”

许亦深会变细胞，可一旦选错了附身的目标，他会立刻被技能给控制住，变成冰冻的细胞或者昏睡的细胞。他靠的并不是运气，而是对同组选手技能的精确分析和合理利用。

这个冠军，实至名归！

每个项目结束后会现场颁发奖牌，400 米赛跑的冠军是生命科学学院的许亦深，亚军是商学院的女生，铜牌获得者是环境学院的女生。

体校的同学一个都没能拿奖，地理系也是全军覆没。

这样的结果让观众和参赛选手都大感意外，有人总结出了一个规律：“越强的专业会被针对得越厉害。冷门专业坐山观虎斗，拿奖的可能性反而更高！”

确实是这样，喻明羽就是个例子，他连决赛都没能跑完，比赛结束的时候他还在跑道的起始位置站着睡觉。许亦深则心情愉快地拿着金牌回到了 C-183 课题组的座位。

队友们纷纷起身，对他表示祝贺。

卓峰笑道：“你还真是深谋远虑，居然拿了金牌！”

林蔓萝看着他手里的奖牌，道：“这金牌设计得还挺精致。”

许亦深说：“两个金牌才能换 1 学分，接下来的个人项目，我没把握拿第一。我记得个人金牌可以赠送给队友，大家谁需要的话，我把这金牌给你们吧。”

越星文看向柯少彬的电脑：“其他项目的赛程安排出来了吗？”

柯少彬道：“刚刚在图书馆内网公布，今天上午都是田径的赛跑类项目，400 米之后是 3000 米长跑、200 米跨栏、马拉松，最后是 4×800 米接力。”

由于图书馆的学生技能太多，甚至能在几秒内结束 400 米的比赛，所以平时运动会常见的 100 米短跑、200 米跑等项目都被取消了，只保留了 400 米和

3000 米。

按照赛程安排，马拉松排在接力赛之前。越星文、许亦深都报名参加了马拉松，如果他们去跑马拉松，那就没有体力再去跑团队接力了。

越星文思考片刻，问道："团队接力要上四个人，大家商量一下派谁参赛比较好。"

卓峰道："星文肯定要上吧？'风驰电掣'的团队加速对所有队友生效，非常好用。"

许亦深道："我也可以上，只不过，接力赛需要将接力棒传递到队友手里，我变成细胞后没法拿接力棒，只能用'有丝分裂'快速位移，必要的时候也能拿 DNA 双螺旋控一下人。"

秦露小声说道："我可以用'板块运动'，快速位移到终点。但是，地理系在赛跑类项目中被针对得太惨，我怕到时候不一定能顺利开启技能。"

越星文笑道："没事，大屏幕中只要打出了 C–183 课题组，不管咱们谁上，都会被针对得很惨。"

越星文这话说得倒也没错，毕竟 C–183 课题组的大名在图书馆几乎是"家喻户晓"，论坛上回帖几千楼的攻略贴全都出自他们组。大家都知道他们很强，接力赛遇到，肯定会优先把控制技能往他们身上招呼。

刘照青无奈扶额："也是。既然不管派谁出场咱们都会被针对，那咱们干脆派速度最快的组合吧。我建议，星文、平策、许亦深和秦露一起上。"

蓝亚蓉、林蔓萝、秦淼都有控制技能，但三个女生跑步速度不快，光靠越星文的团队加速不一定跑得过其他小组，其他人也没有位移技能。

刘照青说出的这四个人确实是全队位移最快的四位。

江平策道："我没问题。不过星文和许师兄都报了马拉松项目，跟接力赛时间上有冲突，跑完马拉松的话，还有体力吗？"

越星文看向许亦深："师兄，要不马拉松我们就随便跑跑，直接在预赛阶段出局，留体力给团队接力赛？我觉得，马拉松长跑，我们也很难拿奖。"

许亦深点头赞同："嗯。四万多米的长跑需要持续的位移技能，地理系就算连续位移十二次也没办法位移到终点，体校的同学更占优势，他们可以一路踩着滑板或者用撑竿跳、三级跳远跑完，我俩确实很难拿奖，干脆放弃算了。"

"那我们就留体力保团队项目。"越星文回头问柯少彬，"接力赛的规则是参赛选手都能开启技能，还是拿到接力棒的同学才能开启技能？"

柯少彬查了一下图书馆内网的通知，道："所有参赛同学都能开启技能。"

越星文皱着眉道："这就麻烦了，十个小队同时跑接力赛，跑道上会有四十名选手。为了帮助自己的队友拿到好成绩，其他人也可以释放技能，去控制别的组的对手。我们如果一开始跑得太快，将面临其他各个小组的围攻。”

江平策很快明白了他的意思：“你是说，一开始故意落后，降低仇恨值？”

越星文道：“最开始跑太快的话，其他九条跑道的三十六个选手都会针对我们，各种控制技能会轮番招呼过来，我们就算是神，也跑不动。”

许亦深眯起眼睛琢磨了几秒，道：“也就是，示敌以弱，再后发制人？”

越星文点头：“没错。想赢，只能在最后关头逆袭，只有这样才可能拿奖。”

林蔓萝好奇地看向越星文：“可是，如果开局落后了太多，最后一圈想反败为胜的话会很难吧？星文有什么好办法吗？”

越星文压低声音跟队友们说了自己的想法，大家纷纷竖起大拇指。

田径赛一项接一项地进行着，800 米、3000 米全部结束。在马拉松的预赛阶段，越星文、许亦深都被淘汰。

越星文并不觉得遗憾。

4×800 米的接力，越星文想试着冲击一下冠军。他的策略有些风险，但如果能顺利执行，也是有希望拿冠军的。

上午 11 点整，机械音又响起：“接下来将进行的是 4×800 米团队接力赛项目，请报名参加接力赛的课题组参赛选手到平板电脑上检录。”

越星文、江平策、许亦深、秦露四人立刻将手指按向座位旁边的平板电脑。

指纹识别成功，他们的电脑中同时弹出一行信息：“C–183 课题组，四位参赛选手已录入。接力赛初赛分组为第十一组。”

报名参加 4×800 米接力的课题组有将近四百支队伍，分成四十组进行初赛，每组十队。

机械音继续广播道：“下面宣读接力赛规则：一、所有参赛队员请按照赛道上的标识站位，每一棒的队员需要提前安排好顺序，不得打乱；二、接力棒一旦脱手，必须捡回后才能继续比赛；三、比赛期间，赛道上所有同学都可以使用技能；四、接力赛为 4×800 米，每个选手需要在赛道上跑两圈才能交棒，只跑一圈就交棒的视为犯规，取消参赛资格。”

接力棒脱手，必须捡回来才能继续跑，秦淼提醒道：“大家注意，历史系的‘杯酒释兵权’技能可以群体缴械，让所有人的接力棒落地，并且在十秒内无法捡起。”

越星文神色严肃：“也就是说，如果其他队伍有历史系的同学，很可能在最后一圈冲刺的时候用群体缴械技能拖延时间，帮助他的队友冲刺到终点？”

秦露问道：“姐，‘杯酒释兵权’这个技能，是不是也要念出来才能生效？”

秦淼点了点头：“是的。所以最后一圈想要冲刺的时候，星文可以提前使用环境静音技能，让历史系的技能放不出来。”

越星文笑着说：“明白，最后一圈平策负责，我会提前帮平策排除一切干扰。”

江平策道：“比赛快开始了，我们去赛场吧。”

其他队友纷纷给四个人加油打气。

四个人来到操场上。

初赛阶段，十进二，淘汰率依旧高达 80%。

看见越星文的队伍，周围的同学纷纷议论起来——

“是 C–183 课题组？”

“星文师兄，你们也来跑接力啊？”

越星文客气道：“是啊，大家待会儿手下留情。”

嘴上客套着，可真到了比赛阶段，谁会对谁手下留情！

裁判的枪声一响，各种范围控制技能果然铺天盖地地落了下来。

C–183 课题组的第一棒是许亦深，他的反应极快，几乎是枪声响起的那一瞬间，他就原地分裂出了五个复制体！

生命科学学院的“有丝分裂”不但能分裂出复制体，还能让五个复制体分散到不同的位置来躲避攻击和控制类技能。

同学们放出的控制技能毕竟有范围限制，只要不是同时控住了五个许亦深，任何一个许亦深脱离范围，他都可以将本体瞬间转移过去。因此，“有丝分裂”其实也可以当作脱离技能来使用。

许亦深果然顺利脱离了第一波控制，越星文立刻开启“风驰电掣”的团队加速，让全团队友加速五倍。

许亦深在加速技能的作用下健步如飞，一路往前分裂。只见跑道上到处都是许亦深的身影，不出半分钟，他就跑完了两圈，将接力棒交给了越星文。

越星文接过接力棒，继续撒腿狂奔。可惜，他没有其他位移技能，只靠五倍的加速，很快就落到了那些有位移技能的同学后面。越星文倒也不着急，毕竟跑前面的那些同学为了争夺出线权，都在互相使用技能，不是你冻住我，就是我定住你，他才不想去前面第一梯队吃技能呢。

越星文以第五名的成绩将接力棒交给了秦露。

秦露用换位技能，三秒跑一圈，又用三秒跑完第二圈，眨眼之间就将接力棒交给了江平策。

江平策在最后一圈连超两人，最终以小组第二的成绩惊险出线。

柯少彬看着四个人默契的配合，分析道："表面看上去，星文他们能出线，是因为前三名互相控制，给了第四名可乘之机。但实际上，星文早就算好了结局，他连'金蝉脱壳'都没用，用的话可以瞬移两百米呢。"

卓峰道："初赛的对手不是很强，他们没必要用掉太多技能。"

接下来的复赛中，C-183 课题组故技重施，又一次以小组第二的成绩惊险出线，杀进决赛。

观众席上顿时议论纷纷——

"这不是星文师兄的 C-183 学霸队吗？看他们今天赛跑，成绩并不是很好啊！"

"运气倒还可以，初赛和复赛都是小组第二出线。"

"这样下去的话，决赛就危险了。他们四个当中移动技能最快的是地理系的秦露，一旦秦露被控制，他们别说第二名，估计连前五名都保不住！"

"也不一定吧？他们肯定留了好多技能进决赛啊，冷却时间超长的大招，他们都没用呢！"

耳边再次响起机械音："下面公布进入 4×800 米接力赛决赛的十支队伍，请参赛选手做好准备。1 号跑道，A-76 课题组，队长喻明羽；2 号跑道，A-153 课题组，队长秦朗；3 号跑道，B-98 课题组，队长陈沐云；4 号跑道，C-183 课题组，队长越星文；……"

巧了，全是老熟人啊！

被念到的课题组成员迅速来到操场集合。

喻明羽走向越星文，似笑非笑："许亦深这次不能变细胞，趴在别人身上了吧？"

越星文无奈："是啊，变成细胞的话没法拿接力棒。"

秦朗拍拍越星文的肩膀："我会全程关注你，让队友们专门盯着你讲课。"

越星文一脸疑惑："我仇恨值这么高的吗？各位师兄师姐请手下留情！"

比赛还没开始，周围的同学就有不少人将目光投向了越星文。大家对越星文的"重点关照"让越星文的策略实施起来难度更高，毕竟有那么多双眼睛盯着他，还有那么多技能可以针对他，除非他们的成绩实在是差到没法看，大家才会转移注意力放过他们。

越星文本想一开始落后一圈，如今看来，一圈还不够让大家放松警惕。

距离比赛开始还剩 1 分钟准备时间，越星文将三位队友召集到一起，压低声音说道："决赛，我们改一下策略，我来跑第一棒。"

初赛、复赛阶段都是许亦深跑第一棒，因为比赛刚开始的控制技能最多，许亦深可以靠"有丝分裂"躲避其他对手的控制，到了第二圈、第三圈，很多同学的技能就会陷入冷却，相对安全些。

越星文主动跑第一棒也有自己的考虑，他轻声解释道："我的仇恨值最高，他们看见我跑第一棒，各种技能都会往我身上招呼。"

江平策秒懂他的意思："你是想第一个站出来吸引火力？"

"嗯，我先吸引一波注意力，再找个合适的时机用'金蝉脱壳'脱离，将接力棒交给下一位队友。一旦我们落后太多，其他跑道的选手就不会特意去关注我们。"

许亦深担心道："落后太多的话，后期还能追得上吗？"

越星文说："所以，第二棒许师兄跑。我会开启团队加速，你靠'有丝分裂'躲控制技能，将接力棒交到秦露手里；秦露直接用'板块运动'连续瞬移，把接力棒交给最后的平策；我相信平策有办法把之前的差距全部追回来。"

越星文跑第一棒，江平策负责收尾，有他俩在，许亦深和秦露也放心了很多。

熟悉的机械音在操场响起："4×800 米接力赛正式开始，请第一棒选手做好准备，各就各位，预备——砰！"

枪声响起的瞬间，各种技能同时铺天盖地往下砸！

1 号跑道，喻明羽的"西伯利亚寒流"放出，冷风过境，周围的同学被冻住一大片。

2 号跑道，师大刘潇潇的讲课，让所有人原地罚站。

3 号跑道的课题组是 B 组，有免死护盾，队长陈沐云靠着这个护盾立刻飞奔出去，同时喊出审判"有期徒刑七年"——牢笼从天而降，关的正是越星文！

6 号跑道，环境学院的女生藤蔓出手，将越星文捆了个结结实实。

9 号跑道，化学学院的同学给越星文丢了个烧瓶。

5 号跑道，商学院的女生漫天金币撒落，转眼间就将越星文给埋了……

只从起点位置往前跑了一步的越星文，就享受了极为可怕的贵宾待遇。他被罚站听课，被冰冻，被捆绑，被牢笼关住，被烧瓶罩住，紧跟着又被金币埋掉。大家只见越星文变成了一个被绿藤绑起来的埋在金光闪闪的牢笼里的冰雕。

操场的直播屏幕中放大了越星文此时的模样，观众席爆发出一阵哄堂大笑。

"星文师兄也太惨了吧！"

"各种技能专门盯着他放啊！"

“星文师兄的仇恨值是有多高？这是副本 boss 的待遇吧！”

此时的冰雕版越星文看着还挺酷，毕竟身上挂着那么多的技能效果，又是藤蔓又是金币，还罩着一个烧瓶，烧瓶外面一层牢房，真是谢谢同学们的关爱！

柯少彬在观众席让小图拍下了这难得的一幕。

在全场的哄笑声中，江平策却在第一波控制后冷静地计算其他跑道的排名和技能使用情况。

“7 号跑道体校的同学应该是最快的，紧跟着是 10 号跑道的体校生、8 号跑道用‘有丝分裂’的生命科学学院女生、6 号跑道环境学院的同学、3 号跑道法学院的同学。”

越星文看了眼赛道上的情况：“3 号跑道的陈沐云虽然靠免死护盾躲过了第一波控制，但她目前落在最后，肯定会想办法去阻拦前面的同学，6 号跑道的女生也是一样。”

如越星文所料，落在后面的两个女生同时出手。

陈沐云连判两次“有期徒刑”将目前第三名、第二名的同学关起来，环境学院的女生用藤蔓绑住了第一名。前三名被控后，两个女生撒腿狂奔，一边跑一边还互相使绊子。

赛道上的前五名竞争激烈，而一开始就被控制的同学也不会坐以待毙。

经过之前那么多田径项目的比赛，大家早就吸取了经验教训，团队接力赛中很多队伍都会带一位解控选手，例如环境学院的净化技能、中文系的“金蝉脱壳”、预防医学专业的“特效疫苗”、麻醉专业的“清醒针”等。这些技能都可以解除控制。被冻住的同学在队友的帮助下纷纷行动起来，赛场上的局势顿时变幻莫测。

转眼间，7 号跑道的同学挣脱藤蔓束缚，踩着滑板跑完第一圈，可就在他来到起点位置附近时，又一道声音响起：“同学，请把我 PPT 上的重点抄一遍。”

出声的是秦朗。

师大的同学不但能随时随地讲课，居然还能让人抄写 PPT 课件？！

体校的同学看着忽然出现在眼前的 PPT 课件，哭笑不得。

越星文倒是在旁边看好戏——大家的注意力总算从他身上转移开了。

2 号跑道是滨江师大的队伍，刘潇潇跑第一棒，女生虽然身高不到一米六，跑步速度倒是飞快，转眼间跑完了一圈；1 号跑道，喻明羽解除控制之后，直接开启“板块运动”，连续两次换位，成了第一名，并且将接力棒直接交给生命科学学院的队友。

生命科学学院的同学拿过接力棒，飞快地朝前分裂跑。其他跑道的同学意识到危机，纷纷去控制这位生命科学学院的同学。

赛道上竞争激烈，已经有三支小队将接力棒交给第二位选手，前排的观众也几乎要忽略越星文，将注意力放在了跑前面的其他小组。

身后响起江平策的声音：“差不多了吧？”

越星文笑道：“嗯，开始！”

“金蝉脱壳”！团队瞬移到一百米之外。

在竞争激烈的赛道上，观众们早已眼花缭乱，大屏幕中直播的镜头也对准了目前排名前三的选手，并没有太多人注意到4号跑道监牢里的越星文不见了。

“金蝉脱壳”的瞬移一百米是直线一百米，而操场是一个圆。因此，越星文这个技能一开，几乎是瞬移了大半圈；紧跟着，他开启全团生效的“风驰电掣”，加快五倍速度开始奔跑，并且特意跟排名前几的人保持距离，因为他怕自己会被范围控制技能波及。

观赛区，柯少彬紧张地盯着操场：“其他跑道都已经是第二棒，1号跑道都交到第三棒了，星文还在跑第一圈啊！”

大屏幕上会实时列出各条跑道的排名情况，此时，C–183课题组排在末尾。

卓峰道：“我相信星文的判断，他直到现在才解除控制，肯定是为了掉到最后一名，降低其他团队对他的关注度。”

赛场上，9号跑道第二棒的化学学院女生召唤烧瓶，将排第一的1号跑道的同学关了起来，并迅速超过对方。然而，她变成第一名还没几秒，7号跑道的体校男生右手一抬，在她跑道前方连续竖起十几条白色栏杆，直接把接力赛变成了跨栏。

女生差点被忽然出现的栏杆绊倒，而体校的男生撑竿跳从她身旁飞过！

前面几名神仙打架，越星文加速跑了两圈，将接力棒交给许亦深。

此时，C–183课题组依旧排名末尾。

许亦深开始“有丝分裂”。

在越星文“风驰电掣”团队加速的帮助下，许亦深一路跑得飞快，他的五个幻影让人眼花缭乱，但由于大屏幕中C–183课题组排在末尾，大家并没有闲暇时间去关注他。

许亦深花了不到半分钟跑完两圈，将接力棒交给了秦露。

大屏幕中的排行在渐渐发生变化。眼尖的观众发现，一开始排在末尾的C–183课题组，居然不知不觉来到了第六名，许亦深连追了四名。

不过，第六名距离拿奖也很遥远！

排第一的7号跑道，接力棒已经在最后一位选手手中，距离终点只剩半圈，越星文他们才刚交完第三棒，差距不是一般的大。

越星文忽然语速飞快地念道：“人类的悲欢并不相通，我只觉得他们吵闹。”

大范围环境静音。

历史系同学本想在最后一圈用“杯酒释兵权”，让所有人的接力棒掉到地上，方便队友在最后关头逆袭，结果发现自己居然没法发出声音！音乐学院的拿出笛子想要让前三名的同学昏睡，却发现自己的笛子没有声音。甚至前排距离操场比较近的同学也察觉到，居然听不见自己努力喊加油的声音了。

什么情况？！

操场安静得落针可闻，很多人都神色茫然。

然后，大家惊讶地发现，趁众人愣神之际，秦露从许亦深手中拿过接力棒，连续两次换位，用 4 秒跑完 800 米，将接力棒交给了江平策！

大屏幕的排行榜上，C–183 课题组瞬间蹿升到第四名！

最后一棒来到了江平策手中。

周围依旧很安静，秦朗气得大喊：“完蛋，我只关注星文，忽略了这位 boss！”然而他说再多，其他同学只能看见他的嘴巴在动，却听不见声音。

秦朗指了指江平策的背影，苦笑着耸肩。

此时，江平策刚刚拿过接力棒，还需要跑两圈共八百米，才算完成比赛。

数学系是没有直接位移的技能的，但他可以让别人位移！

观众们只见江平策右手微微一抬，画出笛卡儿坐标系，然后飞快地写出了几个公式。

目前排名第一的男生身体忽然飞向空中，并且沿着跑道风一样倒退！排名第二的化学学院女生，身体也猛地腾空而起，如同被什么力量操控着一样倒回去！排名第三的被江平策一个正弦运动，波浪状退回起点！

江平策用三个公式控三个人，让超过他的选手全部倒退回了他的身后！

观赛区，柯少彬忍不住鼓掌：“平策真是太绝了。跑得比我快？对不起，退回来！哈哈哈！”

卓峰忍着笑说：“那几个被江平策倒退回来的同学，估计满脑袋问号吧！”

跑个接力赛，眼看距离终点只有半圈，结果还能把我们倒退回去，你们还能更无赖一点吗？！

江平策的运算能力有多厉害，现场所有的观众今天总算大开了眼界。

他不但让排在他前面的三个同学迅速倒退了回去，自己也用一个最简单粗暴的“螺旋运动”瞬间绕着操场两圈，然后稳稳地落地。

越星文的“不要吵闹”控制只有十秒时间，可以保证在最后阶段秦露、江平策不受大部分声控技能的影响。

秦露花了四秒，让 C–183 课题组从第六名变成了第四名。

江平策花了四秒直接逆袭拿下冠军！

当机械音宣布 4×800 米接力赛冠军队伍为 C–183 课题组的时候，全场观众还处于迷茫状态——从倒数第一逆袭到第一！还能这么玩？！

喻明羽悔不当初：“我居然忘了江平策这个家伙！还能用公式让人倒着跑？！”

秦朗无语：“星文是故意落到倒数第一名去的吧？他早就算好了这一套操作，最后关头直接控场，让江平策逆袭？”

看着越星文和江平策相视微笑的画面，其他跑道的同学纷纷无奈扶额。

真有你的！论赛场上的骚操作，还是得看 C–183 课题组！

人类的悲欢果然并不相通。

C–183 课题组拿下接力赛冠军，越星文笑容满面，而在最后关头被江平策倒退回去的同学，脸色却一个比一个难看。

原本排第一的体校男生走到江平策面前，哭笑不得地说：“我踩着滑板再跑两秒就到终点了，就差两秒，你居然让我退回去！”

旁边的女生也吐槽道：“我参加了好几个赛跑项目，只见过把人定住，不让动的，还没见过让人倒退的！”

跑不过就让对手退回去，这不是赖皮吗？

然而，图书馆的运动会本来就是比谁更赖皮，能赖皮到最后的才是赢家。

秦朗叹了口气，拍拍越星文的肩膀：“看来光盯着你还不够，以后比赛再遇到你们课题组，得用‘一盯一’的策略，专门留技能盯着你们全员！”

越星文笑道：“我们应该不会那么倒霉再遇到师兄吧？你们还报了什么团体项目？”

秦朗道：“赛艇、足球、拔河。”

越星文笑容凝固：“巧了，跟我们一模一样。”

秦朗差点脚下一滑——真不想跟你们一样啊，看见你们就头大！

旁边，陈沐云冷静地说：“我们报的团队项目还有游泳接力、篮球、自行车。不用再遇见 C–183 课题组，真是太好了。”

喻明羽道：“剩下的项目，只有拔河跟你们一样，还好还好。”

越星文心想：嗯？？你们为什么对 C–183 课题组避之不及，如同躲避魔鬼？

几位师兄师姐的表情，让越星文忍不住想起当初在生命科学学院护送唐教授时，唐教授也用这样复杂的眼神看着他们，如同看到一群怪物。

他们 C–183 课题组的名声，通过这次运动会，算是彻底坏掉了吗？

颁奖很快结束，越星文代表 C–183 课题组拿到了一枚团队项目金牌。他回到观赛区后，队友们都激动无比，拿过金牌传来传去地观赏了一轮。

柯少彬打开图书馆内网的运动会项目安排表仔细看了看，道："田径赛跑类的项目比完后，就是跳远、投掷。我记得平策报了很多投掷单人项吧？"

江平策："嗯，我报了铁饼、标枪、铅球。"

越星文将脑袋凑过来，看着柯少彬的笔记本屏幕，问道："投掷类的单人项，选手在比赛的时候，其他人可以释放技能干扰吗？"

柯少彬道："不能。只有参赛选手可以释放技能。"

投掷不像赛跑，不用跟其他对手同时比拼成绩，而是每个选手分别把铅球、标枪等投出去，然后比谁投得最远。

既然规定了投掷期间其他人不能释放技能干扰，也就意味着，这些项目考验的是每位选手个人对技能的理解和运用，而不是说，我刚把铅球投出去，别人一个重力直接让我的球落地，那样赛场就乱套了。

越星文回头看向江平策："只有参赛选手才可以用技能，这太好了！"

江平策低声道："我用抛物线把球运到最远处，就能拿冠军。"

这句话说得太过轻松，别人听到后，估计会很想揍他。

赛跑类项目结束，接下来是跳远和跳高。C–183 课题组没有人报名这两大项，大家就坐在观赛区一边休息，一边看戏。

跳高类项目成绩比较突出的是物理专业——可以控制重力让身体浮空，还有体育专业——本身就有身体素质加成。

跳远项目，地理系、物理系、体校都有厉害的学生进了决赛。

转眼间好几个小时过去，图书馆并没有让他们吃午饭的意思，操场上的比赛还在继续，他们现在如果离开操场，就相当于放弃了"田径课"的考试。

其他人没报什么田径项目，但大家也不好意思把江平策一个人留在这里，于是队友们纷纷饿着肚子在座位上等待。

下午，铁饼项目开始比赛了。

这个单项报名的同学也非常多，以物理系、体校、生命科学学院、数学学院的同学为主，大屏幕中开始列出分组名单，江平策分在了第七组。

等江平策走到操场后，柯少彬才认真说道："投掷类项目比的是投出去的最远距离，平策的坐标系理论上可以操控视野范围内任何坐标做抛物线运动，他当然能把铁饼、铅球投到最远处。这种项目，数学系才是 boss 吧？”

许亦深眯起眼睛看向大屏幕：“但物理系报名的也挺多。”

卓峰道：“物理系的同学应该会用到磁场，直接将磁铁的 S 极放在远处，再将铅球、铁饼附在 N 极上投掷出去，依靠两极的引力，让投掷目标到达指定距离。但磁铁扔出去的话具体坐标不好把握，肯定是平策的抛物线更胜一筹。”

刘照青若有所思地摸了摸下巴：“抛物线能算准落点。数学系拿到坐标系技能的同学应该不止江平策一个吧？图书馆那么多数学系的！”

越星文笑道：“没错，数学系肯定不止平策一个人拿到了坐标系技能。但我相信，平策就算是遇到同专业的对手也一定能赢！”

他一直都相信江平策的能力，在他看来，一向严谨冷静的江平策是不可能在运算上出错的，即便跟数学系的其他学霸竞争，他也会毫不犹豫地押江平策赢。

林蔓萝笑着调侃：“星文对平策的信心，从来都是满分。”

越星文道：“因为他从小到大，数学一直考满分。”

这句话让大家不得不服。

机械音冷漠地宣布：“接下来要进行的是铁饼项目，请选手们按照次序分别投掷铁饼，进入投掷区后可以使用技能，投掷的铁饼落点必须在扇形区域内，压线、出线视为成绩无效。投掷铁饼的标准动作，请看大屏幕录像。”

很多人中学时学过怎么投铁饼，但毕业多年很可能早就忘了，以至于比赛开始后，出现了大量的乌龙——有人旋转时左腿和右腿绊在一起把自己绊倒；有人不小心撞到投掷区的铁笼；有人没控制好旋转的方向，直接把铁饼扔到了场外……

初赛阶段，光是投掷动作不标准就淘汰了 30% 的选手，剩下那些会投的同学则开始“魔法大战”。

体校生臂力增强，轻轻松松把铁饼往前一投，直接破了现实世界的纪录 76 米，投出超过 90 米的惊人成绩！

物理系的同学不甘落后，用磁铁作为吸引器，将投出去的铁饼吸到了 100 米开外的地方。

江平策在第七组出场，屏幕中正好切换直播画面，将镜头对到他的脸上。

男生穿着一身深蓝色的运动服，神色冷静，只见他修长的右手画出一个坐标系，紧跟着拿起铁饼，姿势跟刚才播放的录像一样标准；他右腿一蹬，在投掷区飞快地旋转两圈后，将铁饼干脆利落地从扇形区域的正前方投了出去！

铁饼脱手的那一瞬间，他迅速写下一个公式。

空中的铁饼按照他指定的路径完成了抛物线运动，最终落在了赛场最外圈扇形区域的边缘，再往前一点就出界了。

屏幕中放大了铁饼的位置，只见铁饼的边缘正好和赛场边缘相贴，距离“压线犯规”只差一厘米。

机械音：“系统判定，没有压线，成绩有效——149.99 米。”

全场观众席爆发一阵惊呼——

“我去！这是最远距离吧？”

“再远的话就超出标线了！”

“149.99 米？差 0.01 米犯规，这是哪来的怪物？！”

也有人好奇地问：“他是谁？体校的吗？”

“江平策是数学系的，‘素数迷宫’‘无尽阶梯’的攻略都是他写的！”

完美抛物线，落点在 149.99 米，无可挑剔。

江平策转身走回休息区，旁边物理系的几个同学像看怪物一样看着他。

观赛区，越星文笑容灿烂：“这成绩，别人还怎么超过？”

听着他得意扬扬的语气，柯少彬无奈道：“是啊，卷子发下来，直接拿满分，别人是没法超过他了……”

150 米是铁饼项目的最外圈上限，压线或者出线都会导致成绩无效。江平策将铁饼落点卡在“成绩有效”的最远距离处，其他人要么也投个 149.99 米，跟他成绩并列，要么角度稍微偏差一点，比他成绩低，或者压线犯规。

开局直接出王炸，其他参赛选手真是感受到了降维打击。

也有数学系的几个学霸想跟江平策比一比，他们同样用坐标系计算运动曲线，想控制铁饼到达最远处，但投出去的那一刻角度稍微偏差了几度，算出来就不够准确。最终，铁饼投掷项目前三名被数学系的学霸包揽。

第一名，江平策，149.99 米！

这是因为操场就这么点距离，如果操场再大一圈，铁饼投掷区的边界线距离换成 300 米，江平策肯定也能投个 299.99 米！

第二名、第三名分别被数学系的两位同学以 149.5 米和 149 米的成绩拿下。

领奖台上，旁边拿下第二名的男生笑着问道：“你就是那个在接力赛的时候，让跑在前面的人倒退回来的江平策吧？”

江平策：“嗯。”

男生竖起大拇指：“真给咱们数学系长脸。”

江平策想：我该说“谢谢夸奖”？

这次运动会过后，估计会有更多的人关注数学系的“笛卡儿坐标系”这个技能。

接下来的铅球、标枪项目，江平策通过精准计算，每次投掷都毫无疑问地将落点卡在了比赛规则所允许的最远距离处。

他在投掷项目连拿三个冠军。

观众席上，数学系的师弟师妹们纷纷吐槽——

“作为学渣，我们不配拥有坐标系这么厉害的技能！”

“江师兄的坐标系才叫坐标系，我们换个坐标系能干吗？站在原地半天写不出公式，再拿纸笔仔细算算？”

江平策拿着金光闪闪的三枚奖牌来到观赛区，越星文给了他一个拥抱，笑道：“好样的。我就知道你报投掷类项目肯定没错！”

江平策将三块金牌交到对方手里：“你来分配吧。我之前上过选修课，学分比大家高，没必要拿金牌去换个人学分。”

越星文点点头，坦然接过奖牌，起身说道：“大家没有别的田径项目了，先回去休息吧。之后的水上项目，我们还要参加团队赛艇，回头商量一下战术！”

从操场空间出来时，图书馆的正常运行时间还是中午，越星文带着队友们去食堂吃过饭，回宿舍休息了片刻。

下午 2 点整，他们再次来到负六楼的体育馆，准备水上项目的比赛。

本次图书馆运动会的水上项目也非常丰富，包括各类游泳、跳水、帆船、赛艇等。C-183 课题组的大部分人都是旱鸭子，没报水上项目，只有林蔓萝和卓峰报了四类游泳项目。越星文带着队友们也提前到场，给卓峰和林蔓萝加油打气。

游泳项目的参赛选手明显比田径少了很多，大部分学生也跟越星文一样是旱鸭子，不敢下水比赛。因此，卓峰和林蔓萝很顺利地杀入决赛。

可惜两人并没有位移类技能，最终，林蔓萝靠游泳的实力，加上关键时刻用藤蔓绑住比自己快的对手，在自由泳、仰泳项目中拿下了两枚铜牌，卓峰就是去“陪跑”的，没拿到奖牌，但两人回来的时候还是挺开心的。

柯少彬感慨道：“人类的悲欢并不相通。情侣的快乐，就是单身狗的悲伤。”

辛言淡淡地道：“怎么，想谈恋爱了？”

柯少彬扶了扶眼镜：“不。有小图陪着我，我很知足。我在说你们呢。”

周围的队友们立刻扔来白眼：你很讨打啊，柯同学！

蓝亚蓉挑眉道：“小柯，要不要我把民政局搬过来，送你跟小图去结婚？”

柯少彬立刻坐直身体，一脸诚恳：“不用了，谢谢师姐。人类跟机器人之间不同，有生殖隔离，没法结婚。”

辛言摇了摇头：这家伙的脑子里一天到晚在想些什么？

卓峰和林蔓萝很快就回来了，林蔓萝将两枚铜牌交给越星文："不好意思，只拿了两枚铜牌。星文你来分配吧，看看谁需要换学分。"

越星文笑着说："师姐谦虚了，你跟一群体校的比，能拿奖已经很厉害了。"

卓峰问道："室内的水上项目都完了吧，咱们得去室外。我记得，秦淼和秦露还报了双人赛艇对吧？"

秦露答道："是的，单人和双人先比，团队赛艇是最后。星文，咱们怎么安排？"

越星文仔细看了看团队赛艇的规则。

这次团队赛艇是八人划桨模式，赛艇的左边和右边各安装了四个船桨架，前后交错排列。团队赛艇需要九个人参赛，其中，八位桨手坐在船舱内，每人用双手控制一个划桨；一位舵手单独坐在船尾或者船头，用钢丝舵绳操纵赛艇的航向。

划船的时候，八位桨手都要背对着赛艇前进的方向，倒着划；舵手坐在赛艇的尾部，正对着前进的方向。

由于队友们倒着坐，看不见路，需要舵手来把握方向，指挥划桨的节奏。

越星文琢磨片刻，道："我们之前在接力赛中，最后逆袭拿下冠军，这次如果再落到最后，反而会引起别的团队的注意，将各种控制技能往我们身上招呼。"

刘照青道："那些拿不到奖、同样落到后面的团队，说不定也会针对我们。"

越星文点头："是的，他们会觉得，反正自己拿不到奖，扯一扯C-183课题组的后腿也挺有意思。"

刘照青说："所以，赛艇项目，咱们就不玩后发制人这一套，而是直接往前冲吗？那样的话岂不是成了众矢之的？"

越星文道："这种运动会，想拿冠军有两种方法：第一就是开局落后，让人将注意力放在别的团队，忽视我们的存在，最后关头再突然逆袭；第二则是开局就跑到最前面，占据极大优势，只要我们距离后面的队伍足够远，他们的控制技能就影响不到我们。"

柯少彬双眼一亮："对，团控技能都有作用范围，十秒以上的硬控如冰冻、昏睡，范围都在一百米以内；超过一百米的控制时间通常都很短，就两三秒，就算被控了影响也不大。只要我们开局就超过别人一百米以上，大部分硬控技能就落不到我们身上。"

越星文点头："就是这个道理。赛艇和接力不同的是，接力是跑圆圈，你优势再大，照样要跑到起点的位置，附近的同学就可以控制住你；但赛艇是直线水路，优势足够大的话，把其他队伍远远甩在后面，他们想控制我们，就会够不着。”

不同的比赛模式需要用不同的策略。

赛艇是直线水道，落到最后，附近同样落后的人会想办法控制你，再想逆袭是很难的，况且之前他们已经用过这种方法了，别的团队肯定会有所防备。

还不如上来就抢第一。

许亦深问道：“这次比赛要九个选手，哪些人参加呢？”

越星文目光快速扫过队友，考虑了片刻，才道：“柯少、许师兄、秦淼休息，剩下的九个人参加吧。”

柯少彬的机器人在这种项目确实没用，许亦深总不能分裂去别的船上，秦淼历史系的技能同样帮不上太多忙。

越星文看向秦露：“你的‘板块运动’还剩几次？”

秦露说：“接力赛用掉两次，还有十次。我跟姐姐的双人赛艇，我可以不用技能，留给团队赛。”

秦淼道：“别用了，我俩报双人项目就是去玩的，你把技能留着。”

这样再好不过，地理系的“板块运动”，可以瞬间换到远处超过对手。

当然，其他团队肯定也有地理专业的同学，说不定留了十二次换位技能，如果大家一起往前换位，越星文他们不一定能占据优势，只能到时候随机应变了。

众人来到了室外水上项目赛区。

一望无际的大海跟天际线连成一片，周围的沙滩洁白干净，海面上由各种颜色的气球分出了几十条赛道，所有的赛艇将在这片海域完成比赛。

图书馆的比赛可以使用技能，因此，单人赛艇增加到了 500 米，双人赛艇为 1000 米，团队赛艇要求大家划完 3000 米。

3000 米听起来很远，可如果地理系直接移形换位，也就十几秒的事情。

单人、双人赛艇项目很快开始。秦露为团队赛留技能，两人在第一轮就被淘汰出局。

团队赛艇项目最后进行。由于海面非常广阔，加上报名参加团队赛艇的课题组不多，所以这次团队赛艇项目不设预赛，所有赛艇直接一起比。

密密麻麻的赛艇排列在海边，那壮观的场面让不少同学瞠目结舌。

柯少彬立刻召唤出小图，兴奋地到处拍起了照片。越星文忍着笑说：“柯少真像我们 C–183 团队的前线记者，运动会期间一直在拍照。”

刘照青哈哈笑道：“他拍了好多你被人控制时姿势奇怪的照片，说要做纪念。”

越星文咬着后槽牙默想：柯少你是不是皮痒，想挨揍？！

比赛即将开始，越星文他们分配到的是 C–183 号赛艇。

赛艇是按课题组来命名的，周围的同学看见他们，立刻低声议论起来——

“待会儿盯紧隔壁的 C–183！”

“先控 C–183 那艘船，别让他们找机会逆袭！”

也有同学担心地问道：“我们要是划得比他们快，江平策会不会又让我们倒退回来啊？”

江平策心中微微笑笑：放心，这次你们快不了。

机械音开始宣读比赛规则：“团队赛艇项目即将开始，请各位参赛选手尽快登上赛艇。请注意，比赛过程中，如果赛艇误划入其他赛道，视为犯规，取消参赛资格！”

在机械音开始倒计时的那一刻，越星文就开始默念：“地上本没有路，走的人多了，也便成了路。”

他坐在赛艇的船尾，正面朝前，可以看清周围的团队。

几乎是他刚刚念完台词，耳边就响起比赛开始的枪声，越星文翻开《现代作家经典文选》，鲁迅的技能“路”开始生效。

同一时间，秦露放出地理系大招“西伯利亚寒流”。

一阵冷风过境，海面直接被冻结成冰！

冻成冰的海面要怎么往前划船？

秦露冻海面，而不是冻人，这就很高明了。因为冻住人的话，同学们可以用解控技能解除控制，但冻住湖面，相当于对环境产生了影响，除了环境学院可以用“净化草坪”消融冰面，其他专业的解控技能是无法解除环境影响的，即便中文系的“金蝉脱壳”，也只能带走队员，带不走被冻住的赛艇。

周围很多赛艇被冻在海里，无法前进。

然而，越星文却朝着正前方开辟出了一条路径！

鲁迅的“路”这个技能，最牛的地方就在于不受地形的限制，可以在水中、空中、山上……当然也能在冰面开辟路径，而且走在这条路上，可以免受一切攻击。

开辟的路径总长为五百米，虽然只占了赛道全长的六分之一，但只要过了这段距离，其他赛艇想要再追上他们，就会很难了。

越星文道：“秦露，连续换位！”

开辟路径之后，他们的赛艇就能动，秦露拿出地球仪移形换位，C–183 课题组的赛艇如离弦之箭一般倏然蹿出，瞬间出现在了四百米开外的地方，而周围的赛艇依旧冻在冰面上，无法动弹。

观赛区，很多同学忍不住疑惑："海面被冻住了，其他人都没法动，怎么 C–183 的赛艇就能动呢？"

有人说道："我听见越星文师兄在念台词，好像是什么'地上本没有路，走的人多了，也便成了路'。"

众人愕然：所以就他们 C–183 课题组有路，其他队伍都没有路？

这就叫"我走我的路，让别人无路可走"！

有人惊讶地道："这是鲁迅先生的话吧？"

"接力赛的时候，越星文念了什么'人类的悲欢并不相通'也是鲁迅的话。"

"所以，中文系才是图书馆外挂？越星文是解锁了一堆鲁迅先生的技能吗？"

C–183 课题组果然是最奇特的。

有了免受攻击的路径，其他小组即便看到 C–183 的赛艇跑到最前，想要控制他们，技能释放过去也会失效。倒是 C–183 课题组的同学，可以把各种技能往距离自己近的船上面招呼。

辛言用放大的蒸馏瓶把一艘赛艇给罩住。林蔓萝的藤蔓出手，将距离近的两艘赛艇绑在一起。章小年在水里竖起一面墙，拦住那些跑得快的船。

靠着开局"冰冻 + 开路"的操作，C–183 号赛艇瞬间超过所有的团队，连续十次移形换位，只用了十几秒时间就逼近终点。

落在后面的团队想要控制他们，已经够不着也来不及了！

海面上响起机械音："C–183 号赛艇到达终点，用时 12 秒 33。"

这次他们不玩"先落后再逆袭"的套路了，开局就跑到最前，一口气换位去终点，而且居然把海水冻成冰，直接让赛艇在冰面上瞬移！

这是个魔鬼团队吧？！

图书馆运动会第一天的赛程全部结束，越星文回到宿舍后清点了一下大家获得的奖牌——单人项目，目前有许亦深田径 400 米的金牌，江平策铅球、标枪、铁饼三项投掷项目的金牌，林蔓萝自由泳、仰泳的铜牌。团队项目，他们拿到了 4 × 800 米接力赛的金牌和八人赛艇的金牌。

这次运动会的兑换规则，单、双人项目的奖牌只能让学生个人兑换学分，团队项目的奖牌可以给课题组的全员兑换学分。他们团队拿下两枚金牌，意味着全员都可以换到 1 学分。个人项目的 4 枚金牌，则能让某位同学换来 2 学分。

这样的收获已经让越星文非常满足了。

运动会并不费力，比“定向越野”这种公共选修课轻松许多，大家在玩的同时，还能换学分，算是意外的惊喜。

而且在运动会开幕之前，高校联盟发表了联合声明，让同学们都遵守规则，因此比赛的过程中没出现故意用技能伤人的事件。大家都在玩儿，整个体育场的气氛非常热烈，算是来到图书馆这么长时间以来难得的一次全员放松。

明天的项目安排，上午 8 点是体操和自行车，10 点是乒乓球、羽毛球、网球项目，下午 2 点开始则是篮球、排球、足球的团队比赛，每一项比赛都会在独立的场馆内进行。

现在图书馆的时间才下午 6 点。

越星文在课题组频道发消息道：“时间还早，我们要不要去训练室练一练足球？明天的足球赛要十一个人参赛，不提前练一下的话，到时候会乱套吧？”

队友们欣然同意：“是该练练。”

众人来到负二楼课题组中心，花积分开了一间训练室，并且将训练室设置成足球场大小。由于训练室没有足球场的球门，刘照青就用纱布做了一个。

怪不得论坛很多人发帖吐槽 C–183 课题组是魔鬼团队——用纱布做球门的，大家也是第一次见！

不过，为了训练，暂时忍了。

刘照青做的纱布球门还挺像那么回事的，大小跟正式球赛的差不多。

秦露满脸担忧：“我根本不会踢足球，可以不上吗？”

秦淼道：“我也不会，而且我到现在都不明白越位是什么意思。”

卓峰耐心解释：“越位，简单点说，就是当我们组织进攻，队友把球传给你的那一刻，你不能越过防守方的倒数第二名防守球员，比他离球门更近。”

众人似懂非懂。

卓峰干脆捡起足球，跟刘照青、许亦深三个人亲自示范了一遍。

秦淼道：“明白了，也就是说队友进攻的时候，我们的人，不能在球传过去的那一刻，距离对方的守门员最近。”

刘照青笑道：“可以这么说吧。但如果你没有参与这次进攻，也就不算你越位。比如你正在从底线往回走，而其他队友已展开进攻，你没有参与，也没有干扰防守，其他队员的进攻也有效。”

卓峰道：“角球、界外球不算越位。越位犯规，是组织进攻的时候需要注意的点。记住，别在队友传球的那一刻跑到对面防守队员的前面去，球传出来之后，你再跑去前面，才不算犯规。”

不懂足球的人听着都觉得头大。

看着队友们茫然的表情，越星文道：“会踢球的举手。”

卓峰、刘照青、许亦深、江平策、越星文举起手。其他人都不会。

越星文无奈道：“大家不用担心，其他课题组会踢足球的估计也不会太多。”

刘照青赞同：“其实就算遇到体校的也没事，体校的并不是人人都会踢足球，很多是练田径、练游泳的，何况为了过图书馆的必修课，他们队伍里肯定也有物理、化学、生命科学等专业的同学，不可能纯体校的学生组一个课题组，那是作死。虽然咱们很多人不会踢球，但是其他队伍也有很多人不会啊！菜鸡互啄，谁怕谁？”

菜鸡互啄，这形容真是绝了。

由于本次比赛必须按课题组来报名，大部分课题组都涵盖了各类专业，即便其中有几个会踢球，剩下的队友也不会。所以，从整体实力上对比，大家确实是半斤八两的“菜鸡互啄”，关键还是技能的运用。

越星文道：“卓师兄以前在校队踢过球，当这次球赛的队长，负责指挥，没问题吧？”

卓峰干脆地答应下来：“没问题。我们先分配一下位置。谁来当门将？”

众人你看看我，我看看你，都犹豫不定。越星文却将目光定格在江平策身上，微笑着说：“平策来吧，有他在，对手的球就别想进我们家的球门。”

跑田径，你比我快？不好意思，用抛物线给你退回来。

踢足球，你的球要进我家的球门？不好意思，用抛物线给你滚出去。

柯少彬忍不住笑出声：“平策守门的话，对方一定会非常愁。就像是打个普通日常副本，结果遇到了世界 boss，哈哈哈哈。”

江平策心道：你这是夸人还是骂人？

卓峰也笑了起来：“平策当门将，那我们就可以放飞自我随便踢了。反正，对手的球进不了我们的门，我们只要踢进去一个都算赢！”

原本对足球一无所知的几个同学，听到这里也都觉得胜券在握。

越星文道：“师兄，再分配一下前锋和后卫吧。”

卓峰目光扫过队友们，迅速安排道：“详细分太麻烦，咱们就分进攻组、中场组和防守组。进攻组由我、刘师兄、许亦深、星文担任前锋，中场交给秦淼、秦露、林蔓萝、蓝亚蓉四位女生，后方的防守由章小年、辛言负责。”

柯少彬扶了扶眼镜：“那我就当前线记者，给大家拍照留念。”

足球比赛有人数限制，柯少彬不可能带着小图上场，便很自觉地充当起了记者。但卓峰这个安排，后卫只有章小年和辛言，似乎太过薄弱。

章小年问道：“后卫就我跟辛言学长吗？”

越星文拍拍他的肩膀：“别怕，中场的四位女生随时可以回头防守，何况咱们还有平策当门将。如果你的‘墙’跟辛言的‘蒸馏瓶’防不住对方，那就交给平策处理。”

分配好之后，卓峰又根据球场的位置，固定了每一位同学的站位。

刘照青、越星文分别作为左、右前锋，卓峰中锋，许亦深做“影子前锋”，专门传球骚扰，由于许亦深会“有丝分裂”技能，这个任务交给他再合适不过。后方有江平策看家，越星文的心里真是无比踏实。

眼看时间还早，越星文便说：“咱们踢着试一下吧。”

众人先分成两支小队，一方进攻，一方防守，试着踢球和控球。几个女生平时没踢过足球，一不小心就会把球踢歪或者踢出界，状况频发。卓峰还亲自指导了一下。

练了两个小时后，大家渐渐掌握了踢球的基本动作，虽然传球还是不到位，可至少能往自己队友的方向传了。

越星文发现，他们这样的布置攻击力很强，但中场控球能力太弱，经常把球传丢。他走到卓峰身边，低声说：“师兄，中场控不住球会很被动吧？从刚才的训练看，四个女生都没有踢球经验，把她们放在中场防守还行，进攻的时候球传不过来会很麻烦。”

卓峰仔细琢磨了片刻，朝大家道：“这样吧，星文和亦深辛苦一下，你俩在中场多跑动，女生们控不住球的时候都传给亦深或者星文。辛言在中场偏后的中间位置帮忙传球，蓝师姐换去后卫，跟章小年一左一右。”

经过多次练习和调整，最终，C-183 课题组足球赛的安排是——江平策担任门将，蓝亚蓉、辛言、章小年分别为左、中、右后卫，秦淼、秦露、林蔓萝负责中场，卓峰、刘照青任双前锋，许亦深和越星文在前锋、中场之间快速转换，进攻时形成四前锋团队，防守时后撤帮助女生。

后方的防守能力看似薄弱，但由于有江平策这位 boss 守着门，对方即便是突破重重防守，把球运到家门口，江平策也能让球飞出去。

除非后方防线被突破的同时江平策还被人用单控技能给控制住，但那种情况下，蓝亚蓉、辛言和章小年也不是吃素的。

理论上来说，想将球踢进 C-183 课题组的球门，可能性极低。

众人一直练习到 10 点 30 分，累得气喘吁吁。

越星文才道：“大家回去洗个澡，好好休息。明天下午的足球赛，我们全力以赴，拿不拿奖无所谓，大家玩得尽兴就行。”

这样的“趣味足球赛”，肯定会是他们毕生难忘的经历。

次日吃过早饭，越星文和江平策一起来到图书馆购物中心，买了两副羽毛球拍。由于上午 8 点到 10 点安排的是体操和自行车的比赛，两人没报这些项目，正好能抓紧时间练习一下羽毛球双打的配合。

练双打，得找两位对手当陪练。越星文看了眼柯少彬发给他的队友报名表，在课题组频道问道：“刘师兄、卓师兄，你们都报了羽毛球单人赛对吧？”

刘照青道：“没错。”

卓峰问：“星文是想去训练室练球吗？”

越星文道：“我跟平策报的双打，刚去购物中心买了球拍。两位师兄有空的话一起练吧，正好找一找手感。”

柯少彬积极地说：“我能来围观吗？我给你们拍照啊！”

越星文：“欢迎围观。”

结果全队都跑来围观。

大家开了间训练室，越星文根据羽毛球场地的大小在训练室内画出了四条线的边界，刘照青用纱布做成球网，立在场地的中间。柯少彬让小图在球网边上当裁判。

越星文活动了一下筋骨，拿起羽毛球拍，道：“找找手感吧，二对二。”

刘照青开玩笑道：“二对二？我们两个超级兵肯定打不过两位 boss 啊！江平策的坐标系，会让我们发过去的球每一次都出界，然后我们 1 分都拿不到吧！”

江平策神色镇定，仿佛刘师兄说的话跟他没关系。

卓峰建议道：“你俩能不能别用技能？咱们单纯打一场球试试？”

越星文欣然同意：“没问题。我们先不用技能，练一下配合。两位师兄也找找打球的手感。”

刘照青比了个 OK 的手势，跟卓峰对视一眼，笑道：“不用技能的话，我觉得我俩有希望赢啊！”他打羽毛球好几年了，对自己的球技很有信心。

卓峰同样信心十足：“来吧！你们先发球。”

越星文回头看向江平策，江平策凑到越星文的耳边说了几句话。大家都没听到他在说什么，只见越星文笑着点了点头，然后两人一前一后，交错站在球场，越星文在前，江平策在后，由越星文先发球。

越星文打球的姿势非常标准，发了个正手中路球。

球的落点很远，几乎要到对面球场靠近边线的位置，刘照青迅速后退接球。由于落点太远，刘照青接球时的力度较大，打过来的球飞在了高空之中。

就在球过网的那一瞬间，越星文和江平策迅速交换位置，江平策一个箭步冲上前，猛地跳跃而起，伸出长臂，手中的球拍在空中完成了一个干脆利落的扣杀——

砰！羽毛球和球拍接触的声音清脆悦耳。

突如其来的斜线扣杀，角度过于刁钻，卓峰想要接球已经来不及了！

球几乎是瞬间落地，越星文和江平策得 1 分。

小图的机械音响起："红队，得 1 分。"

刘照青哭笑不得："开局就这么凶吗？"

卓峰回头看着他道："两位师弟认真了，我们当陪练的也认真一点啊。"

"那必须的！"

接下来的练习中，四个人都认真起来，打得有来有回。

然而打着打着，刘照青意外地发现，比分居然越拉越多，转眼间就变成了 20∶15，他跟卓峰落后了 5 分！

第一局的局点，轮到江平策发球。

江平策发的球落点在前场的卓峰附近，角度偏低，距离球网较近。想要接这种球，必须拿球拍往上挑，否则会不过网。而往上挑的结果，就是羽毛球飞到了高空，越星文立刻上前一步，在球网附近起跳，一招中路扣杀直接送走对手！

小图："第一局，21∶15，红队胜！"

卓峰和刘照青面面相觑。

越星文和江平策相视一笑，轻轻击掌给对方鼓励。

刘照青忍不住吐槽："你们是不是经常一起打球啊？这默契，太绝了！"

越星文笑着说："没有，我俩今天真是第一次配合。"

队友们咋舌：这叫第一次配合？你俩的配合快要天衣无缝了好吗？

他们在球场交错站位，一前一后，一左一右，在快速跑动的过程中，从没有互相冲撞，更没出现过两人抢着去接同一个球的乌龙情况。

他们之间似乎有种心有灵犀的默契。

越星文知道江平策下一刻会做什么，江平策同样清楚越星文在球场的什么位置。越星文觉得这个球江平策会接，结果就是江平策真的会接起来；而江平策觉得越星文能处理的球，他也不会插手。

这就是他俩单人的球技并不比刘照青和卓峰出色，但双打能赢对方组合的关键原因。

卓峰疑惑道："平时也没见过你俩打球，什么时候学的？"

越星文道："平策以前就会打，应该是跟他爸爸学的。我是大一那年才学的。师兄你不知道，我大二的选修课就选了羽毛球。"

江平策有些意外地看了越星文一眼，张了张嘴，欲言又止。

越星文给了他一个笑容。

很快开始第二局比赛。这一局，卓峰建议用上技能，江平策也没跟他们客气。

卓峰的技能"重力"可以让球瞬间落地，江平策的坐标系抛物线可以控制球的落点，双方有来有往，比分从 3 ∶ 3 一路攀升到 17 ∶ 17，十分胶着。

越星文发现，在重力的作用下，数学系的公式很难占上风，毕竟写公式要花费时间，重力却是瞬间让球落地，而且落地速度极快，很难用球拍去接。

应对卓师兄一个人的重力他们还能打平，可在接下来的双打比赛中，如果他们遇到物理系的搭档，就会非常吃力。

这一局，越星文和江平策 19 ∶ 21 惜败于对手。

越星文总结了一下经验，在江平策耳边道："如果对手是两个物理系，轮流使用重力技能让球瞬间落地，我们根本接不到球，有什么办法克制？"

江平策想了想，说："改变球的运动曲线，让球落在他们那边。"

越星文双眼一亮："好办法！"

羽毛球在空中飞行，物理系重力落地技能的前提是球飞过网，来到越星文和江平策的这半场，瞬间落地的话两人接不上，就会丢分。

可如果在球飞向空中的瞬间江平策就改变了它的运行轨迹，让它抛物线的落点在对方的那半场，就会变成"击球不过网"，反而丢分。

江平策补充道："对方发球，我改变球的轨迹，让他们发球不过网，重力就没用了。轮到我们发球的时候，速度一定要快，让对方反应不过来。"

重力技能也需要操控，如果他俩闪电式发球，对手会来不及使用技能。当然，如果对手也用这种方法，江平策有可能会来不及写公式。到时候就看谁发球更快了，还是拼打球的实力。

两人凑在一起商量片刻，然后开始第三局。

刘照青和卓峰很快体会到了什么叫"欲哭无泪"。

他俩发的球，十个中有五个被江平策改了路线，没能过网；而江平策和越星文发球的速度快如闪电，往往卓峰还没来得及释放技能，球就已经过来了，不得不跑去接，好不容易接起来，江平策一招扣杀又会得分。

卓峰发现对方采用速攻打法后，也开始速攻，但双方一起拼速度的结果就是谁都释放不出技能，只能靠硬实力去接球，他俩的实力是足够的，但默契真的不如“江越组合”。

第三局 21：13，越星文、江平策大胜。

卓峰坐在旁边，一边喘气一边说：“你俩这么高的默契度，加上平策的异能控球，羽毛球双打，肯定能拿个奖牌回来。”

越星文谦虚道：“要是遇到控制流队伍，比如法学院用监牢把我们关起来，音乐学院催眠我们，师大的讲课让我们罚站，我们也会很难打。”

江平策淡淡说道：“拿不拿奖无所谓，尽力就好。”

刘照青道：“羽毛球这种大众项目，这次报名的人肯定非常多，双人组想从预赛杀出重围，光用技能还不行，本身的实力和默契也要足够，毕竟技能有冷却时间，你第一轮用了，第二轮就没法继续用。所以，我还是挺看好你俩的。你们的实力和默契都很强，除非遇到体校专门练羽毛球的队伍，一般的队伍我觉得没问题。”

越星文看向江平策，笑着说：“待会儿遇到实力一般的队伍，我俩就照常打，遇上难啃的硬骨头，再用技能打？”

江平策点头同意。

从训练室出来之后，两人回宿舍放下球拍，休息片刻。

越星文拿起毛巾一边擦汗，一边道：“你是不是有什么话想问我？”

江平策果然低声问道：“我们认识以来经常一起去图书馆，但从没一起打过球。刚才卓师兄问的时候，你怎么知道我会打羽毛球，还是跟我爸学的？”

越星文动作一顿，道：“这件事说来话长。高中的时候，咱们学校的光荣榜每次我俩都是第一。但高三那年有一次月考放榜，理科班前十名都没你的名字，我想，你成绩不可能突然下滑得那么厉害，好奇就去打听了一下，才知道你是生病了，没参加那次考试。第二天放学，我路过你家，看见你跟你爸在院子里打球。你爸一边打一边念叨：‘年纪轻轻要注意运动，多锻炼身体，别一天到晚只顾做题……’”

想起那一幕画面，越星文忍不住轻笑起来：“你在学校整天摆出一脸生人勿近的模样，没想到你爸居然是个话痨，在你耳边唠叨那么多，你也不嫌烦，还陪着他继续练球。我发现，你对家人挺温和的，跟同学面前的你完全不一样。”

江平策看向越星文：“偷偷跑来我家，怎么没去找我呢？”

越星文笑道：“那时候我俩朋友都算不上。我要是突然闯进你家，也太奇怪了吧？”

江平策忽然问道：“你选修课报羽毛球班，不会是因为这个吧？”

越星文坦率地说：“当然。你会打羽毛球，我当然不能输给你。可惜，大一的时候，羽毛球这门选修课太难抢了，我大二才抢到。我也是刚学完没多久，没想到这次居然能用上。”

上午 10 点，乒乓球、羽毛球、网球和沙滩排球项目正式开始比赛。

每个项目都有独立的场馆，就像平时考试时要求大家进入相应的考场一样，选手们在负六楼的体育馆门口进入不同场馆，就会被分流到不同的副本世界，彼此之间无法见面。

刘照青、卓峰、越星文和江平策一起来到羽毛球场馆。秦露和秦淼报了双人乒乓球，蓝亚蓉和林蔓萝报了沙滩排球，辛言报了单人网球。其他没报项目的队友，跑来羽毛球场观战。

由于报名羽毛球单打的选手超过四千人，预赛直接采用淘汰制，所有选手抽签两两对决，赢的进下一轮，一直淘汰到最后剩下八个人，再进行小组积分赛，每个小组选出前两名进入决赛，分出冠、亚、季军。

双人项目的规则和单人赛一致，也是一路淘汰到八强再进行小组赛。

刘照青打羽毛球的实力很强，连续过关斩将打到第五轮。还剩下一百多人时，他抽签分组非常倒霉地遇到了卓峰，两人在赛场无奈地对视一眼。

卓峰建议道：“我俩不用技能，正常打？”

医学院的技能在运动会没什么用处，能走到现在，刘照青已经感觉很是吃力，相对来说，卓峰可以靠重力强制对手的羽毛球落地，拿奖的可能性更高。既然两人分到一组，淘汰赛必须有一个出局，刘照青觉得自己出局才是最好的选择。

想到这里，他便干脆地说：“我直接认输算了，你比我更有希望走到最后。”

卓峰惊讶地看着他：“不打了吗？”

“你多保留体力，没必要在我这里浪费时间。”

卓峰也爽快地点点头：“好吧，回头有空了，我们再私下打。”

刘照青主动认输，让卓峰保留体力应对后面的比赛。而卓峰也不负众望，靠本身过硬的羽毛球实力还有物理系重力的加持，一直打进四强。

四强对局，卓峰正好跟同是物理系的选手对战。最终，卓峰靠着丰富的打球经验和对重力的准确判断击败了对手，在决赛遇到了体校男生高勇。

这个高勇身材强壮，跳起来扣球时杀伤力十足，打球经验老到，一看就是专门训练过的。对方打球风格过于凶悍，速度也很快，好多次卓峰都来不及使用技能。最终，卓峰 0：2 输掉决赛，拿了亚军。

越星文作为旁观者，能清楚地看到体校那位同学的打球风格："这个人很专业，他没有用技能都能将卓师兄逼到这种程度，我们要是遇到他，不一定能赢。"

江平策道："随机应变吧。他杀球太快，我可能会来不及写公式。"

越星文耸肩："无所谓，我们又不是为了拿奖才参加比赛的，输赢都能接受。我拉着你报羽毛球项目，只是为了能一起打球。"

江平策伸出手道："好，不论结果，我们一起享受这次比赛。"

越星文也伸出手跟他紧紧地握了握，给彼此加油打气。

两人一路说说笑笑地并肩走向了赛场。

柯少彬若有所思地摸了摸正在拍照的小图的脑袋，发表了一句感言："星文和平策，今天心情都很好的样子啊！我觉得，他俩的对手要倒霉了。"

羽毛球个人赛结束后，双人赛正式开始。

双人赛报名的组合有一千多组，明显减少，因此赛程也加快了很多，第一轮淘汰赛就会直接刷掉五百多组，剩下一半。

机械音宣读了比赛规则："由于标准的双人羽毛球赛，发球员、接发球员的规定较为复杂，本次图书馆羽毛球比赛将规则简化，请大家观看大屏幕。"

简化之后的规则是：红方 A、B 两人和蓝方 C、D 两人比赛，红方得分，红方 A 选手发球，若继续得分，则由 B 发球，两个人交替发球。蓝方得分也是一样，上一轮如果是 C 选手发球，下一轮得分时就由 D 来发球。发球时需要站在己方半场的右侧。

看完规则后，机械音宣布："第一轮淘汰赛开始，请在平板电脑抽签决定分组。"

越星文和江平策第一轮抽到的是 17 号签。

羽毛球场馆非常大，二十组双人搭档同时比赛。两人走到标注了"17"的场地，见到他们的对手是化学学院的两位女生。

两位女生对视一眼，神色间颇有种在游戏里闲逛结果遇到世界 boss 的惊恐和兴奋，她们主动跑来，隔着球网打招呼——

"越师兄、江师兄，你们也来打双人羽毛球！"

"太巧了，居然开局就遇到两位 boss！"

"手下留情啊，别虐太狠！"

他跟江平策什么时候有了"boss"的昵称？

比赛开始，短发女生先发球。她拿起球拍打了一个正手球，球挑得很高，一看就是新手的打法。江平策没有用坐标系控制，让球发过了网，越星文站在前场，轻轻一跃，顺手接了起来。他第一个球打得相对温和，只是为了试探。

打过去的球力度并不大，但角度很偏，在对方后场女生的身体右侧。

因为越星文注意到那个女生是左撇子，将球打到她身体右侧，她就需要快速跑动着接球。在越星文看来，这个球其实并不难接，然而，女生跑了两步后，球拍的边缘碰到了羽毛球底座，结果就是直接把球打飞到了场外！

1：0，越星文率先得分。

接下来，江平策发球，他毫不客气地发了一个反手对角线的旋转球，进攻对方的前场。那球速度极快，角度又刁钻，站在前场的女生根本没来得及反应，球就落地了。

2：0，再次得分。

越星文回头看江平策一眼，低声在耳边说道："两个女生都是新手，估计是随便报名来玩的，我们可以不用技能，保留一些体力。"

江平策赞同："嗯，这一轮很轻松。"

接下来果然很轻松，他俩没用任何技能，照常打，第一局直接打出 21：3，第二局 21：4，以总分 2：0 迅速结束战斗。

由于越星文老是发角度很偏的后场球，江平策的扣杀又很凶狠，两个女生被迫全场奔跑，可惜还是接不到球。她们累得大汗淋漓，体验极差。

比赛结束后，两个女生苦着脸吐槽——

"羽毛球太可怕了！"

"我再也不想碰羽毛球了！"

看来，两个妹子被他们"打出了"心理阴影。

第二轮比赛，他们遇到的是中文系一男一女的情侣组合。这对情侣还挺有意思，一人拿着一本《标点符号大全》，越星文把球发过去的时候，那男生就飞快地画个省略号，球的动作果然变得很慢，如同电影里的慢镜头播放。

这么慢的球当然容易接，女生将球打过来，江平策起跳扣杀，对面女生连画两个顿号，于是，扣杀的球居然停顿在了空中。

跟两个慢动作打比赛，真要急死人。

这对组合的策略是，男方接球的时候女方用省略号放慢动作，女方接球的时候男方用顿号让球停顿在空中，两人交替进行，由于球变慢，他们很容易接到球；反杀的时候不用标点符号，一快一慢之间对手就容易晕头。

越星文和江平策一时无法适应他们的节奏，0：5 落后。

然而，再奇怪的技能，在越星文和江平策面前都是纸老虎——江平策只用一招就破解了对方的快慢交替打法。

对方放慢动作，确实容易接球，但也给了江平策充足的时间进行坐标运算。在对方球拍击打羽毛球的瞬间，江平策就用公式改变了羽毛球的抛物线轨迹。

于是，对面情侣很快就发现，虽然自己能把球给接起来，可是球在空中滑过之后，居然出界了。

这局比赛最后在 21 ∶ 5 中结束，这对情侣再没能拿到 1 分。

情侣组合不甘心，立刻开始下一局。第二局，江平策和越星文的配合越发默契，时而越星文在前、江平策在后，时而一左一右，几轮后又会交换位置。他们在球场快速跑动，就像是训练有素的老搭档。

在对方 21 ∶ 7 拿下第二局后，中文系的女生忍不住道："太难了！我的省略号、逗号都用光了。"

男生道："我现在满脑子都是问号。"

越星文笑着说："你俩还挺有创意。"

要不是在淘汰赛阶段过早遇到越星文和江平策，这对情侣或许能走到后面几轮。

对面男生放下球拍，主动跟越星文握了手："星文师兄，你是我们中文系的骄傲，我跟我女朋友都特别崇拜你，加油啊！"

女生好奇道："师兄好像一直没用技能。"

越星文看了江平策一眼："我用不着技能，有平策在就足够了。"

对面两人无语了。他俩累死累活写了一大堆标点符号，结果还是输了。越星文却说有江平策就足够，感觉像是他俩二打一，还没打过对方！

两人哭笑不得，女生感慨道："星文师兄和平策师兄果然是华安大学的神仙搭档！咱们凡人，输了正常。"

男生得出结论："他俩这么默契，肯定是私下经常打球。"

观赛区，注意到越星文和江平策的同学也是这样想的。

第三轮淘汰赛，剩下的搭档已经只有二百多组了，越星文和江平策遇到了一对生命科学学院的女生组合。这对组合更好玩，开局直接"有丝分裂"。

越星文看着对面密密麻麻的十个人，忍不住笑出声："厉害了，我们这次是跟十位对手打比赛吗？"

江平策低声道："羽毛球场地就这么大，对面的两位每人分裂出五个复制体，画面看着挺有气势的，只是待会儿……她们很可能互相撞倒。"

果然如江平策所料，越星文和江平策用默契的配合，连续打长线，一会儿左下角，一会儿右上角，让对手接球的落点频繁变动，结果就是，两个生命科学学院的妹子快要精神分裂，顾不过来了，十个复制体自己把自己绊倒在了球场。

第四轮，参赛队伍只剩一百组。能走到现在的队伍实力都不错，浑水摸鱼的已经全被淘汰出局。这一轮他们遇到的对手也挺强，是两位化学学院的同学。

化学学院的同学很守规矩，没有用硫酸之类杀伤力强的技能，而是用烧瓶、蒸馏瓶把越星文和江平策关了起来，让他们没法动。

开局，他们就一口气领先十分。

但瓶子一消失，就到了越星文和江平策表演的时候。两人迅速追回比分，直接靠硬实力和默契的配合打得对方晕头转向，最终 2：1 拿下比赛。

四连胜了！

越星文心情愉快，跟着江平策走到场边休息片刻，继续下一轮的比赛。

第五轮、第六轮……两人一路过关斩将，所向披靡！

遇到技能不够强的组合，他们就靠实力拿下对手；遇到对方技能比较奇怪的，江平策就运用坐标系，让对手的球不过网。

对方快要哭了。

很多人跟他们比完赛后表示——就像做了一场玩网游被 boss 虐的噩梦。

越星文和江平策一路闯进四强。

四强名单中，有一对体校硬实力组合、一对物理系的双人组、一对法学院的男女生组合，还有就是越星文和江平策。

半决赛抽签分组，越星文抽到了物理系的双人组。

由于今天早晨他们专门拉了卓峰和许亦深当陪练，对物理系的重力冷却时间、作用效果都有切身的体会，所以对付物理系，两人都有些心得。

第一局，对方频繁使用重力获得胜利，江平策和越星文暂时落后。

但第二局开始，江平策就掌握了对手的节奏，算准对方出手的时间——对方发球时，他用极快的速度写公式让球不过网，或者偏离轨道出界；轮到他跟星文发球时，两人都采用快攻的方式，让对手来不及使用重力。

双方打得有来有往，前面两局 1：1 战平。最后一局的关键球，越星文假装自己要接球，迅速跑上前，结果却是江平策在他的身后忽然起跳，斜向击球，来了一个利落的扣杀！

对面两个人没反应过来，被江平策拿下了赛点。

观众席爆发出热烈的掌声！

台下，很多人议论纷纷——

“越星文和江平策这对组合真的没法制裁了吗？”

“这两个人，技能厉害不说，双打还这么默契，除非是专业练双打的搭档才能击败他们吧？”

“隔壁体校的那对，说不定有希望赢。”

全场都是“我们该怎么打 boss”的心态，期待着有玩家成功挑战越江组合。

然而，让大家失望的是，隔壁体校的两人居然被法学院组合淘汰出局了！

因为法学院的女生用《刑法》把其中一个人关了起来，从头关到尾，双打变成二对一，而且，有个铁笼子在球场的中间挡着，另一个人接球就会碍手碍脚。

可即便是这样，体校那位学过羽毛球的同学，也将比分一直追到了决胜局，最终以 19：21 遗憾落败。

羽毛球决赛是越星文、江平策 VS 陈沐云、刑洛。

越星文早就认识陈沐云，政法大学一位办事利落、很有主见的女生；姓刑的这位，就是陈沐云提到过的研究生师兄。当初政法大学团队法学专业的人数过多，蓝亚蓉才加入了越星文的团队。

距离比赛开始还有三分钟。

越星文在课题组问：“蓝师姐，这位刑洛师兄有什么技能，你知道吗？”

蓝亚蓉回复：“我跟他不熟。但法学院的技能书，也就《刑法》《婚姻法》《民法》《经济法》之类的。要不要我帮忙打听一下他主修哪个方面？”

越星文道：“好的。”

蓝亚蓉很快就打探到消息：“陈沐云是《刑法》满级，他是《婚姻法》满级。”

看到这里，越星文忽然有种不太好的预感。

比赛很快开始。

第一局，双方先你来我往，比较平和地打了十个球，打成 6：4，越星文他们占优。但紧跟着，陈沐云就开始用《刑法》审判，把江平策关了起来！

接下来由于江平策无法接球，对方追平比分，变成 7：7。

江平策虽然被关，但他右手可以动，也能使用坐标系，因此他虽无法接球，却能用坐标运算让对方的球出界！于是，比分一路胶着，最后 21：19，陈沐云两人险胜。

第二局，越星文和江平策抢回主动权，开局就打得特别凶。

你关我是吗？鲁迅说你们太过吵闹。

越星文直接用了环境静音技能，陈沐云无法念审判词，等静音结束终于能审判的时候，越星文又用“金蝉脱壳”帮江平策“越狱”。

江平策利用这点时间，连续扣杀抢分，以 21：15 迅速拿下比赛。

观众席很是担忧——

“陈沐云的审判次数应该用完了，第三局危险啊。”

“她师兄一直没用技能，说不定留了大招。”

“不是，她师兄的技能很可能在刚才半决赛中用完了。”

第三局，双方的战况依旧胶着。

这位刑师兄的实力很强，不靠技能的话，跟江平策估计也能五五开。陈沐云稍弱，而且她的审判次数用完了，第三局表面上看是越星文和江平策占优。

然而，就在比分来到 17 ∶ 16 的关键时刻……

刑师兄突然翻开一本书，并快速念了一句：“结婚登记！”

一座民政局从天而降，越星文和江平策还没反应过来，就被直接送进了民政局。

全场观众：什么情况？！

民政局内部，布置得还挺像那么回事，两人进去之后，有一个机器人坐在那里，用冰冷的机械音宣布：“婚姻要建立在平等、自愿的基础上，两位确定要结婚登记吗？”

越星文哭笑不得。

法学院的你们不讲武德啊！打比赛呢，把对手关进民政局，这像话吗？！

由于越星文和江平策被《婚姻法》技能送去了民政局，陈沐云和刑洛抓紧时间连续发球得分，第三局最终以 21 ∶ 17 结束，法学院组合拿下冠军，越星文和江平策获得亚军。

当越星文和江平策走出来的那一刻，全场掌声雷动。

越星文心说：你们这样幸灾乐祸不好吧？！

对面，刑师兄笑着说：“恭喜两位。这个限定大招，我在之前的比赛中一直没舍得用，专门为决赛留着呢。”

陈沐云在旁边笑得不怀好意：“能赢你们太难了。接力赛的时候，我们组本来跑在最前，被江平策倒退回去了。这次，也该我们拿个冠军了吧！”

越星文哭笑不得：“沐云姐，你们这一招太狠了！”

都把民政局搬来对付他俩了，不服能行吗？民政局正好是双控，他俩被送进去长达三分钟，无法做出任何操作，直接把冠军拱手相让。

在全场的欢呼声中，越星文和江平策拿着羽毛球双打的银牌回到了观赛区。众人吃过午饭后就回宿舍休息。

上午连续打了几场球，出了一身汗，越星文一回宿舍就去浴室洗澡。洗完出来后，他见江平策坐在床边看平板电脑，便随口说道：“平策，你也去冲个澡吧，出了汗衣服都黏在身上，太难受了。”

江平策点了点头，起身去浴室。越星文看了眼他打开的平板电脑——是图书馆的论坛，江平策正在看的帖子被顶到了首页，回帖上千楼。

帖子的内容正是上午的羽毛球比赛。

主楼有一段视频，是计算机系的同学用智能机器人拍摄的比赛完整过程。

只见球场上，双方正在打球，一栋“民政局”忽然从天而降，过了三分钟，越星文和江平策才出来。出来的那一刻，江平策神色冷静，越星文一脸茫然。

同学们纷纷回帖——

我看到了什么？

哈哈哈，我要笑死！星文师兄茫然的表情，估计想问：我是谁？我在哪儿？

法学院直接把“民政局”搬来，真是太好笑了！果然，对付C-183课题组，只有比他们更奇葩才有可能赢啊！

由于羽毛球、乒乓球、网球、沙滩排球项目是同时进行的，当时在羽毛球场馆的同学也就占了四分之一左右。其他场馆的同学看到帖子，才知道羽毛球双人赛的决赛发生了这样令人啼笑皆非的一幕，纷纷回帖起哄。

越星文打开自己的平板电脑，在帖子里回复道——

各位有需要的同学可以找法学院主修《婚姻法》的人随时召唤“民政局”体验一下。今天体验过后才知道，图书馆的民政局不用身份证，不用户口本，不用交证件费，当然，也不会真的发结婚证给你。

看见当事人出现，同学们纷纷激动地回复——

星文师兄！

居然不发结婚证吗？这是个假的民政局吧！哦，本来也不是真的！

话题被越星文彻底带偏。

江平策出来的时候就见越星文坐在床边，手指在平板电脑上滑动，一边看回帖一边笑。他走到越星文旁边坐下，低声问：“在看论坛的帖子吗？”

越星文道:“嗯，我回了两句，这样他们就不会抓着我俩不放了。”

江平策点头赞同:“嗯。当初接力赛，我让跑在前面的人倒退回来，别人也没记恨我们。今天，大家就是看我们同时被控制，幸灾乐祸呢。”

越星文心情轻松多了，笑着说:“我知道，你也别多想。”

看着越星文直率的眼神，江平策忽然问道:“离开图书馆回到学校后，不如我们别住学校宿舍，一起搬出去，继续当舍友吧。”

越星文怔了一下:“为什么突然这么说啊？宿舍不是住得挺好？”

江平策淡淡地解释道:“我早就想在外面租房住了。我宿舍的几个同学作息习惯跟我不一致，每天打游戏到半夜3点，我接下来要准备毕业论文，需要安静。你不是也快大四了吗？不如我俩一起住，我们生活作息一样，写论文遇到问题还能一起讨论。”

越星文欣然同意:“没问题。离开图书馆才是正事，出去之后，我们可以在学校附近租房子住，大四一年，我俩正好安心写论文！”

越星文睡了个午觉，养足精神后，便跟江平策一起来到体育场。

周日下午，本届图书馆运动会已经进入了收尾阶段，剩下的项目是篮球、排球、足球三项团体运动，以及最后的拔河。

由于这三项球类比赛，每支队伍只能选择其中的一个报名，大部分课题组都报了篮球赛，所以篮球馆那边最为热闹。足球场的观众席并没有坐满，有一半的空位，除参赛队伍之外，还有一些什么项目都没报的同学前来围观。

本次足球赛报名的队伍有六十多支，连续踢三轮，最后剩下八强。

八强分成上半区和下半区进行小组内循环积分赛，再取小组前两名进四强；上半区第一名对战下半区第二名，下半区第一名对战上半区第二名，胜者决赛产生冠军。

赛制的安排很清晰，大屏幕上有系统分好的比赛名单。越星文站在大屏幕前，目光快速扫过对阵表，很快就找到了C-183课题组。

正式的足球比赛是九十分钟分上、下半场，但图书馆的足球赛要在今天之内比完，为了节省时间，将每一场比赛缩短到三十分钟——上半场十五分钟，休息五分钟，下半场十五分钟。

而且，第一轮的淘汰赛，足球场也像“有丝分裂”一样分出了几十个场馆，让所有队伍同时进行比赛。也就是说，半小时后，六十多支参赛队伍会刷掉一半；一个半小时后，参赛队伍就会淘汰到只剩八支。

这样快节奏的足球赛是所有人都没经历过的，何况，踢球时可以使用技能，大家心里其实都没把握。所有队伍都是男女混合，有些女生甚至是第一次接触足球。

图书馆机械音道：“请各参赛队伍的队长，到 1 号裁判处领取队服和编号。”

越星文愣了愣，回头看向大家：“居然发队服？”

他们十二个人并没有统一的服装，今天穿得五颜六色，根本不像是一支球队。可能图书馆也觉得他们这样乱七八糟的穿着，比赛时候容易分不清敌我，便给大家发了一套队服。

越星文统计了一下大家的衣服尺码，问道：“发队服，应该会有不同颜色可以选，你们喜欢什么颜色？”

辛言说：“白色吧，简单清爽。”

卓峰道：“黄颜色在球场上比较醒目，容易找队友。”

许亦深说：“我喜欢绿色，青春朝气。”

女生们则认为蓝色更好看，还有人提议黑色帅气。

柯少彬突然插话道：“红色最好，喜庆。”

众人疑惑地回头看向他：“踢个球为什么要喜庆啊？”

越星文强忍住揍他的冲动：“你是要弄一支婚庆队伍吗？”

柯少彬笑道：“球场是绿茵草坪，红色的球服，对比最鲜明。而且除了喜庆，红色还象征着热血，我觉得挺好啊。”

越星文看向大家，用目光询问队友们的意见。

众人纷纷表示：“那就红色吧！”

越星文去 1 号裁判处领了队服和 1 到 12 的编号，回来之后他便把队服按尺码发给大家：“编号你们自己选，有什么幸运数字的，可以先挑。”

江平策拿了 1 号，越星文拿了 10 号。卓峰的幸运数字是 5，主动挑走 5 号。刘照青拿走了 7 号，其他人就随便拿了。

众人去更衣室换上了队服，再把号码往后背上一贴——站在一起，整整齐齐的，还挺像一支球队的。

越星文笑道：“我们要不要拍一张合影？”

十二人在操场旁边站成一排，柯少彬语音操控：“小图，来给大家拍张照！”

小图：“好的主人。拍摄功能已开启，请看摄像头。”

咔嚓声响起，小图用连拍功能给大家拍了十几张合影。众人凑在一起，挑了大家表情都很自然的一张。越星文看着照片里笑容满面的队友们，心底莫名地浮起一丝暖意。

真好，来到图书馆这个奇怪的地方，最开始的恐惧、紧张、焦躁，已经随着时间渐渐消失，他适应了图书馆的环境，还收获了这么多志趣相投的小伙伴。

他在大学的时候从没想过，有一天会和这些性格各异的人，组成一个团队。

越星文笑着伸出手："大家加油。"

其他人也将手叠放上去，异口同声地喊道："加油！"

机械音提示道："第一轮淘汰赛即将开始，请各小组按抽签顺序进入相应的比赛场馆。"

淘汰赛阶段遇到的对手并不强，加上江平策守门堪称 boss 级别，跟 C–183 课题组踢球的队伍，根本没法将球踢进球门。C–183 课题组一路过关斩将到八强时，球门依旧保持着 0 突破的纪录。

第一场，6 : 0 胜；第二场，5 : 0 胜；第三场，3 : 0 胜……

看着他们辉煌的战绩，观战区的同学们议论纷纷——

"看来，他们准备得很充分啊！"

"看小组赛吧，能进八强的队伍都不弱。实在不行，再来个法学院的，把 boss 给关进民政局！"

八强赛阶段，所有的比赛都在主场馆进行。C–183 课题组分在了上半区，小组赛的第一轮遇到的是 A–37 课题组。

此时，由于淘汰赛阶段出局队伍太多，加上一些其他项目被刷掉的同学也跑来围观，所以主场馆的观众席人数渐渐多了起来，坐满了观众席的三分之二。

八强小组赛第一轮的对手 A–37 课题组，有全队速度加成，相当于全场都能开"风驰电掣"的加速，没有冷却时间。越星文比赛前看了对手的十二人名单，没一个认识的，但专业非常齐全，包括语数外、理化生、政史地，是综合实力很全面的队伍，不能小看。

卓峰指挥这次球赛，他把队友们叫过来，压低声音道："开局咱们先试探对手虚实。如果对手实力弱，咱们就抓紧时间多踢进去几个球。如果对手实力强，打消耗战的话，后方要加强防守，我们几个前锋再找机会。"

众人看着卓师兄严肃的脸色，纷纷认真起来。

刘照青提示道："能到八强的队伍，肯定都不弱，大家不要松懈。"

江平策道："如果他们突破了我们的防守，把球带到球门附近，我就开坐标系，让他们进不了球。"

众人再次喊了声"加油"，按照分配好的位置各自站好。

双方队长猜硬币决定发球权，越星文猜了字，正好猜中，优先发球。

越星文直接将球踢给卓峰，卓峰带着球飞快地往对方的半场跑，刘照青在另一侧接应，许亦深在中间"有丝分裂"打掩护。

五个许亦深同时出现在球场，对手眼花缭乱，不知道该防哪一个。卓峰干脆地将球传给许亦深的其中一个复制体，许亦深瞬间换位过去，立刻传给左前方的刘照青。

刘照青没有再传球，朝着对方球门一脚远射——

本以为对方的门将能守住，结果，刘照青做了个假动作，往左边踢，对方的门将居然往右边扑……扑了个空。

球进了，现场掌声雷动！

大屏幕上的比分变成 1 ∶ 0。

不仅 A–37 课题组的同学有点蒙，越星文他们也有点蒙：这就进球了吗？！

刘照青笑着跑回来，跟周围的同学击掌："拿下 1 分！"

这次配合默契的快攻，正好抓住了比赛刚刚开始对手还没来得及回防的契机。

昨天晚上连续四个小时的训练显然有了效果，虽说 C–183 课题组也有很多同学不会踢球，可当前锋的几个师兄——刘照青、卓峰、许亦深，身材高大不说，踢球也很专业！

在替补席的柯少彬激动得跳起来："太棒了！小图，快录像。"

小图兢兢业业地表示："主人，我一直在录。"

A–37 课题组调整片刻，重新开始比赛。

这次发球权在 A–37 课题组的手里，然而，他们的球只传了两下，还没过中场，越星文就翻开词典，用一招"五体投地"让带球的人趴下，自己飞快地上前把球给截了！

越星文继续传球给卓峰，卓峰在"风驰电掣"的帮助下，飞快地往对方球门攻去！

A–37 课题组的赛场布局是前三、中三、后四，更重视防守。有了上次被突袭的经验，他们这回显然谨慎了许多，回防的速度非常快！

一个生命科学学院的女生同样分裂出五个复制体，专门去盯许亦深。其他同学也用"一盯一"的策略，迅速靠近卓峰、刘照青，干扰他们的传球。

卓峰本身足球就踢得很好，加上"风驰电掣"的加速之后，他带球连过两人，眼看他的球就要直冲对方的球门而去，附近忽然响起个男生的声音："帝国主义！"

一座 5 米多高的山脉从天而降，轰的一声将卓峰压在山下。

什么东西？卓峰不明就里。

越星文也吓一跳。这种技能他是第一次见，直接把人压在山下，就跟孙悟空被压在了五行山下一样。他急忙上前问道：“师兄，没事吧！”

卓峰趴在山下摆了摆手：“没事，不疼，但身体没法动了。”

A-37 课题组中有几个会踢球的，趁机带着球飞快地往前跑，卓峰急忙喊：“回防！”

对方把球带到中场，章小年有样学样，直接在带球的人面前立起一道墙，对方差点一头撞到墙上。

球被辛言截获，踢给了越星文。

越星文又把球传给附近的许亦深，组织反攻。

许亦深的分裂体之间也能互相传球，硬是把十一个人的球队变成了十五个人，对方生命科学学院的妹子很难防住他。可就在许亦深突破防线，跟刘照青一左一右往对面球门冲的时候，耳边又响起那个男生的声音：“封建主义！官僚资本主义！”

轰的一声，连续两座大山从天而降，直接将许亦深、刘照青也压在了山下。

许亦深、刘照青：又来了？！

三个前锋都被大山压住，这还怎么踢球？虽然不疼，但被大山压住后不能动弹啊！

观众席哄堂大笑。

“被山压住的三位师兄，太惨了！”

“A-37 课题组，难道是一匹黑马，能打赢 boss 级别的 C-183 课题组吗？”

许亦深趴在地上笑眯眯地问：“哥们儿，去西天取经吗？”

那男生没时间跟他解释，带着球就往前冲，跑过中场，被辛言用一个蒸馏瓶关了起来。

林蔓萝迅速上前，用“净化草坪”技能把被压的三个人救了出来。

A-37 课题组实力确实不弱，虽然他们无法突破 C-183 课题组的防线射门成功，但卓峰、刘照青和许亦深也很难突破他们的防线。

上半场结束时，比分还是 1 ∶ 0，开局速攻进的那个球让 C-183 课题组略占优势。

休息时间到，双方各自坐在赛场边喝水。

越星文看向那位斯文白净的男生，笑着问道：“政治专业的吗？”

男生点头：“嗯。”

越星文猜测道：“所以，你刚才用的技能是压在人民头上的三座大山——帝国主义、封建主义、官僚资本主义？”

周围的队友听到这里，恍然大悟。原来是遇到了政治专业的同学，怪不得技能这么陌生！

直接召唤三座大山把人压在底下，这种硬控技能确实厉害。三个前锋被压，他们就没法组织进攻了。

越星文朝对方笑了笑，说："下半场继续加油啊。"

对方礼貌地道："嗯，你们也加油。"

下半场比赛开始，那男生一直盯着卓峰防守。忽然，越星文走上前，对着那男生说："我买几个橘子去。你就在此地，不要走动。"

男生神色愕然，似乎不太明白为什么 C-183 课题组的越星文同学突然要给他买橘子。

而观众席的同学们也很疑惑——

"星文手里怎么突然多出一个橘子？"

"他还能变橘子吃？"

大家看到男生不能动弹，如同雕像一样站在原地。

男生心里咒骂：你个坑货！说要给我买橘子，为什么把橘子拿给观战的柯少彬吃了？

柯少彬美滋滋地吃着橘子，心道：上半场压了我们三个前锋，没关系，星文肯定会以其人之道还治其人之身，给你们三个人买橘子！

足球场太大，坐在后排的同学并没有听见越星文说了些什么，只见刚才召唤三座大山的那位白净男生，自从跟越星文说过话之后，就一动不动地僵在原地，如同足球场上的一尊雕像。

观众们面面相觑，有人疑惑道："越星文跟他说了什么，让他变成一尊雕像？"

"不知道。越星文的技能奇奇怪怪的，说不定是念了段咒语。"

只有坐在最前排的同学听到了越星文刚才的话。

有人在论坛的"足球赛直播帖"里回复——

我听清了，越星文刚才说"我买几个橘子去。你就在此地，不要走动"，然后，他手里变出一个橘子，把橘子递给旁边带着机器人拍视频的人吃掉，转身走了，留下那位男生原地变成雕像！

看到回帖的人纷纷疑惑——

这是什么技能啊？

变出个橘子让对手定身吗？

很快有人反应过来——

是朱自清的《背影》，父亲给儿子说的话！

没错，当初父亲送朱自清去火车站的时候，说要给他买橘子，朱自清就原地不动地看着父亲的背影。

潜台词是：你是我儿子？

有人回帖调侃——

星文师兄跑来足球场上认儿子了？！

你们没见C-183课题组的队服是红色吗？这明明是喜庆的婚庆队伍啊！认个儿子怎么了？

观众们一边看比赛，一边用座位旁的平板电脑刷论坛，讨论得十分热闹。

此时，赛场上也非常热闹。

政治专业男生被定身后，卓峰飞快地带球过人，将球传给许亦深；许亦深运用"有丝分裂"连续传球到对面后场，对手立刻组织起防守，派了两个人来盯着许亦深。

许亦深一时没法突破对手的防线，只好将球回传给越星文。

越星文带着球往前跑，刚要把球传给左前锋刘照青，结果，旁边忽然响起一个女生清朗的声音："当你凝视深渊的时候，深渊也在凝视着你！"

越星文的脚下忽然出现一个直径三米左右的巨坑，如同看不见底的黑色深渊，他站在深渊旁边没法继续移动，只能被迫低下头"凝视深渊"。

观众们见越星文一脸无奈地蹲在那里凝视深渊，不由幸灾乐祸。

尼采的哲学名言，这女生肯定是哲学系的！

越星文心中警铃大作，只听女生继续念："幸福，就是把灵魂安放在最适当的位置。"

下一刻，就见足球忽然出现在后半场距离球门很近的位置，而那附近正好有个A-37课题组的队员，对方没有带球过人，而是直接朝球门一脚远射！

足球从前半场瞬移到后半场，太过突然，大家都有些反应不及，回防的动作慢了几秒。当蓝亚蓉把对方球员关起来的时候，足球已经被踢了出去。

眼看那球直冲球门而来，观众席的同学们都绷紧了神经。

千钧一发之际，江平策改变了足球的运动轨迹。

他神色冷静，右手一抬，就见足球突然在空中拐了个弯，擦着球门右上角的对角线斜飞了出去！

A–37 课题组射门失败。

对方射门的球员一脸无奈：“这都能改，牛！”

他们靠哲学系的两个技能控制住越星文，把足球定点瞬移到后半场，发动了一次突然袭击，本以为这个球稳稳能进，没想到江平策的眼睛一直盯着球，整个足球场在他的眼里已经变成了一个坐标系，每一个点都有自己的坐标数据。

足球出现的那一瞬间他就已经算好了公式。

全场观众哗然，论坛上也讨论得十分热烈——

江平策守门太强了，这怎么进球？！

我觉得，想要突破 C–183 课题组的球门，控前锋、控越星文都不够，最关键的还是在射门之前把江平策给控制住！

但是怎么控制江平策？

定身没用，即便被定住，他只要右手能写公式，照样让你的球偏离轨道。

有同学提出建议——

可以用藤蔓把他的双手给绑了，他就写不出公式。

或者用晕眩、昏睡类的强控技能，让他暂时失去意识。

我觉得，还是民政局靠谱！

由于球被踢出界，江平策捡起球后，扔向对方半场，朝着刘照青的方向。

刘照青刚接到球，半路被 A–37 课题组突然蹿出来的一个男生给截获。这男生是地理系的，直接带着球位移，瞬间就来到后半场，配合队友又一次组织猛攻！

哲学系的女生飞快地念道：“人生而自由，却无往不在枷锁之中。”

来自卢梭的哲学名句。

话音刚落，江平策身上就多出来一道枷锁，那锁链直接将他的双手、双脚给捆住，让他用不出技能。

女生继续念：“使人疲惫的不是远方的高山，而是鞋子里的沙子！”

C–183 课题组所有人都觉得鞋子里好像灌进了大量沙子，大家脚下一滑，同时摔倒在地。A–37 课题组趁机带球过人，一口气将球踢进了球门！

比分 1 : 1！

A–37 课题组的这一波配合确实很精彩——先控对手的守门员，紧跟着让对手的所有人脚踩沙子滑倒；地理系的前锋趁机带着球瞬移，一路冲到门口，一脚射门，干脆拿分。

C–183 课题组球门 0 突破的纪录终于被打破！

全场观众掌声雷动，激动地道："总算能踢进去一个了！"

江平策套着一身枷锁，用不了技能，必须尽快解救出来。

A–37 课题组实力挺强的！越星文凝视深渊的时间结束，脑子飞快地转动，思考应对的策略。这支队伍专业齐全，但主力是他们正好缺少的政治系、哲学系。层出不穷的哲学名句让人头大，打个比赛还要领悟人生的哲理？！

政治系的男生也开始进攻，技能效果是全场解除控制，并且三分钟内不受任何技能影响。

趁着这一点时间，A–37 课题组再次发动进攻！

江平策被控制，后方防守压力很大，越星文立刻喊道："蔓萝姐，救平策！"

林蔓萝当时距离后场较近，听见声音后急忙在江平策的脚下种了片草坪，解除了控制。恢复自由的江平策立刻抬起右手写下公式，让对方射来的足球在距离球门只有二十厘米的时候，惊险地偏离了轨迹！

由于草坪有五分钟的存在时间，接下来江平策会免受对方控制，球门再也无法被突破。

双方你来我往踢了一阵，都没能进球。

距离比赛结束还剩五分钟，此时的比分依旧是 1 : 1。

一旦结束时比分相同，就要进"点球大战"。对面政治系的大山无法逾越，点球大战的话越星文他们不一定能占到便宜。

越星文深吸一口气，给了卓峰一个全力进攻的眼神，卓峰朝队友们打了个手势！

越星文看向那位哲学系女生，紧跟着看了眼对方地理系带球瞬移的前锋男生，说道："我买几个橘子去。你就在此地，不要走动。"

买橘子的技能升级后最多能买三个，并指定三个目标。

于是，哲学系负责控场的女生和地理系主攻的前锋都被定在了原地！

越星文迅速说："人类的悲欢并不相通，我只觉得他们吵闹。"

女生发现自己不但被定在原地无法动弹，还不能发出声音。

越星文心道：哲学系的人生道理太多，咱们回头再研究。先别说话，让我们踢一个球！

他发现哲学名句和政治观念都要念台词来施法，哲学系女生、政治系男生被静音后，念不出台词，技能就废掉了！

林蔓萝趁机召唤出五条藤蔓，将对方后场负责防守的五个同学全部绑在一起。

秦露立刻换位，带着球来到越星文身边，将球传给了他。

越星文在中场偏前的位置，负责组织进攻。此时，对方盯着刘照青的男生被藤蔓绑住，盯着许亦深的生命科学学院女生自己都分裂得混乱了，越星文将球给了许亦深。

许亦深果然一脚将球踢给刘照青。

刘照青趁盯他的队员被藤蔓捆绑，脚下利落地带球过人，一路将球运到球门附近，朝着球门右上角来了一脚高空吊射！

最后一分钟，球进了，比分 2∶1。

全场响起震耳欲聋的欢呼声。卓峰急忙道："全员防守！"

C–183 课题组的所有人退回了后半场，只要守住最后一分钟，他们就赢了。

而事实证明，越星文送橘子的时机把握得非常好，对面的哲学系"魔法师"和地理系前锋没法动弹，实力大减，想要再组织进攻本就很难。

蓝亚蓉的"铁笼"和辛言的"烧瓶"一会儿关一个人，C–183 课题组的防御简直是铜墙铁壁，A–37 课题组很难将球带到后半场，而且江平策恢复自由后，他们的球更没希望踢进去了。

比赛结束。

最后比分 2∶1，C–183 课题组赢下了小组赛的第一场。

论坛的直播帖议论纷纷——

星文在这一场比赛中认了两个儿子、一个女儿？

他说要给人买橘子，结果买的三个橘子都拿给柯少彬吃了。所以，柯少彬才是他的亲儿子，别的都是领养的吗？

赛场上，哲学系女生郁闷道："静音太过分了，我的好多技能都没用出来！"

政治系男生苦笑着挠头："我也是。居然嫌我们太过吵闹，越星文才是最吵闹的好吗？"

地理系的前锋苦着脸安慰道："至少我们进了一个球，不是 0 分。"

遇到 C–183 课题组，能进一个球真是太不容易了。从第一轮淘汰赛开始，其他队伍迎战 C–183 课题组都以 0 分收尾，他们 A–37 课题组好歹实现了 0 的突破。

遇到 C–183 课题组这样的魔鬼团队，能踢进一个球，就已经很值得他们骄傲了！

赢下小组赛第一场，C–183 课题组率先获得了 2 积分。

第二场比赛是上半区另外两支队伍的对决，越星文跟队友们一起坐在观众席看比赛，也好了解一下其他的对手。

一轮比完后，上半区所有队伍的积分出现在大屏幕上：C–183 课题组、B–68 课题组各赢一场，积 2 分；A–37 课题组和 A–91 课题组输掉比赛，积 0 分。

第二轮，越星文他们遇到了同样赢下一场的 B–68 课题组。

这支队伍有好几个音乐学院和体校的学生：来自体校的三位男生担任前锋，中场有个身高 175 厘米左右的男生见缝插针、带球过人，踢球相当专业，此外还有两位音乐学院的女生作为主力控场。

越星文将队友们召集到一起，低声说道："我们之前的比赛他们肯定看过，知道有平策在的话很难进球。接下来，他们会想尽办法针对平策。只靠平策一个人守球门，万一被控了可能会守不住。所以，这一场我想改变一下布局。"

卓峰干脆地问："星文有什么新的想法？"

越星文看向章小年，笑着说："小年，你来帮平策，双重保险。"他将自己的主意低声跟队友们讲述了一遍，众人纷纷赞同。

比赛很快开始。

音乐学院的控场技能很强，可以吹《难忘今宵》让人昏睡。如越星文所料，他们刚才看了 C–183 课题组跟 A–37 课题组的对决，发现有江平策在，他们根本没法把球踢进对方球门，所以比赛一开始，音乐学院的两个妹子直接来到 C–183 的后场，专门盯着江平策。只要队友把球带到后半场组织进攻，她们就吹奏乐器让江平策昏睡。

江平策被特别关照，没法用技能。

然而，C–183 课题组并不是只有江平策！

这一场 C–183 课题组明显加强了后方防御。蓝亚蓉不再节省技能，对面的人只要来到己方后半场，她见一个关一个，整片操场都是她放下来的牢笼。辛言也不省着用蒸馏瓶了，一关一个准。

如果对方用瞬移类技能绕过蓝亚蓉和辛言的防守，就由章小年守住最后的一关——直接在球门的前面立下一道防震墙。

球门被墙壁给堵住，你还怎么射门？！

论坛直播帖又开始吐槽——

星文表示，想让江平策昏睡，趁机射门？抱歉，上帝为你们关上了球门！

绝了，在球门面前竖一道墙壁，这肯定是星文师兄想出来的馊主意！

B–68 课题组头痛欲裂！

他们有音乐学院的声乐控制，体校的同学运球、传球能力也都很强，可 C–183 课题组除了江平策的坐标系守门，还有章小年的那道墙。

防震墙没法直接砸碎，只能等技能结束后自动消失。章小年的防震墙存在期间，他们没法射门，而等防震墙消失之后，昏睡的江平策也醒了。

两人交替使用技能，双重保险，让 B–68 课题组感到十分棘手。

观众席看比赛的 A–37 课题组哲学系女生道：“我倒是有办法破解这面墙，直接开‘深渊凝视’，让墙壁掉进深渊里。”

旁边有人无奈地道：“可惜，B–68 课题组没有能拆掉建筑系墙壁的队员，这面墙拆不掉的话，接下来的五分钟他们就只能回防。”

但想防住 C–183 课题组的进攻也没那么容易。

秦露带球换位，越星文传球组织进攻，前锋当中会分裂的许亦深实在太烦了，五个复制体互相传球，根本不知道该防哪个……

结果就是，卓峰利用墙壁存在的几分钟时间发起速攻，将比分变成 1 ∶ 0！

墙壁消失后，江平策从昏睡中醒来，对方依旧没法顺利射门。

最终，本场比赛以 2:0 结束，C–183 课题组再拿 2 分。

第三场，他们遇到小组赛阶段的最后一个对手。有了前两场的经验，对方这次不但盯着江平策，也把章小年给死死控住。双方比分 2 ∶ 2，僵持到最后的两分钟。

卓峰打了个全面进攻的手势，秦露和秦淼带着球一起换位去前场，直接舍弃后方的防守。

对面的人顿时有点蒙——长得一样？！

之前的比赛中，秦淼一直在后方打酱油，秦露偶尔换位帮忙传球，因为姐妹俩长得一模一样，所以大部分对手并没有注意到秦淼的存在。结果，秦淼带着球来到前场后，直接开启历史系大招：“横扫六合！”

周围一片人被她放倒，一时爬不起来。

守门员也被放倒，卓峰趁机轻轻松松地将球踢了进去。

3∶2，哨声响起，C-183 课题组再赢一局！

小组赛阶段，C-183 课题组连胜三场，以 6 分的小组积分杀进了四强！

接下来的四强阶段就是淘汰赛，他们作为上半区第一，迎战的是下半区的第二名——C-166 课题组。

大家回到座位上，一边休息一边看对手的信息。

越星文语带惊讶："半决赛的对手，出现了好多没见过的专业啊。"

卓峰看了眼对方名单，疑惑道："导演、表演，还有美术、动画制作？"

柯少彬双眼发亮："是电影学院和美术学院的吗？"

越星文若有所思地看着名单，道："美术学院这位叫徐飞雪的女生，就是当初高校联盟组建的时候，帮忙画各个学校校徽的女生。她挺厉害的，来自青城美院。"

青城美院是国内美术界殿堂，每年只在全国录取不到一百个美术生，要求相当苛刻。能进这所学校的美术生，在绘画上必须有极强的天赋，文化课也不能太差。

至于电影、演员这些……

卓峰道："应该是京市电影学院的，也是全国顶尖的电影院校。"

众人对视一眼，面面相觑。

下半区的比赛在隔壁球场，他们没时间去仔细看，所以这支队伍有什么技能他们也不太清楚，未知的对手可不能大意。

越星文提醒大家道："我的'背影'技能已经用完，今天还能用两次'不要吵闹'和一次'路'，剩下那些冷却时间比较短的'风驰电掣''五体投地'都能用，'金蝉脱壳'也可以。"

江平策道："我的坐标系冷却只要三十分钟，比赛开始就能用。还有数列，之前的几场比赛我看大家还能应付，就先留着了。"

章小年说："我的'墙壁建造'次数用完了，没法配合江师兄防守，挖掘机还能用。"

越星文转身问道："蓝师姐的《婚姻法》大招还没用过吧？"

蓝亚蓉说："'民政局'和'离婚财产分割'这两个大招，都是二十四小时的冷却时间，我没敢随便用，想着决赛的时候再用。"

越星文道："不一定等到决赛。如果对手很强的话，待会儿就见机行事吧。"

众人纷纷点头。

比赛很快开始了。

双方队员入场，队长猜硬币决定发球权。这次发球权在C–166课题组那边。

对方负责传球的男生动作灵活，飞快地将球传过了中线，踢给侧前方的女生；那女生将球停在脚下，然后拿起一支画笔。也不知她用的什么技能，越星文他们眼前的画面居然不再是足球场，而是一大片色彩斑斓的森林！

越星文心中暗叫糟糕——这是直接改变了场景效果？

猜测对方要趁机去射门，越星文急忙喊道："小年！"

章小年应了一声，他的"墙壁建造"次数没了，但他还有挖掘机。

只见挖掘机出现在球门附近，变变变，迅速变成大型推土机，挡在球门前方。上帝视角的观众们就见C–166课题组踢到空中的球，"啪"的一声撞到了推土机上，反弹回去，差点砸到章小年同学的脑袋。

视野恢复了清明，越星文急忙说道："美术系可以改变环境画面，大家小心！"

刚才呈现在大家眼中的画面，就是美院的女生自己画出来的。

林蔓萝听到这话，手中藤蔓迅速蹿出，去绑拿着画笔的那位美术系女生，然而，就在藤蔓即将绑到她的那一刻，她身旁的女生忽然大喊了一声："去吧，皮卡丘！"

一只可爱的皮卡丘出现在附近，代替了美术系徐飞雪的位置。

紧跟着，那女生又大喊："我要代表月亮消灭你！"

话音刚落，她就忽然变身美少女战士，只见一道刺眼的光团从她手中射出，将刚才出手的林蔓萝轰倒在地。林师姐的藤蔓绑住了一只皮卡丘，自己反倒晕了过去。

观众席爆发一片笑声。

旁边，电影学院导演系的男生直接召唤出灯光、音响、摄像机等一大堆设备，朗声道："电影《图书馆》，第一场第一幕，开始拍摄！"

电影拍摄期间，剧组是封闭式的，不受外界的干扰，换成技能，就是全队免受外界的任何攻击和控制，持续五分钟。

表演系的演员立刻喊道："我要扮演秦露同学！"

他瞬间变成了秦露的样子，不但脸一样，服装都一模一样，而且还学会了秦露的板块换位技能，带着队友们飞快地换位到球门附近！

演员专业这么牛的吗？直接扮演一个角色，把技能都学过去了？

由于秦露、秦淼本就是双胞胎，电影学院那位说要"扮演秦露"的人也变成秦露的样子，赛场上出现了三张一模一样的面孔。

“三胞胎？”

“这一场球赛，比拍电影还要精彩啊！”

足球场上，灯光、音响、摄像机，全套设备齐上阵。

一个足球赛，居然踢出了“喜剧电影”的效果！

越星文给了 8 号秦淼一个眼神，秦淼立刻会意，直接开历史系大招：“文成和亲！”

之前大家商量的时候说过，如果用历史系的和亲技能，刘照青愿意当这位去敌方阵营和亲的“公主”。

被指定为文成公主的刘照青，瞬间完成了换装。

身材高大的刘师兄穿上一身古代女装，还是大红的嫁衣，面带笑容地走到对面布置的摄像机面前！

你们要拍电影，免受控制和攻击是吗？那我们就送文成公主和亲，和亲期间，也不许你们放出任何技能攻击我们。

接下来大家都别用技能，这样才公平！

论坛直播帖，观赛的群众快要笑疯。

我看到了什么啊！

这是足球赛吗？怎么变成了电视剧拍摄现场？灯光、音响齐全，还有个穿古代女装的人在球场上跑来跑去！

穿古装的是刘师兄吧？哈哈哈！

这位公主，十分高大威猛……

公主居然断了对面的球，传给自己人，嫁过去抢足球，厉害了！

怪不得 C-183 课题组今天选了红色的队服，红色才能代表他们的喜庆感！

C-183 课题组今天真是太搞笑了！

足球场彻底乱套了。

穿着女装的刘照青，神色镇定，还在帮卓峰和许亦深传球——没错，他“嫁过去”就是为了抢球的，对方还没法控制他，毕竟和亲嘛，以和为贵。

刘师兄果然是“人虽然嫁了，心还在 C-183”，不讲武德的“公主”！

由于刘照青扮成公主“嫁过来”捣乱，C-166 课题组的人不能对他使用任何技能，他便趁机从对方脚下抢球，传给随时跟在他附近打掩护的许亦深。

在和亲的 5 分钟“无敌”时间内，C-183 课题组凭借出色的运球能力和组织能力，率先突破了对方的球门，拿下 1 分！

这个球正好是刘照青踢进去的，观众席的同学们纷纷吐槽——

嫁过来的公主抢了球踢进对方的球门，这公主原来是个奸细！

卧底公主表示，C–183 的同学才是我的队友！

而 C–166 课题组多次将球运到门口，可惜，球门被章小年的推土机挡住，无法射门。和亲期间不能使用技能，他们只能被迫回防。

但在双方都不使用任何技能的情况下，刘照青、许亦深、卓峰组成的三前锋队伍，加上越星文灵活的中场组织配合，C–166 课题组很难完全防住他们！

卓峰再进一球，将比分拉大到 2：0！

就在这时，C–166 课题组的人突然叫了暂停。

进入四强赛后，每队上、下半场各有一次叫暂停的机会，他们这时候叫暂停，显然是想商量接下来的对策。

章小年把推土机放在球门口，除非推土机消失，否则球门无法攻破。

C–166 课题组的队长低声说道："上半场还剩八分钟，我们如果不弄走推土机，就会彻底陷入被动。"

徐飞雪冷静地说："交给我吧。"

站在她旁边的闺蜜说道："我来配合飞雪。等我俩控住对方，你们再组织进攻。"

已经变身为秦露的表演系同学说道："我演秦露，学会了秦露的'板块运动'，但她的技能只剩六次了。"

旁边导演系的同学道："上半场把秦露的技能用完，你下半场再换一个人演！"

大家开始讨论起来。

"扮演谁比较好？"

"C–183 课题组最强的是守门员江平策，但是演江平策的话，你学会他的技能也没用啊，你能像他那样算出公式吗？"

表演系同学惭愧地摇了摇头："不能演江平策，我数学成绩很差。"

有人建议："干脆演越星文吧，他奇奇怪怪的技能不是挺多吗？"

徐飞雪道："好主意！表演技能冷却结束之后，下半场直接扮演越星文，学会他的技能，以其人之道还治其人之身！"

对方叫暂停的这段时间，越星文也在跟队友们商量："他们肯定会想办法弄走小年的推土机，接下来的防守重任就交给平策了。林师姐注意，随时帮平策解控。”

林蔓萝道：“好，我回后场帮平策，蓝师姐去中场替我的位子吧。”

卓峰道：“几个前锋的进攻也不要松懈，两个球的差距很容易追上来。”

此时，刘照青身上的“公主和亲”技能已经结束了，他正在换掉那一身碍事的古装，听到这里，立刻说道：“卓峰，你演好戏，把他们的防守人员调过去，然后传球给亦深。亦深继续跟我配合，主攻左路，他们左路的防守相对薄弱。”

许亦深和卓峰都点点头表示明白。

越星文伸出手道：“大家加油！”

众人将手叠了上去，齐声喊道：“加油！”

商量好策略，众人便结束暂停，回到赛场。

比赛继续。

比赛开始的哨声刚一响起，就见徐飞雪快步冲到后场，她的手里忽然变出一块巨大的橡皮擦，那橡皮擦在推土机的前方停留片刻，做了一个“擦除”的动作。

推土机居然消失不见了！

观众席一片惊呼——

“美术系的橡皮擦居然能擦掉庞大的推土机！”

“是不是能把球门也擦掉啊？”

话音刚落，徐飞雪的橡皮擦被她操控着飞向己方球门附近，把球门也擦掉了。

观众们：牛！

踢足球呢，球门不在了，球要往哪儿踢？C-166课题组的骚操作也是让众人大开眼界。

卓峰意识到不妙，立刻改口：“全力防守！”

对面擦掉球门，他们暂时没法进攻，但卓峰认为，美术系的橡皮擦，应该不会直接让本就存在的东西消失不见，肯定是有时间限制的“暂时消失”。

观众席也在纷纷议论——

“橡皮擦可以把活人给擦掉吗？能擦人那就太逆天了！”

“应该是视觉上的暂时消失吧，过一会儿再出现。要不然，徐飞雪一个橡皮擦，直接让整个图书馆的同学全都消失不见了！不可能出现这种技能。”

虽然球门消失的那一刻越星文心里也有些紧张，但很快他就想明白了——美术系可以控制环境视觉，刚才徐飞雪把球场变成了森林，如今擦掉球门，这都是暂时的影响，很快就会复原。

就在他准备回防的时候，站在徐飞雪附近的女生忽然喊了声："真相只有一个！"

然后，大家看见球场上出现了一个戴着眼镜的可爱小男孩。

观众席哄堂大笑。

"这是……柯南吧？！"

"居然连名侦探柯南都出来了，动画制作专业的同学能召唤动画人物，也很牛啊！"

"召唤皮卡丘，变身美少女战士，还能叫来柯南，我好想去动画专业！"

柯南盯着江平策，抬起右手指向他："你，就是凶手！"

随着柯南的这句话，两个警察打扮的人走过来，将江平策给抓走了。

江平策看了越星文一眼，给了他一个无奈的眼神。

林蔓萝焦急地道："这是什么技能？我的草坪没法解除控制啊！"

随着江平策被带出球场，球赛直播帖瞬间多了上百楼的回复。

很多同学在幸灾乐祸。

江师兄被警察带走了。看他一脸无奈的样子，为什么我想笑？

请问，江师兄犯的是什么罪？

有江平策守门，C-166课题组哪怕是擦掉对方的推土机，也进不了球，于是干脆让柯南指认凶手，把江平策抓走！

这是从喜剧变成了悬疑推理剧？

电影、美术、动画专业聚在一起果然不一般！踢个球赛都悬念迭起！

柯南的凶手指认，跟法学院的有期徒刑判定不一样：法学院是直接召唤牢笼，把人关起来，柯南却是叫警察把指认的"凶手"带走。

这有点像越星文的"背影"技能，无法解除控制。

"支配技能？将指定为凶手的目标，直接驱逐出赛场吗？"见江平策从身边经过，越星文迅速询问道。

"是的。"江平策点了一下头，具体的驱逐时间他也不清楚，但球场上少一个人，守门员不在，这太危险了。他看向越星文，低声道："尽快补位。"

同一时间，越星文举起手："C-183课题组换人！"

裁判的广播声响彻全场："C-183课题组换人，换下1号江平策，换上9号柯少彬。”

柯少彬一直带着小图在旁边拍照，听到广播后，急忙加入赛场，替补了江平策守门员的位置。

柯少彬没法像江平策那样用坐标系改变对手足球的运动轨迹，他的身高只有一米七五，也不会踢球，对手要是射门的话，他不可能去扑掉足球，该怎么办？

就在他思考的时候，对手已经利用扮演秦露那人的“板块运动”飞快地突破 C–183 课题组的防线，几乎是瞬移到了球门附近，趁着 C–183 课题组的守门员刚上场，还没适应节奏的空当，一脚劲射——球进了！

比分 2 ∶ 1，对方追回了 1 分！

越星文朝他打了个手势：“没关系，尽快适应！”

柯少彬心里有些紧张。

不出两分钟，对手再次运着球快速突破防线，那个同学学了秦露的换位技能，可以直接带着球一路瞬移，很难防得住。

眼看对手又一次来到己方半场，柯少彬立刻朝小图道：“小图，《两只老虎》！”

小图的脑门亮起灯：“好的，主人，播放《两只老虎》！”

于是，一台身高到成年人腰部的白色机器人，脚底踩着滑轮，一边开始绕球场外围跑圈，一边唱着：“两只老虎，两只老虎，跑得快，跑得快……”

C–166 课题组的同学迫不得已被它的歌声所吸引，开始跟着它跑。

于是，足球赛变成了跑圈赛。

C–166 课题组的人哭笑不得，像是有种无形的力量在催促着他们跑步，他们难以自控地跟着机器人开始绕圈跑。

这画面实在太逗了，观众席哄堂大笑。

“这个柯少彬的机器人怎么还会唱儿歌？！”

“C–166 课题组快要被气死，踢球踢到一半，跟着机器人跑圈是什么操作？”

柯少彬在笔记本电脑里设定好导航路线，小图绕着球场跑了一圈，C–166 课题组的同学都跟着小图跑步去了，后方几乎没人防守，只不过，他们擦掉了己方的球门，C–183 课题组也没法射门，于是，卓峰、刘照青等人就将足球传来传去地看戏。

小图的突然出现，彻底打乱了 C–166 课题组的进攻计划。

等小图唱完歌回到柯少彬身边时，被徐飞雪擦掉的球门出现了，但擦掉的推土机还是没有影子。

越星文想了想，总结道：“环境中本就存在的东西，擦除只是暂时消失，三分钟后重现；后来添加的物体，擦除后会彻底消失，不再重现；而且橡皮擦应该只能擦掉静物，不能擦掉动态的人物、动物。”

这样的话，美术系的橡皮擦功能就不算特别逆天，相当于一个“消除技”。

球门终于出现，卓峰再次组织进攻！

按照刚才的约定，卓峰带球过人，吸引对面防守人员的注意力然后传球给许亦深，许亦深迅速传给左前锋刘照青，攻他们相对薄弱的左路。

然而，刘照青刚把球带到球门附近，对面导演系同学忽然大喊一声：“台前幕后！”

球门附近出现了一个大舞台，舞台的后方被一片红色的幕布所遮挡，幕布上写着一行大字：“剧院后台，闲杂人等勿入”。

全场观众：居然把大剧院都搬来了！

而且，球门所在的正好是后台区域，这里成了“禁入区”，刘照青还是没法射门。

C–166 课题组的球门要么被橡皮擦擦掉，要么变成“剧院后台”不让人过去。上半场结束时，比分还停留在 2 ∶ 1。

C–183 课题组一向很“魔幻”，C–166 课题组直接带着剧组来踢球，奇葩操作也不少。

观众们倒是看得开心，大家很好奇：这一出精彩大戏，最终会以什么样的结局收场？

下半场比赛开始后，柯少彬继续待在台下当替补，把江平策换回来守门。

表演系男生果然喊了句：“我要扮演越星文！”

紧跟着，他就变成了越星文的模样，不但容貌一致，连身上的衣服也变成跟越星文一样的队服，后背贴着 10 号标志。

越星文看着不远处的“双胞胎”哭笑不得。

男生自动获得了越星文的其中一本技能书，书名叫《现代作家经典文选》。技能 1 是朱自清的“背影”，可以买三个橘子，这个技能越星文已经用掉，此时是冷却状态；技能 2 是鲁迅的“不要吵闹”，之前用了一次，还有两次机会；技能 3 是鲁迅的“路”。

男生看着长长的技能描述，脑子有点蒙。

中文系的技能都这么奇怪的吗？施法的时候还要念很长的台词？

导演系同学见他变成越星文，急忙问道："有没有厉害的大招？快用一个！"

男生苦着脸摇头："橘子买完了，'不要吵闹'是环境静音，一旦静音的话，我们动画专业队友的技能也放不出来。只有鲁迅先生的'路'，可以对攻击和控制技能免疫，好像有点用。"

导演系同学道："那你在前面开路，我们组织一次快攻！"

扮演越星文的男生立刻翻开《现代作家经典文选》，开始念台词："地上本没有路……"

他不知道的是，几乎同时，越星文也翻开了同一本书，念道："人类的悲欢并不相通，我只觉得他们吵闹。"

由于越星文对中文系的技能操作更加熟悉，会预判，念台词的语速也比别人要快得多，因此，他的技能先释放了出来，环境瞬间静音。结果就是，假扮越星文的男生台词念到一半，被静音了，技能没生效不说，还白白浪费掉一个大招。

看见足球场上跟越星文一模一样的同学抱着书开始发呆，观众席再次响起了笑声，很多人在幸灾乐祸。

"这位哥们儿，是不是扮演了越星文之后，发现技能书的技能释放不出来，所以蒙了？"

"越星文是那么好演的吗？同学你太天真了！"

选择扮演越星文真是最大的错误，技能的好处啥都没捞到……

男生哭笑不得地将技能书收了起来，决定用自己的这张脸混入敌军中迷惑对方。

观众席笑声不断，论坛直播帖中有人总结——

> 今天的足球电影拍摄，从第一阶段的三喜临门、公主和亲，到第二阶段的真相只有一个、谁是凶手，如今开始了第三阶段——真假越星文！

此时，足球正好传到越星文附近。

表演系男生飞快地上前抢断球，带着球一路往 C–183 课题组的球门狂奔。

辛言、蓝亚蓉和章小年都离越星文比较远，没看清刚才发生了什么，见"星文"忽然带球来到后场，三个人都愣了一下，一时没回过神来。

眼看"越星文"朝江平策冲去，没看清情况的队友们还以为星文要把球传给平策。

结果下一秒，就见江平策右手忽然一抬——

这位扮演成越星文的同学连人带球飞向高空，在空中倒着做完了一个抛物线运动后，稳稳地落在了 C–166 课题组的球门旁边。

被江平策用一个公式扔回去的男生满脸惊恐。

周围的队友们见他被丢回自家球门口，纷纷上前去慰问。

“什么情况？”

“你没事吧？怎么直接从天上掉下来了？！”

男生惊魂未定：“没……没事，我是被江平策扔回来的。”

他怎么也想不通，他变成越星文的时候距离对方守门员非常远，C–183 课题组后方防守的几个人都没看清发生了什么，江平策怎么会看出他是假扮的？

论坛直播继续吐槽——

剧情拍摄出现反转，江平策认出了假星文，直接把假星文连人带球扔了出去！

我很好奇，他是怎么认出来的？

江平策当然能认出来。他跟星文的默契别人怎么能学得来？只要一个眼神，他就知道这是表演系的人假扮的。

比赛在继续，C–183 课题组的队友们终于反应过来，是对面表演系的人变成了星文在捣乱。

越星文道：“我不会去后场，大家注意防守！”

接下来，假星文再也没能突破 C–183 课题组的后方防线，只要他出现，蓝亚蓉的笼子、辛言的蒸馏瓶就会统统放下来招呼他。

此时，距离比赛结束还剩五分钟，C–166 课题组的技能已经用得差不多了。越星文让队友们转攻为守，只要守住最后的五分钟，他们就能赢。

事实证明确实如此，控制技能用完后，江平策变成了场上难以处理的 boss。C–166 课题组的人即便绞尽脑汁把球带到球门附近，也无法在江平策眼皮底下成功射门。他们连续组织了三次射门，结果足球都偏离轨迹，擦着门框而过！

C–166 课题组的人很想吐一口血。

这一幕“带剧组上球场”的大戏总算落幕，最终比分 2 ∶ 1，C–183 课题组胜。

柯少彬激动地跑上前道：“我们进决赛了！”

越星文伸出手说："大家好样的！"

众人在一起互相鼓励片刻，便回到休息室，准备最后一场比赛。

半决赛第二场，上半区第二名对阵下半区的第一名，A–37 课题组输给了 B–110 课题组，也就意味着足球赛的总决赛将由 C–183 课题组对阵 B–110 课题组。

越星文看了眼对手名单，道："B–110 课题组体校的同学比较多，有四个。"

刘照青挠挠头道："好像是我们当初在'定向越野'遇见的那四位体校生，其中一个会撑竿跳，一个会立定跳远，一个会滑板，还有一个能用乒乓球攻击并且召唤跨栏，挡住去路。"

柯少彬道："当时大家才过完医学院的课程，我们也只会一两个技能，这么久没见，他们的技能肯定都升级，变得更强了。"

越星文皱着眉若有所思："体校的技能，工具类的比较多，而且，工具类技能最大的特点是……没有冷却时间！"

文科很多"法术类"技能都要声音释放，尤其中文系、哲学系、政治系，台词还挺多，读条时间比较长。但理科、体校的工具类技能并不需要声控。

刘照青拿手术刀，江平策拿三角尺，都是瞬间就能拿出来且没有冷却时间的。体校那些撑竿跳、立定跳远之类的，也是可以频繁使用的技能，加上他们本身就有运动天赋，踢球或许也踢得比刘照青、卓峰这些业余选手要好得多。

遇到这种不跟你玩套路，直接正面拼实力的队伍，想要取胜，很难。

半决赛遇到带美术技能和剧组表演的队伍，C–183 课题组还可以用"公主和亲"去坑一下对手，如今到了决赛，该用的技能基本都用掉了……

怎样才能赢？

越星文仔细思考片刻，将队友们叫过来，统计了一下大家剩余的技能，然后低声说了几句话。江平策点头道："就按星文的策略，试一试吧。"

总决赛正式开始。

场馆内的观众比刚才还多，几乎座无虚席。

双方队长猜硬币，这次越星文猜错，由对方先发球。

B–110 课题组开局就很凶，他们作为 B 组，有一次"全团无敌"的课题组加成效果。趁着这个机会，几位身材高大的体校生飞快地运球、传球，还有踩着滑板传球的，速度快得让人根本拦不住。

几人合力，转眼间就将足球运过了中场，开始组织快攻。

比赛不到一分钟，B–110 课题组的前锋就尝试着第一次射门！

江平策还没来得及开启坐标系技能，跟滑板男生一起跑过来的女生忽然念道：“请各位游客尽快排队进场！”

这是个旅游管理专业的女生，她话音刚落，江平策和附近防守的辛言、蓝亚蓉、章小年就被迫来到了她布置的“景区入口”排队检票。

球门瞬间无人防守，B–110 课题组先进一球！

观众席响起震耳欲聋的欢呼声。

大家都没想到，总决赛居然会这么刺激，开局一分钟对方就进了一个球。

直播帖也在实时吐槽——

平策师兄一会儿被送去民政局，一会儿被柯南指定为凶手被警察带走，一会儿又被导演带去景点旅游，真是经历很丰富的一天！

因为江平策不被控的话球门根本难以突破，对手一上来就强控江平策，这是越星文早就料到的。他并没有着急，给队友们打了个少安毋躁的手势。

林蔓萝迅速解控放队友们回去，但 B–110 课题组的那位旅游学院的妹子控制技能很多。大家刚排队进完场，她紧跟着又说：“请各位游客尽快在景点打卡合影。”

她说罢，还召唤出一块写着“九寨沟风景区”的牌子，江平策、蓝亚蓉、章小年和辛言被她叫去在九寨沟的大门前合了个影。

观众们还以为 B–110 课题组体校的同学比较多，会直接干脆踢球定胜负，结果，他们也带了一个控制“魔法师”——旅游管理专业的女生。

C–183 课题组防御空虚，B–110 课题组的体校四前锋连续射门，又得 1 分。

2：0！

观众席掌声雷动，很多同学猜测——

“该不会这次 C–183 课题组要输吧？”

“B–110 课题组这支队伍果然有备而来，旅游专业的妹子明显留了大招，专门对付江平策！”

然而，C–183 课题组会坐以待毙吗？

事实证明——C–183 课题组的操作没有最奇葩，只有更奇葩。

2：0 的比分持续到上半场结束。

然而下半场，C–183 课题组开始全面组织反攻！

刘照青新解锁的“缝针”和“外科缝线”还从来没用过，他直接拿出缝合线，把对面的两个前锋、两个后卫，分别背靠背缝在了一起，莫名变成“连体”的几个同学一头问号。

被背靠背缝起来，他们别说断球、传球，跑都没法跑了，直接跌跌撞撞地摔倒在地。

观众们哭笑不得。

“刘师兄，外科圣手！”

“这是变成恐怖片了吧？直接用缝线把人缝在一起！”

C–183 课题组趁着对方有四个人无法行动的空缺，迅速组织进攻，连拿两球。

比分变成 2∶2，距离比赛还剩一分钟！

观众们纷纷猜测——

“该不会平局，进点球大战吧？”

“一分钟，地理系的‘板块运动’都用完了，直接跑着传球、运球肯定来不及，看来是要点球。”

众人都做好了看点球大战的准备。

就在这时，球传到江平策手里，轮到 C–183 课题组组织进攻。

B–110 课题组开始全面回防，这个球肯定不能让对方踢进去。目前是平局，只要防住，进点球大战的话，想办法控住江平策，胜负还不一定。

大家本以为江平策会把球踢给队友，尽快组织最后一次进攻。结果，在全场观众的注视中，江平策突然抬起右手，飞快地写下一行公式。

只见他写完公式后，足球场上的二十个人，像是被魔力操控一样在球场后半区整齐地站好——第一排站了两个人，第二排四人，第三排六人，第四排八人。

越星文提前翻开技能书，快速念道：“其实地上本没有路，走的人多了，也便成了路。”

几乎在江平策刚让球场上二十位队员排队站好的同时，越星文就在己方球门和对方球门之间开了一条笔直的通路。这条通路将会免受任何控制、攻击技能，进入“无敌”状态。

2、4、6、8，为什么要这么站？

全场观众满脸茫然。

“什么意思？二十个人站四排，不是应该一排站五个吗？”

“我看到江平策写公式了，2、4、6、8，该不会是数学系的数列吧！”

“等差数列啊！”

球场上的队员正好是二十人，排成数列站去旁边，只剩双方守门员彼此相对。这就如同下象棋的时候，车马炮卒全都让开，直接让将对上了将！

然后，就见江平策干脆利落地飞起一脚——

足球被他高高地踢到空中，在球场上空完成一个超远距离的抛物线，全场所有观众的目光都追随着那个足球。对方守门员紧张地跳起来，想要把球给扑出去，然而，足球明明是从左边踢过来的，结果在最后一段路途突然改变方向，斜着往右飞去。

守门员扑了个空！

足球飞过整片球场，最终擦着右上角的边框，精确无比地射进了球门！

球进了！

比分 3 : 2，同时，比赛结束的哨声响起！

全场观众激动地跳了起来！

他们还是太小看 C–183 课题组了。谁能想到，C–183 课题组居然会在最后关头，直接让守门员来射门？！

江平策让其他的同学排队在旁边看戏，他一脚远射，让球飞过超远距离进入对方球门。抛物线的落点显然是他精确计算过的，足球入门的位置在斜右上角，对方守门员哪怕是跳起来也够不着。

观众们不得不说一句：牛啊！

江平策用最后关头的一发超远距离控球射门，结束了足球赛的决赛。

C–183 课题组拿下了足球赛冠军，这也在很多同学的预料之中。

这支队伍实力确实很强，想要突破他们的防守顺利射门简直难如登天。那么多场比赛下来，最终也只有五个球顺利射到 C–183 课题组的球门之中，还都是对手绞尽脑汁控住江平策的情况下才成功射门的。

双方门将的差距太大了——C–183 课题组的门将不但能改变足球的轨迹，让球偏离路线进不了球门，还能一脚远射，把球射到对方的球门里。

其他队伍的守门员能做到吗？不能！

所以大家输得心服口服。比赛结束后，B–110 课题组的同学主动上前跟他们握手。

“恭喜恭喜！”

“看来，你们今天是四喜临门了！”

越星文客气地说：“谢谢。”

颁奖仪式就在操场上进行，C–183 课题组的十二位队员一起站上领奖台，没有颁奖嘉宾，也没有人献花，他们的脖子上自动出现了金光闪闪的奖牌。

颁奖结束后，柯少彬积极地招呼大家：“我们来个合照吧！”

越星文道：“比赛之前不是合过影了吗？”

柯少彬：“当时没有拿奖，现在，大家拿着金牌再拍一张留念！”

这个提议立刻得到了队友们的赞同，十二个人快速排成两排，小图站在正前方给他们拍照。柯少彬道：“大家一起用右手把金牌拿起来吧！”

众人纷纷照做。

拍摄完成的照片里，同学们整整齐齐地拿起金牌，笑容满面，柯少彬对最终的照片效果非常满意：“回头我把照片整理一下，群发给大家的平板电脑，随时可以看。”

他刚要收起小图，秦露突然说：“我能跟我姐姐单独照一张吗？”

柯少彬当然不会拒绝：“没问题！”

双胞胎姐妹站在一起拍了张亲密合影，紧跟着四个女生又拍了张动作一致的“姐妹照”。

刘照青在旁边开玩笑道：“平策和星文不单独来一张吗？”

江平策朝越星文招手：“来吧。”

越星文自觉地走到他旁边站好，江平策右手拿着金牌，左手轻轻揽住越星文的肩膀，严肃的脸上难得露出一丝笑意。

越星文则笑容灿烂，右手同样拿起金牌，左手比了个胜利的手势。

仔细算来，他俩认识这么多年，还从来没有单独合过影。

越星文看着照片，心里非常满意。他回头叮嘱柯少彬：“记得发给我啊。”

柯少彬道：“放心，我回去处理一下，调整一下色彩、光线，再发给大家！”

刘照青一脸惊讶：“小柯还会图片处理呢？”

柯少彬道：“平时闲着无聊，研究过相关软件。”

他对各种电脑软件、小说、动漫比大家了解得多。刘照青拍了拍他的肩膀，笑道：“小柯真不愧是咱们C-183的前线记者！”

看见他们在合影，周围还有同学大着胆子跑过来跟他们合照，转眼间，小图的电脑里就存了上百张照片。直到图书馆响起广播：“本届运动会最后一个项目——团体拔河即将开始，请报名参赛的队伍，尽快到主会场签到！”

图书馆规定每支队伍最多报四个团体项目，球类只能报一个。越星文他们报的是4×800米接力、团队赛艇、足球，还有拔河。所有团队项目中拔河最简单。可想而知，报名拔河的队伍将会比任何项目都要多。

大家来到主场馆后，发现主场馆座无虚席，几乎跟开幕式差不多，所有同学都来了，报名参加拔河比赛的队伍超过了两千支。

操场被分成五十块区域，标了1到50的编号。每片拔河区域都在地上画了三条线，中间线代表比赛的中心点，另外两条边线则代表双方站在最前面的同学不能越过这条线。

旁边放着一根绳子。那麻绳跟平时学校里拔河游戏所用的绳子粗细差不多，最中间绑着一面红色的小旗子，代表绳子的中心。

广播开始宣读规则："拔河比赛采用淘汰制，所有参赛队伍随机分组进行比赛，赢的进入下一轮，输的出局，直到最后决出冠军。比赛开始时，绳子中间的红色小旗子需要对准场地的中线，小旗子移动到某方界限内，则判定该队伍胜利。"

大屏幕上放出一段动画。规则很好理解，想要赢，就得大力拽绳子，把绳子中间的红色旗子拽到自己这边。

但拽绳子也要技巧。平时的拔河比赛只要所有队员力气大、节奏一致，就容易获胜，今天是技能运动会，光有蛮力肯定不行。对面释放一个群体控制技能把人定住，还怎么拔河？

一场比赛有五十组队伍同时拔河，越星文这次抽签抽到 120 号，第三场才会轮到他们。

越星文带着队友们去观众席旁观。

江平策低声问："有把握吗？"

越星文道："我们的技能大部分在足球赛用掉了，目前还剩秦淼的'杯酒释兵权'，秦露的'西伯利亚寒流'，蓝师姐的'民政局'，许师兄的'DNA 螺旋链条'，对吗？"

众人纷纷点头。

那些二十四小时冷却的技能昨天用过一次，今天还能用；有些限定技能，例如"背影"，整个比赛只能用三次，这些大招都已经用在了足球赛当中。

所以，接下来，他们的底牌并不多。

比赛开始，赛场上各团队的加油声震耳欲聋。拔河需要全员节奏一致，在同一个时间点上使劲儿。

越星文道："我们待会儿也喊'一、二、三'，喊到'三'的时候同时使力。林师姐注意在脚下放草坪，免除对面群控技能的影响。"

林蔓萝道："我的草坪只能放三次了。"

越星文算了一下说："三次，够我们杀进第三轮，到时候再见机行事吧。"

很快就轮到了 120 号签，越星文带着大家来到赛场。

第一轮遇到的队伍，开局就释放群控技能，被林蔓萝的草坪化解。越星文他们没用其他技能，喊着"一、二、三"，大家同时使劲儿，拿下比赛。

第二轮，对方是十男二女的团队，好几个男生身材健硕，力气肯定比 C–183

课题组的几位女生大，纯靠力气会拼不过。越星文给秦露使了个眼色，秦露开局直接放出“西伯利亚寒流”把对方给冻住，顺利协助队友获胜！

第三轮，许亦深用“DNA 螺旋链条”将对面几个人绑起来，大家趁机拿下比赛。

第四轮遇到的队伍也是拼力气很难拼得过的。比赛一开始，秦淼直接开启“杯酒释兵权”，对方手中的绳子瞬间掉落在地，大家不费吹灰之力就将绳子拽到了自己这边。

第五轮，幸运轮空。

到了第六轮，林蔓萝的“净化草坪”次数用尽，大家的技能也用得差不多了，一旦开局被控制，他们必输。

比赛很快开始。对面有音乐学院的同学，开局就直接吹《难忘今宵》，想让 C–183 课题组集体昏睡，然而，吹奏乐曲需要时间，哪怕是短短的几秒。

江平策突然灵机一动，抬起右手，一只三角尺从他手心里飞快地射出——

薄如蝉翼的透明三角尺在绳子处横向切割，居然将拔河用的绳子瞬间切断！

对面音乐还没吹完，绳子一断，C–183 课题组迅速后退，果断将绳子拽到了自己这边。

江平策切绳子的位置正好偏对手那一侧，把红色旗子保留在己方的这一侧，因此，他们完成了“将红色旗子拽到己方界线”的胜负判定条件。

C–183 课题组胜！

对面同学集体蒙了。

“拔河还能把绳子给切断？”

“C–183 课题组果然脑回路超常！”

其实江平策也是想试一试，因为规则并没有说绳子断裂需要重赛或者切断绳子属于犯规，既然图书馆的规则没说，试一下又没坏处。

如果犯规，大不了他们被淘汰，反正对面《难忘今宵》一吹出来，他们集体昏睡，还是会被淘汰，结果是一样的；而一旦不判犯规呢，他们就能赢下比赛！

事实证明，江平策的尝试是正确的，自此打开了新世界的大门。接下来的第七轮、第八轮比赛，哨声一响，江平策就用三角尺切绳子！

由于拔河赛场队伍太多，除了他们的对手，很多人并没有看清他的操作。

直到 C–183 课题组一路闯进八强的时候，观众们才发现——拔河比赛被他们变成了“切绳子比赛”！

毁在C–183课题组手上的绳子已经有好几条了。

论坛再次炸锅。

我怎么没想到可以切绳子？！

早知道我们也把绳子从中间偏对面的位置剪断，不就能轻松把红色旗子拽到自己这边了吗？

咱们对规则的理解还是不够透彻啊！

江平策第一时间抓住了规则的漏洞，这就是学霸审题时“抓关键”的能力。

八进四比赛。

对面物理系的开局直接放电，电流顺着绳子传导，强烈的麻痹感让大家几乎要握不住绳子。刘照青也学会了江平策的操作，干脆利落地丢出手术刀将绳子切断，众人有惊无险地将绳子中线拽了过来，打进四强！

然而，四进二的比赛时，对方看到C–183课题组的操作，开局直接抢了先手。他们是A组，有课题组速度加成，出手比C组要快。

一位物理系男生不知道释放了什么技能，大家只觉得手中的绳子无比丝滑，完全握不住，脚下也像踩着冰块一样根本站不稳，不出2秒，C–183课题组的同学全部滑倒在地，绳子被对面拽走，想切断已经来不及了。

越星文一脸疑惑地爬起来：“什么情况？”

卓峰朝地面看了看，道：“对面应该是主修力学的，消除了我们这边的摩擦力！”

拔河比赛中，摩擦力极为关键。

假设双方力气完全相等，哪一方的鞋子跟地面的摩擦力强，哪一方就更容易获胜，所以，很多人参加拔河比赛会穿上钉子鞋。出汗的手软化了角质层，增加了接触面积，摩擦力更大，更容易把绳子拽走。而一旦消除了摩擦力，意味着他们不但会手滑握不住绳子，还会脚滑站不稳！这还怎么拔河？！

C–183课题组抓规则漏洞走到现在，对手却抓住了拔河比赛的根本原理，靠力学赢下比赛，没什么不服气的。

越星文主动去跟对面握手：“恭喜！”

对面主修力学的男生笑着说：“能赢C–183课题组，够我们在论坛吹一阵子了。”

卓峰问道：“同学，力学的技能好用吗？”

男生说：“还行。我换的是力学相关的摩擦力、反作用力、压强、弹簧，攻击性没那么强，取巧倒是挺方便的。”

物理系大部分人主修电学、光学、磁场，主修力学的今天也是第一次遇到。卓峰琢磨着，以后积分够多的话，他也换点力学的技能试试。

毕竟力学才是物理的基础。

消除摩擦力的技能很强，可以让对方集体滑倒，双手握不住东西；相反，增加摩擦力的话，对方就会走不动。反作用力、压力等，肯定也有各自的用处。

这支队伍显然是留了技能来拔河的，最终走到决赛，拿下拔河冠军。

C–183 课题组在拔河比赛中没能收获奖牌，大家对这个结果也能欣然接受——他们已经拿了三个团队项目的金牌，报名参加四项，全拿金牌的话就太过分了。

对面 A–88 课题组靠力学的消除摩擦力，赢下了拔河项目的冠军，其他人也没什么好质疑的，纷纷为他们献上掌声。

拔河比赛结束。

到此为止，图书馆运动会的所有项目全部完结。

冰冷的机械音道：“感谢大家来参加第一届图书馆运动会。晚上 8 点，将在这里举办运动会的闭幕式！”

图书馆运动会在周日晚上 8 点正式闭幕。

当初开幕式的时候，图书馆弄了一堆机器人的入场表演，还用冰冷的机械音念诡异的台词，让观众席的同学们神色复杂，大家能感受到图书馆在努力扮演一所正常的大学。

闭幕式要求所有同学都参加，大家按照课题组号码入座之后，熟悉的《运动员进行曲》再次响起。

观众席的同学们纷纷无奈扶额。

“又来了！”

“图书馆真是不死心啊，非要一本正经地念台词！”

“不知道那些台词它是怎么编出来的……”

一片嘈杂中，全场果然响起熟悉的机械音，用毫无情绪的冰冷语调说：“各位同学，经过两天的角逐，本届图书馆运动会圆满结束！举办本届运动会，是为了贯彻素质教育，增强同学体质，丰富校园生活。”

同学们：素质教育都出来了？！

图书馆：“本届运动会上同学们大显身手，奋勇拼搏，多次打破纪录，弘扬了更高、更快、更强的体育精神。虽然运动会落下了帷幕，同学们的热血和激情却永不消失！”

同学们：不，已经消失了，不要再折磨我们了，谢谢！

图书馆继续说：“让我们来回顾一下运动会上的精彩瞬间！”

场地中央升起一片超大的液晶屏幕，播放了运动会过程中的很多精彩片段。

C–183 课题组的出镜率格外高，例如，江平策跑 4×800 米接力的时候用坐标系把人给退回来，足球赛送橘子、和亲、拍戏一条龙……

当然，也有其他场馆的精彩片段，比如团队自行车赛，哲学系同学在场馆开启“深渊凝视”技能，跑在他前面的所有自行车都掉进了黑洞。

团队篮球赛，居然有医学院同学用纱布蒙住篮筐，对手怎么投篮都会被弹出来。排球赛更是花样百出，赛场上人仰马翻，连场地中间的球网都被同学们多次撕成碎渣……

看着屏幕中出现的各种搞笑画面，观众席的同学们爆发出一阵阵笑声。

这个周末，是越星文进入图书馆以来，听见同学们笑得最多的一次。平时在食堂、课题组中心，同学们都很安静，气氛也格外压抑。不论图书馆举办这次运动会的目的是什么，但周末两天，确实是他们来到图书馆以来最开心的两天。

图书馆：“在此，向获得优异成绩的同学和课题组表示热烈的祝贺！本届运动会中，获得团体项目奖牌数最多的课题组前三名为：C–183 课题组，三枚金牌；A–76 课题组，两枚金牌、一枚银牌；B–98 课题组，一枚金牌、两枚银牌。请三位课题组组长到领奖台领取额外奖励。”

台下的同学都愣了一下，紧跟着响起热烈的掌声。

越星文也没想到居然还有额外奖励。他快步走上场地中央领奖台，三个机器人整齐地滑过来给他们颁奖，前三名的奖品分别是课题组团队积分 1500 分、1000 分和 800 分。

团队积分可以由队长分配使用，正好他们课题组的团费也花得差不多了，图书馆奖励的 1500 分，换算成饭堂的盒饭，就是 150 份，够他们一周的日常开销。

越星文心情愉快地领了积分。

图书馆：“本届运动会单人、双人项目中，获得奖牌数最多的个人为：江平策同学，三金一银；喻明羽同学，两金一银；谢志强同学，两金两铜。请以上三位同学到领奖台领奖。”

继越星文去领奖之后，江平策也来到领奖台，个人奖励同样是积分。江平策获得 800 分，第二名和第三名分别获 600 分、400 分，相当于一门课通关的结算奖励。

众人在领奖台合影留念。

图书馆：“下面我宣布，本届运动会正式闭幕！欢迎各位明年再来。”

明年再来个鬼!

大家都拼了命想逃出这个鬼地方，在这里待一年估计会疯掉。

运动会结束回到宿舍后，越星文先把 1500 团队积分交给了江平策管理。

江平策道："这个奖励倒是及时。有了这 1500 积分，下周的伙食费就解决了。"

一份盒饭就要 10 积分，他们每天的伙食开销也是不可忽略的一大笔积分。本来越星文打算找同学们收一点团费，如今有了运动会的奖励，就能减轻大家的负担了。

越星文笑道："积分才是图书馆最实惠的奖励。你个人拿到的积分怎么打算？去换技能吗？"

江平策道："我还是等过完下一个学院，多攒点积分再说吧。"

他们团队现在的技能十分丰富，倒也不急着换新技能。

越星文将 C–183 课题组的所有奖牌都摆在床上，仔细数了数，道："我们最后拿到的团队金牌是三枚。个人金牌有许师兄的 400 米、你的三项投掷，加起来有四枚；我俩的羽毛球两枚银牌，蔓萝姐的游泳两枚铜牌，秦露和秦淼的双人乒乓球也拿了铜牌。"

本次运动会的兑换规则是：2 金 =4 银 =8 铜 =1 学分。

江平策很快就算出了结果："团队项目能换 1 课题组学分，个人项目能换 2 个人学分。然后，我们会多出一枚团队金牌、两枚个人银牌和四枚个人铜牌。"

多出来的奖牌该怎么处理？

越星文想了想，道："要不要跟其他课题组交换？反正这些奖牌留着也没什么价值，其他课题组肯定也有多出来或者不够的情况。"

江平策想起刚才领奖时提到 A–76 课题组是两金一银，B–98 课题组是一金两银，便说："联系一下喻明羽和陈沐云，他们的队伍奖牌也有多余。"

越星文刚想发论坛消息，结果陈沐云先发来消息给他："星文，你们是不是有三枚团队金牌？我们就一枚，反正一枚也换不了学分，把这枚金牌给你吧；然后，你们把多出来的个人奖牌给我们，交换一下行吗？"

越星文愣了愣，道："我还想着，把一枚金牌给你，让你们换 1 学分呢！"

陈沐云道："还是给你们换吧。2 学分其实也就一堂选修课的事，我们到时候多刷一门选修就行。我这边大家的学分差距比较大，更需要个人奖牌，拉平队员们的学分。"

两人一合计，干脆地交换了奖牌。最终，C–183 课题组只留下团队金牌，个人项目的奖牌全部交换给 B–98 课题组。

四枚团队金牌，可以换取 2 课题组学分，每个人加 2 学分，相当于本周末他们 C–183 课题组完成了一堂不太费力气也没什么危险的公共选修课。

回想这两天的经历，就像所有人又回到大学时光，参加了一场趣味运动会。

运动会结束后，论坛上出现了很多“奖牌交换帖”，大家自由交换，也有人把多出来的铜牌、银牌直接送给熟悉的朋友。所有人都知道，奖牌的价值就是兑换学分，留着也没用，周末的图书馆运动会，相当于全民参与的一次变相公共选修课。

庆幸的是，在高校联盟的监督下，本届运动会没有出现一次技能恶意伤人事件，不小心受伤的同学也有医学院的人立刻帮忙用纱布治疗。大家度过了一个有趣又难忘的周末，不管最后拿到多少奖牌，至少这是来到图书馆以来难得的放松时刻。

然而，随着天色渐渐变黑，大家参与运动会的兴奋也迅速退去。

明天是星期一，新的一周，各大学院又要开始课程考试！

谁都不知道等待着他们的会是多么危险的课程，大家还能不能再顺利活过下一周。

在忐忑不安的等待中，晚上 10 点整，图书馆所有楼层的课程表终于再次更新，并且同步到了每个宿舍的平板电脑上。

进度慢的团队，急忙去查看三楼、四楼的必修课有没有更换。

而进度快的第一梯队，如 C–183 课题组以及京市大学喻明羽带队的 A–76 课题组、政法大学陈沐云带队的 B–98 课题组、滨江师大秦朗带队的 A–153 课题组等，关注点却是新开放的楼层会是什么学院。

越星文第一时间打开了图书馆的楼层列表。

1 楼：医学院

2 楼：数学学院

3 楼：建筑学院

4 楼：生命科学学院

5 楼：公共选修课中心

6 楼：法学院（NEW）

新开放的六楼，居然是法学院！

越星文的目光定格在六楼那一层，在课题组频道说：“五楼以上果然出现了文科学院，蓝师姐，你看到课表了吗？”

蓝亚蓉回复道:“看了，法学院有两门必修课，总共9学分。”

周一、周三、周五上午，必修课“律师之死”，4学分。

周二、周四上午，必修课“无罪辩护”，5学分。

队友们看到课程表，心里都没底。

刘照青头疼地按住太阳穴:“‘律师之死’，一看就是解谜课程。”

许亦深无奈地说:“‘无罪辩护’，该不会是让我们去法庭为嫌疑人辩护吧？”

越星文道:“法院我不太了解，到时候还要蓝师姐把关。”

蓝亚蓉说:“没问题。我在律师事务所实习过一年，也跟我师父出庭很多次，我会竭尽所能帮助大家。”

越星文干脆地说:“两天的运动会，大家都累了，先休息吧！明天7点30分食堂门口集合，我们继续六楼法学院的课程！”

第七章

律师之死

次日早晨 7 点 30 分，众人在食堂门口集合，用团队积分一起吃过早餐，便乘坐电梯来到六楼的法学院选课中心。

图书馆进度最快的第一梯队彼此之间已经很熟悉了，越星文果然在这里见到了喻明羽、秦朗、陈沐云等人。

喻明羽和陈沐云正在商量事情，越星文路过他们身边，依稀听到喻明羽在说："你们队有两位法学院的同学，借一个给我们啊。"

越星文停下脚步，好奇地问道："喻师兄是想借用 X 组员吗？"

喻明羽无奈耸肩："没办法，我们团队理科生偏多，没有法学院的。法学院的课程涉及律师、辩护，我们担心专业知识不过关的话，到时候会挂科。"

旁边，秦朗走过来劝道："沐云，你们有多的法学院同学，借一个给他们吧，昨晚看见课表之后明羽头都快秃了。"

喻明羽："就是就是，帮个忙。"

陈沐云想了想，看向身旁的男生："刑师兄，你愿意过去吗？"她是队长，总不能自己离队，只能让研究生师兄刑洛过去帮忙。

越星文对这位刑师兄印象深刻，在上周的运动会羽毛球双打项目中，他跟江平策在决赛遇到刑洛、陈沐云组合，被刑洛强行送去民政局。没记错的话，刑师兄主修的就是《婚姻法》。

果然，刑洛说道："我主修《婚姻法》,《刑法》《经济法》只了解表面。不知道课程会涉及哪方面的内容，你们要是信得过我，我可以过来帮忙。"

喻明羽喜出望外："太好了！不管你修的是什么法，总比我们这些法盲强。"

这话倒也没错，普通人只能保证自己不去违法犯罪，对具体的法律条款真是两眼一抹黑。想过法学院的课程，带个法学院的同学是很有必要的。

陈沐云当下便做出决定："那就让刑师兄去 A-76 课题组当 X 外援。明羽，你那边是要换一个人过来，还是十三个人进课程？”

X 组员是不占课题组名额的。课题组可以以“12+1”的方式进考场，但这样的话陈沐云的队伍就变成了十一人。保险起见，喻明羽说道：“我这边也换一个人到你们组吧，两边都十二个人进考场。周宇，你去找沐云师姐。”

被点名的师弟乖乖走过来跟陈沐云问好。

卓峰凑到越星文耳边说：“这个周宇，哲学系大二，经常看小说，推理方面应该不弱。喻明羽还是挺仗义的，换过去一个比较强的队员。”

越星文点头：“嗯，我们团队也缺一些专业，以后要是遇到商学院之类的课程，得找他们借人，先看看他们是怎么操作的。”

双方交换组员后，被交换的人就会以“X 组员”的身份临时加入课题组，共享课题组的学分和积分。

几支队伍整顿完毕，一起去平板电脑按下选课按钮。

熟悉的信息在屏幕上弹了出来——

法学院必修课：律师之死

学分：4 分

考场人数：≤ 12（不含 X 组员）

课程描述：有一位律师在夜间离奇死亡，杀死律师的会是谁呢？

考试要求：五天之内找出真正的凶手。

备注：队伍中最好有法学院相关专业的队员。

确认选课：是 / 否

越星文按下“是”，耳边响起机械音提示：“C–183 课题组选课成功，即将开始考试，请到休息室准备。”

越星文带着队友们来到旁边的空教室。

距离 8 点整考试开始还有五分钟，越星文提醒道：“待会儿进考场后，大家不要贸然行动，小心一些，注意周围的细节，说不定会有线索。”

也不是第一次上推理课了，众人纷纷点头表示明白。

8 点整，考试正式开始。

越星文眼前一黑，当视力再次恢复时，发现自己身处一个宽敞明亮的办公室里，前方不远处是占据一面墙的巨大落地窗。越星文揉了揉眼睛，快步向前走到落地窗前。

现代化的都市，站在落地窗前可以俯瞰整个城市的景观。从落地窗外的景色可以判断，这栋楼应该位于繁华的市中心，周围全是高楼大厦，越星文当前所在的楼层在最高的四十层，脚下的道路勉强能够看清，车辆和行人小得如同蚂蚁。

市中心的写字楼，租金肯定不便宜，何况这个办公室比越星文在电视上见过的总裁办公室还要宽敞和奢华——靠墙摆着一排真皮沙发，屋子中间是实木办公桌，配可旋转的真皮老板椅，办公桌的背后是一排整齐的书架，上面放着很多资料。

越星文在办公室内仔细观察了片刻，没发现什么特别的线索，倒是注意到办公桌的其中一个抽屉装上了密码锁。

就在这时，门被推开，一个年轻男人走了进来。他端着咖啡慢悠悠地喝着，看到越星文后意外地挑了挑眉，道："你是新来的实习生吗？不要随便进我的办公室。"

越星文立刻解释道："抱歉，我走错了……"

男人坐在老板椅上，笑容亲切："实习生由蓝律师带，你去找她吧。"

越星文转身出门。宽阔的走廊旁边是一间间整齐排列的办公室，他很快就看见门牌写了"蓝亚蓉律师"的房间，敲门进去。

本以为队友们都在这儿，然而进屋的时候，他只看见蓝亚蓉和林蔓萝。两个女生对上越星文的目光，立刻迎上前来："星文！"

越星文疑惑道："其他人呢？"

蓝亚蓉摇了摇头："我也不知道。我刚刚看了一下律所的名单，只有你跟蔓萝是我们律所的实习生，其他人的名字都不在这儿。"

林蔓萝急忙说道："在课题组频道问一下大家在哪儿吧。"

越星文打开课题组频道，却发现输入框那里画了一个"×"。

课题组频道被禁用了。

蓝亚蓉也发现了这一点："被禁用？没法用课题组频道交流，难道是大家被分散在了不同的地方，要分头找线索吗？"

上次，建筑学院的"工地之谜"课程，大家住在一起，可以随时讨论，哪位同学发现了线索也能立刻共享给队友们。如今被分开，难度明显增大了。

越星文沉默片刻，道："这么大的城市，不好出去找人。少安毋躁，先整理一下我们这边的线索吧。课程名字叫'律师之死'，死者很可能就是律所的人。"

蓝亚蓉赞同地点了点头，将笔记本电脑旋转九十度，将屏幕对向越星文："我的电脑桌面上有个文件夹，里面是律所的资料，还有全部律师的名单，你先看看。"

越星文打开文件，仔细过了一遍。

这家律所名叫“明辉律师事务所”，创立者刘明辉，毕业于国内一流的北江政法大学，并取得了法学博士学位，在业内颇有名气。这家私人律师事务所创立已有五年时间，打了不少知名的官司，也吸纳了不少人才。

目前，明辉律师事务所有十位专业律师，擅长刑法、经济法、婚姻法等不同的法学专业；每个律师都有单独的办公室，并且配备二到三位助理。

蓝亚蓉也是明辉律师事务所的合伙律师，主要接与《婚姻法》相关的案子。

越星文从小就有“过目不忘”的超强记忆力，他飞快地扫过资料，将律师事务所的所有人员名字都记了下来。

越星文刚才在办公室见到的律师名叫周子扬，今年三十岁，主要负责刑事案件。

越星文跟他有一面之缘，见到资料里的照片后不由多看了一眼。此人也毕业于北江政法大学，跟刘明辉是师兄弟关系。

目前不知道哪位律师会死亡，越星文也毫无头绪，只好先把资料记下。他背下资料后提醒道：“蓝师姐，你有没有 U 盘？把律所的资料拷下来，待会儿见到柯少彬，可以把资料交给他备份，也让其他同学看一看。”

“有的。”蓝亚蓉点点头，找来一个 U 盘把资料拷了下来。

窗外，天边的云彩被夕阳的光线染成了金红的色彩，透过这里的落地窗，可以欣赏到美丽的落日。

下班时间到了，其他队友还是没消息，越星文问：“我们接下来怎么办？”

蓝亚蓉道：“图书馆告诉我，明辉律师事务所的待遇很好，实习生是包食宿的，住处安排在写字楼对面的单身公寓，你俩分别住 A 栋 3303 和 3304，我们可以先回宿舍休息。”

越星文想了想，道：“回宿舍吧，说不定能碰见其他人。”

死者没出现，他们现在漫无目的地到处调查，只会像无头苍蝇一样乱撞，浪费时间不说，查到的很可能都是没用的资料。

所以，越星文决定先找到队友。

三个人一起刚走到电梯处，越星文的眼角余光突然瞄到了一个高大的身影。他立刻放轻脚步走过去，透过门缝往里一看，只见刚才那位叫周子扬的律师拿着手机，站在楼梯间的角落里，压低声音跟人说话，神色间透着明显的不耐烦。

“够了，我不想再跟你废话！你如果不服法院的判决，尽管去上诉，但我保证，上诉的结果也是一样！你想浪费时间的话随便你。”他沉着脸挂掉电话，然后从口袋里摸出一根烟点燃，烦躁地抽了几口，掐灭烟头，这才快步朝电梯这边走来。

越星文立刻闪身躲开。

周子扬恢复了冷静的神色，走到电梯门口，按下按键。

蓝亚蓉礼貌地问道："周律师准备下班？"

周子扬换上亲切的笑容："嗯，回家。"

电梯门打开，周子扬很绅士地做了个"请"的手势让女生先走，蓝亚蓉和林蔓萝进了电梯，他才跟进来。越星文走在他的身后，不动声色地打量着他的背影，意外地发现，他的手腕部位似乎有一片瘀青。

这位周律师应该是本次课程的关键人物。他刚才在给谁打电话？他提到"不服可以上诉"，是不是曾经接手的案子判决结果不如意？

越星文脑子飞快地转动着。直到电梯停在一楼，他才收回思绪，跟两位队友一起走了出去。

同一时间，刑警大队。

一身制服的江平策推开办公室的门，正好看到从隔壁出来的柯少彬。对方紧张地扶了扶眼镜，压低声音道："平策，你这身衣服……是警察吗？"

江平策点头："实习警察。你呢？"

柯少彬道："我是刑警队网络侦查科的科员。"

江平策皱了皱眉，环顾四周："你见到星文了吗？"

柯少彬摇头："我刚看了一下人事名单，秦淼是痕迹鉴定科的科员。"

话音刚落，一个穿着职业西装裙、踩着高跟鞋的短发女生从楼梯处走了下来，见到他们后，立刻加快脚步："什么情况？其他人呢？"

江平策道："可能是大家被分配了不同的身份，警队就我们三个。"

在建筑学院的课程里，大家都成了建筑工人，住在工地解谜，而这次的案子显然没那么简单，江平策思考几秒，低声朝柯少彬说："先查到所有队员的下落再说。"

江平策在视力恢复后第一时间就发现身边的环境是警察局，自己穿了一身蓝色制服，周围有很多穿着同样制服的同事，却看不见越星文的身影。

江平策立刻打开课题组频道想要联系星文，结果发现课题组频道被禁用，只好冷静下来观察四周，顺便获取有用的信息。

这座城市叫北山市，是一座海滨城市，风光秀丽，旅游业十分发达。他所在的刑警大队是北山市清塘区刑警队，负责整个清塘区的刑事案件。警队的队长姓林，是一位四十五岁左右的中年男性，看上去胡子拉碴，不修边幅，实则精明能干，破案无数。

这位林队，也是他来警队实习时认的师父。

最近，清塘区出现一起连环谋杀案。江平策醒来时，师父正在整理案子的卷宗，江平策趁机看了一眼，飞快地记下案件的内容——万一案件跟本次考试相关呢。

晚上6点，等其他警察相继离开，江平策这才走出办公室，正好遇见柯少彬。

柯少彬在刑警队的网络侦查科工作，这份工作也给了大家极大的便利。

趁着刑警队没几个人，柯少彬带着江平策和秦淼偷偷溜回办公室，打开办公电脑，开始在市民信息中检索队友们的资料。

在实名制的城市，警察找人还是挺方便的，输入队友们的名字后排除一些同名同姓的，江平策很快就锁定了目标——

蓝亚蓉，明辉律师事务所律师；越星文、林蔓萝，北江政法大学刚毕业的学生，也在同一家律师事务所实习。

江平策道："看来蓝师姐、星文还有林师姐在一起。"

柯少彬紧跟着查了刘照青，道："刘照青、许亦深师兄都是市人民医院的医生，秦露是护士，他们三个在一起。"

秦淼听见妹妹跟刘、许一组，不由疑惑："我们的身份是按什么来分配的？秦露的专业跟医学毫无关系，怎么会被分去医院当护士？"

江平策猜测道："应该是按线索区域分配的。十二个人分成了几个小组，分别寻找案件相关的线索，最后再汇总和推理。星文也不是法学专业，却被分去了律师事务所。"

秦淼了然："这样倒是说得通。剩下的人呢？"

柯少彬道："辛言是法医鉴定中心的实习生，卓峰师兄是金座佳苑小区的电工，章小年师弟好像参与了金座佳苑小区的设计，还在这个小区买了套房子，查到他名下有一套房产——金座佳苑C栋2单元3301号房。"

江平策目光飞快地扫过电脑屏幕："我们被分成了五组——刑警组、法医组、律师组、医院组、小区组。"

被打散分组，说明这个案子的线索不像建筑学院的工地那样集中，而是四处分散。队友被分散也有好处，大家可以同时搜集线索，能查到的信息量是全员聚在一起的五倍。

柯少彬扶了扶眼镜，认真问："我们接下来该怎么办啊？去找队友吗？"

江平策俯身看向他的电脑，道："能不能查到大家的电话？直接电话联系。"

柯少彬摸了摸口袋，发现口袋里有一部手机。

上次在建筑学院的工地上没有给他们配手机，柯少彬想当然地以为这次也不会有。

没想到图书馆大发善心，居然给大家都配了手机。或许这就是禁用课题组频道的原因——只要分到刑警队的同学在第一时间找到队友的资料，就很容易联系到其他人。

江平策也拿出口袋里的手机，对着资料上的电话拨了过去。

他最先拨的是越星文的电话。越星文此时正在宿舍洗漱，听见手机铃声后有些意外，见来电显示是陌生的号码，立刻接起来道："喂，你是？"

耳边响起熟悉的声音："是我。"

越星文双眼一亮："平策？"

江平策的语气温和："嗯。你还好吧？"

越星文点头："我刚回宿舍。我跟蓝师姐、蔓萝姐在明辉律师事务所。"他顿了顿，关心地问道："平策你在哪儿？对了，你怎么会知道我的电话？"

江平策说："我在刑警队，柯少彬和秦淼也在这里。柯少彬通过刑警队内部的资料登记网查到了大家的信息。你现在住在哪儿？"

资料中并没有登记越星文的住处，他刚来律师事务所不久，吃住都是律师事务所安排的，这套公寓也不在他的名下。越星文很快答道："我住在星海大厦对面的星海公寓 A 栋顶楼 3303，蔓萝姐在 3304，蓝师姐在 3306。"

江平策将手机夹在耳边，接过柯少彬的电脑，打开本市地图，飞快地输入星海公寓。他发现，星海公寓和卓峰他们所在的金座佳苑就隔着一条街，而巧合的是，明辉律师事务所，就在这两个小区的中间。

江平策在脑海里迅速建了个地图模型，三栋建筑的位置构成一个三角形。他紧跟着问："你们律所在星海大厦的几楼？"

越星文道："最高层，四十楼。"

江平策："也就是说，如果律所出事，在蓝师姐住的公寓顶楼和章小年住的居民楼顶楼，都可以目击到案发现场？"

越星文心头一震，没想到江平策已经迅速推算出了大家所在位置的意义。他们的住处，确实能通过窗户看到明辉律师事务所。察觉到江平策要说什么，越星文立刻起身道："小年在哪个小区？我现在去找他。"

江平策说："过马路，斜对面的金座佳苑小区，去物业找到卓峰，然后在 C 栋 2 单元 3301 号房找到章小年。今晚可能会出事，如果图书馆不强制催眠我们，大家就尽量保持清醒，密切关注律师事务所的情况。"

"明白了。你那边呢？"

“我先尽快跟其他人取得联系。今晚打算睡在刑警队，万一半夜有人报警，我也可以跟着值班人员一起出警。”

越星文道：“好，有事电话联系。”

虽然没法见面，但两人分工合作，默契仍在。越星文挂了电话后，把这个来电号码存入通讯录，紧跟着就叫上林蔓萝和蓝师姐，一起去对面的小区找卓峰、章小年。

五个人会合后互相交换了一下已知的信息，存好电话，这才各自回到岗位。

江平策将电话打去医院。

病区护士站接电话的正好是秦露，江平策低声道：“秦露，尽快在医院找到许亦深和刘照青，问一下他们在哪个科，今晚是不是值夜班。存好我的电话，你们三个会合之后再联系我。”

秦露当时正一脸迷茫——她一个地理系学生，穿着一身护士服，病区的医生还让她去查房，她紧张得都不知道手脚该往哪里放，生怕自己不小心犯什么错。听见江平策的声音后，她才终于松了口气，立刻去各个科室找刘照青和许亦深。

很快，她就在外科病区看见了许亦深，在一楼的急诊大厅找到了刘照青。三人会合后，走进刘照青的办公室反锁上门，给江平策回了电话。

刘照青道：“平策，什么情况？”

江平策问道：“你们是不是今晚安排了夜班？”

刘照青：“没错，我们三个都是夜班。”

看来，今夜很可能有事发生。

江平策提示道：“密切注意自己所负责的病区的情况，每一个病人有什么异常都要记住，明天大家再汇总。放心，所有队友都已经找到，我们这次是分组行动。”

刘照青恍然大悟：“明白了。”

江平策让柯少彬打电话给辛言。辛言这个人性格孤僻，不太好相处，让柯少彬去通知他更好。

接到柯少彬电话后，辛言的声音难得有些紧张：“你在哪儿？”

柯少彬说：“我在刑警队。”

辛言皱了皱眉：“你犯了什么事被警察抓了？”

柯少彬无语：“我在网络侦查科，这次我是警察！”

辛言：“哦……”

柯少彬道：“你别担心，我跟平策、秦淼在一块儿，其他队友也联系上了。

我们查到你是法医鉴定中心的实习生，要是明天有尸体送过去，你能不能跟着老师参与解剖，拿到死亡原因？”他顿了顿，补充道，“要是看见尸体恶心，可以在嘴里含个薄荷糖。”

辛言道：“放心，我会随时关注法医这边的结果。”

“那明天再联系。”

结束通话后，柯少彬看向江平策：“不知道今晚会发生什么。”

江平策道：“大概有个律师要死在今夜吧。”

毕竟这门课程的名字就叫“律师之死”，提示太明显了。

只不过，死的会是谁呢？

江平策回到值班室，坐在沙发上看向窗外。不知何时，窗外下起了雨，雨势渐渐变大，到 0 点的时候就已经变成了倾盆暴雨。

这座繁华的城市在夜间依旧灯火通明。暴雨中，街道上看不见一个行人，车辆也是来去匆匆。位于市中心的星海大厦，漂亮的落地窗被雨水淋湿，像是蒙上了一层雾气。

星海大厦是一栋四十层高的写字楼，下班之后大门就被锁了。

越星文坐在窗边往外看去，雨越下越大，模糊了视线。突然，他好像看见有个人从楼顶掉落下来，只一瞬间就不见了，像是产生了幻觉一般。

越星文豁然起身来到窗前，往楼下看去——暴雨中根本看不清楼下有没有尸体。

他急忙将这个消息告诉了蓝亚蓉和林蔓萝，三个人一起下楼去看。瓢泼大雨中，哪怕打着伞，身上的衣服也在顷刻之间被淋湿。越星文拿出手机照明，四处找了半天，什么都没找到。

越星文不由疑惑：“我明明看见有人从楼顶掉下来，不会是眼花吧？”

蓝亚蓉眉头紧锁：“我也看见了。应该就在这附近才对，掉到哪儿了？”

三人对视一眼，同时抬起头——

只见三楼的广告牌那里，卡住了一个人，那人眼眸瞪得很大，满脸的血正顺着雨水往下流，血水正好流到了几人的头顶。

越星文迅速伸手擦掉脸上的血水，拿出手机打给江平策：“有人坠楼，死者是明辉律师事务所的律师，周子扬。”

江平策立刻打起精神：“打 110 报警，我们马上过去！”

越星文很快就打了 110 报警：“你好，我在星海大厦外发现一位男性坠楼身亡，尸体挂在三楼的广告牌上……”

接线员记下地点，表示会尽快出警。

越星文挂掉电话朝两位队友道："往旁边站。"

蓝亚蓉和林蔓萝脸色都有些难看。鲜血跟雨水混杂在一起当头浇下来，这样的经历绝对会让她们做噩梦。

越星文冷静下来，将伞撑在头顶，带着两人站到旁边，这才重新抬起头看向上方——

暴雨倾盆而下，借着周围路灯的光芒可以看到，死者周子扬穿了一身黑色的运动服，跟白天在律师事务所看见他时的打扮很不一样。

越星文记得当时在办公室看见周律师时，他穿着一身灰色西装，搭配干净的皮鞋，西装里面是白衬衫和条纹领带，腰间系着名牌皮带，头发梳得整整齐齐，手腕上有一块价值不菲的机械腕表。

这样的打扮一看就是白领精英、成功人士的模样。

但如今死在星海大厦的周律师却没有白天那种精英范儿，头发被雨水冲得乱如杂草，眼眸瞪大，满脸的血迹，狼狈不堪。

越星文蹙眉看向楼顶："他是被人推下楼的？"

蓝亚蓉赞同："既然考试要求我们解开律师之死的谜团，他肯定不是自杀的。"

林蔓萝道："凶手应该已经逃离现场了。"

越星文三个人住在街对面的星海公寓三十三楼，他从窗户看到有人坠落，之后立刻联系蓝亚蓉和林蔓萝一起下楼查探。

当时公寓电梯停在一楼，等电梯从一楼来到三十三楼，他们乘电梯下楼，过马路到星海大厦门口，花了十分钟；在大厦门口到处找尸体又花了五分钟，然后才发现尸体在头顶。

越星文道："从我们目睹周子扬坠楼，到发现他的尸体，整个过程是十五分钟。如果凶手早有准备的话，十五分钟足够他跑出去了。"

越星文当时特意看过手表，把时间计算得非常清楚。

蓝亚蓉疑惑地看向星海大厦的大门："但是，这栋写字楼的大门是锁着的，凶手是怎么爬上楼，又是怎么逃离的呢？"

林蔓萝猜测道："会不会是踩着空调管道，从大楼侧面爬上去的？"

越星文来到大楼侧面检查了一下整栋楼的空调出风口，发现每层楼的空调出风口都是对齐的，身高腿长、攀爬能力强的人，确实可以顺着空调出风口一层一层爬上去，但周子扬是从四十楼坠落的，从一楼爬到四十楼可没那么容易，除非凶手会飞檐走壁。

让越星文更疑惑的是："就算凶手是从大楼侧面顺着空调管道爬上去的，那周子扬呢？总不至于，凶手让他跟着一起爬吧。”

周子扬为什么会深夜出现在大厦楼顶，还换了一身方便行动的运动服？大厦的门被锁了，他又是怎么进去的？

疑点重重，越星文暂时也想不到合理的解释，便给江平策发消息：“你们到了吗？”

江平策回复：“马上。”

越星文看到回复不久，就听远处响起了警车的鸣笛声，他低声道：“两位师姐先回去吧，我留在现场当目击者就够了。我们三个大半夜同时出现在现场，反倒不好解释。”

两人对星文的决定毫无质疑，立刻转身离开。

深夜 0 点 30 分，下着暴雨，街道上一个行人都看不见，车辆也极其稀少。

鸣笛声打破了深夜的宁静，转眼间，两辆警车停在星海大厦的门口，一群人撑着黑色的大伞从车内走下来。为首的是一位留着络腮胡的中年男人，穿了牛仔裤和皮夹克，打扮很随意，跟在他身后的有好几个同事，还有江平策。

越星文隔着雨幕对上江平策的视线。

男生穿了一身蓝色的制服，身材挺拔，眉眼冷峻，警察制服的衬托让他整个人散发出一种难以接近之感，脸上的神情也显得成熟很多。

他快步走到越星文面前，发现越星文穿着单薄的衬衫，虽然打着伞，可衣服早已经被雨水浸透，头发也贴在脸上，看上去就像个湿淋淋的落汤鸡。

两人没有说话，交换了一个眼神。

络腮胡男人抬头看向三楼的广告牌，拿起手电筒一照，死者瞪大眼睛、满脸是血的样子映入众人的眼帘，周围响起抽气的声音。男人一边拿着手电筒观察周围，一边沉声问道：“是你报的警？”

越星文礼貌地说：“是的警官。”

男人头也没回地朝江平策道：“小江，你问一下目击者当时的情况。小刘、小赵，立刻封锁现场，找保安开门！”

经验丰富的刑警队长迅速做出安排。

旁边，江平策将雨伞的伞柄夹在腋下，左手拿出个记录本，右手握着黑色的钢笔，低声问越星文：“你叫什么名字？什么时候发现的尸体？为什么会大半夜路过这里？”

越星文配合地说道：“我叫越星文，住在对面的星海公寓。凌晨 0 点左右，我睡不着，坐在窗边看雨景，突然看见对面大楼有人掉了下来。我疑惑之下，下楼查看，发现有一具尸体挂在三楼的广告牌上，然后就报了警。”

江平策笔尖顿了顿，抬头看他："你亲眼见到有人掉下来吗？"

越星文点头："是的。"

"当时有没有看到楼顶还有其他人？"

"雨太大了，看不清对面楼顶有没有人，但我确定，他是从楼顶掉下来的，当时我正好看着对面的星海大厦。"

两人一问一答，配合默契，其实是说给林队听的。

果然，林队听到这里后，立刻回头问："你认识死者吗？"

越星文道："好像是我们明辉律师事务所的周子扬律师。"

林队皱着眉看向三楼的尸体，道："尽快把尸体挪下来！"

就在这时，值班的保安被吵醒，哆哆嗦嗦地开了大门，一群警察蜂拥而入。林队亲自带着江平策去了顶楼，其他人则去三楼挪尸体。

顶楼天台。

四十层的高楼，站在这里可以看清周围的夜景。暴雨中的城市像是被蒙上了一层雾气，江平策打着伞紧跟在林队身后，旁边还跟着个负责现场拍摄的同事。

林队用手电筒四处检查一番，道："暴雨冲掉了天台的痕迹，顶楼天台上看不见任何脚印。"他走到护栏处往下看了看，"如果是从这里坠落，正好会掉到广告牌上。"

男人顿了顿，道："四处找找看吧。"

江平策走上前去，打开手电筒一寸不漏地寻找线索。

突然，他看见护栏处有条银色项链。那项链很细，中间挂着个钻石吊坠。漆黑的雨夜里，手电筒光芒扫过项链时，钻石吊坠闪烁出一丝耀眼的光芒。

江平策立刻说道："师父，这里有条项链。"

林队急忙走过来用镊子将证物夹起，语带疑惑："女人的项链？"

旁边负责拍摄的同事迅速拍下几张照片。林队将项链放进证物袋里，三个人在顶楼转了一圈，没有其他的发现，便一起下了楼。

林队朝保安道："给我调出星海大厦凌晨 0 点左右的监控。"

保安知道外面死了人，吓得脸都白了，立刻将监控调出来，然而，凌晨 0 点左右，监控中的星海大厦一楼空空如也，什么人都没有，所有电梯也没有运行过。

林队疑惑地皱了皱眉："把监控拷给我。"

看来得回去仔细看。

这时候，正好有辆车开到星海大厦门口停下，车上有"十"字形标志。从车内下来的是一位穿着白大褂的年轻法医，走在他身后的人脸色苍白，居然是辛言。

越星文看了辛言一眼，后者神色冷淡，装作不认识他，跟着师父一起将担架从车上抬下来，安放在大厦门口可以躲雨的干燥平台上。

法医迅速检查，说道："初步判断死因是颅骨碎裂导致的脑出血，死亡时间在半小时左右，身上没有发现其他伤痕，具体结果还得带回去进一步解剖才能知道。"

林队点了点头："把尸体带回去再说。"

他转身问挪动尸体的几人："三楼的广告平台有没有发现？"

几位同事道："什么都没有，连血迹都被暴雨给冲没了。"

暴雨确实可以掩盖很多的罪证，林队摸了摸下巴上的络腮胡："死者的手机呢？"

同事们道："没找见。"

还有一位同事积极地说："附近的垃圾桶也找过了，没发现他的手机。"

林队沉默片刻，道："先收队吧，明天再调查死者的社会关系。"他看向越星文，"麻烦你去警察局做个笔录。"

越星文跟着他们一起回了刑警队。

做笔录的时候，也是江平策和林队一起在审讯室。有平策在对面，越星文心里一点都不紧张，详细说了自己报警的过程，说完后，又突然想起一件事，道："对了，昨天下午6点左右，我准备下班的时候，在楼梯间听见周律师跟人打电话，语气有些不耐烦。"

越星文清了清嗓子，模仿当时周子扬的声音："够了，我不想再跟你废话！你如果不服法院的判决，尽管去上诉，但我保证，上诉的结果也是一样！你想浪费时间的话随便你。"他记忆力惊人，将周子扬当时说的话一字不差地复述了出来。

林队挑了挑眉："知道周子扬最近经手过什么案子吗？"

越星文摇头："我只是刚来律所实习的学生，不太清楚周律师的情况。"

林队又问了他很多细节，越星文非常冷静地依次回答。

做完笔录，已经凌晨1点多了。

江平策亲自送越星文出门。

送到门口，江平策才终于找到机会跟越星文单独说话，他压低声音："你衣服都湿透了，回去赶紧冲个热水澡，喝一杯热水再睡，别感冒。"

越星文："好的，江警官。"

江平策听到这个称呼，愣了一下，才说:“我只是个实习警察。”

越星文打量着他，赞道:“这身衣服，跟你的气质还挺搭的。”

江平策看着他湿淋淋的样子，皱了皱眉，说:“快回去，早点休息。警队这边有我在，有什么进展我会发消息给你。”

越星文点了点头，问:“你今晚不打算睡了吗？”

江平策道:“林队他们应该会加班，我听一下线索。”

越星文也不好留在这里打扰他，便转身走到路边。江平策给他拦了一辆出租车，目送他上车，这才回到办公室。

柯少彬和秦淼今晚也没走，留在刑警队值班。三个人碰头交流了一下，柯少彬小声道:“现场出现了项链，凶手难道是女性吗？”

江平策严肃地道:“还不能确定，目前线索太少，明天得彻查周律师的社会关系，还有，星文说的那位跟他打电话的人，也非常重要。”

只是，死者的手机不见了，跟他打电话的人到底是谁呢？

清塘区刑警队办公室。

队长林巍将拷来的监控在电脑屏幕中放大，仔细查看，凌晨 0 点左右的监控并没有发现任何人出入大楼，因此他将时间往前推移，从下班时间开始看。

星海大厦是一栋综合型写字楼，内部入驻了不少公司和工作室。

通常，下午 6 点，大部分单位都会下班，但有些网络公司是 996 工作制，员工加班到晚上 9 点也是常有的事。星海大厦会在晚上 10 点整准时锁门，如果有人加班时间超过 10 点，需要提前跟保安室打好招呼。

昨天是周三，没有任何公司的员工加班超过 10 点。

林巍倒了杯咖啡提神，一边喝一边看。他从 6 点下班的时间开始看，在监控中找到了越星文、蓝亚蓉、林蔓萝三个人并肩走出大门，死者周子扬也跟他们乘坐同一部电梯下了楼。

林巍按下暂停键，问道:“小江，你怎么看？”

江平策说:“报案的这位越星文是明辉律师事务所的实习生，他说昨天下班的时候无意中在楼梯间听见死者跟人打电话，提到不服可以上诉。当时，越星文应该在楼梯间旁边的电梯口等电梯，死者打完电话，跟他乘坐同一部电梯下楼，时间上说得通。”

林巍若有所思地看着监控:“你觉得越星文没有嫌疑？”

江平策果断道:“如果他是凶手，他不可能第一时间报案。况且，他一个实习生，今天刚到律所实习，根本没有杀害周律师的动机。”

林巍点了点头，继续往后看监控。下午 6 点到 7 点是星海大厦下班高峰期，监控中人来人往，还有好多外卖小哥出入，没发现特殊的人。一直到晚上 8 点左右，大部分单位下了班，大厅里渐渐变得空空荡荡。

林巍看着屏幕里空空荡荡的大厅，打了个哈欠，四倍速快进。

江平策也坐在他旁边紧紧盯着屏幕。

空无一人的大厅，偶尔有保安来回走动，整栋楼都关了灯。

一直到晚上 9 点 50 分，一个人影突然出现在监控中，只见他穿着一身黑色运动服，戴了顶鸭舌帽，手里提着个行李箱，飞快地走进电梯。

由于保安当时不在门口，并没有发现他。

林巍立刻按下暂停键将画面放大，江平策也坐直了身体："是周子扬。"

林队调出电梯的监控，果然见周子扬走进电梯，按下了"40"。

江平策皱着眉道："原来他是在 10 点锁门之前偷偷溜进去的，保安没注意到他进来。他待在星海大厦，12 点的时候才爬楼梯上了天台。说不定，凶手也根本没离开过这栋楼，当晚留在星海大厦里，等周子扬出现后，把他推了下去。"

大厦锁门之后没有人进来过，那就只有两种解释——

第一种，凶手没走正门，而是从大楼侧面顺着空调管道爬上去的。这栋楼有四十层高，一路爬上楼顶，难度太大。

第二种，凶手根本没有离开过星海大厦。那么，不管大厦锁没锁门，他都可以在夜深人静时爬上天台，把周子扬推下去。

林队赞同道："查一下星海大厦的出入记录，看看昨天谁没离开过。"

江平策跟着林队看监控看到凌晨 3 点，没有其他发现，便在值班房和衣睡下。

次日，越星文叫上林蔓萝和蓝亚蓉一起去事务所上班时，警察已经到了。警察来得比他们还要早，直接进了死者周子扬的办公室。

事务所的同事们纷纷面带疑惑。

昨夜的一场暴雨冲洗了现场的血迹，因此，今天早晨来上班的人完全没有意识到这栋大楼发生了命案。直到警察开始依次询问他们关于周子扬的问题，大家才反应过来——周律师很可能出了事。

跟周子扬关系最好的一位女律师说："周律师跟我同级。他当年高考以录取最高分考进北江政法大学，成绩一直是年级第一；在学校期间人缘也特别好，跟校花刘澜恋爱结婚，毕业后签到明辉律师事务所，他经手的官司 80% 都能赢。"

林队问："他私下有没有跟人结过仇？"

女律师摇头："他对人态度亲和，在律所人缘也很好，想不到他会跟谁结仇。”

警方又走访了其他同事，大部分人都表示，周子扬性格好，人缘也不错，还经常请大家喝奶茶，同事们之间相处融洽。

只有一位女律师悄悄告诉林队：“去年 3 月份，我看见周律师跟齐律师吵架，好像是周律师抢了齐律师的一位大客户。齐律师当天还发了朋友圈，说某些人真是虚伪做作，让人恶心。”

齐律师？江平策在本子上记下了这个关键。

林队很快就找到他。这位名叫齐照的律师留着寸头，戴银边眼镜，看上去精明干练，就是脾气有些暴躁。听到林队的问话后，他沉着脸说：“我一直担任金星集团的法律顾问，去年金星集团突然换了周子扬当顾问，我被蒙在鼓里，最后才知道的。”

金星集团，本市最大互联网公司，每年的盈利额都在十几亿以上。被抢走这么重要的客户，齐律师难免心生怨恨。

江平策问道：“昨晚凌晨 0 点，你在哪里？”

齐律师：“在家睡觉。”

江平策：“有没有人能够证明？”

齐律师烦躁地抓抓头发：“我单身，一个人在家睡觉怎么证明？！”

林队笑了一下，直截了当地问道：“周子扬抢你客户，你是不是一直怀恨在心？”

齐律师瞬间爹毛：“我确实讨厌他没错！但我是律师，学法律出身，再讨厌一个人，我都不可能去杀他！为了这种人搭上自己的前途，不值得。”

林队目光锐利：“我没问你是不是杀了他，你怎么知道……他死了？”

齐律师怔了一下，眼中闪过一丝慌乱，但他很快冷静下来，说：“大清早的，直接来周子扬的办公室，还找大家问他的消息，你们是刑警吧？既然惊动了刑警，肯定是死了人。如果只是简单的失踪案，不到二十四小时，还没法立案。”

他的话确实没错。周子扬昨天下午还在办公室，大家都看见了，今天早晨刑警就找上门来，自然不会是失踪，最大的可能就是他死了，或者他卷入了谋杀案。

紧跟着，又有一个实习律师爆料：“前几天下班后，我落了东西回来取，无意中看见周律师搂着一个女人进了他的办公室，那女人好像是楼下月光设计工作室的年轻设计师陈月琴。我只看见他俩一起进办公室，别的我什么都不知道！”

林队问：“陈月琴平时经常来你们律所吗？”

实习律师道："没来过。我当时看见她的时候也奇怪呢，还以为她有什么法律问题找周律师咨询，只是……周律师搂着她的肩膀，两人看上去很亲密。"

也就是说，周子扬很可能有一段婚外情。

林队派人去月光设计工作室询问陈月琴，对方却咬死跟周律师不熟，找过他一次，只是为了咨询法律问题，因为她姐姐想跟姐夫离婚，准备打官司。

对律所的调查持续了两个多小时。

林队问得很细，江平策在旁边听，记下了两个有嫌疑的关键人物：齐照、陈月琴。前者跟周子扬有业务上的冲突，后者跟周子扬存在暧昧关系，都有作案动机，而且这两个人昨天晚上都没有不在场证明。

不过，江平策觉得案子没那么简单。

目前，周子扬的手机下落不明，顶楼那条项链的归属没有结论，而且，昨晚监控中看到的那个行李箱也没有找到。周子扬带行李箱进星海大厦，那行李箱一定非常重要。

几位警察回到周子扬的办公室时，柯少彬也在现场，正收集死者电脑里的资料。

林队问："抽屉的密码锁破译了吗？"

柯少彬道："六位数的密码，需要一点时间。"

林队道："尽快吧。"

柯少彬在那里破译密码，江平策则跟其他人一起搜查办公室。这办公室的面积将近一百平方米，装修得十分奢华，办公桌后面有一面墙的书柜，书架上几乎都是法律相关的书籍。

江平策仔细扫视书架，突然，他的目光定格在书架中间一个空缺的格子里。

格子周围有灰尘，中间却很干净，似乎这里原本放着什么东西被人拿走了。从形状来看是长条状的。江平策对图形非常敏感，他在脑海里想象了一下……

放在书架上，留下长条状痕迹的会是什么？相框吗？

由于东西被拿走，这个格子空了下来，江平策也没法确定是什么东西。

就在这时，旁边传来柯少彬的声音："林队，密码解开了。"

江平策立刻走过去，只见柯少彬打开了上锁的抽屉——

抽屉里居然全是现金，一沓沓纸币，加起来有好几十万。

江平策疑惑："这么多钱不存银行，偷偷锁在抽屉里，是不是非法收入？"

紧跟着，身后传来同事的声音："林队，箱子找到了！"

办公室角落的衣帽间里居然有一扇暗门，推开之后是个储藏室，储藏室内果然放着一个黑色的箱子，跟监控中拍到的箱子完全一样。

林队挑眉:“打开看看。”

箱子没有上密码，江平策俯身打开锁扣——

箱子里也是整整齐齐的现金，还有两张大额的支票，总金额超过五百万。

林队若有所思地摸着下巴:“他把这么多现金带到办公室做什么？”

现代社会转账非常方便，使用现金的场合越来越少，周子扬抽屉和箱子里出现这么多现金，一定有不可告人的秘密。林队扭头问江平策:“小江，这些现金，你怎么看？”

江平策发现这位队长特别喜欢向他提问，当然，他现在名义上是林队的徒弟，一个小小的实习警察，说不定他的表现会影响最后的评分。

江平策理了理头绪，答道:“不走银行转账，可能是因为这笔钱不能光明正大地转到某个账户上，以免留下转账记录。这种情况，要么是有人私下行贿，给他送的现金，他不敢存进银行卡；要么就是他偷偷取了很多现金，要跟人进行一些非法的交易。”

不管是私下贿赂，还是暗中交易，现金确实是比转账更稳妥的方式。

林队赞赏地点了点头，朝身后的同事说道:“去银行查查看周子扬最近几年的账户流水，还有，看看他是不是提取过大量的现金。”

两位同事立刻行动起来。

其他同事继续在办公室四处搜证，还提取了办公室内留下的所有指纹。

柯少彬坐在办公桌前，整理周子扬电脑里的资料，他的鼠标突然一顿，扶了扶眼镜，仔细看向一份文件，片刻后才说道:“林队，我在死者电脑里发现了离婚协议书，上面填了周子扬和刘澜的名字。”

林巍一个箭步冲上前去，皱着眉看向离婚协议书，江平策也跟了过来。

柯少彬回头跟江平策对视一眼，不动声色地将这些资料拷进他随身携带的笔记本电脑里。这是柯少彬自带的电脑，到时候也可以给队友们看。

协议书的前两行是夫妻双方姓名、身份证等个人信息，之后写道——

由于夫妻感情破裂，无法继续共同生活，经理智考虑后决定离婚，现就所涉及的权利和义务达成如下协议。

第一条，自愿原则。两人离婚是自愿行为，没有受到任何胁迫。

第二条，房产归属。位于金座佳苑A栋1单元3301、3302、3303的房产，清塘区别墅山庄C7号别墅，均为周子扬在婚前购买，离婚后，以上四套房产依旧属于周子扬。

第三条，现金、股票等归属。婚后八年，男方年收入200万元左右，大部分用于生活开销和子女抚养，现账户剩余存款100万元，按夫妻财产平分原则，支付女方50万元现金。

第四条，子女抚养。由于女方没有工作，男方收入稳定，儿子周承泽由男方抚养，女方有权探望，不需要支付抚养费。

江平策看到这里，不由大皱眉头——这份离婚协议书不就相当于女方净身出户？只拿五十万打发跟了自己八年的女人，这位周律师真够冷血的。

之前询问律所同事的时候，有人提到过，周子扬的妻子刘澜，是北江政法大学的校花。刘澜名校毕业，又长得那么漂亮，不可能找不到工作。协议书提到“女方没有工作”，很大可能是她为了家庭才放弃工作，当了全职太太。结果，离婚的时候她不但分不到房子，连孩子的抚养权都保不住。

柯少彬小声道：“跟这种心机深沉的律师结婚太可怕了，或许在结婚之前，他就算计好了有朝一日离婚的话，怎么把自己的财产损失降到最低。”

毕竟律师是最了解法律的，知道如何从法律上为自己争取最大权益。当然，这种连自己的妻子都要算计的律师也是少数，是律师界中的奇葩。

江平策沉着脸道：“他的年收入那么高，婚前就买得起别墅，我不相信他只有100万存款。会不会是他决定离婚的时候，暗中转移了夫妻财产？如果他妻子知道这件事，也有可能对他起杀心。”

林巍摸着下巴道：“看来，得找这位刘澜女士聊一聊了。”

昨晚刑警队连夜加班，已经查到周子扬家人的联系方式。他的父母早已去世，林队本想联系他妻子来认领尸体，但电话一直打不通。

林队看向江平策：“小江，你再打刘澜的电话试试。”

江平策拨了刘澜的电话，“嘟嘟”几声忙音后，电话被接了起来，声音听起来非常的温柔：“喂，你好，请问你是？”

周围有嘈杂的背景音，但江平策还能清楚听见“17号于敏慧，请到3号诊室就诊”的机械音。

是医院？

江平策冷静地道：“刘女士，您好，我是清塘区刑警队的警察。有一起案件需要您协助调查，请您今天抽时间到警察局做一下笔录。”

刘澜有些意外：“警察？出什么事了吗？”耳边传来脚步声，她应该是拿着手机来到了一个安静的角落里，“不好意思，我在医院看病，这边有些吵。”

林巍从江平策手里接过电话，道：“刘女士，你昨天晚上有跟你丈夫联系过吗？”

刘澜沉默片刻，道：“我们分居很久了，他的事情我并不清楚。”

林队直说道：“很遗憾地告知你，你丈夫昨晚坠楼身亡，麻烦你尽快到警队认领他的尸体。”

刘澜的声音瞬间拔高：“什么？坠楼？！”

林队道：“周子扬昨晚从星海大厦掉下来摔死了，请你来认领他的尸体。”

刘澜的声音微微发颤：“你们不会是骗子吧？”

林队严肃地道：“我是清塘区刑警队的队长林巍，警员编号 78513，你可以打电话到刑警队核实。”

刘澜沉默片刻，挂了电话。

江平策拿回手机，立刻给刘照青发了条消息：“师兄，麻烦查一个叫刘澜的病人。她正在你们医院看病，我们需要她的详细就诊资料。”

片刻后，刘照青回复道：“她正在心理科，最近一年来过医院三次，每次的诊断记录都是抑郁症，医生给她开的也是治疗抑郁症的药。”

抑郁症吗？是知道老公出轨并且要跟她离婚，所以才渐渐患上抑郁？

她有充足的作案动机去杀掉周子扬，但她一个女人，是怎么精心筹划，将周子扬从大楼的天台推下去的呢？她又是怎么躲开大楼监控的？

这个案子疑点重重，具体结论还要等见到刘澜再说。

同事们抱走了周子扬经手的所有案件的资料，收集了办公室所有线索，大家这才收队。

法医那边很快给出了验尸的结果。辛言第一时间将结果发到江平策的手机上：“死因是高处坠落导致的颅骨碎裂、内脏碎裂。血液中发现酒精残留，证明他死前喝过酒。从胃内容物的消化程度看，他在死前两个小时内吃了夜宵，吃的是牛排。内裤检测出精液，死前可能跟人发生过性关系。指甲里发现了不属于他的皮肤碎屑和血迹，正在检测基因。”

看来，周子扬死前的经历还挺丰富：昨晚 10 点左右吃了夜宵，之后跟情妇发生了关系，才拖着行李箱进入大厦；又或者，他的情妇陈月琴就在大厦里等他，两人去星海大厦的办公室里摸黑找刺激，完事之后，周子扬从天台坠落。

他指甲里的皮肤碎屑和血迹，说不定就是挣扎的时候划到了凶手。

江平策将案件现有的资料整理成一份文档，发给越星文。

越星文在律所展开了调查，主要查齐照、陈月琴这两位嫌疑人。

警队这边传唤陈月琴，她否认了跟周子扬有暧昧关系：“警官，我要说多少遍你们才信？我姐跟我姐夫感情不和，闹离婚呢，我当时就是找周律师咨询一下，怎么让我姐姐拿到房子和孩子的抚养权！”

林队问：“你姐姐的官司开庭了吗？”

陈月琴：“早就打完了，我姐只拿到房子，孩子的抚养权给了我姐夫。”

江平策心底忽然一动——昨天星文听见周子扬语气不耐烦的电话，会不会跟这个案子有关？“不服可以上诉”，是周子扬跟这位“姐姐”的对话吗？还是说他经手了别的案子？

由于陈月琴死不承认，林队干脆将基因鉴定的结果扔给她：“死者周子扬指甲里的皮肤组织、血迹，都跟陈小姐的基因完全吻合。他办公室内还发现了很多陈小姐的指纹，你怎么解释？”

陈月琴脸色骤变。

林队紧跟着拿出在天台上发现的项链：“这是你的吗？”

陈月琴看到这条项链，如同见鬼一样，她的嘴唇开始剧烈地颤抖：“我……我跟周律师确……确实在一起半年了。去年我找他咨询法律问题的时候，发现他是个又温柔又有才华的男人，一时鬼迷心窍，就跟他……”她顿了顿，声音突然尖锐起来，“但我没有杀他，我那么爱他，怎么可能杀他？！”

江平策低声问：“周子扬要跟老婆离婚的事，你知道吗？”

陈月琴紧咬着嘴唇，片刻后，才声若蚊蝇地说：“我知道，他说离婚之后就会娶我。”

林队笑道：“看来他给了你不少承诺。如果你发现，这些承诺都是他在骗你，他只是玩弄你，你会不会恼羞成怒，把他从天台推下去呢？”

陈月琴的脸色陡然苍白如纸：“不可能！”

就在这时，江平策收到越星文发来的消息：“陈月琴的同事说，昨天她下班后出门打包了一些吃的，又回到星海大厦。今天上班最早的同事说，早上 8 点进门时见陈月琴从办公室旁边的休息室出来，明显昨晚睡在这里了。他们设计师有时候为了赶稿，会直接在办公室熬通宵，老板给他们提供了临时的住处。”

江平策放下手机，问道：“你昨晚，是不是睡在星海大厦？”

陈月琴：“……”

江平策凑到林队耳边：“三十九楼有目击者看到她早晨 8 点从休息室出来。今天早上 8 点之前，大厦门口的监控也没有拍到她的出入记录，证明她昨晚睡在三十九楼的休息室。”

也就是说，昨晚一整夜，陈月琴都在案发现场。

林队挑了挑眉：“陈小姐，你现在嫌疑很大。昨晚你跟死者有过亲密接触，你还留在星海大厦过夜，有作案时间、作案动机，死者指甲里还发现你的皮肤组织和血迹，天台掉落的项链也证实是你的，我们现在就可以申请逮捕你！”

陈月琴吓得面无血色，崩溃地吼道：“我没有杀他！真的没有！昨晚我俩确实在办公室……但结束之后我就回三十九楼睡下了，当时是晚上 11 点左右。我睡着了，不知道后来发生了什么。我真的不是凶手！求求你们相信我……”

女人满脸都是眼泪，妆容都花了，也不知是因为难过还是恐惧。

然而，不管她怎么说，她的嫌疑确实是目前最大的。

突然间，她似乎想到了什么，紧紧攥住拳头，恶狠狠地道：“肯定是刘澜杀的！刘澜知道她老公要跟她离婚，不给她分房产，还要带走孩子，她肯定动了杀心！周子扬父母早就去世了，只要周子扬死了，她作为配偶，就是第一继承人！”

就在这时，一位同事推门而入，低声在林队的耳边说：“刘澜来认领尸体了。”

江平策转身出门，看见走廊里站着一个身材高挑的女人。

她穿着亚麻色的连衣裙、白色高跟鞋，长发在脑袋后面松松地扎了起来，脸上没有化妆，看上去气色不太好，但那种清丽、温婉的气质，走在人群里也会十分醒目，虽然已超过三十五岁，保养得却很好，看上去依旧年轻美丽，不愧是北江政法大学当年的校花。

不同于大部分家属来认领尸体时的崩溃，她的情绪格外平静。

江平策带着她去了停尸房，看到周子扬苍白的脸后，刘澜只淡淡地说道：“没错，他就是周子扬。我可以将他的尸体带走吗？”

江平策道：“按规定办一下手续，就可以带走了。”

刘澜点了点头：“谢谢。”

她连一滴眼泪都没有，平静得好像死的不是她丈夫，而是一个跟她毫无关系的陌生人。

刘澜冷静的表现让江平策很是疑惑——死者是她丈夫，她连一丁点儿难过都不屑于伪装，自始至终，她的表情都像是在给一位陌生人办手续。

她心理素质肯定极好，一般人面对丈夫的死亡根本做不到如此镇定——感情好的，崩溃大哭很正常；感情破裂的，要么装一下难过，要么掩饰不住喜悦。但她就是一脸平静，看着冰柜里推出来的死人，如同看着地上的一只蚂蚁。

林队把刘澜单独叫去审讯室，问了她一些问题：“你跟周子扬结婚八年了吧，还有一个七岁的儿子。他死了，你一点都不伤心吗？”

刘澜面色冷淡：“我为什么要伤心？我们之间的感情早就不在了，分居一年多，我看着他只觉得陌生。”

江平策道：“分居之前签过离婚协议书吗？”

刘澜抬起头看向江平策，淡淡道：“我没见过离婚协议书。我们还没正式谈起离婚的事情，因为儿子刚上小学，学校组织活动的时候需要父母参与，我俩偶尔还得扮演恩爱夫妻。我们打算等儿子长大一点，适应了新学校的环境之后再离婚。”

父母双方为了孩子考虑，推迟离婚也在情理之中。

刘澜真的没见过那份让她净身出户的协议书吗？没离婚先分居，她就不怕她这位律师老公转移婚后财产？

林队问道：“昨天晚上 10 点到 12 点，你在哪里？”

刘澜道：“昨晚我在家给儿子辅导功课，儿子睡下之后我回房看了会儿电视，12 点 30 分才睡。我一直没有离开过小区，你们可以去物业查监控。”

从协议书来看，周子扬买下了金座佳苑 A 栋 1 单元 33 楼的 3301、3302、3303 这三套房子，江平策问道：“你住在金座佳苑哪一套房？”

刘澜道：“3301、3302 中间的隔墙被打通，装修成了一个大套间，我跟儿子目前住这里。3303 是两室一厅的套间，以前他父母过来的时候住过，周子扬目前住这儿。儿子问起的时候他就解释说工作忙，需要加班，担心影响我们休息。”

也就是说，两人名义上分居，其实住在同一栋楼同一层的不同房间，表面上也装作夫妻和睦的样子，不让儿子产生怀疑。

江平策和林队对视一眼，后者继续问道：“最近周子扬有没有什么异常？你知不知道，他曾经经手的官司，是不是得罪过什么人？”

刘澜自嘲地笑了笑：“我跟他分居很久了，他虽然偶尔回我那里陪儿子吃饭，但吃过饭后就会去他自己的房间。他最近在做什么、得罪过谁，我并不知情。”

林队道：“你跟他分居的原因，是因为他出轨吗？”

刘澜点头：“是的。女人的直觉比较敏锐，去年有一段时间，他身上频繁出现陌生的香水味，我觉得不对劲。有一次周末，他穿着运动服说要去健身，我偷偷跟踪他，看见他跟一个留着卷发的女人在星海大厦的办公室约会。”

卷发女人，自然是设计师陈月琴。

刘澜眼中闪过一丝痛楚，低下头说：“我当时很难过，但我不想捉奸在床，让自己那么狼狈。回去之后我仔细想了想，既然他已经不再对我忠诚，我就算勉强挽回了他，他过几年遇到年轻漂亮的女孩子还是会出轨，不如放自己自由。”

江平策道：“于是你主动提出了分居？”

“我将当时拍下的亲热视频给他看，他跪在我面前求原谅，还说会立刻跟陈月琴断绝来往。但我态度坚决，当晚就搬了出来。”她轻蔑地扯了扯嘴角，道，“事实证明我的决定是对的，他一边求我原谅，一边继续跟陈月琴打得火热。”

偷腥的男人，让他老老实实回归家庭那是痴心妄想。刘澜处理这件事时无疑是果断并且明智的。然而，这么聪明冷静的女人，难道没发现，两人拥有的所有房产都是周子扬在婚前买的吗？一旦离婚，在财产分配上她会陷入极大的不利。

难道她对财产漠不关心？还是说，她有别的算计？

林队问道：“老公出轨，你就不恨他吗？”

刘澜目光坦率：“当然恨，恨不得他马上死掉。但那又怎样？犯错的是他，又不是我，我没必要为他的错误耽误自己的人生。就算他再对不起我，我也不可能杀了他，让我儿子变成无父无母的孤儿。”

林队若有所思地盯着她看，似乎想从她的表情分析她证词的真假。

刘澜却神色镇定，丝毫都没有心虚的表现。

片刻后，她突然想起了什么，将自己的手机打开，递向江平策：“对了，昨天晚上 11 点 30 分左右，周子扬突然给我打电话，我录了音。”

听到这个关键点，江平策立刻坐直身体，从她手中接过手机。

手机的通话记录中，昨晚 11 点 30 分果然有一通来自周子扬的电话，通话时长在三分钟左右。江平策按下播放键，只听电话那边，一个男人醉醺醺地说：“阿澜，我对不起你……如果我说，我后悔了，我想回家，我想跟你和儿子在一起，你……你怎么看？”

刘澜冷道：“你是喝醉了吧？”

周子扬的声音确实有些醉，听着像在哭又像是在笑，嘴里嘟囔了片刻，他才道：“我跟陈月琴只是玩玩而已，我从没想过娶她……你懂的吧？男人，有时候会身不由己……那种风流的女人，是不适合娶进家门的……”

他确实喝了酒，说到后面有些语无伦次。

刘澜沉默片刻，才忍无可忍地说：“周子扬，你让我觉得恶心。”

她干脆地挂了电话，录音也在这一刻戛然而止。

林队抱着胳膊看向她：“跟老公打电话，你每次都会录音吗？”

刘澜冷道：“这是他教会我的。凡事都要留下证据，光用嘴，怎么说得清？”

林队挠了挠后脑勺，站起来，伸出手道：“好吧，谢谢你配合调查，有什么问题，我们会再联系你。”

刘澜起身礼貌地跟他握手，转身离开。穿着亚麻色连衣裙的女人背影单薄，但走路的姿势很端正，挺拔的身姿和优雅的气质在人群里也非常出众。

旁边有同事低声感慨：“有这么漂亮的老婆，还去外面偷腥，这个周子扬真是身在福中不知福啊……”

林队回头问：“小江，你觉得，陈月琴和刘澜有没有可能是凶手？”

江平策仔细想了想，道：“陈月琴嫌疑很大。昨晚，她不但跟周子扬一起在星海大厦偷情，而且天台有她的项链，周子扬指甲里有她的皮肤碎片，加上刘澜的通话录音中周子扬明确说想回归家庭，跟陈月琴只是玩玩。假设陈月琴听到了这段对话，当然有可能恼羞成怒，认为周子扬在欺骗她的感情，于是冲动之下将周子扬给杀了。”

林队点头：“嗯，她有作案时间和作案动机。那刘澜呢？”

“刘澜这个人，我总觉得看不透。可能是她有抑郁症的缘故，她似乎封闭了自己的内心，情绪毫不外露。”

不管问她什么问题她都能对答如流，冷静得像是在说别人的故事。

这个女人有些奇怪，但她说，她不会因为别人的错误搭上自己的人生，不会让儿子变成孤儿……这个理由又很充分。因为一旦她杀了周子扬，她会被判刑，孩子就没人照顾了，怎么看也不划算。

江平策分析道：“她昨晚 11 点 30 分接过周子扬的电话，但周子扬死亡的时间是凌晨 0 点左右，她的嫌疑也不能完全排除，不过我认为她不太像凶手。从一个母亲的角度出发，她杀死丈夫，让孩子变成孤儿，这跟她冷静的性格不太相符。”

林队赞同道：“嗯，我也这么认为，还是得找到死者的手机再说。”

江平策提出一个建议：“死者昨晚 11 点 30 分给妻子刘澜打过电话，说明手机一直在他身边，也就是说，他的手机如果没被凶手带走，那就有可能还在星海大厦的某个角落里。”

林队干脆地道：“让外勤 A 组对星海大厦展开地毯式搜索，尽快找到死者的手机！”

同一时间，越星文、蓝亚蓉和林蔓萝也在明辉律师事务所不动声色地展开调查。

周子扬死了，所内众人议论纷纷。有些实习生面对警察时不敢胡说，私下聊天却爆出不少猛料——

“周律师跟楼下那个美女肯定有一腿。那次周末我回律所拿东西，看见他俩在洗手间亲热，吓得我赶紧跑了。”

“陈月琴确实长相美艳，她姐姐也很漂亮啊。”

“对了，她姐姐有段时间天天来找周律师，两个人在办公室锁上门谈事情，一谈就是好几个小时，她离婚的官司就是周律师帮忙打的，结果，她拿到了价值千万的房子，孩子的抚养权判给了老公，她好像不太服气。”

越星文听见了“洗手间亲热”这个关键爆料，假装上洗手间，想查查看有没有线索。

四十楼一整层都是明辉律师事务所，洗手间位于走廊的角落。

整个洗手间装修得十分奢华，跟五星级酒店相比也毫不逊色。男性洗手间有五个隔间，所有门都开着，打扫得干干净净，没发现什么特别的。女洗手间越星文不好贸然进去，就让蓝师姐和林师姐进去看看。

蓝亚蓉和林蔓萝一起进门，见同样是五个隔间，四个开着门，角落里的一个门虚掩着。两人对视一眼，林蔓萝伸手轻轻推门——

洗手间里没有人，但旁边放抽纸的平台上，赫然摆着一部手机！

蓝亚蓉立刻将手机拿了出去，说：“星文，发现一部手机！”

越星文低头一看——黑色外壳的手机，跟昨天在楼梯间看见周子扬打电话时用的手机一模一样，此时是关机状态。

越星文神色严肃：“蓝师姐，你问一下律所有没有人丢失手机！”

蓝亚蓉拿出自己的手机，在明辉律师事务所的办公群里问道：“有同事丢了手机吗？”众人纷纷表示没有。

三个人互相看了一眼，异口同声道：“这是周子扬的手机？”

然而，周子扬一个男人，他的手机怎么会出现在女洗手间里？他上洗手间的时候糊涂到没看清男女标志？还是说，这是凶手遗落的？

不论如何，找到手机是个大进展。越星文立刻给江平策发了条消息：“我们在四十楼的女洗手间找到了死者周子扬的手机。”

江平策收到消息后，立刻将这件事告知了林巍。

林队叫上几个人再次来到星海大厦。蓝亚蓉解释道：“我跟蔓萝刚才一起上洗手间的时候发现这个隔间门开着，手机就放在旁边的纸巾架上。问了一圈，律所的同事没有人丢掉手机，我们怀疑这是周律师的，所以才打电话报警。”

林巍接过手机，让技术部的人尽快解锁，他亲自来到女洗手间发现手机的隔间，让同事们采集现场证据。垃圾桶里有几个纸团，地上还有一些奇怪的液体痕迹，墙壁上也采集到很多指纹，这些都要带回去做鉴定。

越星文自始至终没有露面，交手机的事由蓝师姐和林师姐搞定。此时，越星文正在金座佳苑小区里，跟卓峰、章小年一起看监控。

章小年是小区业主，以“我家狗狗丢了”为理由，找物业查昨晚的监控。

卓峰是物业员工，负责小区水电检修，昨晚他正好值班，因此能很方便地带着章小年和越星文调到物业的监控。

三个人坐在监控室里，越星文道：“从昨晚 6 点 30 分开始看吧。”

昨晚 6 点 30 分，周子扬和越星文乘坐同一部电梯下楼，从星海大厦出去。周子扬家就在星海大厦对面的金座佳苑，如果他按时回家的话，很快就会出现在小区的监控中。

卓峰打开监控。傍晚 6 点 35 分，小区大门口拍到了周子扬的身影，6 点 40 分左右，周子扬出现在了 A 栋一单元的门口。男人提着公文包，穿一身西装皮鞋，脸上带笑，还跟大厅碰到的邻居打招呼，然后他乘坐 1 号电梯直达顶层，在 3303 号房间门口用指纹解锁进屋。

6 点 30 分下班，6 点 40 分回到家，看来他下班后直接过马路回家，没去别的地方。

越星文道：“继续看刘澜是几点回来的。”

三人一起盯着监控。晚上 7 点，刘澜带着儿子一起回到家。小男孩蹦蹦跳跳，十分兴奋，手里提着一盒玩具，应该是刘澜刚给他买的。母子二人有说有笑地进了 3301 的门。一家三口虽然住在同一层，却在不同的房间。

至于他们回家之后发生了什么，大家无从知晓。只见晚上 9 点 30 分左右，从 3303 走出来一个男人，正是换了身黑色运动服的周子扬，此时，他手里提着个黑色的行李箱。

卓峰将画面暂停放大，越星文仔细看了看，道：“跟死亡时的装扮一致，他这箱子里现在应该装满了现金。”

章小年道：“也就是说，他是从家里取的现金？”

越星文道：“嗯，去银行的话，这个时间银行早就下班了，说明他提前留了大量现金放在家里，昨晚突然带出来。”

卓峰一路追踪监控，发现周子扬拖着行李箱走出小区大门的时间是 9 点 45 分。

越星文若有所思地看着监控时间，分析道：“他昨晚 9 点 45 分离开小区，9 点 50 分出现在星海大厦的监控中，从时间来看，他走出小区后应该是立刻过了马路，来到星海大厦，没有去其他地方。”

章小年疑惑道：“辛言师兄不是说尸检发现他喝了很多酒，并且在死前吃过牛肉，还没消化吗？我还以为，他跟情人约会、吃饭，然后才回大厦偷情的。”

越星文道：“从监控看，他没时间出去跟陈月琴吃饭，可能是在星海大厦吃的。”

卓峰道：“他突然带这么多现金去星海大厦做什么呢？”

越星文皱着眉想了想，说：“有三种可能：一是他偷偷取现金藏起来，转移夫妻共同财产，离婚的时候就能少分一些给刘澜；二是他受到了威胁，需要现金交易来堵住威胁他的人的嘴；三是这笔钱是有人给他行贿的非法收入，他将这些现金带去办公室藏起来，找机会再将这笔钱变成合法收入。”

卓峰和章小年对视一眼，对星文的分析都很赞同。这笔钱，到底是他自己取出来的，还是别人贿赂他的，要等银行那边的流水结果出来才知道。

三个人继续盯监控。晚上 10 点左右，刘澜下过一次楼。她换上宽松的居家服，提了一袋垃圾，其中就包括买给儿子的玩具包装盒。她在单元门口将垃圾扔掉之后，又回去了，监控追踪到她打开 3301 号的房门为止。

一直到凌晨 0 点，她都没有再出过门。

越星文道：“昨晚周子扬死亡的那段时间，她没下过楼，没有作案时间。”

卓峰分析道：“她跟儿子的感情看上去很好，母子俩有说有笑。如果她亲手杀掉周子扬，她儿子以后的人生就毁了。妈妈杀死爸爸，这样的打击一个小孩子绝对不可能承受得住。所以，如果她还有理智的话，我觉得她不会干出杀人这种疯狂的事情。”

越星文看着监控里那个女人单薄的背影，道：“刘澜是最有作案动机的一个。周子扬出轨，两人随时都可能离婚，而周子扬作为律师，精通《婚姻法》，离婚的话刘澜分不到房子，也拿不到孩子抚养权，会变得一无所有。相反，周子扬死了，名下所有的房产、现金，全都归她和儿子继承，她是周子扬死后受益最大的人，但她确实有不在场证明……会不会是她没亲自动手，但引导了这一切呢？”

卓峰摸着下巴道：“幕后主使吗？”

越星文道：“我有种感觉，这个女人的身上还有秘密。”

章小年积极地说：“课程安排我们住金座佳苑，要不要查一下小区的所有住户，看看有没有奇怪的人？我住在 C 栋，说不定 C 栋也有问题。”

小年的提醒也正好是越星文心中所想：“查一下吧。”

卓峰很快就从物业电脑中调出住户登记表，越星文意外地发现——齐照、刘明辉，这两个人也都住在金座佳苑。

齐照跟死者有业务上的冲突，被死者抢了大客户，曾跟死者发生争执，目前也是嫌疑人之一。他住在 C 栋三十三楼，正好在章小年那一户的对门。

刘明辉，是明辉律师事务所的老板，住 A 栋 2 单元三十三楼。A 栋是小区的楼王，楼下正对喷泉广场，户型和视野都最好，价格当然也最贵。

他们都在对面的星海大厦写字楼上班，房子买在距离最近的住宅区倒也合理。这里是市中心地段，房价极高，但对几位收入丰厚的律师来说，在这里买房并没有经济压力。

卓峰开始查昨晚 A 栋 2 单元、C 栋 2 单元的监控，发现刘明辉昨晚 7 点左右带着孩子回了家，没出去过，但齐照昨晚根本没有回家——C 栋的监控中没发现他的身影！

越星文记得，齐照跟警察的说法是："昨晚下班后就回家睡觉了。"

他在说谎。

"我现在去一趟医院，看看医院那边查刘澜的结果怎么样了。你们继续待在小区里。待会儿警方肯定会来调监控。"越星文道。

卓峰点头："好，你一个人小心。"

越星文打车去市人民医院。刘照青、许亦深和秦露今天本该下夜班休息，但他们都默契地没有离开，几人在医院花坛处碰头。刘照青压低声音说："心理科的患者资料都是保密的，秦露趁着午休时间偷溜进去，找到了刘澜的就诊记录。"

秦露拿出手机，将偷偷拍下来的病例记录给越星文看："她得抑郁症一年半了，一年半之前她还因为宫外孕做过手术。心理医生分析，可能是手术让她心理受到了创伤，才导致的轻度抑郁。她一直想要个二胎，生个女儿。"

宫外孕？看来当时她跟周子扬感情还不错，怀了二胎，可惜是宫外孕，孩子没保住，导致她抑郁。周子扬出轨是在一年前，也就是妻子手术后不久。

越星文问："还有别的发现吗？"

秦露说："我们查过，除了心理科、妇产科，别的科室没有她的就诊记录。倒是她带孩子看过几次儿科，都是感冒、发烧之类的小病。"

越星文将调查的结果短信发给江平策，询问警队那边的进度。

江平策很快回复——

"周子扬的手机已经解锁，发现三次有疑点的通话记录。

"最近的一次是晚上 11 点 30 分打给妻子刘澜的，跟刘澜的录音一致。林队也去小区查了监控，刘澜的嫌疑暂时可以排除。

"第二通电话是晚上 9 点，他接了情人陈月琴的来电。我们问了陈月琴，原来昨天是她生日，她希望周子扬陪她一起过，于是买了蛋糕、酒，还有牛排等夜宵，打电话给周子扬，两人相约在写字楼偷情。

"外勤组同事在三十九楼公共垃圾桶找到了被丢掉的蛋糕盒、酒瓶、没吃完的牛肉。天台发现的项链是去年陈月琴生日周子扬送她的礼物。当晚两人亲热的时候，周子扬将项链摘下来塞进口袋，给她戴了一条新的，并且说，每年生日都给她换一条新项链。

“两人偷情的地方就在律所的女洗手间，她说这是周子扬的特殊癖好，觉得在女洗手间特别新鲜刺激。鉴定科的同事带回去检测的证物结果也出来了，女洗手间留下了大量周子扬和陈月琴的指纹，垃圾篓纸团上还有地上的液体采样，都测出了周子扬的基因。”

越星文问道：“所以，周子扬指甲里的皮肤、血迹，是两人偷情时留下的？”

江平策道：“理论上是这样。陈月琴的脊背上有抓痕，她说是昨晚留下的。但这都是陈月琴的一面之词，可信度要打个折扣。”

越星文想了想，道：“陈月琴的供词，跟目前的证据链能对得上。她应该不是凶手，不然就太简单了。”

江平策赞同：“嗯。”

陈月琴过生日，买蛋糕请周子扬去偷情，周子扬吃了牛排、喝了酒，这和尸检结果一致，垃圾桶也确实发现了生日蛋糕，证明她没说谎。她说跟周子扬在女洗手间寻求刺激，女洗手间发现的体液属于周子扬，两人的指纹也符合。

陈月琴和周子扬亲热结束的时间在 11 点左右，她说结束后她就回三十九楼睡下了。然而周子扬并没有回去睡觉，刘澜在 11 点 30 分接到他的电话，当时他可能还在洗手间里，给妻子刘澜打了一通电话，然后因为酒醉，将手机遗落在了那里。

如果是这样，目前的证据就能得到合理的解释。

周子扬这个人心理不太正常，刚跟情人亲热完，又给老婆打电话说“我想跟你和儿子在一起……我跟陈月琴只是玩玩而已”，典型的脚踩两条船，并且想两个都要。

越星文发信息问道：“三次有疑点的通话记录，第三个是谁？”

江平策道：“通话时间在傍晚 6 点 30 分左右，应该就是你听到的他在楼梯间打的那一通电话，来电显示是陈雪琴——陈月琴的姐姐。”

也就是周律师曾经接手的离婚案的当事人。

记得当时，周律师不耐烦地说“不服可以上诉”，看来，陈雪琴对于这次离婚案的判决结果并不满意。

陈雪琴、陈月琴这对姐妹，跟死者周子扬的关系开始于一桩离婚案。从陈月琴的供词来看，她当初到律师事务所找周子扬，就是为了帮姐姐咨询离婚问题。她姐姐想拿到房子和孩子的抚养权，但最终的审判结果，她姐姐只拿到了房子，孩子判给了姐夫。

越星文干脆跟江平策打了个电话，问道："陈月琴现在还在刑警队吗？"

江平策找到一个没人的角落，跟越星文低声讨论："目前陈月琴的嫌疑最大，在找到有力的不在场证明之前，暂时还不能释放。不过，她现在的情绪已经崩溃，眼泪把妆都糊花了，这样的心理素质，不像是能冷静杀人的凶手。"

越星文问："旧项链被周子扬拿回去了，她有戴周子扬送的新项链吗？"

江平策说道："她脖子上戴着一条红宝石项链，是周子扬昨晚送的。她说自己很喜欢首饰，周子扬投其所好，每次情人节、女神节、生日，都会给她买首饰。她现在戴的手链、戒指、耳环，一整套都是周子扬送她的。周律师对这位情人倒是出手阔绰。"

越星文道："陈月琴不像是能提前谋划、冷静杀人的人吧？我觉得她应该很喜欢周子扬，对这段感情认真了。她有没有可能冲动性杀人？例如昨晚偷情之后，她听见周子扬跟老婆打电话说跟她只是玩玩，从没想过娶她，于是愤怒地把周子扬推下了楼？"

江平策赞同："这种可能性确实存在，除非有第三人看到她昨晚案发时不在顶楼的天台，否则，她的嫌疑依旧很难洗清。"

他顿了顿，突然压低声音："星文，我先挂了，陈雪琴被叫来刑警队了。"

越星文道："好的，辛苦你了。"

江平策昨晚一夜没睡，今天也一直跟着林队查案。他的身份是实习警察，最方便接触到核心线索，这两天只能先辛苦他跟进案件。

越星文心里虽然着急，但也只能在外围帮忙。

陈雪琴和陈月琴是完全不同的两种性格。这位姐姐烫着一头卷发，穿了身旗袍，妩媚性感，说话的时候非常直爽。林队让人将她带到审讯室，江平策坐在旁边做笔录，问道："姓名、年龄、职业，请正式回答。"

审讯室的气氛格外严肃，座椅上还挂着一副冷冰冰的手铐。陈雪琴被这阵仗吓了一跳，清了清嗓子，道："两位警官好，我叫陈雪琴，今年三十五岁，是一家服装店的老板，自由职业。那个……警官，你们突然找我什么事啊？"

林队道："你跟周子扬是什么关系？"

陈雪琴愣了愣，片刻后才说道："周律师吗？他帮我代理离婚官司，我们认识一年左右，是我妹妹介绍的。"

林队："昨天下午 6 点 30 分，你跟周律师通过电话，是不是对离婚案的结果表达了不满，抱怨他没帮你拿下孩子的抚养权？"

陈雪琴满脸惊骇："您……您怎么知道这件事的？！"

江平策低声说："律所有一位实习生，路过楼梯间，正好听到周律师打电话的内容，我们也在周律师的手机里，发现了你打给他的通话记录。"

江平策将手机打开，调出通话记录。昨天下午 6 点 30 分左右，果然有一通电话接入，来电显示是陈雪琴，通话时间长达 5 分钟。

陈雪琴看到眼前的证据，脸色一白，咬牙道："周律师开庭之前跟我说，有很大的把握要到房子和孩子的抚养权，结果，法官把孩子的抚养权判给了我前夫，理由是我聚众赌博，会对孩子产生不好的影响。我是喜欢打麻将，但不是赌博。"

江平策问道："所以，你是将官司失败的怨气发泄到了周律师的身上？"

陈雪琴黑着脸说："谁叫他开庭之前很有信心，害得我也百分百相信他，将我的服装店提前盘了出去，打算官司结束就带儿子去外地。结果官司输了，我的计划彻底泡汤，儿子跟他爸出国了，服装店也亏了一大笔钱。我气得头疼，打电话骂他几句……不过分吧？"

林巍淡淡问道："你对他怀恨于心，有没有想过，杀掉他？"

陈雪琴倏地瞪大眼睛："杀他？我又没疯，为什么要杀他啊？！"察觉到不对劲，她如同见鬼一样盯着江平策放在桌上的手机，声音控制不住地颤抖起来："这手机是……是周律师的吗？怎么会在警察手里？他……难道他……"

林巍："他死了。"

陈雪琴浑身一抖，掉了一身鸡皮疙瘩。意识到事情的严重，她立刻摇头摇得像拨浪鼓："我不知道，不关我的事！他……他什么时候死的？昨天下午我跟他打电话的时候，他还好好的，很不耐烦地说，能帮我争取到房产已经很不容易了，让我尽管去上诉，他不想再理我这个案子……"

江平策问："昨晚 10 点到 12 点，你在哪里？"

陈雪琴咬着牙，犹豫不决。林巍道："没法提供不在场证明的话，你也会变成杀死周律师的嫌疑人。"

陈雪琴急忙说道："我在跟几个姐妹打麻将，打了通宵！她们能证明！"

林巍："另外三个人都能为你做证？"

陈雪琴点头如捣蒜："当然！我们经常一起打牌。"

江平策问道："有人目睹，你当初去找周律师的时候，在他办公室待了几个小时才出来。你们在办公室做些什么？你可曾跟周律师发生过不正当的关系？"

陈雪琴立刻摇头："没有，我只是详细说了说我的情况，表达了我想拿到儿子抚养权的愿望。他跟我解释了一些《婚姻法》的规定，教我接下来怎么办，因为是第一次见面，聊得比较久。"

林队继续追问："你知道周律师跟你妹妹的关系吗？"

陈雪琴神秘兮兮地道："我妹说周律师是她朋友，但我觉得他俩不像普通朋友。有一次我看见周律师桌上放了个首饰盒，当晚，我妹也带回家一个一模一样的首饰盒。那天正好是情人节，肯定是周律师送的，他俩在谈恋爱吧。"

林队："你可知道，周律师已经结婚？"

陈雪琴愣了一下："什么？他结婚了？那我妹岂不成了小三？"她愤怒地攥住拳头："这个死丫头，我回去一定要好好打她一顿，打断她的腿！"

陈雪琴很快被释放，因为她的不在场证明是目前最明确的——昨晚通宵打麻将，她的三个搭档姐妹都能给她做证。

这件事不归刑警队管，陈雪琴和三位姐妹被民警叫去批评教育写检讨，连她们打麻将的那家棋牌室也被一锅端了。

姐姐陈雪琴虽然打电话骂了周律师，但她没有作案时间；妻子刘澜昨晚没下过楼；难道，昨晚真的只有情妇陈月琴在现场？

齐照呢？他没回家，却跟警察说谎自己回家睡觉，这又是为什么？

江平策提醒林队："我们是不是该查一下齐照，还有律所的老板刘明辉？"

林队点头："嗯，一个一个问，是该轮到他们了。"

刘明辉很快到场。这位律界传奇人物，明辉律师事务所的创始人，言谈举止都风度翩翩，很有礼貌。对于周子扬死亡的事，他显然已经听到了一些风声，很冷静地说："我是周子扬的学长，对他比较关照。毕业以后我自己创业，渐渐混出点名堂，成立了自己的律所，周子扬也是第一批加入我律所的律师。"

林队："你知不知道他私下跟谁有矛盾？"

刘明辉摇了摇头："我最近几年留在律所的时间很少，经常到各地出差。周子扬已经是个成熟的律师了，可以自己接案子，我对他的工作和私事都很少过问。我们律所有十几位律师，我跟他们只是合伙人的关系，又不是他们的管家。"

"昨晚 10 点到 12 点你在哪里？"

"我昨天中午的航班回的北山市，下午去学校接孩子，晚上到家之后就没出去过，陪孩子练琴练到 11 点左右才睡下。"刘明辉昨晚回小区之后确实没出来，这一点小区的监控足以证实。他也没有作案时间。

最后一位嫌疑人齐照，坐在审讯室的时候支支吾吾目光闪躲，一口咬死自己昨晚在家睡觉，直到林队放出小区的监控："你说在家睡觉，但金座佳苑小区的监控并没有拍到你回家，你是从天上飞进自家窗户的吗？"

齐照尴尬地笑笑，强行辩解道："我还有别的住处，昨晚没回金座佳苑！"

林队："可是星海大厦写字楼门口的监控，也没拍到你出门。"

江平策冷冷地道："昨晚，你一直留在星海大厦？"

齐照的脸色变得无比苍白。

林队："有什么不好说的？赶紧说，不然你就是最大的嫌疑人。"

齐照快要将一口牙齿给咬碎，甚至忍不住爆出粗口："我有个案子过两天就要开庭，昨晚本来想留在律所加班整理资料，结果，真倒霉，我居然看见陈月琴和周子扬这两个人偷偷摸摸去厕所玩刺激，我恨不得自戳双目！"

他的嘴唇微微哆嗦着："我……我追了陈月琴整整半年，她一直若即若离地不给准话，我本以为她是矜持的女神，结果……太毁三观了，在女厕所做，这两个变态！"

如果他的话属实，目睹暗恋的女神跟人在厕所里鬼混，确实会让人想自戳双目。

江平策道："周子扬不但抢了你的客户，还抢了你暗恋的女人，你有动机杀他吧？"

齐照急忙摇头："不至于，为了这样的人渣搭上自己，我是疯了吗？"为了撇清自己的嫌疑，他立刻拿出手机，打开其中一段录像，"昨晚 10 点到 12 点，我躲在自己的办公室，没敢开灯，拉上窗帘，窝在沙发里跟朋友联机打游戏。跟我开黑的几个人都能做证，我们一边打游戏一边语音。"

手机里有他跟几个朋友在群里的文字聊天记录、语音记录、游戏记录，10 点到 12 点他们开黑打排位，输了四把，赢了四把，一晚上白忙活。齐照游戏技术还可以，把把都是 MVP（最有价值的游戏者）。

他也是北江政法大学毕业的，比周子扬低两届，因为周律师抢他客户，还抢走他暗恋的女生，怒而杀人，动机说得通。但他总不至于一边打游戏，一边把周子扬推下楼吧？

审讯结束后，江平策将结果告诉了越星文。

越星文分析道："嫌疑人全都有不在场证明——妻子刘澜、老板刘明辉，监控显示没下过楼；陈雪琴昨晚打了一晚上麻将；而齐照和陈月琴都是一面之词。齐照暗恋陈月琴，关系复杂，这两个人还是有嫌疑。"

他摸着下巴想了想，突然问道："对了，那笔现金呢？"

江平策道："银行流水的调查结果出来了。最近三年内，周子扬并没有从银行支取过超过十万的现金，而现场抽屉和箱子里的现金高达两百万。"

越星文精神一振："也就是说，这笔钱，其实是他的灰色收入？"

江平策点头："没错。事务所的律师跟创始人刘明辉是合伙人关系，刘明辉给他们提供办公地点和客户资源，他们打官司的收入，会给律所一定比例的提成。客户付款一般都会走律所的账户，律所也有专业的会计，给各位律师打钱，并帮他们纳税。”

越星文顺着这思路分析道：“这笔钱没走律师事务所的账户，也没走周子扬的私人账户，而是两百万的现金……那就只有一个解释：来路不明，不义之财！”

之前还怀疑他是不是为了转移夫妻财产把存款取出来，但银行流水并没有他取现金的记录，况且，他一个律师，转移财产方法多得是，没必要用取现金这种笨办法。

看来当时的推测，第三种可能才是最正确的。

周律师受贿，拿了笔巨款。来路不明的钱，他也不敢贸然存进银行。

而知道这件事的人，当然可以用这个理由来威胁他，逼他交出这笔钱，这也是他突然提着一箱子现金回到星海大厦的原因。

这个知情者，或许才是真正的凶手。

会是谁呢？

越星文回到星海大厦后，从一楼到四十楼，仔细查看了大厦内部的所有监控摄像头。这栋大厦的内部是一个“回”字形结构，电梯位于正中间，东、南、西、北四个方向的走廊是彼此连通的，并且都有大面积的落地窗可以俯瞰周围的景色。

部分楼层四个方向的走廊各有不同的小型工作室，一些大公司则会包下整个楼层。

明辉律师事务所财大气粗，租下了四十楼一整层，每个律师都有独立的办公室，装修奢华，连电梯里也有“40F－明辉律师事务所”的指示牌。

而三十九楼的月光设计工作室显然没那么有钱，只租了东边那条走廊的房间。西边是一家私人的会计师事务所，南边和北边是装修风格高大上的伊人美容会所。会计师事务所和美容会所的人昨天晚上 10 点之前就全部下班了，没有人员逗留在星海大厦。

越星文发现，每一层大厅的左右两边都有监控摄像头，走廊拐角处、电梯内部也都有摄像头，楼梯间在大厦的南边，每层一个摄像头。

表面上看，这栋大楼的内部并没有监控死角。

不管你是坐电梯上楼，还是爬楼梯上楼，都会被各个角落的监控拍到身影。

四十楼到天台的楼梯间也有监控，只要查一下监控，就可以证明陈月琴、齐照这些人所说的话是真是假。

星海大厦内部昨晚的监控视频太多，整整四十层楼的所有监控资料全被林队拷了回去，有专人负责查看监控，柯少彬在跟进这件事。

他们将三十九楼、四十楼的监控视频重点调出来查看，发现了几条有用的线索——

第一，四十楼走廊的监控显示，晚上 8 点左右有外卖小哥送外卖到四十楼，齐照出门在前台拿了外卖，转身回到办公室，之后一直没出来过。

第二，三十九楼的监控中，晚上 9 点到 9 点 30 分之间，陈月琴出门拿了两次外卖，第一次外卖小哥提着个蛋糕盒子，第二次则是她订的西餐，这跟她请周子扬来星海大厦一起过生日的描述相符。

第三，一楼大厅的监控拍到晚上 9 点 50 分周子扬提着行李箱快步走进大厦的画面，他坐着 1 号电梯直达四十楼。过了二十分钟，也就是 10 点 10 分，陈月琴提着蛋糕和外卖坐电梯来到四十楼，鬼鬼祟祟地推开了明辉律师事务所的玻璃门。

事务所内部的办工区并没有监控，之后发生了什么没人知道，但可以想象，两人应该是一起吃了生日蛋糕和西餐，过了个甜蜜的生日，然后溜进洗手间里亲热。

第四，晚上 11 点 15 分，陈月琴再次出现在电梯厅，提着空的蛋糕盒、外卖盒回到三十九楼，将垃圾扔进公共垃圾桶，然后转身走进月光设计工作室，之后没有再出来。

这份监控能将陈月琴的嫌疑排除——她 11 点 15 分就坐电梯回到三十九楼，跟她的供词 11 点左右结束后回去睡觉相符，而周子扬的坠楼时间在晚上 0 点，她有不在场证明。

齐照虽然一直没从办公室出来过，也没有坐电梯，但四十楼到天台是不需要坐电梯的，必须走楼梯。

柯少彬跟同事们调出四十楼楼梯间的监控，目不转睛地盯着监控视频。

晚上楼梯间没有灯，但红外线监控依旧能拍到人。这段楼梯间昨晚一直没人经过，他们以四倍速播放，直到 11 点 50 分，一个黑色的影子出现在监控当中。

柯少彬立刻将画面暂停放大——

身材高大的男人穿着黑色运动服，正是周子扬！

他应该是微醉状态，走路的时候脚步有些摇晃，一路爬上天台，再也没有下来。

柯少彬又倒回去仔细看了一遍，疑惑地道：“他一个人上的天台？”

旁边同事说道：“昨晚的监控中确实没有其他人去过天台。去天台的话，必须从四十楼的楼梯间爬上去。这段楼梯有监控，任何人出现的话都会被拍到。”

正好这时候江平策走了过来，询问大家看监控的结果。

柯少彬将这五段跟嫌疑人和死者有关的监控视频单独剪切出来，江平策仔细看了一遍，眉头不由微微皱起：“陈月琴、齐照的嫌疑全部排除了？”

“从监控来看是的，周子扬单独上了天台。”柯少彬道，“陈月琴晚上 11 点 15 分回到月光设计工作室，没再出来过。齐照晚上 8 点拿了一次外卖，没从律所出来，更没去过四十楼通往天台的楼梯间。”

四十楼通往天台的楼梯间，这是案件最关键的部分。

监控拍到死者出现在这里，走上天台，却没有拍到死者之外的任何人。

那么，凶手是怎么上去的？飞檐走壁爬窗户？

江平策拿出手机，手指飞快地打字，给越星文发了条短信：“星文，监控排除了陈和齐的嫌疑，发现死者 11 点 50 分上了天台，但没出现任何凶手的痕迹。你看一下，凶手能不能从四十楼翻窗爬上天台。”

越星文打开窗户，探出身体往上看去——从四十楼到楼顶的天台，层高在三米左右，东、南、西、北四条走廊大部分区域是落地窗，没有借力点，并不好爬；从建筑拐角处爬的话也很困难，因为这栋楼的造型有些特殊，四十楼的上方，四周都有一片类似“屋檐”的结构。

整栋楼就像是戴着一顶“帽子”，屋檐的宽度超过一米，就算从窗户翻出去，踩着安装在外面的空调机向上爬，头顶被一米宽的屋檐给挡住，也不可能翻过去。

除非凶手是个特种兵，手里有专业的绳索、钩子等攀爬工具。

齐照一个律师，应该不具备这种从四十楼翻窗飞檐走壁的身体条件。

越星文对着顶楼拍了几张照片，发给江平策，得出结论：“我现场看了，从四十楼爬上顶楼的天台几乎不可能。”

案件的调查陷入了瓶颈。

所有的嫌疑人都有不在场证明，并且他们的证词跟监控拍到的画面完全一致。刘澜、刘明辉回家后就没离开过住处，齐照一直在办公室打游戏，陈月琴 11 点 15 分回到工作室，陈雪琴打了一晚上麻将。

监控中清楚地显示，周子扬是一个人走上天台的，在他之前、之后，都没有人上过天台。

他的死该怎么解释？

林队端着一杯咖啡走了过来，抱着胳膊站在大家身后，分析道：“死者周子扬，昨晚还有闲情逸致跟陈月琴一起过生日，并且在厕所偷情，他肯定没有受到威胁。正常人在受到威胁的情况下，不可能表现得这么平静。跟他接触过的嫌疑人都有不在场证明。他的死，一定是谋杀吗？”

江平策怔了怔：“林队的意思……难道不是谋杀？”

林队笑了笑，说：“如果是他跟情妇亲热过后，喝的酒开始上头，有些醉了，情绪兴奋，爬上天台想去看看风景，结果，失足坠落呢？”

柯少彬仔细想了想，小声说道：“这样的话，倒是能解释目前发现的线索。周子扬因为喝了酒，脑子不是很清醒，给老婆打了一通莫名其妙的电话，将手机不小心丢在厕所，然后，从楼梯爬上屋顶，想吹吹风，结果掉了下去。”

林队点头：“嗯，目前来看这样解释是最合理的。因为，所有的证据链中，都没有发现凶手，也没拍到任何人上过楼顶天台。”

江平策皱眉道：“如果凶手早就在天台等着他呢？”

林队笑着回头看他：“昨晚是什么天气？”

“下了一夜暴雨。”

“所以，你是觉得，凶手在暴雨中翻出窗户，飞檐走壁爬上天台？还是说，凶手很早之前就上了天台，在暴雨中耐心地等他三个小时？那凶手怎么知道周子扬一定会去天台呢？”

林队的反问让众人面面相觑。

他接着道：“假设，凶手给周子扬发消息或者打电话，约他在天台见面谈判，周子扬一个谨慎的律师，会傻乎乎地直接爬上天台去找死吗？你们也看到了，监控中，他并没有提那个行李箱，也就是说，他被凶手威胁并且跟凶手暗中交易的推测，是错误的。”

旁边几位同事纷纷议论起来。

“林队说得有道理。”

“周子扬自己爬上天台，失足坠落的可能性更大！”

“他行李箱的钱应该不是用来跟凶手交易的，说不定只是暂时藏起来，想着以后再处理。”

“如果他被威胁，他还有心情跟陈月琴过生日？”

江平策道：“但外面下着大雨，他爬上天台，为什么不带伞？”

林队道：“这位周律师或许有淋雨的癖好，想去天台淋雨清醒一下。这更能证明，他是自主、自愿爬上顶楼的。如果是凶手约他谈判，他不是更应该带把伞吗？除了能遮雨，万一发生冲突，也能用雨伞当武器保护自己。”

所有的证据中都没有出现凶手，跟死者有瓜葛的嫌疑人也都有不在场证明，林队的分析确实比较理性。但江平策、柯少彬是来参加考试的，答案如果是“酒后失足坠落”，那也太扯了，他们绝对不认可这个推论。

见江平策皱着眉陷入思考，林队轻轻拍了拍他的肩膀，道：“小江，你要是认为这个结论是错的，可以继续调查。但刑警队人力有限，还要查别的连环凶杀案，周子扬坠楼的这个案子，暂且搁置，如果五天内查不出新的谋杀证据，就按意外坠楼来结案吧。”

江平策和柯少彬对视一眼，面面相觑。

之前的所有证据，都是题目给予他们的信息。

真正的考试，从现在才正式开始。

刑警队不会再帮他们找任何线索，周子扬到底是怎么死的，他们需要靠自己去调查。

一开始发现自己是警察的时候，江平策还以为这次大家只需要跟随刑警队寻找线索，分析破案就行了，如今看来，事情远没有那么简单。

刑警队不再查这个案子，他们得自己查。首先，他们没有搜查令的话，不能随便进居民的家、办公室等场合寻找线索；其次，他们去询问嫌疑人，嫌疑人也不会理他们。这无形中增加了调查的难度。

除非让他们启用技能，偷偷潜入嫌疑人的住处查证。

江平策心念一动，走到一个没人的角落里伸出右手，右手定则的动作做出来之后，他的视野中出现了熟悉的坐标轴。

数学系的技能可以使用。

江平策打开课题组频道，发现原先被打上一个“×”的输入框如今也恢复了正常，他立刻在课题组打字道：“大家能看见我的信息吗？”

越星文当时正在星海大厦跟两位师姐讨论案件，视野的右上角同时弹出江平策的文字。越星文一愣，急忙调出课题组频道，果然发现课题组频道可以使用了。越星文打字道：“怎么回事，课题组频道解锁了吗？”

江平策道：“技能也解锁了。”

越星文伸出右手召唤词典，一本厚厚的《成语词典》果然出现在眼前。

林蔓萝同样试了试，手中出现熟悉的绿藤。她将藤蔓收了回去，迅速打字道：“技能全都能用了。这是什么情况？”

医院那边，刘照青回复道：“昨天进考场到现在，技能一直没法用，刚才突然能用了。发生了什么吗？”

柯少彬积极解释道：“可能是因为刑警队这边打算以‘意外坠楼’结案，不再查这个案子，林队说让平策自己去查，这案子相当于彻底转交给我们了。”

江平策道：“我这边马上下班，约个地方详细说吧。”

越星文赞同："大家是应该碰个头，交流一下想法。"

柯少彬道："这次考试给我们每个人配备了手机，我刚才查了一下，手机微信钱包里居然有三百块零花钱，大家都有吗？"

越星文查了查余额，说："我今天去医院来回打车花掉三十，还剩两百七。"

队友们纷纷冒出头："我还剩三百。"

许亦深道："图书馆这次还算大方，让我们五天之内找到真正的凶手，给了我们每人三百块零花钱，平均下来，一天六十块，吃饭、打车都够用了。"

越星文道："如果大家一起行动还能省下来些。这笔钱最后肯定不会兑换成积分让我们带出去，花完最好。"

刘照青说："大家先找个地方碰面。快到晚饭时间，不如一起吃饭？"

柯少彬立刻兴奋地说道："我们要不要找一家餐厅稍微吃好点？图书馆学生食堂天天都是那几样菜，味道都一样，我已经好久没吃过像样的饭菜了，哪怕给我一盘正宗的酸辣土豆丝，我都会很满足！"

图书馆的食物需要的积分不多，味道确实难以恭维，只管饱，不管好不好吃，就像是机械化、流水化生产的东西。

柯少彬的话让大家肚子里的馋虫蠢蠢欲动，反正快到晚饭时间，越星文也饿了，便说："大家一起吃饭吧，到时候凑凑零花钱买单，找一家经济实惠的餐厅。"

江平策叮嘱道："柯少彬，你把刑警队这边所有的资料，都用你的笔记本电脑拷贝下来。星文，吃饭的地方你定吧，案发地在律所，就定在律所附近比较方便。"

越星文："没问题，我找到了再发你们定位。"

大家各自收拾东西准备下班，柯少彬则抓紧时间去拷资料，包括所有嫌疑人的笔录、监控视频、周律师经手案件的资料等。

越星文在附近搜索经济实惠的餐厅，找到一家家常菜馆。这家店装修并不奢华，但网上评价菜品很好吃，素菜都在十元到十五元，荤菜五十元到八十元。他们十二个人点十几个菜，五百元左右就能解决，每人只需要出四十元。

定好地方后，越星文、蓝亚蓉和林蔓萝先去餐厅找了个最大的包间，顺便把队友们拉进一个名叫"C–183魔鬼团"的微信群里，然后将地址定位发给大家。

刘照青："微信群的名字是星文取的？"

越星文道："师兄不喜欢？"

刘照青笑道："挺符合我们的气质。"

章小年和卓峰很快就到了，他俩住金座佳苑，跟餐厅只隔一条街。

之后到的是江平策、柯少彬、秦淼“警队三人组”以及辛言这位法医实习生，四个人打了辆车过来，节省花费。

刘照青、许亦深和秦露也是一起打车过来的。

全员到齐，看着身边不同打扮的队友，大家都觉得很是新奇。

许亦深笑眯眯地盯着越星文：“星文这身律师装扮，还挺像那么回事的！衬衫西裤公文包，啧啧，看上去一股精英范儿，成熟不少啊！”

越星文轻咳一声，道：“我只是个冒牌律师，平策的警察制服才帅。”

下班时间，江平策去更衣室把制服换了下来，如今穿的是便装，没看到的人都很好奇他穿警服的样子。江平策转移话题道：“点菜了吗？”

越星文将菜单递给柯少彬：“还没点，柯少来点吧。以前每次学生会出去聚餐都是柯少负责点菜，几乎没有踩过雷。”

柯少彬笑着接过菜单，翻了翻图片，眼中难掩兴奋之色，抬头问道：“大家有什么忌口的吗？吃得了辣吗？”

刘照青夸张地说道：“在图书馆吃了这么久清汤寡水的白菜豆腐，你现在给我塞一碗辣椒，我都吃得下！”

秦露吞了吞口水，道：“我喜欢毛血旺。”

越星文知道平策不爱吃辣，便贴心地说道：“也别全点辣的，一半辣一半不辣吧，照顾一下不同的口味。”

柯少彬会意：“明白！”他把服务员叫过来，点了十二个菜一份汤，都是家常菜，并不贵。

服务员问：“现在就上菜吗？”

柯少彬点头：“上菜吧，我们人齐了。”

服务员拿着菜单离开。

餐厅这种地方不好公然讨论案子，大家默契地没有多说。

饭菜很快就端了上来，熟悉的青椒肉丝、麻婆豆腐、红烧茄子……摆了满满一桌，大家快要流口水了。越星文拿起筷子，笑道：“来，大家吃吧，吃饱了才有力气干活儿！”

众人纷纷拿起筷子大快朵颐。

这才是美食啊！

图书馆天天做的白菜炖豆腐，盐放得特别少，吃起来好像没味道一样；西红柿炒蛋、茄子肉末之类的菜，也是机器人流水化加工的食品，哪里比得上厨师现做的热菜？！

大家找回了久违的味蕾刺激，控制不住地多吃了一些。

就连对食物要求不高的江平策也难得地多啃了几块排骨。柯少彬更是吃得一脸满足，最后连汤都喝得干干净净，他摸着鼓鼓的胃部，笑道：“太好吃了！”

服务员来收盘子的时候，看向大家的目光有些怪异。这群人是饿死鬼投胎吗？每一个盘子都吃得干干净净，盛汤的碗里连一点儿渣都不剩……

这才叫“光盘行动”。

离开餐厅后，越星文说道：“得找个隐秘一点的地方聊聊。我那儿挤不下太多人，谁的住处比较大？”

章小年主动举起手：“给我分配的房子是三室一厅，今晚有人不想回去的话也可以住在我那里，每个卧室都有一张双人床，沙发也可以睡人。”

越星文当机立断：“就去小年那儿。”

江平策道：“十二个人一起行动，目标太大，分批吧。”

于是众人分成两批，先后进了金座佳苑。章小年带了几个人，卓峰带了几个人。他俩都有小区门禁卡，带人进去倒也方便。

众人在章小年的C栋2单元三十三楼会合，章小年指了指对面锁着的那扇门：“这间就是齐律师的住处，这个时间他应该还没回来。”

江平策道：“先进屋再说。”

众人走进章小年临时的家，在客厅找位置坐下，章小年给大家倒了水。

刘照青走到落地窗前，看着对面那栋大楼：“案发现场，就是对面的楼顶？”

越星文也走过去，从这个角度看，跟他昨晚看到的景象又很不一样——他所在的公寓对着星海大厦南边，正好看见周子扬坠落的那一幕；但章小年所在的房间阳台对着星海大厦的北边，相当于在大楼背面，所以章小年昨晚并没有看到周子扬坠楼。

越星文指了指大厦正对面，道：“周子扬就是从那里摔下去的。”

刘照青看向星海大厦，摸着下巴分析：“这栋楼的顶楼有很宽的屋檐，从侧面爬上去不太现实。按照现在的证据，监控中没拍到有人上楼，那就只有一种可能——凶手提前在楼顶等他！”

江平策也走过来，站在越星文的身边加入讨论：“凶手提前在楼顶等，需要确保周子扬会爬上楼顶，那么，他很可能给周子扬打过电话，两人达成了什么协议，周子扬才上了天台。但周子扬的手机里并没有这段通话记录，是被凶手删掉了吧？”

越星文点头道：“我不相信手机是周子扬丢在洗手间的，应该是凶手放回去的。周子扬手机里肯定有很多重要的信息跟凶手有关，凶手将这些信息清理过后，再偷偷把手机放回四十楼的洗手间，制造周子扬酒后丢失手机失足坠楼的假象。”

通话记录、微信聊天记录、照片等，肯定会留下线索，凶手将这些线索全部删掉之后，再把手机放回洗手间，就没人知道周子扬死前还跟自己联系过。

秦淼走过来，冷静地说：“刑警队不再调查这个案子，还说以‘意外坠楼’结案，接下来的调查全得靠我们自己。大家有什么打算？”

越星文道：“今晚，平策、刘师兄、许师兄先休息吧，昨晚你们都是夜班，今天一天没睡，太累了；剩下的人，我跟秦露、蓝师姐去一趟死者的住处；其他人分头看监控，把所有监控从头到尾看一遍，从傍晚下班之前开始看，不要漏掉任何细节。”

技能恢复，秦露可以直接用“板块运动”进入死者的家中。明天等刘澜、刘明辉这些人出门后，他们也可以去这两人的家中查看，调查起来甚至比警察拿到搜查令搜查还要方便。

凶手不可能完美作案，肯定会留下蛛丝马迹。

他们一定要尽快找出凶手留下的罪证！

江平策从阳台可以看到斜对面的 A 栋，大概计算了一下距离和角度，回头问章小年：“A 栋内部的结构图有吗？每一层的三间房怎么分布？”

如果不算出精确的距离，万一秦露位移错了地方，进到 3301 号房间，当面碰上刘澜和她儿子，那就尴尬了。

章小年参与过小区建筑设计，立刻从书架上翻出设计图纸递给江平策：“1 单元和 2 单元都是每层三间房，每个单元的 02、03 号房是两室一厅的小套房，01 号房是三室两厅的大套房，这栋楼都是南北通透的全明户型。”

江平策仔细看了看图纸，又站在窗前核对了一下对面大楼几个房间的位置，说道：“换位去周子扬的住处，需要水平向右倾斜 45 度，距离 38 米；回来的时候反向倾斜 45 度，距离不变。”

地理系的“板块运动”需要在地球仪上指定角度和坐标。有了江平策的数据，秦露就可以随时从章小年的房间瞬移去对面 A 栋周子扬的房间。

时间来到晚上 8 点 30 分，越星文道：“准备行动。”

外面天已经黑了，小区里亮起了路灯。

辛言说道：“我也去吧，帮你们照明。周子扬已经死了，他的房间突然开灯，万一被前后楼的邻居看到，不好解释。”

越星文想想也是，笑道：“好，辛言跟我们一起去。”

其他队友自觉地让开几步，越星文、蓝亚蓉和辛言来到秦露的身边，秦露右手召唤出熟悉的地球仪，指尖在上面迅速点选两下，轻声道：“移形换位！”

眼前场景忽然一变，四个人出现在了周子扬的住处。

越星文快步走到阳台，拉上遮光窗帘，这才回头朝辛言说：“照明。”

辛言召唤出酒精灯，众人借着酒精灯微弱的光线一看——布置客厅、餐厅用了不少红木家具，地板的颜色是米黄，门是深红色，装修风格偏中式。

秦露环顾四周，疑惑地道：“周律师住的房子怎么会装修成这样？他很喜欢这种刷了红漆的老旧实木家具吗？”

越星文回忆了一下平策告诉他的刘澜的供词，解释说：“这套房子原本是周子扬买下来给他父母住的，所以，装修也用了老人家比较喜欢的风格，家具都是红木雕花家具。他父母去世，他们夫妻分居之后，周子扬才搬到这里。”

秦露恍然大悟：“原来是他父母住的房子，老人家确实比较喜欢这种风格。”

越星文道：“大家抓紧时间分头搜。辛言，你的酒精灯给我一盏。”

辛言又召唤出三盏酒精灯，每人给一盏用来照明。越星文从口袋里拿出吃烧烤时用的一次性塑料手套，给每人发了一副：“戴上手套，注意别留下指纹。”

怪不得刚才从餐厅出来的时候越星文找服务员要了一沓手套，原来是用来搜证。

蓝亚蓉一边戴手套，一边赞道：“星文还挺专业。”

越星文笑着说：“我也是以防万一，要是刑警队那边重新查这个案子，来死者家中搜查，发现我们的指纹，这就很难解释了。”

秦露赞同道：“没错，小心驶得万年船。”

几人戴上手套后，越星文开始分配任务：“我跟蓝师姐搜书房，秦露和辛言搜卧室，重点关注纸质文件、相册之类的证据，看到之后用手机拍照留证。”

大家分头行动。

越星文和蓝亚蓉来到书房。书房摆着一张红木办公桌和一把真皮老板椅，一整面墙的红木书柜看上去十分气派。书柜是上、下两部分结构，下面是做了门的储物空间，上面则是五层整齐的书架，书架上摆满了书。

这些书没什么特别，但越星文在书架上看到一副相框，是周子扬和儿子的合影。他拍了张照片发到群里：“平策，你说的死者办公室被拿走的相框，是不是也这样大？”

江平策仔细想了想书架上的痕迹，说：“长二十厘米、宽三厘米的痕迹，跟这相框一致。”

越星文猜测道：“可能是他曾经跟老婆孩子一起去拍了套全家福，影楼送了几个相框给他，他把其中一个摆在办公室的书架上，后来跟妻子感情破裂，于是将相框收走了？”

像是为了印证越星文的话，蓝亚蓉拉开抽屉，发现一个同样的相框被倒扣在抽屉里，说道：“办公桌抽屉里扣着一个相框。”翻开一看，是他跟妻子手牵着手的亲密合影。

越星文拍照发到群里：“有可能是这个，他要跟情人在办公室偷情，就把自己跟老婆的合影拿回家，收了起来。”

这样的解释倒也说得通，否则，好好摆在书架上的照片没道理突然收走。

越星文继续翻书柜。书柜下面是储物格，高度在六十厘米左右，他蹲下来打开储物空间，居然发现了一整排保险箱！

三个保险箱，全都设置了六位数的密码。

越星文在群里问：“知道他保险箱的密码吗？”

柯少彬很快回复道：“很可能跟他办公室抽屉的密码一样，试试768315。”

越星文输入密码，“叮”的一声，箱子果然开了。

然后，他跟蓝亚蓉同时愣住——

只见最左边的保险箱里存放着大量金条，在酒精灯的照射下，满箱子的金条光芒刺眼。这么多黄金，卖出去估计能换上千万。第二个保险箱里放满了整整齐齐的人民币，估计有好几百万。第三个保险箱是空的，应该是里边的钱被周子扬用箱子带走了。

越星文一边拍照，一边低声跟蓝亚蓉讨论：“看来，他的灰色收入远远超出我们的想象。”

蓝亚蓉皱眉道：“普通的离婚案，应该不会给律师私下送这么多钱。他经手过的案子，回去之后我们得仔细捋一捋。”

越星文想到周子扬曾经从齐律师手里抢走一位重要客户——金星集团。这是当地知名的互联网龙头企业，周子扬目前也是金星集团的法律顾问。会不会金星集团有什么问题，私下给他塞钱做封口费？

越星文暂时压下心中的疑惑，继续搜书柜。

蓝亚蓉则打开了办公桌的所有抽屉，将抽屉里的文件全部拍照留证。

让她意外的是，抽屉里有各种医疗保险、商业保险合同，但她没有找到纸质版的离婚协议书。看来，周子扬只是在电脑里写好了协议书，还没来得及打印签字，跟老婆正式走离婚程序。他可能在犹豫，所以酒后还给老婆打电话，希望能复合。

没签字的离婚协议书，是完全没有法律效力的，所以从法律上讲，配偶刘澜，依旧是周子扬死后的第一财产继承人。

蓝亚蓉翻到最后一个抽屉，忽然，隔壁卧室里传来辛言的声音："卧室床头柜的抽屉里发现了一个名片盒，我拍照发群里了。"

死者房间内的证物他们暂时不能带走，万一以后警方再来搜证，就会造成证据缺失，所以越星文的策略是只拍照，拿照片回去分析，不挪动证据。

看见群里的名片盒照片，柯少彬立刻在电脑里检索，很快得出结论："名片夹中都是一些跟他有业务来往的客户联系方式，但有一张名片，我在电脑里没找到信息。"

柯少彬电脑里有周子扬过去几年经手的所有案子的资料，他还整理了一份周律师经手案件的"客户资料表"，查询起来很方便。

这个搜不到的人叫李德成。周律师没帮此人办过任何案子，家里却发现了李德成的名片。他留着这张名片，肯定是私下跟对方有联系，否则，用不上的名片没必要带回家放进名片盒里，一般人都会随手丢弃。

柯少彬立刻上网去搜李德成的资料，结果却让他大吃一惊："李德成，是陈雪琴的前夫，一个很有钱的生意人！"

越星文看到这条信息，轻声问蓝亚蓉："师姐，他跟李德成私下有联系。如果他帮陈雪琴办离婚案件，却收陈雪琴老公的钱，故意输掉官司，让法院把孩子的抚养权判给对方，这种可能性大吗？"

蓝亚蓉眉头紧皱："律师行业有规定，不能两头通吃。离婚案件，同时收夫妻双方的钱，这是行业大忌，被发现的话，他会被吊销律师资格证的。"

表面上帮陈雪琴办案，私下收她老公的钱，甚至帮她老公出主意、找证据，一旦被发现，周子扬的事业就完蛋了。

所以，他才会私下收取贿赂，不敢把这笔钱放到台面上？

越星文思考片刻，说道："继续找线索，搜完他家，我们回去再讨论。"

几人在周子扬家中地毯式搜索，倒是没找到新的证据。

但今天的收获已经足够多了，越星文带着大量照片，让秦露换位回去。

回到章小年的住处后，越星文让大家把拍到的照片集中到柯少彬那里，在笔记本电脑中存起来。时间已经是深夜 0 点，越星文道："你们昨天夜班的几个人先去睡吧，剩下的继续分析线索，看监控。"

章小年的住处是金座佳苑 C 栋三室一厅的套间，许亦深、刘照青、柯少彬、辛言决定在章小年这里住下，两人一间房，上班一起打车，也方便随时跟队友们交流。

蓝亚蓉的房子是两室一厅的 LOFT 公寓，就在街对面的星海公寓，秦露、秦淼两姐妹过去跟她住。卓峰继续住物业的值班房，林蔓萝一个人住。

江平策不喜欢和太多人挤在一起，越星文决定将他带回自己的公寓，道：“平策，你住我那儿吧，我的单身公寓挺宽敞的。我先带你回去睡觉，你已经三十个小时没睡了。”

他俩在图书馆就是舍友，江平策自然也愿意和星文住一起。

众人分配好住处之后，越星文先带江平策回去睡觉。

两人并肩来到星海公寓的大厅，入户大厅装修得很是奢华，头顶挂着华丽的水晶吊灯。这是一栋酒店式管理的高档公寓，两部电梯，总共三十三楼，越星文住在最顶层。律所给实习生安排这么好的条件，确实是财大气粗。

越星文跟江平策来到电梯前，按下了向上的按键。电梯门开了，江平策走进门，越星文却忽然停下脚步，像是想到了什么，目不转睛地盯着旁边那部电梯。

江平策看着他的脸色，不由疑惑：“怎么了？”

周围一个人都没有，大厅里空空荡荡。

越星文放轻声音，说：“现在时间是 0 点，公寓的 1 号电梯停在一楼，2 号电梯停在十七楼，这应该是固定设计，方便人们上下楼。”

总共三十三层的公寓，其中一部电梯自动停在一楼，供人随时上楼；另一部电梯在无人使用的情况下，会自动回到十七楼，方便高层的住户下楼时花费更少的时间。

越星文回头看向江平策：“但是昨晚，我记得很清楚，我跟蓝师姐她们出门去案发现场的时候，两部电梯都停在一楼。我们等了好几分钟，电梯才到顶层。”

江平策很快就明白了越星文的意思：“当时正好有人出去，两部电梯才会都停在一楼？”

同样的时间，深夜 0 点。如果公寓设定电梯默认停在一楼的话，应该跟昨晚一样，两部电梯都在一楼。

但是，此时此刻，2 号电梯停在十七楼一动不动，完全没有降下来的意思。那就证明，公寓的默认设置是 1 号电梯自动回一楼，2 号电梯自动停十七楼！

昨晚，就在越星文出门之前，有人刚刚从星海公寓出去过。

而且，这个人一定住在较高层，因此，他按了向下的按键之后，停在十七楼的电梯会因为距离较近而优先去接他，他使用这部电梯下楼，导致越星文出门的那一刻，两部电梯都停在了一楼。

这个半夜出去的人，会不会跟周子扬死亡案有关呢？

为了确认自己的推断，越星文和江平策做了个实验。

两人坐着原本就停在一楼的电梯来到三十三楼，等 1 号电梯下去之后，再按向下的按键，果然是距离更近、停在十七楼的 2 号电梯来接他们。

两人坐电梯下到一楼，过了大概一分钟，2 号电梯又按照设定的程序回到十七楼待命。

昨晚越星文出门时看见 2 号电梯停留在一楼，那就代表在他出门前的一分钟之内，有人刚刚使用这部电梯到达了一楼大厅。

江平策和越星文对视一眼，道："我去找保安要监控，看看是谁昨晚半夜下的楼。"

两人并肩来到大厅侧面的保安室，江平策从口袋里掏出警官证，道："你好，我是清塘区刑警队的警察江平策，我们正在调查一起案件，麻烦你调一下昨天晚上 0 点左右，公寓 2 号电梯和大厅里的监控。"

保安看见警官证，态度非常恭敬，立刻在电脑中操作一番，调出了昨晚的监控。江平策和越星文从 11 点 30 分开始看起。

深夜的公寓楼并没有多少人，11 点 33 分，两个女孩提着一堆购物袋有说有笑地走进大厅，乘坐 1 号电梯上二十七楼，然后 1 号电梯降回一楼。

接下来，大厅没人出现，直到 11 点 57 分的时候，停在十七楼的 2 号电梯突然开始上楼。

江平策立刻警觉起来，只见电梯一路上行，最终停在三十楼，一个身材高大的男人穿着黑色风衣，左手拿公文包，右手拿着手机，低下头一边看手机一边走进了电梯。

监控没有拍清楚他的脸，也看不清手机屏幕中具体是什么信息。

电梯一路下降到一楼，男人将手机塞回口袋，快步走出电梯，来到公寓门口时，他从公文包里拿出一把伞，撑着伞走出大门，消失在监控中。

此时，2 号电梯停在一楼。紧跟着，它又开始上行。越星文一看监控显示的时间——0 点，正是他出门的时刻。

果然，2 号电梯一直上升并停在了顶楼三十三楼，越星文、蓝亚蓉和林蔓萝并肩走了进来，三个人神色焦急，来到大厅后快步冲出大门。

这就是当时越星文在顶楼看见两部电梯都停在一楼的原因。

江平策看向越星文："还是你细心，不然，我们可能会漏掉这么重要的线索。"

越星文笑道："我只是记忆力比较好。当时着急等电梯，我心里想着要是电梯近一点就好了，我还看了表，电梯从一楼到三十三楼花了两分钟时间。"

江平策紧跟着朝保安道："调出三十楼走廊里的监控。"

保安配合地调出来，江平策反向追踪，很快就锁定，刚才那个男人是从

3007 号房间出来的。他拿出从警队带来的 U 盘，回头朝保安道："麻烦把昨天一整天的监控全都拷给我，我要带回刑警队仔细研究。"

保安笑容满面："好的，没问题。"

江平策将监控拷下来，顺便问保安："能查到 3007 这位住户的资料吗？"

保安道："这栋楼的二十五楼到三十楼是公寓式酒店，想查住户的资料得去酒店前台！我们这里只登记了业主和固定租客的资料，酒店客人每天都在变动，我们也不知道。"

公寓式酒店在近年来比较流行，星海公寓二十五楼到三十楼是一家名叫"X- 新概念"的酒店。两人来到酒店前台，找值班人员要到了昨天晚上在酒店的客人名单。

3007 的住客，名叫张荣华，今年二十八岁。

越星文带着江平策回到三十三楼的住处，开门进屋，叮嘱道："你先睡觉，我回金座佳苑找大家一起查这个人。"

江平策说："我也过去……"

越星文打断他："别逞强，你已经三十多个小时没睡觉了。马上去睡觉，养好精神，明天说不定还要用你警察的身份找新的嫌疑人问话。"

对上越星文不容拒绝的眼眸，江平策的嘴角不由轻轻扬起："好吧，那我先去睡了。你也别熬太晚，三点之前必须回来，听到了吗？"

越星文点头："嗯，我尽量。"

江平策道："你别一个人过去，让秦露来接你。"他说罢，便拿出手机给秦露发去数据："@ 秦露，向左倾斜五十度，距离一百一十五米，来接一下星文。"

下一秒，秦露瞬移出现在屋内，疑惑道："星文怎么了？"

"过去再说吧。"越星文回头看向江平策，耐心叮嘱，"浴室里有洗发水、沐浴露，不介意的话直接用我的就行。你睡我的床吧。"

江平策："知道了，放心。"

越星文便跟着秦露瞬移去了章小年的住处。

刘照青、许亦深两位昨晚值夜班的医生也在隔壁卧室睡觉，剩下的人正在看监控。柯少彬的电脑主要放星海大厦的监控，章小年的电脑放的是金座佳苑的监控，几个人聚在一起看得挺认真。

越星文走过去问道："有什么发现吗？"

柯少彬推了推眼镜，说："昨天下午 2 点 30 分，有三位维修工人提着一些工具上了楼顶天台，看样子是去维修排水管道的，他们上去后过了半小时才下来。我才看到晚上 8 点，后面的还没看完。"

越星文道："先帮我查一个人。"

他把 U 盘递给柯少彬，柯少彬将资料拷进笔记本电脑。越星文让他打开昨晚 11 点 57 分左右的监控，找到乘电梯下楼的男人，截图留证，然后打开 X– 新概念酒店的住客名单。

"张荣华，昨晚住 X– 新概念酒店 3007 房间，需要他的详细资料。"

柯少彬立刻在网上开始搜索。很快，他就拿到详细的资料："这是个富二代，他爸是一家房地产集团总裁，他妈是一家珠宝公司的老板，目前，他正在房地产公司当总经理。平时在安明市居住，这次来北山市，应该是出差。"

辛言一针见血地问："这么有钱的富二代，出差为什么不住高档五星级酒店，而是住在星海公寓的 X– 新概念酒店？"

柯少彬扶着眼镜，道："从宣传图片来看，X– 新概念酒店的装修风格很有特色，有机械风、金属风的套房，还有电竞套房、公主房，等等，比较受年轻人的欢迎。或许，他只是觉得这里的套房比较有个性？"

越星文道："还有一点，这家酒店离律所最近。"

柯少彬回头看向越星文："难道，他住在这里，是为了方便跟周子扬律师谈事情吗？"

越星文道："我们快速过一遍公寓的监控，看看周子扬是不是来过这里。"

柯少彬将公寓监控快速回放，果然，昨天中午 12 点 30 分，周子扬曾来过星海公寓，乘电梯去了三十楼，走廊监控显示他进了 3007 号房间，这个房间的住客正是张荣华。

他们在屋内谈了些什么，不得而知，但出门的时候，周子扬满脸笑容，应该对商谈的结果很满意。

柯少彬猜测道："会不会是，两个人之间存在灰色交易？"

越星文道："有可能。周子扬的保险箱里那么多现金、金条，来源不明，显然不只收了陈雪琴老公的钱。他已经没有了一位律师的职业操守，私下跟人交易的次数，肯定很多。"

其他人听见三个人的对话，也纷纷加入讨论。

蓝亚蓉道："星文说得对。我刚才详细看了陈雪琴离婚案的庭审记录，周子扬应该是两头通吃，收了女方的律师费，又私下收了男方的贿赂金，最后的判决结果男方会更加满意，女方只分到一套别墅，男方不但拿到孩子抚养权，还保留了自己在公司的完整股份以及投资的所有债券。名义上，周子扬在帮女方打官司，实际却在暗中帮助男方。男方李德成是个大老板，给他的钱肯定比女方给的律师费更多。"

这样的律师确实是毫无职业操守，简直是给律师职业抹黑！

越星文回头看向蓝亚蓉："师姐，他过去的案件记录中，有没有这个叫张荣华的？"

蓝亚蓉道："我刚才重点看了陈雪琴离婚案的资料，其他的还没来得及翻。"

柯少彬道："我来检索吧，直接查会比较方便。"

他手指飞快地敲击键盘，从笔记本电脑资料库中搜索，没有查到这位张荣华跟周子扬有过业务往来。柯少彬不甘心，又上网去搜……

还是没有收获。

网上输入张荣华的信息，全是他到处玩的照片以及换女朋友的八卦。这位富二代的私生活看来非常丰富。

突然，柯少彬将鼠标定格在一张照片上："等等，这个人……是不是李德成？"

越星文凑过去仔细一看："没错，是李德成。"

照片里，李德成、张荣华还有两个男人一起合影，背景是一座海岛，典型的度假照。看这四人合影时互相勾肩搭背，动作亲密，他们的关系应该挺好的。

蓝亚蓉皱着眉看向照片："李德成、张荣华，这两人认识，而且关系很好？"

越星文摸着下巴思考片刻，分析道："说不定周子扬就是他们彼此介绍的。因为周子扬帮李德成办妥了离婚案，这位张荣华手上也有案子需要周子扬帮忙，李德成就将周子扬介绍给了他，于是，他来北山市约周子扬私下见面，达成了某种交易。"

这样就能解释，周子扬过去经手的案件中查不到张荣华的信息，两个人却私下见面的原因——案子还没开始，正在商谈阶段，周律师就死了。

通过这张照片，顺藤摸瓜，说不定能查出周律师更多的幕后"金主"！

柯少彬通过强大的网络搜索，将合影中四个人的资料全部查了出来。

张荣华，父亲是地产商，母亲是珠宝商。作为独生子，他从小备受宠爱，生活挥霍无度。照片里的游艇是他购买的私人游艇，他还有私人飞机，每年都会叫几个朋友出国度假。

李德成，张荣华的表哥。李德成的家庭条件不如张荣华，他父母开了家服装公司，他手里持有公司 40% 的股份，吃老本也能活得很好。他前妻陈雪琴是普通家庭出身，当初奉子成婚，婚后不到五年，李德成出轨被陈雪琴现场抓包，陈雪琴提出离婚，周子扬代理了这个案子。

金洛，金星集团太子爷。金星集团是北山市最大的互联网科技公司，周子扬目前担任该公司的法律顾问。

申海滨，张荣华的好友，也是富二代。两人经常一起出去玩，光是两人在微博发的合影就有无数张。

照片里的四个人，或多或少都跟周子扬有点关系——

李德成是周子扬代理的离婚案的最终受益人；金洛是周子扬担任法律顾问的金星集团继承人；张荣华曾在昨天跟周子扬私下会面；申海滨，曾在五年前找周子扬代理过一起刑事诉讼案，有女生告他强奸，最终因为证据不足，当庭释放。

越星文若有所思地看着这张合影：“这四个人关系亲密，周子扬的业务能力很强，所以，遇到法律方面的问题，他们就会把周子扬介绍给其他朋友。”

蓝亚蓉点头道：“我赞同星文的说法。周子扬的父母是普通工薪阶层，他很难直接认识这种圈子里的人。从时间线来看，申海滨的刑事诉讼案发生在五年前，他应该是最早认识周子扬的一个；然后，他把周子扬介绍给金洛，让周子扬接触到金星集团，成了法律顾问；再介绍给李德成，让周子扬暗中帮李德成拿到孩子的抚养权；最后，是张荣华私下跟周子扬见面。”

按照时间线，他们四个需要法律帮助的时候，就和周子扬认识了，这样的逻辑刚好说得通。

辛言提出个疑问：“律师不是专攻某个方向吗？比如《刑法》《经济法》《婚姻法》，不同的律师擅长不同领域的官司。周子扬怎么什么官司都接？”

蓝亚蓉道：“也有全能型律师。本科阶段我们是所有法律都要学一遍的，研究生阶段才会细分。一些野心比较大的律师在工作之后会不断学习，熟记法律条款，各种案子都接，这样的话他的业务面就会非常广，客户资源多，收入当然也更多。”

越星文皱着眉道：“我觉得，五年前周子扬代理的‘申海滨案’可能有问题。师姐，麻烦你看一下案件记录吧。”

蓝亚蓉扫了眼电脑里的案件资料，简单讲述道：“女方是个大学生，暑假去酒吧赚快钱。申海滨去酒吧玩的时候看上她，在酒吧包间里侮辱了她。女方当时没有留下证据，惊慌地跑去洗澡，第二天才在闺蜜陪伴下报案。申海滨否认强奸，说是你情我愿的。最终，法庭认定原告证据不足，申海滨被当庭释放。”

秦淼冷着脸道：“这个女孩显然没有经验，她不该回家洗澡，而是应该第一时间报案，找医生鉴定伤情，留下证据，这样才有可能赢吧？”

蓝亚蓉点了点头，无奈地说：“很多女孩缺乏法律常识，被欺负了先急匆匆地跑去洗澡，大哭一场，等冷静下来想到要报案的时候，已经错过了最佳时机。不过，这也不能怪她，她不是法律专业的，突然遇到这种事，惊慌失措很正常。”

大部分人在突发事件面前都很难保持理性，女孩的官司最终通常败诉，毕竟她空口无凭，法庭也不能仅凭她一面之词就定强奸罪。

越星文看着庭审记录中脸色苍白的女孩，道："这女生，会不会因此怀恨在心，对周律师展开报复？查一下她的资料。"

柯少彬查过之后，惊讶地说："这起案件的原告，叫秦诗音，居然也在星海大厦上班！二十七楼，一家少儿培训机构，她是教音乐的。"

众人听到这里，面面相觑。

这还真是"拔出萝卜带出泥"，顺着半夜出门的张荣华这条线，牵扯出了一堆好友以及相关案件受害者，都跟周子扬有关联。案子比一开始更加复杂了。

蓝亚蓉突然道："我发现了一个时间拐点——周子扬在研究生毕业后的那几年一直在代理刑事案件，这跟他研究生学《刑法》相符；但就在五年前，他帮申海滨打赢官司后，突然转行了，开始做《经济法》《婚姻法》方面的案件代理，没再接触过《刑法》。"

他为什么不接刑事案件了？

越星文分析道："普通的离婚案，仇恨值应该不会高到杀人的地步。例如陈雪琴和李德成的离婚案，虽然陈雪琴最后没拿到孩子的抚养权，但她可以继续上诉，或者想办法探视儿子，而不是一怒之下杀死律师。"

队友们纷纷赞同："没错，陈雪琴打了一晚上麻将，不在场证明很有说服力。她老公拿到孩子抚养权，还保留了所有股份，更没有理由去杀律师。"

"这对夫妻跟周子扬的死，应该没有直接关系。"

辛言总结道："李德成、陈雪琴离婚案的这条线，可以引出背后的富二代好友团，证实周子扬经常收取贿赂，甚至为了赚钱两头通吃，不择手段。"

越星文点头赞同："所以，他接手过的刑事案件才是关键。"

强奸、杀人等刑事案件，会给受害者和亲属留下难以磨灭的伤痕。周子扬在法庭上侃侃而谈，把黑的说成是白的，当事人很可能会更加痛恨他，从而起了杀心，想要报复，这就有了杀人动机。

五年前的案子过后，周子扬不再代理刑事案件，也很奇怪。

蓝亚蓉道："这个富二代好友团还得仔细查一查，五年前的案子非常关键。"

越星文看了眼时间，已经快凌晨 3 点了。想起平策让他 3 点之前回去睡觉，他便朝大家道："今天先到这里吧，大家都辛苦了，先回去休息，早上 8 点起来行动。"

蓝亚蓉在公寓楼的住处是两室一厅的套间，秦露和秦淼姐妹正好去她那里住。越星文刚才是换位瞬移过来的，必须瞬移回去，才不会在公寓监控中留下奇怪的记录。于是，秦露带着越星文瞬移回公寓房间，再换位回来，和蓝亚蓉、林蔓萝、秦淼正常走了回去。

回到房间后，越星文发现江平策已经睡着了。

江平策连续三十几个小时没休息，肯定很累，看上去睡得挺沉。担心吵醒他，越星文轻手轻脚地摸去浴室洗了澡，擦干头发，这才摸到沙发边，躺了上去。

没过多久，越星文也睡着了。

今天发现的线索太多，简直是场头脑风暴，他脑袋胀痛，急需休息。

这一觉睡到了天亮。

睁开眼的时候，江平策已经穿戴整齐，越星文急忙去卫生间洗漱，一边洗一边问："你这么早起来，昨晚睡得好吗？"

江平策道："很好。"

越星文迅速洗完脸，道："昨晚，我们整理出了一堆新线索，今天得靠你出马，你手里有警官证，办案还是挺方便。"

等越星文换好衣服，江平策才说道："走吧，先去三十楼找张荣华聊聊。"

越星文快步跟上，两人乘电梯来到三十楼，敲了敲 3007 号房间的门，屋内传来个慵懒的声音："谁啊，大清早的？"

江平策："警察。"

对方打开门，穿着白色睡袍，应该是刚睡醒，一副吊儿郎当的样子，一边打着哈欠，一边不太耐烦地道："扫黄打非吗？警察同志，我昨晚可是一个人睡的啊。"

江平策拿出警官证给他看了一眼，冷声道："我是刑警。张荣华先生，我们有一起案件需要你协助调查，能进去聊聊吗？"

张荣华愣了一下："刑警？我最近没犯过事啊！"

江平策和越星文绕过他走进屋内。

X– 新概念酒店装修风格确实很有特色，张荣华住的这间有点像电竞主题房，有一台机箱透明、看起来很酷炫的游戏电脑，配置了机械键盘和鼠标。

柯少彬查到的资料中有提到张荣华是游戏迷。

越星文目光快速扫过房间搜寻有用的线索，只见床边放着个打开的行李箱，里面有几套换洗衣服，床铺略显凌乱，此外没有特别的地方，也没发现第二个人的衣服、鞋子，他显然是单独住的。

江平策问道："3 月 7 号中午 12 点 30 分，你是不是跟周子扬律师见过面？"

张荣华皱着眉道："没错，我约了周律师帮忙。"

越星文问："具体一点，什么忙？"

张荣华咳嗽一声，道："我之前是我老爸公司的经理，其实就挂个名，没有实权。我爸给了我一笔钱当创业资金，让我开家小公司试试水，磨炼磨炼。周律师是金星集团法律顾问，我就问了他一些开公司需要注意的问题，想请他当我新公司的法律顾问。"

江平策目光冷淡地盯着他："只是这样？"

张荣华表情诚恳地点头："嗯，我跟他之前就商量好了，这次来是让他把合同给我的。反正合同怎么写我也不懂，干脆让他来写。"

说罢，他转身从包里拿出一份合同递给江平策："这是他起草的合同，我还没来得及签字，打算回去再找个律师看一下。"

江平策接过来看了一眼，果然是聘请周子扬担任荣华集团法律顾问的合同。

越星文也凑过来仔细看了看合同，疑惑道："你这公司的总部在安明市，为什么不在当地找律师，反而跑来北山市找周律师？"

张荣华笑道："从安明开车到北山，走高速也就两个小时。比起在当地找的，我更相信周律师的业务能力。现在网上办公也很方便，有什么重要文件、合同需要法务过目的，我先让公司的法务看一遍，最后发邮件给周律师终审就行。"

越星文和江平策对视了一眼，后者淡淡问道："你认识申海滨吗？"

张荣华愣了愣，下意识地答道："当然认识啊，申海滨是我发小……不对，警官，你找我打听周律师、申海滨，到底出什么事了？"

越星文道："周子扬死了。"

张荣华震惊地张大嘴巴："啊？"

越星文补充道："就在前天晚上 0 点，你从公寓楼出去的时候，他从对面的星海大厦掉了下来，坠楼身亡。"

面前的这位富二代应该不是凶手，毕竟他下楼的时候周子扬正好从对面掉下来，他没有作案时间。但他牵连出的背后的线索，肯定有很大的用处。

江平策道："说吧，五年前申海滨的案子，到底是怎么回事？"

听见江平策的问话后，张荣华脸色一变，声音也不像刚才那样气定神闲，语气僵硬地道："五年前的事情，我早就不记得了。"

江平策目光冷锐："真的不记得了？要不要我提醒一下？"

越星文配合地说："五年前，7 月 20 号的晚上，你跟申海滨一起去了安明市的十点酒吧，遇到了几个女孩，其中有一个女大学生，长得很漂亮，叫秦诗音，第二天，她跑去报案，说被你这位朋友强暴了。"

张荣华的嘴角轻轻抽搐了一下，发现瞒不过去，才沉声应付道："哦，我想起来了，这件事不怪海滨，是那个女生玩'仙人跳'……'仙人跳'的意思你们懂吧？就是她本来跟海滨说好，一次三千元，海滨也给她付了款，结果后来她嫌钱给得少，威胁海滨要十几万，海滨生气没理她，然后她就报警了。”

江平策和越星文对视一眼，根本不信张荣华的说法。

但事情过去太久，女生没留下证据，空口无凭，这几人就算是抹黑她，她也没法洗清冤屈；而且，微信上确实有申海滨发给她的三千元转账记录，不过她没有收。这很可能是周子扬出的主意，让申海滨事后转账，再跟好友统一口径，将脏水往女生的身上泼。

张荣华当时也在场，他和申海滨一旦串供，说是女生自愿的，女生确实很容易败诉。

江平策皱了皱眉，问道：“申海滨最近在做什么？”

张荣华摇头：“不知道。他最近挺忙，我一个多月没见过他了。”

越星文问道：“你前天晚上凌晨 0 点为什么要出门，还冒着大雨出去？”

张荣华摸了摸鼻子：“半夜出门还能做什么？跟朋友约着出去玩呗。”

江平策盯着他的眼睛：“哪些朋友？”

张荣华耸了耸肩：“我表哥李德成，还有金洛。我们几个平时玩得好，经常一起喝酒。我约他们去 KTV 通宵也没什么问题吧？我表哥的离婚案刚结束，他恢复了单身生活，也是一件值得庆祝的事。警察难道还管我们晚上去哪儿娱乐吗？”

这家伙吊儿郎当的，不像普通人那样对警察心存畏惧和敬重，显然是个滑头。

见张荣华这里问不出更多的信息，江平策和越星文便撤回章小年的住处，让柯少彬帮忙查李德成、金洛这两个人的联系方式。

江平策以警察的身份打电话求证，李德成、金洛都表示，前天晚上跟张荣华在一起，几人聚会的主要目的是庆祝李德成恢复单身，顺便为他送行，因为他准备带儿子出国，微博上也有他们当晚一起玩的照片。

至于申海滨，下落不明，三个人都表示不知道申海滨最近在忙什么。

柯少彬打开申海滨的微博，发现他有一个月没更新了。江平策查到他的电话打过去，结果无人接听。

越星文有种不太好的预感：“该不会，这个申海滨也被杀了吧？”

卓峰抱着胳膊，道：“如果凶手是为了五年前的刑事案件展开报复，杀律师、杀申海滨，都有充足的动机。但是，当年那个叫秦诗音的受害者只是个柔弱的女孩，她有这么大的本事逃过所有的监控，不动声色地把周律师推下楼吗？”

江平策拿起手机给蓝亚蓉打了个电话：“蓝师姐，你们到星海大厦了吗？案发当天，秦诗音在不在二十七楼的少儿培训中心？”

电话里传来一阵嘈杂的声音，紧跟着是蓝亚蓉踩着高跟鞋的清晰脚步声。

她快步来到一个角落，说道：“我跟蔓萝刚去少儿培训中心调查，查到的结果是，秦诗音早在一周之前就辞职了，说是生病了，不想再给孩子们上课，要回家休养。案发当天她不在星海大厦，她已经一周没来这里上班了。”

生病？听到这里，江平策立刻说：“知道了，师姐你们先回律所上班，暂时不要继续调查，我跟星文亲自去一趟医院。”

他挂断电话后，看向越星文说：“秦诗音生病辞职，得去医院查。”

柯少彬瞪大眼睛道：“医院那边果然还有没挖完的线索！”

江平策道：“星文，我们去医院找刘师兄他们详细查一下那边的线索。还有，金座佳苑这边，我总觉得还漏掉了什么。小年、卓师兄，你们再仔细过一遍小区的住户名单，看看有没有特殊的业主。柯少彬、秦淼，你们继续看监控。大家手机联系。”

安排好分工后，江平策和越星文打车去了医院。

刘照青、许亦深、秦露今天都在医院上班，刘照青在急诊科，许亦深在外科，秦露正好是心理科的护士。

越星文在群里发信息：“@ 刘照青 @ 许亦深 两位师兄，麻烦在医院病例库搜一下秦诗音的就诊记录。这姑娘生病辞职了，不知道是什么病。”

刘照青很快发来结果：“她的就诊记录都在心理科。”

越星文怔了怔：“心理科？难道她也是抑郁症？”

许亦深道：“外科这边查不到她的手术记录。既然她是生病辞职，很可能就是心理问题，跟刘澜一样得了抑郁症。”

江平策道：“我跟星文现在去心理科找秦露。”

越星文和江平策来到心理科的门诊，挂了个号在候诊区等待。秦露很快就走了出来，将手机递给他们，轻声说道：“我刚才趁门诊医生去上厕所，偷偷从电脑里拍下来的资料，两位看看。”

两人打开照片一看——一大排的就诊记录。

秦诗音的病，比刘澜还要严重。

她最早的就诊记录是在五年前的 8 月 31 号，距离她 8 月份官司败诉不到一周。这五年间，她一直断断续续地来医院心理科治疗，每次都挂心理科专家号，最近一年来她看病的次数明显增多，应该是病情加重了。

刘澜是去年 9 月 10 号第一次来心理科就诊的。当时她因为宫外孕做了手术，失去孩子，导致心情低落，连续一周失眠，无法忍受才来了医院心理科。

令人惊讶的是，秦诗音，在去年 9 月 10 号，也正好在心理科看病。

两人挂的是同一个专家的号。

秦露小声说："去年 9 月 10 号那天，秦诗音和刘澜同时在医院心理科就诊，两个人挂的号一个 5 号一个 6 号，当时很可能坐在一起，互相聊了几句，认识了。"

越星文和江平策对视一眼，继续往后翻。

刘澜很规律，每个月 10 号都来一次医院心理科。

秦诗音从一月一次，到一月两次，最近更是一个月来医院四次。

在漫长的就诊记录中，有三次，她跟刘澜正好在心理科遇到。

由于心理科有两位专家，她俩找的这位专家每周只有两天在门诊。医生出诊时间固定，两位陌生的病友凑巧遇到也并不奇怪。

但刘澜和秦诗音的相遇，越星文不相信这是巧合。

江平策道："去找这位专家聊聊看吧。"

今天正好是心理科林教授的出诊日，越星文刚才进门之前就挂了号，很快，广播里念道："7 号，越星文，请到 1 号诊室就诊。"

江平策和越星文一起来到心理科诊室。

坐在办公室内的是一位很温柔亲切的女性，看上去四十岁上下，气质很好。她微笑着说道："哪一位是越星文？过来这边坐吧，家属可以出去了。"

江平策快步上前，从口袋里掏出警官证："林教授您好，我是清塘区刑警队的警察，有一起案件需要您配合调查。"

越星文顺手关上门，礼貌地说："不会耽误您太多时间。"

林教授收起笑容，神色变得严肃起来："刑警？什么案子？"

江平策道："秦诗音、刘澜，这两位患者您可记得？"

林教授点了点头："当然，长期来找我看病的病人，每一个的情况我都记得，这样才能给她们最合适的治疗方案。"她顿了顿，"怎么，这两位出什么事了吗？"

江平策没有直接回答，继续问道："我们查到，秦诗音最近看病的次数更加频繁，她的病情是不是变严重了？具体情况能跟我们说说吗？"

林教授蹙眉道："作为心理科的医生，我需要对患者的隐私保密。"

江平策道："但是现在这两人涉及一起谋杀案，请林教授配合。"

听到谋杀案，林教授立刻坐直身体，慎重地点点头道："我明白了。秦诗音这个女孩挺可怜的，她五年前得了抑郁症，一直在吃药，最近病情越来越严重，还出现了自残行为，每次来找我看病的时候，手腕上都有刀割的伤痕。我一直在努力开导她，怕她自杀。严重到这个程度的抑郁症患者，很难理智地控制情绪，容易想不开自杀。”

林教授轻叹口气：“秦诗音从小品学兼优，艺考拿到最高分进了音乐学院。她家庭条件一般，但她一直是父母的骄傲。五年前，她跟舍友一起去酒吧兼职，被人强奸。这件事对她打击太大，她解不开这个心结，所以才得了抑郁症。”

越星文问道：“她每次来看病的时候，都是一个人吗？”

林教授道：“是的，从没见她有家属陪同。她说，她不敢告诉父母自己得了抑郁症，怕父母为她难过，所以，她每次都是单独过来找我的。”

越星文：“她有提到过是谁伤害了她吗？”

林教授摇了摇头：“没有，关于那个人她从来不谈，似乎很厌恶提起对方的名字。”

江平策转移话题道：“刘澜的情况怎么样？”

林教授想了想说：“刘澜还好，病情不算很严重，轻度抑郁，加上药物控制，应该可以好转。她前两天来找我看病的时候还说，最近儿子上小学，看着孩子一天天长大，她身为母亲，一定要给孩子更好的生活，所以她会振作起来。”

身为母亲，给孩子更好的生活。

这句话似乎有弦外之音。

周子扬作恶多端，还出轨背叛了她，甚至留下让她净身出户的离婚协议书。跟周子扬直接离婚，她拿不到财产，甚至拿不到孩子的抚养权，肯定不是更好的生活。那么她所说的更好的生活，是不是继承丈夫的全部财产，带着孩子开始新的人生？

周子扬活着，她不可能做到这些。

只有周子扬死了，她才能立刻得到一切，包括孩子的抚养权、金座佳苑小区的三套房子、一套郊区豪华别墅、百万银行存款……如果警察不追究周子扬的违法所得的话，她甚至还能拿到周子扬存在保险箱里的一箱子金条和上千万现金。

瞬间变成人生赢家！

刘澜的嫌疑一直没有排除，虽然她有不在场证明，可周子扬死后，她是最大的受益人。说她对这一切毫不知情，越星文并不相信。只是，她在案发当晚10点下楼扔垃圾之后，回到房间，就再也没有出去过。

小区监控没拍到她出门，那她就没有作案时间。

如果她跟这件事有关，那她应该不是直接杀死周子扬的凶手，而是间接导致了周子扬的死亡，例如，帮凶手提供作案思路，暗中协助凶手。

由于她手脚很干净，没有留下任何线索，就算周子扬死了，警方也没有足够的证据拘捕她，她依旧可以置身事外，享受周子扬死后带给她的巨大收益。

如果真是这样的话，刘澜这个女人，绝对不容小觑。

江平策在群里发消息问："小区那边，有新的发现吗？"

卓峰在物业盯着A栋的监控，看见消息后立刻回复："刘澜刚带着孩子出门，你们要不要潜入她家里调查一下？"

越星文道："好，让秦露带我们换位过去吧。"

秦露找了个借口跟科里请假一天，和江平策、越星文一起回到章小年的住处。由于章小年参加过小区的设计，刘澜的住处又是改造过的，这次越星文把章小年也带上一起去。

江平策算好刘澜房间的位置，秦露开启"板块运动"，四个人瞬间出现在她家中。

为免留下痕迹，越星文让大家都戴上脚套、手套。

刘澜的住处装修并不走奢华风，而是简约文艺范儿，整个屋子都铺着木地板，家具的颜色清新雅致。由于周子扬买下了这一层楼，并将3301、3302两套房子打通，整个屋子的面积将近两百四十平方米，非常宽敞。

越星文道："小年，你测一下室内面积，看看有没有暗门。"

章小年点了点头，立刻拿出激光测距仪开始干活儿，一边测量，一边在纸上画图。

房子的布局是主卧、儿童房、客卧、书房、健身房，每个房间面积都很大。尤其是健身房，里面摆着不少专业的器械，还有一个瑜伽垫。刘澜虽然表面看着瘦，但她应该有经常健身的习惯，身体素质挺好，并不是那种弱不禁风的女人。

书房做了一面墙的书柜，上面摆放了一些法律相关的书，还有很多小说、漫画。

越星文和江平策重点搜书房。刘澜的书房里没有保险箱，抽屉里也没有合同之类的东西，最上层的抽屉放着结婚证、户口本，还有毕业证、学位证。

越星文将这些证书拿出来翻看，户口本上，周子扬是户主，另外两页是刘澜和孩子周承泽的信息。金座佳苑属于学区房，旁边有本市最好的中心小学，周子扬将户口落在这个小区也很合理，没什么疑点。

结婚证是八年前登记的，照片里的两人笑得很开心，郎才女貌，十分般配。

让越星文意外的是，他居然看到了两张学位证。

刘澜毕业于北江政法大学哲学系，学位证则包括哲学学士和法学学士的。

越星文看着两张学位证，道："刘澜上大学的时候，是修了双学位吗？"

他将照片发在了群里。

队友们都很惊讶，本以为，刘澜是个嫁给周子扬后就安心在家带孩子的全职太太，没想到，这个女人如此厉害，大学期间居然拿到了双学位！

蓝亚蓉回复道："本科生修双学位很有难度，要同时上两个学院的课，参加两边的考试，花费的精力是其他人的双倍。而且，法学院的课程任务很重，需要背诵的法律条款特别多。我们当时读书的时候，光应付法学院的考试就已经很累了，她居然能拿双学位，确实很厉害，而且也很聪明，记忆力应该非常出色。"

秦淼分析道："她既然拿到了法学学士学位，说明她也懂很多法律知识。婚前财产、婚后财产她肯定一清二楚。周子扬想算计她，让她离婚时净身出户，结果，周子扬的小算盘，其实一直在刘澜的掌握之中。"

秦露赞同道："姐姐说得有道理，说不定刘澜早就为自己留好了后路。周子扬想让她净身出户，还抢走孩子的抚养权，那是不可能的！惹急了，借刀杀人。"

借刀杀人，这一招很高明。她不但可以为自己争取到最大的利益，还可以让自己不沾惹一丁点儿血腥，带着孩子"过上更好的生活"。周子扬真是太低估身边这位妻子。或许，这些年周子扬多次受贿，还违背职业道德做了很多伤天害理的事情，刘澜对这一切都心知肚明。

想起刘澜当初认尸时平静、淡漠的样子，江平策突然觉得，这个女人比大家想的还要厉害很多。

江平策低声道："现在关键的问题是，刘澜找了谁合作，又是如何诱导对方杀掉周子扬的，为什么星海大厦的监控中，只拍到周子扬一个人上了天台。"

这些疑问一旦解开，案子应该就能破了。

两人搜完书房，紧跟着去主卧。

秦露正在主卧搜查，指着墙上的钉子痕迹，道："这里应该挂过照片，从大小看，是婚纱照。可能是两人分居后，刘澜把挂在墙上的婚纱照给收走了。"

她顿了顿，接着说："另外，主卧里没有任何男士的衣服、鞋袜，衣帽间里只有刘澜一个人的衣服。我还搜了她的首饰盒，只放着款式简单的两条项链、两条手链和一枚钻戒，没有发现耳环。"

刘澜显然不太注重首饰的佩戴，平时穿衣也比较素雅，衣柜里的衣服以白色、蓝色、灰色为主，跟周子扬的出轨对象陈月琴完全相反——陈月琴经常换首饰，衣服也是比较鲜艳性感的风格。

厨房、洗手间、儿童房等地并没有特殊的发现。

这个家里找不到任何关于周子扬的痕迹。

没有一件男士的衣服、鞋袜，没有一张周子扬的照片，来这家里的客人，第一反应会觉得，这是一个带着孩子的单身母亲的住处，这个家没有男主人。

越星文道：“刘澜做得很决绝，应该是分居的时候，就让周子扬把自己的全部东西都打包带走了，照片也都扔了。这个家，已经没有了周子扬的痕迹。”

江平策目光扫过屋内：“看来她早就做好了跟周子扬彻底分开的准备。”

这时候章小年也回来了，他将画好的屋内平面图拿给越星文，道：“师兄，我详细测量过，3301 和 3302 这两套房子打通了，房子内部的面积跟小区其他住户一致，没有发现隐藏的储藏室或者暗门。”

高智商犯罪，做事确实不留痕迹。

即便是警方亲自上门来搜，也搜不到刘澜作案的任何证据，只会觉得：她跟周子扬感情破裂，因此分居；丈夫出轨，她是个受害者。

群里突然弹出消息：“大家快撤，监控拍到，刘澜提着蔬菜水果回来了！”

秦露立刻开启换位技能，带着大家返回章小年的住处。

这次搜证，虽然没有获得明显的刘澜跟凶手联系的证据，但刘澜的双学位证书让越星文更加相信，她不会是无辜可怜、什么都不知道的弱女子。

接下来就是找到秦诗音了。

江平策问柯少彬：“查到秦诗音的住处了吗？”

柯少彬道：“查到了。秦诗音住得离这里很远，在城郊的秀水花园小区，七层的那种老旧楼梯房，4 栋 2 单元 601 户。从她家到这里上班，坐地铁要 40 分钟。”

江平策看向越星文，道：“走吧，我们去见见这个女生。”

越星文和江平策按照柯少彬给的地址，打车来到了郊区秦诗音的家中。

秀水花园小区的住宅楼全是七层的楼梯房，没有电梯，建筑外面刷的漆已经掉了色，看上去有些年头了。小区面积小，总共只有五栋楼，居民们在这里住得久了，邻里之间互相都认识，这也方便了越星文和江平策走访调查。

两人来到小区时，看见不少大爷大妈坐在凉亭里聊天。

越星文和江平策并肩走过去，江平策拿出警官证，向一位 70 岁上下的老奶奶问道：“老人家您好，我们在调查一个案子。请问，您认识 4 栋 2 单元 601 户的秦诗音吗？”

爷爷奶奶们看见警官证，满脸好奇，私下议论着——

“出什么事了啊？”

“警察怎么会来我们小区？”

被提问的老奶奶认真地说："小音我当然认识，长得可漂亮了，就是不爱说话，平时也很少见她出门，只有上下班的时候见过她几次，她也会跟我们简单打个招呼。"

旁边一个老爷爷说道："她好像是当老师了吧？这孩子真有出息，她妈妈死得早，是她爸爸把她带大的。她小小年纪就出去打工，帮她爸爸减轻负担，特别懂事。"

江平策拿出本子，一边记录一边问道："她妈妈是怎么死的？"

一位中年男人说道："车祸。有一天夜里，她妈妈在过马路的时候被人给撞了。这好像是十年前的事？我记得当时小音还在上初中。"

越星文问道："她家现在只有她跟她爸爸吗？"

老奶奶说："她还有个哥哥，在外地上班，只有过年的时候才会回来看一眼。倒是小音大学毕业就回家了，听说在培训中心当音乐老师，别的我们也不清楚。"

从和邻居们的谈话中得知，秦诗音母亲因车祸早逝，家中还有父亲和哥哥。

她从星海大厦少儿培训中心辞职已经一周。蓝师姐在大厦问过她的同事，她辞职之后就没来过星海大厦，当天的监控中也没有拍到她，案发时她应该并不在场。

那么，她的爸爸和哥哥呢？

秦诗音不在现场，说不定是她的家人替她出气，杀了周律师。

越星文和江平策决定亲自去秦诗音家里走一趟。

两人来到4栋2单元601房间门口，敲了敲门。片刻后，一个女孩来到门口，透过猫眼看着外面，轻声问："谁啊？"

越星文语气温和："秦小姐你好，我们是清塘区刑警队的警察，有些事情想找你调查，方便开一下门吗？"

江平策紧跟着将警官证拿出来给她看："这是我的警察证。"

秦诗音愣了一下，打开门，疑惑地道："警察？找我做什么啊？"

越星文问："可以进门聊聊吗？"

秦诗音沉默片刻，点了点头，让两人进屋，顺手给他们倒了水。

女生脸色苍白，头发在脑袋后面简单扎了个马尾辫。她穿着长袖衬衣，给越星文递水的时候，腕部隐约露出一些伤痕，像是被刀划破留下来的。

听医生说她最近曾自残，看来这女孩的抑郁症已经很严重了。

越星文不动声色地环顾四周。房间布置得干净简洁，三室一厅，她跟她哥哥各一间房，主卧应该是她爸爸的寝室。根据邻居们的描述，她哥哥在外地上班，过年才回家；她爸爸在外面打工，此时家里只有她一个人。

电视柜上摆着一个相框，照片里是一家四口的全家福。秦诗音跟她妈妈年轻时长得特别像，她妈妈穿了身旗袍，很有气质，秦诗音当时应该十四五岁，少女笑容灿烂，兄妹两人站在父母的身边，一家人看上去其乐融融。

这本该是个幸福的家庭，可惜她妈妈在十年前车祸身亡，秦诗音又在五年前被人欺辱，一家人心理上留下的创伤很难治愈。

女生似乎不太喜欢跟人目光对视，她低着头，眼睛盯着地面，僵硬地坐在那里，小声问道："警官，你们要查什么？为什么找到我家来了？"

江平策问道："前天晚上 10 点到 12 点，你在哪里？"

女生仔细想了想："前天？是下雨的那天吗？"

"没错。下暴雨的那天晚上，你有出去过吗？"

秦诗音摇了摇头："没有。我辞职回家后一直在家休息，这一星期我都没有离开过小区，平时吃饭也是在小区超市买菜回来自己做。"

江平策问："为什么辞职？"

秦诗音咬了咬嘴唇，小声答道："因为最近，身体不太舒服。"

抑郁症患者不能受太大刺激，越星文斟酌了一下措辞，目光温和地道："你别害怕，我们找你只是了解一些情况。你认识周子扬律师吗？"

秦诗音全身一僵，脸色比刚才更加苍白。她沉默了很久，才点点头："认识。"

"那你知道，他就在星海大厦四十楼的明辉律师事务所上班吗？"

秦诗音愣了愣，抬头看向越星文："什么意思？他在星海大厦上班？"

江平策和越星文对视了一眼——女孩一脸惊讶，看上去似乎毫不知情；或者说，她的演技一流，这一切都是装出来的？

江平策沉声道："他就在星海大厦四十楼的明辉律师事务所上班。你在星海大厦二十七楼的少儿培训中心，你们在同一栋写字楼工作，最近可曾见过他？"

秦诗音毫不犹豫地摇头："没见过。我们培训中心的上班时间跟别的单位不一样，因为孩子们要上学，晚上才有时间学习才艺，我们周一到周五都是晚上 7 点开始上课，周末的时候从上午 10 点一直上到晚上 10 点，我在写字楼很少碰见其他人。"

这样的上班时间，确实错开了其他单位的上下班高峰期。

但律师事务所也没有严格的上下班打卡制度。有些律师在忙案子的时候甚至可以不去律所，在家里整理资料；遇到开庭、跟客户吃饭的情况，也不需要请假。明辉律师事务所是合伙人方式，老板并不干涉律师们的上下班时间。

所以，秦诗音到底知不知道周子扬在四十楼的律师事务所工作，有没有在大厦见过周子扬，还不得而知。

如今周子扬已经死了，秦诗音一口咬定不知情，确实是死无对证。

越星文紧跟着问："你去星海大厦上班，是自己找的工作，还是有人介绍？"

秦诗音说："我自己应聘的。本来我爸想让我考教师资格证，去正规的中学当音乐老师，但我觉得去学校当老师每天按时上班太累了，相对来说，培训中心的时间比较自由，收入也更高。所以，我找了一家少儿培训中心，去给孩子们教声乐。"

面前的女生虽然面色苍白，但说话时条理清晰，声音柔和好听，看上去不像是心虚的样子。

江平策皱了皱眉，在本子上记下她所说的信息，接着问："你认识刘澜吗？"

秦诗音神色平静："不认识。刘澜是谁？"

越星文接着问："你爸爸在哪儿上班？做的是什么工作？方便说吗？"

"我爸这几年一直在外面跑出租车。"

"你哥哥，在安明市上班对吧？"江平策看着她道，"最近有没有跟你联系？"

"我哥是个会计。最近他们公司月底清算，他每天都很忙，一星期没跟我联系过了，他只有逢年过节的时候才会回家看看我跟我爸。"

越星文和江平策对视一眼，站了起来，礼貌地说道："谢谢配合，如果有需要的话，我们会再跟你联系。"

秦诗音起身送他们出门，快到门口的时候，她忽然问："警官，我能不能问一下，你们为什么找我？到底是谁出事了？"

江平策回头看着她，低声说道："周子扬死了。"

秦诗音的眼眸瞬间瞪大，用手捂着嘴巴，将冲口而出的尖叫吞了回去。

越星文仔细观察着她的脸色，女孩震惊的表情不像装出来的，听见这位曾经在法庭上污蔑她的律师死亡，她眼里也没有明显的喜悦之情。

离开小区后，越星文皱着眉若有所思："她真的不知情吗？刚才提到刘澜的时候，她的表现就像是听见了一个陌生的名字。"

江平策道："她不认识刘澜，或许是因为刘澜接近她的时候没有用真名。"

越星文想了想，赞同道："有道理。刘澜知道秦诗音是当年那起案件的受害者，所以用化名接近了她。毕竟秦诗音一旦发现刘澜是周子扬的老婆，肯定会对刘澜产生极为强烈的排斥心理。她用个假名字的话，秦诗音就不会防备她了。"

江平策道："两个人都是抑郁症患者，互相倾诉，很容易变成朋友。"

然而，他们手里没有证据，这一切都是猜测。

越星文整理了一下思路，说："秦诗音的父亲和哥哥也得继续查一查。"

这个案子真是处处都透着古怪。

案发当天，在现场的陈月琴、齐照，如今排除了嫌疑。不管是晚上 11 点 15 分就回去睡觉的陈月琴，还是躲在办公室里打游戏的齐照，都没出现在监控中，没有上过天台。

然而，嫌疑最大的刘澜、秦诗音，却都没有去过星海大厦。

表面看上去，就像是周子扬一个人爬上了天台，失足坠落。凶手是怎么行动的呢？他们到底忽略了什么？

越星文总觉得，大家似乎漏掉了非常重要的线索。

回到章小年的住处后，江平策让柯少彬查秦诗音的家庭成员，很快就查到了她的哥哥、妈妈和爸爸。让人意外的是，秦诗音的哥哥并不姓秦。

“他们一家四口，父亲叫赵建明，哥哥叫赵佳锐，母亲秦秀梅，女儿秦诗音。”柯少彬扶了扶眼镜，认真说道，“夫妻双方生了两个孩子，儿子跟父亲姓，女儿随母亲姓，我们老家这种情况还是挺常见的。”

两个孩子，各随父母的姓，这种情况并不少见。越星文仔细念了念这几个名字，脑海中灵光一闪，忽然道：“秦秀梅，这个名字好像在哪儿见过。蓝师姐，你查一下过去的案件记录看看。”

蓝亚蓉立刻接过柯少彬的笔记本电脑，在电脑资料库中查询，很快，她就找出了一份十年前的案件记录：“十年前，周子扬代理过一起过失杀人的刑事案件，死者就是秦秀梅。”

众人听到这个消息，同时精神一振。

柯少彬兴奋地道：“快看看，杀死秦秀梅的人是谁！”

蓝亚蓉神色复杂地说：“是……张荣华。”

众人集体瞪大了眼睛。

蓝亚蓉道：“我们昨天检索的时候，只找周子扬代理过的客户资料，漏掉了张荣华。事实上，十年前的这起过失杀人案，周子扬是秦秀梅的代理律师，张荣华是被告。”

江平策听到这里，脸色越发冷漠：“十年前，周子扬毕业不久，收的律师费也没有那么贵，秦秀梅的家人正好找上他，让他帮忙打官司。然而，被告方的张荣华是个富二代，很可能私下买通了周律师……这个案子最终是怎么判的？”

蓝亚蓉道：“张荣华赔了一大笔钱，原告方撤诉，庭外和解。”

越星文仔细捋了捋逻辑，总结道：“也就是说，这几个富二代当中，张荣华才是最早认识周子扬的一个。早在十年前，他就暗中买通了原告方律师，让其说服原告撤诉？”

昨天蓝师姐查周律师过去的案子，没有发现周律师帮张荣华代理过任何案件，最早追溯到五年前的申海滨强奸案。大家还以为，申海滨是第一个认识周律师的。

万万没想到，早在十年前，张荣华身为被告，居然跟代表原告的周子扬有了交集。

当时的周子扬名气还没那么大，他见钱眼开，名义上帮秦秀梅一家人打官司，实际上却收了被告张荣华的钱。

蓝亚蓉脸色很难看："过失杀人罪一旦认定，会被处三年以上七年以下有期徒刑。但这个案子，张荣华没被判刑，双方庭外和解，应该是周子扬从中使坏，秦秀梅一家人又不懂法律，被周子扬说服，最终拿了点赔偿金就撤诉了。"

柯少彬叹了口气，说："没想到，过了几年，当初那个失去母亲的小女孩，长大之后去酒吧赚钱，又被张荣华的好朋友申海滨给强奸了；张荣华认识周子扬，所以就将周子扬介绍给了申海滨？"

越星文刚开始一直很疑惑，申海滨是个富二代，人在安明市，怎么会和在北山市工作的周子扬这么熟悉？如今看来，跟周子扬最熟的，其实是张荣华。

当年张荣华的过失导致秦诗音的母亲秦秀梅死亡，秦诗音的父亲找到北山市的周子扬帮忙，机缘巧合之下，反而让张荣华和周子扬勾搭在了一起。

周律师也因此认识了很多有钱人，之后才帮申海滨代理强奸案。他跟所谓的"上流圈子"越来越熟，收入越来越高，名气也越来越大。

但他应该没想到，十年前那个死在富二代张荣华手底下的秦秀梅，和五年前被申海滨强奸侮辱的无辜女孩秦诗音……其实是一对母女。

他间接毁掉了这一家人，秦诗音也因此患上了严重的抑郁症。

越星文看向队友们，总结道："秦诗音的父亲和哥哥，才是最有作案动机的人。这两个人，谁认识刘澜，谁就有可能是真正的凶手！"

就在这时，江平策突然说："我们忽略了一个很重要的人。"

大家回头看向他。

只见江平策神色严肃，一字一句地说道："其实，下暴雨的那天夜里，周子扬坠楼时，在星海大厦案发现场的，除了陈月琴、齐照，还有一个人。"

越星文愣了愣，脑海中忽然闪过一个画面，他试探性地问道："值班的保安？"

江平策点了点头："没错。"

值夜班的保安，会一直留在星海大厦。

而且保安的身份，很像是路人甲，也不容易引起警察的怀疑。

江平策道：“我记得，林队当时去敲门的时候，有一位中年保安来给我们开门，还带着我们去调了大厦内部的监控。由于他说自己一直在睡觉，加上他跟周子扬并不认识，林队找他做完笔录就放他回去了。”

柯少彬脸色一变，在笔记本电脑里搜索星海大厦的人员信息。他惊讶地说道：“当晚值班的保安，名字并不叫赵建明，但是，你们看他的照片，是不是很眼熟？！”

照片里的中年男人长相看起来十分憨厚，跟越星文从秦诗音家里拍下来的全家福合影中的男人一模一样。

只是，全家福是十多年前照的，时间过去了太久，他的两鬓已经斑白，不像照片中那样年轻了。

他是秦诗音的父亲。

江平策记得进入考场以来的所有细节。

当晚，越星文报案之后，刑警队立刻出动。由于下着暴雨，街道上没几辆车，一路畅通，警车鸣着笛以最快的速度前往案发现场，十分钟之后就到达了星海大厦。

林队发现了挂在三楼广告牌上的尸体，简单问了越星文几句话，然后就带着人去敲门。敲门敲了半分钟，有个保安前来开门。保安头发花白，睡眼惺忪，看见一群警察后满脸惊讶，查案期间也一直非常配合。

他的表现，从头到尾都像是一个跟案件无关的路人甲。

保安名叫赵诚，是星河集团聘请的保安团队中很不起眼的一员。

林队后来带他去做笔录，问他：“认不认识周子扬？”

他说：“不认识。”

林队问：“今晚你在哪儿？有没有见到可疑人员走进星海大厦？”

保安回答：“我晚上 10 点准时锁了门，然后就在值班室里打盹，没看见有人进来啊。”

林队很快就将他放了回去，江平策也完全没把案子往他身上联想。

一开始的调查方向是留在大厦里的陈月琴、齐照这两个人——一个是死者的情妇，一个跟死者有工作上的矛盾，两人都有杀人动机。

紧跟着，越星文发现案发当夜街道对面的星海公寓两部电梯都在一楼这个细节，证明有人出去过，找到半夜出去的神秘男子张荣华后，牵扯出了张荣华身后的富二代好友团，然后查到了五年前的申海滨强奸案。

大家顺藤摸瓜、抽丝剥茧，最终惊讶地发现——最开始被所有人忽略的保安，居然是申海滨强奸案中受害者的亲生父亲！

江平策看着电脑里的照片，皱眉道："他改过名字？他现在的名字叫赵诚，不叫赵建明，应该是改过名字和身份证。"

他如果直接叫赵建明的话，大厦每天的"保安值班表"会列出当天夜班的保安名单和联系方式，周律师一看到"赵建明"这个名字，就会想起十年前代理过的案件，从而心生警觉。

他改名之后，潜伏在星海大厦，只要不跟周子扬正面遇到，周子扬当然不会怀疑区区一个保安会跟自己有什么关联。

值夜班的保安，在星海大厦锁门之后，可以随意在大厦内部走动。

他能把握最佳的作案时机！

柯少彬道："我们仔细看过监控，案发当日，下午有三个维修工人去天台修排水管道，半小时就下来了，之后再没有人去过天台。监控只拍到死者爬上天台的画面。既然大厦是晚上 10 点锁门，那他肯定是 10 点之后上的天台，为什么监控没拍到他？"

保安在锁门之前，必须留在值班室里，不能擅离职守。

晚上 10 点锁门是星海大厦的规定。赵诚，也就是赵建明，当晚确实是 10 点锁的门，一楼大厅的监控中也出现了他去锁门的画面，锁完门后，他就回到了值班室。

如果是他作案，他只能在 10 点之后爬上天台。

越星文仔细想了想，分析道："保安对大厦的环境一定非常熟悉，而且，他是最容易接触到监控的人。死者深夜 0 点坠楼，我跟蓝师姐、林师姐下楼在暴雨中找尸体花了不少时间，0 点 15 分看到尸体挂在广告牌上然后报警，警方 0 点 30 分赶到现场敲门让保安来开。"

越星文在街对面的公寓观察星海大厦，看到大厦楼顶似乎有人坠落。当时下着暴雨，视野模糊不清，在没找到尸体之前他也不好贸然报警，万一是他眼花呢？

而且，由于他们出门时电梯停在一楼，等电梯、过马路，都花费了不少时间。这就造成从周子扬死亡到警方来到现场，中间有三十分钟的空窗期。

江平策看向越星文："也就是说，他有三十分钟的时间处理现场，销毁证据。"

越星文默契地道："监控被他动过手脚？"

在警方接触到监控之前，保安会在值班室里先看到监控。

想到这里，柯少彬立刻打开了星海大厦的监控文件夹，找出安装在四十楼楼梯间的摄像头拍摄到的画面。他打开视频，鼠标迅速滑到晚上 10 点左右，问道:“你们是说，这份视频被他处理过了？”

越星文点头:“我们不要快进，从头慢慢放一遍。”

从下午 3 点到晚上 11 点 50 分，长达八个多小时，没有任何人经过通往天台的楼梯间，因此，这段监控拍摄的画面，99% 都是空无一人的楼梯间，完全没有变化。

不管是警方还是柯少彬，都不可能一秒不漏地连续盯八个小时的空白监控，大家为了查案效率，都是二倍速甚至四倍速快进播放，画面里出现人的时候才会暂停，慢速播放。

如今，大家推测出监控可能被修改过，干脆从晚上 10 点开始，一秒不漏地盯着画面。

画面中一直是空无一人的楼梯间。

10 点 30 分。

10 点 50 分。

没有任何变化的画面，让大家看得眼睛都酸了，也没有发现什么不对。

一直看到 11 点 03 分的时候，突然，江平策低声说道:“往前倒！”

柯少彬愣了一下，鼠标暂停，将画面倒回去 1 分钟从头看。江平策目不转睛地盯着监控右上角的时间条，只见时间条突然从 11 点 01 分跳到了 11 点 03 分！

越星文也发现了这一点，立刻出声道:“监控视频被剪掉了两分钟！”

只是短短的两分钟，由于画面一动不动，快进播放的时候根本看不出来，必须一直盯着时间条，才会发现这细微的线索。

而警方查案的时候，由于拷回去的监控太多了，大家不可能一秒一秒地看，那样看，几天都看不完，都是快进播放，在监控中找人。

凶手就是抓住了这个漏洞。

消失的两分钟才是关键！

江平策说道:“调出两部电梯的监控，还是从晚上 10 点开始看。”

柯少彬迅速分出两个窗口，打开了星海大厦两部电梯的监控，从 10 点往后，一分一秒都不错过，两部电梯都一动不动，持续了很久，直到 10 点 45 分，其中一部电梯监控右上角的时间条，突然从 10 点 45 分跳到了 10 点 47 分。

看画面的话，视频中的电梯依旧没有动过，只有盯着时间条才能发现漏洞。

柯少彬激动地道:“电梯的监控也缺失了两分钟！”

这也是他们快进播放的时候完全没有留意到的细节。

江平策道：“调出四十楼走廊的监控，从 10 点 47 分开始看。”

柯少彬将四十楼走廊的监控找出来，从 10 点 47 分往后播放，果然发现，监控的时间条从 10 点 47 分跳到了 10 点 49 分：“又缺了两分钟？！”

越星文迅速拿出一张纸，一边记录一边说道：“星海大厦的电梯都是快速电梯，运行到四十楼并降回一楼，只需要两分钟时间。当晚 10 点 45 分，凶手乘坐 1 号电梯上了四十楼，电梯的监控中会拍到他，因此，这两分钟的监控被他剪掉了。”

江平策紧跟着说：“10 点 47 分，凶手出现在四十楼的大厅，大厅的监控也会拍到他，因此，10 点 47 分到 10 点 49 分的四十楼大厅监控同样被剪掉。”

越星文道：“凶手来到四十楼后很可能暂时躲在了男洗手间，因为洗手间是没有监控的。当时周子扬和陈月琴在女洗手间亲热，他躲在男洗手间的话，就不会被这两个人发现。那两人沉浸在偷情的兴奋中，并没有听到隔壁洗手间轻微的脚步声。凶手在 11 点 01 分，通过楼梯间爬上了天台，所以 11 点 01 分到 11 点 03 分的楼梯间监控同样被剪掉了。”

星海大厦的电梯、楼梯、走廊，并没有监控死角。

凶手之所以没有出现在监控当中，是因为他将自己所有存在过的痕迹全部擦除了！

最终拷给警方的监控视频，是被视频软件剪切处理过的，警方当然没办法从监控中找到他的身影！

而能对大厦所有监控摄像头的位置了如指掌，并且能在第一时间从监控记录中看到自己，然后将跟自己相关的监控全部剪切掉的，只有保安。

1 号电梯，10 点 45 分到 10 点 47 分的两分钟监控缺失。

四十楼大厅和走廊，10 点 47 分到 10 点 49 分的监控缺失。

四十楼通往天台的楼梯间，11 点 01 分到 11 点 03 分的监控缺失。

这就是凶手在案发当夜的移动轨迹。

越星文将整理出来的时间线递给队友们，众人面面相觑。

在星海大厦海量的监控视频中，缺失的几分钟，不够细心的话真的很难察觉到，尤其是为了找人二倍速播放的情况下，谁会注意到右上角的时间条突然跳过了两分钟？

越星文的缜密分析加上江平策的细节观察力，终于找到了凶手存在过的痕迹。两人对视一眼，道：“看来，我们得亲自去找这位保安聊聊。”

江平策和越星文来到星海大厦调查，时间已经到了晚上 7 点。两人找到保安队长，询问关于赵诚的情况。

队长说："老赵是今年 3 月份来我们星海大厦当保安的。他平时话很少，性格内向，看着挺老实的。他很少跟人聊家里的事情，他家的情况我也不知道。"

江平策让他把排班表拿过来，队长热心介绍道："我们保安队伍总共十个人，负责星海大厦和星海公寓的安保工作，三天轮一次夜班。由于星海大厦这边晚上 10 点会关门，夜班只需要留一个人按时锁门，公寓那边通常会留三个人。"

星海大厦、星海公寓同属于星海集团。

公寓三十三层高，每层十几个房间，有买下公寓自住的，有像越星文这样长租的，也有像住在 X- 新概念酒店那样的临时住客。

公寓楼人员杂乱，夜班留下三个保安较为合理，而星海大厦写字楼由于晚上 10 点会准时锁门，所以只留下一个保安值夜班。

这就给了赵诚最佳的动手机会。

越星文问道："赵诚人呢？"

队长说："今天不是他的夜班，他 6 点就回家了。"

江平策拨了秦诗音的手机，想问问她爸爸到家没有，然而，耳边不断重复"对不起，你所拨打的电话无人接听"。

江平策皱了皱眉："她该不会自杀了吧？"

越星文想起今天秦诗音给他们倒水时手腕上的伤痕，立刻说："去她家看看！"

两人为了节省时间，直接打了辆出租车让司机加快速度前往秀水花园小区。

进小区后，两人直奔 4 栋 2 单元 601 号房敲门，敲了整整半分钟，女生才出来开门。她揉着惺忪的睡眼，疑惑地道："两位警官，这么晚找我有什么事吗？"

她没自杀。

越星文松了口气，问道："给你打电话为什么不接？"

女生愣了一下，回头拿起手机，抱歉地笑笑："我刚才在睡觉，把手机静音了，不好意思。我最近作息比较乱，下午的时候坐在沙发上睡着了，一觉睡到现在。"

江平策立刻问道："你爸爸呢？"

女生道："他说，今晚出去跑车，要晚一点回来。"

晚一点回来？可是刚才保安队长明明说，赵诚晚上 6 点 30 分就下班回家了。

越星文心底突然有种不妙的预感，看着秦诗音问："你爸爸以前叫赵建明，是什么时候改名叫赵诚的？"

秦诗音想了想，道："今年年初，他说找了个算命先生算了一下命，觉得以前的名字跟他八字不合，改叫赵诚会吉利一些。我爸比较迷信，执意要改，我也没劝他。”

恐怕算命先生是假，他跟刘澜接触才是真。他改名，就是为了找机会杀掉周子扬，为妻子和女儿复仇吧？那么，当初害死他妻子的张荣华……如今还住在星海公寓！

想到这里，江平策立刻拿出手机，给柯少彬打了个电话：“马上去星海公寓3007号房，快！”

柯少彬的脑子还没反应过来，辛言从他手里接过手机，问道：“你们怀疑赵诚会对张荣华动手？”

江平策沉声道：“是的，去看看。”

辛言：“明白。”

挂断电话后，看着面前一脸疑惑的女孩，越星文心情复杂。

如果赵诚真是凶手，或许他会想方设法瞒着女儿，不让女儿再次受伤，所以，秦诗音是真的不知情吧！否则，她一定会跟父亲联手，帮父亲做好不在场证明。

越星文叹了口气，温言道：“好好休息，一个人无聊的话，就找一些综艺节目或者电视剧看看，手机不要静音。”

秦诗音点头：“知道了。”

越星文和江平策离开秀水花园，两人打车往回赶。路上没走几分钟，柯少彬就打来电话，江平策接起电话，只听柯少彬的声音微微颤抖着说：“张荣华他……死了。”

江平策眉头紧皱。

越星文一看他的表情，就知道柯少彬传来的一定不是好消息。

果然，江平策压低声音：“怎么回事？”

辛言接过手机，冷静地道：“我跟柯少彬、秦淼一起来星海公寓，去3007号房找张荣华，敲门没人开，柯少彬拿出警官证让酒店工作人员开门，进屋的时候，发现张荣华死在浴缸里，右手的手腕被割破，浴缸里全是血。”

那幅画面可想而知。柯少彬受到了过大的视觉冲击，说话才会声音发抖。

江平策沉默几秒，低声说：“报警了吗？”

辛言：“已经打了110，封锁了现场。”

江平策：“赵诚呢？”

辛言：“我们在一楼大厅问了今天值夜班的保安，其中一个姓张的中年人说，本来今晚安排的是老许、老秦跟他一起值班，结果老许家里有点事，私下跟赵诚换了班。”

保安队长说今晚没有安排赵诚值班，然而赵诚没有回家——他跟星海大厦值夜班的保安换了班，是想找机会杀死住在 3007 的张荣华。

张荣华死在酒店房间，能进酒店房间的只有酒店工作人员。

保安因为长期在星海大厦、星海公寓工作，跟酒店的工作人员肯定很熟。赵诚应该能拿到清洁工阿姨打扫卫生用的万能门卡，刷开 3007 的房门，趁张荣华洗澡的时候动手。

江平策低声道："让大家去找赵诚，我跟星文马上回来。"

辛言"嗯"了一声，挂掉电话。

越星文看着江平策严肃的脸色，一时不知道说什么才好。

他们刚刚推理出赵诚是凶手，结果赵诚又杀了张荣华，案件一下子变成连环杀人案。

假如他们没有注意到电梯、监控的细节，到现在还没头绪的话，案子会变得更加复杂。但是，由于他们先一步推理出了凶手，赵荣华的死，反而像是在印证他们的推测。

连杀周子扬、张荣华的人，只能是当年无辜死者秦秀梅的家人。

江平策给柯少彬手机发去条消息："秦诗音哥哥的资料查得怎么样了？"

柯少彬道："已经查到了。她哥哥叫赵佳锐，在安明市的一家房地产公司上班，目前是公司的财务总监，那家公司的老板，正是申海滨！"

江平策看向星文，道："她哥哥应该也会有所行动。"

越星文沉着脸道："申海滨已经连续一周下落不明，说不定也出了事。"

两人来到现场的时候，警察已经封锁了星海大厦三十楼的走廊。江平策看到林队正在跟柯少彬、辛言等目击者说话。江平策上前一步，林队扭头看着他道："小江，听小柯说，你们这几天查周子扬坠楼案，正好查到张荣华和周子扬有关系？"

江平策简单将调查的结果讲述了一遍，林队听他讲述案件的来龙去脉，一边听一边点头。等江平策说完，林队低声朝身边的同事道："立刻全城搜捕赵诚，另外，把刘澜女士也请回警队详细聊聊！"

当夜，警车在全城寻找赵诚的身影，也有警察在秀水花园 4 栋守株待兔，打算等他一回家就逮捕他。然而，赵诚以前是当出租车司机的，对整个城市的道路非常熟悉，也不知他去了哪里，一时半会儿没法找到他。

刘澜依旧神色淡漠，一脸事不关己的模样。

林队让她在审讯室待了几个小时，她口风很严，只说不认识秦诗音，不认识赵诚，也不知道老公十年前办过什么案子。

警方拿她没办法，在没证据的情况下不好将她拘留，只好又将她放了。

次日大清早，新闻突然爆出，安明市滨河集团老板申海滨被逮捕入狱。原来申海滨这段时间失踪是因为他的公司被调查，据说，有人搜集了大量证据，举报了申海滨非法挪用公款、偷税漏税，还帮人做假账洗黑钱，这一大堆罪名够他喝一壶的。

越星文看到热搜，笃定地道："这是秦诗音哥哥的手笔吧！"

江平策赞同："她哥哥是公司财务总监，肯定查到了很多秘密，实名举报了申海滨。比起她父亲杀人报复的偏激手段，她哥哥的做法更加理智。"

这一家人受到了太多的伤害，当初又遇到周律师这样的败类，没法为自己申冤，所以才会走上极端……

秦诗音如果知道父亲杀了人的话，抑郁症说不定会更加严重。赵诚要怎么为自己的做法善后？他又逃去了哪里？

就在警方满城搜索赵诚的时候，交警那边突然打来电话——今天凌晨5点，一辆出租车从高架桥坠落，车毁人亡，经过确认，死者正是赵诚。

刑警队的公共邮箱里收到了一封定时发送的邮件。

赵诚对自己的罪行供认不讳，他将没有删减的视频发给了警察，并且说，之所以删视频让警方不去怀疑他，只是为了争取时间，再杀掉张荣华。

邮件中完全没有提及刘澜的名字。

他说，对于杀死周律师、张荣华这件事，他并不感到抱歉。这些年，妻子的死和女儿所受的侮辱，一直让他心中饱受煎熬。身为丈夫，他当初轻信小人之言，写了谅解书，让张荣华逃脱制裁；身为父亲，他没法保护女儿。他是一个失败者。

所以他决定亲手为妻子和女儿讨回公道。

他最后恳求道——

这封信，请不要让我的女儿看见。她有抑郁症，我担心她知道后会精神崩溃，就让她以为爸爸出了意外，去跟妈妈到天上团聚了。我的后事、案件相关的手续，请让我儿子帮忙办理。儿子心理素质强大，应该能理解我的做法。请转告他，让他保护好妹妹，让他们兄妹忘掉过去，重新开始。

江平策看完邮件，心情复杂。

林队点了根烟，一边抽一边道："小江，你们查案还是挺有效率的。"

江平策沉声说："可惜还是慢了一步。"

张荣华的死亡时间在昨天晚上 7 点，当时，他们还在章小年那里看监控，看完监控得出结论之后，立刻去星海大厦找赵诚，保安队长告诉他们赵诚已经下班。其实那时候，赵诚已经杀死了张荣华。

他们没来得及阻止赵诚的第二次行凶，也没能阻止赵诚开车自杀。

可就算阻止了又有什么用？

赵诚犯了故意杀人罪，还是会被判死刑。

江平策心绪复杂。赵诚杀了害死他妻子的元凶和帮助元凶的律师；秦诗音的哥哥，亲自将欺负妹妹的人渣送进了监狱……

父亲以死来让他们解脱，可他们兄妹能开始新的生活吗？

还有刘澜，她是怎么跟赵诚联系，并且利用赵诚杀掉自己的丈夫的？随着赵诚的死，线索全部中断，警方不能直接逮捕刘澜，也没有证据证明她是帮凶。

考试第五天，秦诗音的哥哥赵佳锐接到警方电话，赶来北山市为这起案件善后。他是个很冷静的年轻人，一身黑色西装，成熟稳重，自始至终他的脸上都没什么表情，在该签字的地方签了字，然后就将父亲的尸体带回去火化。

江平策在警局门口见到他，低声问："以后你有什么打算？"

赵佳锐淡淡地道："我会带妹妹出国，远离这里，或许她的心结能够解开。"

他身为公司的财务总监，实名举报了老板申海滨，这件事被圈内人知道的话，他在国内确实很难找工作，出国是个不错的选择。

江平策道："好好照顾你妹妹。"

赵佳锐点头："我会的。"

下午的时候，柯少彬查到刘澜买了几天后出国的机票。

刘澜将周子扬非法获得的收入，包括保险箱里的金条、现金，全部整理并上交。合法所得的房产，她挂在中介公司出售。她帮儿子办理好了退学手续，打算带儿子出国读书。

这几人一起出国，不可能是单纯的巧合。

越星文道："刘澜跟秦诗音肯定认识。"

柯少彬挠了挠头，说："我还有个问题，赵诚当时是怎么确定周律师一定会上天台的呢？原始监控显示，赵诚是晚上 11 点 01 分上的天台，而周律师却是 11 点 50 分才去的天台，赵诚总不至于有预知能力吧？"

越星文仔细想了想，道："视频可以剪辑，通话记录当然也可以。"

柯少彬双眼一亮："所以，刘澜的电话录音其实并不完整对吧？！"

江平策道："录音证明晚上 11 点 30 分周子扬给她打过电话，聊了几分钟就挂断了，或许，她紧跟着又回拨了过去，让周子扬上天台去聊聊。”

越星文附和道：“周子扬当时跟陈月琴在洗手间亲热，或许并不知道外面下着大雨。他拿着手机爬上天台，发现下雨后，本该立刻返回，但是，早就埋伏在那里的赵诚，控制住了他，并且将他推下了楼。”

柯少彬顺着这推测说道：“然后，赵诚拿起他的手机，删掉了对刘澜不利的通话记录，将手机放回洗手间；刘澜那边也删掉了第二段通话记录，只保留了第一段证明自己无辜的录音。”

完美的配合。

一个幕后指挥，一个亲自行动。

以赵诚的智商，他肯定做不到如此精密的犯罪。但随着他的死，这些理论上的推测，都无法作为证据去起诉刘澜。

刘澜成了最大的赢家，将丈夫违法所得全部上交后，她彻底抛弃了这位出轨的老公，带着孩子开始了新的人生。

秦诗音一家人，妈妈早死，爸爸去找妈妈团聚，对杀人计划一无所知的秦诗音跟哥哥出国后，或许也能渐渐走出阴霾。

课程即将结束，越星文的心情却很是复杂。

律师本该是维护法律公平的战士，可如果，律师利用法律漏洞来犯罪，维护公平的路将会变得更加艰难。

周子扬的死，就像是一把利剑，时刻悬在法学院同学们的头顶。

或许，这才是图书馆设置“律师之死”这门课的目的。

法学院的第一门课程顺利通关，所有人眼前同时弹出熟悉的系统提示——

课题组：C-183

课程：律师之死

学分：4 分

考核评分：95 分

获得积分：4×95=380 分

课题组加成：C 组积分加成 1.5 倍，每人最终获得积分 570 分。

该课程挂科率：45%

越星文跟同学们一起返回了图书馆。距离拿满学分从图书馆毕业还有很长的路要走。他们 183 课题组的所有人，都会坚定不移地走下去。

番外一

高中时代

在柯少彬的印象中，高中时期的辛言是个沉默寡言、孤僻冷淡的同学，在班里没有任何朋友，总是独来独往，极少跟人说话。

辛言的成绩一直很好，尤其是化学，每次考试都拿满分。

而柯少彬偏科严重，化学经常不及格。他对辛言十分佩服，但辛言太过冷漠，柯少彬也不好意思主动找辛言说话。

十四中是走读制学校，那天正好轮到柯少彬值日，他扫完地，背着书包回家的时候路过男厕所，正好听见厕所里面传来一阵打斗声。

柯少彬透过门缝往里看去——

被围殴的男生站在洗手池边，他的脸色很苍白，身材清瘦，看上去确实不是另外几个高大男生的对手。

巧的是，几个人都是他们班的。

皮肤很白的男生，正是他们班的化学课代表辛言。

帮，还是不帮？

高一的柯少彬身高还不到一米七，身材偏瘦，根本打不过四个人高马大的男生。他现在贸然冲过去，不是引火上身吗？

可是，看辛言被围起来打得嘴角流血，他又实在不忍心。

柯少彬脑子转得飞快，突然，他双眼一亮，扶了扶鼻梁上的眼镜，迅速跑去拐角处躲起来，捏着嗓子道："张老师，今天你值班啊？"

然后他又换了种腔调，故意压低声音："嗯。去三楼看看同学们走完了没。"

男厕所内，听到对话的几个人互相看了一眼。

"张阎王来了，快跑！"

"烟头都收拾一下，赶紧的！"

四个人飞快地从厕所窗户溜走。

政教处负责纪律的张老师的大名如雷贯耳，高一年级所有人见他如见阎王，柯少彬学他的声音学得惟妙惟肖，果然把这几个人给吓跑了。

柯少彬竖起耳朵听了片刻，确定走廊里没有声音后，才舒了口气，转身准备离开。

辛言从厕所出来，脸上的血迹已经冲洗干净。他表情平静，神色冷淡，仿佛什么都没发生。柯少彬本想问他"你没事吧"，可对上那双寒冰一样的眼睛，柯少彬还是把接下来的话咽了回去，笑着打招呼："辛言，还没回家啊？好巧。"

辛言看他一眼："你今天值日？"

"嗯，刚扫完教室。"

辛言"哦"了一声，背着书包转身走了。

柯少彬看着他手腕处藏不住的瘀青，突然觉得这样的辛言有些可怜。不管什么原因，刚才那四个人也太过分了，把人堵在厕所，四打一算什么本事？！

柯少彬快步跟上他："你家住哪儿啊？一起走吧。"

辛言说："不用。"

柯少彬跟在他后面走到校门口。辛言从停车棚里找到自行车，结果发现自行车的前后轮胎都没气了，肯定是那几个人故意放掉的。

辛言皱了皱眉，推着车往前走。

柯少彬没有说破，继续跟在他旁边："听说你中考化学满分，好厉害！我化学成绩不太行，老师今天布置的作业要怎么写，你能给我讲讲吗？"

辛言面无表情："没时间。"

柯少彬愣了愣，改口道："你自行车坏了，走路回家天都要黑了吧？我正好肚子饿，要不请你去吃烤串？"

辛言回头看向柯少彬，黑框眼镜太大，几乎遮住了他一半的脸。他的脸本就长得小，戴上这种笨重的眼镜，更显得傻里傻气，如同书呆子。

此时，少年的眼里满是笑意，一双眼睛都眯成了缝。

辛言沉默片刻，才冷笑道："你刻意接近我，该不是想跟我做朋友吧？"

柯少彬不好意思地挠头："很明显吗？"

辛言转过身："我不需要朋友。"他快步往前走去，只留给柯少彬一个孤单的背影以及一句冷冰冰的话："离我远点。"

直到辛言的背影消失在街道尽头，柯少彬才回过神来，低声骂道："谁稀罕你！我是看你可怜才搭理你的。这脾气也太臭了，怪不得没朋友。"

柯少彬忍耐着强烈的饥饿感，骂骂咧咧地往回赶。

回到家之后，见桌上放着香喷喷的饭菜，妈妈做好了晚饭一直在等他，柯少彬急忙洗了手，跑去餐桌旁大快朵颐。

妈妈温柔地看着他说："多吃点。男孩子十六岁正是长个子的时候，我们家少彬还要长高呢。"

柯少彬当然不会客气，一阵风卷残云就把桌上的饭菜给吃光了。

吃过饭后，他来到书房，开了台灯准备写作业。

他刚来到窗边想要拉上窗帘，却发现楼下夜市卖烤串的摊位边，有个戴着围裙的中年女人正在忙碌，旁边，一位少年在给她帮忙。

那少年穿着十四中的校服，模样分外眼熟。

夜里灯光的照射下，柯少彬清楚地看到了他手腕处的瘀青——是辛言。

有一对情侣走过来买烤鸡翅，辛言打开二维码收了钱，戴上手套，熟练地在两块鸡翅上刷上蘸料，放在火上烤。

旁边的女人则在处理上一笔烤面筋的订单。

小小的摊位，生意不算红火，只有两对客人。

辛言烤完鸡翅递给那对情侣后，便坐去旁边，拉开书包的拉链，从里面翻出了一本化学书，开始写作业。小摊位昏黄的灯光照在他苍白的侧脸上。

柯少彬呆呆地看着这一幕，心底五味杂陈。

这里是城市中心，柯少彬所住的小区后面那条街正好是夜市，生活非常便利，父母经常去那里买早餐和夜宵。

他从没想过，辛言家居然在这里有一个小摊位。

那个一脸沧桑的女人就是辛言的妈妈吧？

柯少彬的妈妈突然端着一盘水果送了过来，进屋发现他站在窗边发呆，不由疑惑："少彬，你在看什么呢？"

她走到柯少彬身边，顺着柯少彬的目光，很快就看到夜市上那个借着路灯的灯光写作业的少年——他的身上，穿着跟儿子一模一样的校服。

柯妈妈道："那是你同学吗？"

柯少彬回过神："嗯，我们班的化学课代表，中考化学满分。今年的中考化学卷挺难的，我化学错了两道大题，他好厉害，全对。"

又一对客人来买烤肉串，辛言放下手里的课本，起身去帮忙。

柯妈妈轻叹口气："他的家庭条件看来不太好。这样家庭出生的孩子，还能保持如此优秀的成绩，他一定付出了比常人多很多倍的努力。"

她看向柯少彬，说："你这位同学的身上有种很坚韧的品质，他现在面临的只是暂时的困境，将来一定会大有作为的。"

柯少彬认真点头："没错！我也觉得辛言会有出息。"

他终于明白，辛言的孤僻并不是不想跟同龄人交流，而是他真的没有时间跟其他同学一起玩。他需要比别人付出更多的努力才能保持这样优秀的成绩。

想到今天辛言被人堵在厕所的画面，柯少彬忍不住有些难过。没有人可以选择自己的父母，辛言的生活已经够艰难了，他懒得跟那些人争辩，只是不想让自己卷入更多的麻烦吧？

柯少彬轻轻呼出一口气，转身拉上窗帘，坐在桌前认真写起了作业。

辛言在这样的环境下都如此刻苦，他还有什么资格不去努力？他现在的成绩只在班里排名中游，很难考上重点大学。华安大学计算机系是他的梦想，可录取分数线非常高。他现在才高一，还有三年时间，拼一把，一定能行！

楼下，辛言妈妈发现儿子手腕上的伤痕，心疼地问："你跟同学打架了？"

辛言淡淡道："林荣他们从初中就针对我。他看上了我们班最漂亮的女生刘佳佳，因为昨天收化学作业的时候我跟刘佳佳说了两句话，就把我堵在厕所。"

辛言妈妈气得攥紧拳头："我明天去找你们老师！"

"没必要。一点皮外伤而已。"辛言挽起袖子给妈妈看了下手上的伤，"我知道怎么保护自己。其实，他们还没来得及动手，我就被人救了。"

"是老师救了你吗？"辛言妈妈吃惊地看着他。

"不是。"辛言想起当时的场景，嘴角难得扬起个浅浅的笑容，"我们班一个同学，捏着嗓子学值周老师的声音，学得有八分像，把人吓跑了。"

"是吗？你那位同学还真聪明！"辛言妈妈这才放下心。

"嗯，看着傻里傻气，脑子挺聪明。"

辛言一边帮妈妈收摊，一边在心底说道：谢谢你，柯少彬。我不是不愿意和你做朋友，只是不想把你牵连进来。我自己的事情，我会自己去解决。

接下来的时间，柯少彬将注意力全都放在学习上。他开始专心听讲，每一节课都认真记下笔记。

他是全班男生中最矮的，因此被老师安排在第一排，加上眼睛高度近视，戴的眼镜又是那种比较老旧的黑框款式，看上去就特别像书呆子。

班里很多同学，私下都叫他"柯书呆"。

柯少彬也不争辩，整天笑眯眯的，上课的时候总是仰起头认真盯着黑板。虽然知道他中考成绩很一般，但老师很喜欢这种努力、认真的学生，所以很多老师上课的时候，就爱让柯少彬回答问题。

有一次，化学老师让柯少彬去讲台上写一个方程式，柯少彬糊里糊涂地把一个元素给漏掉了，老师无奈地看着他：“你这反应着反应着，元素怎么变少了呀？”讲台下哄堂大笑。

柯少彬耳根发红：“我……我忘了……”

老师道：“下课来我办公室。”

柯少彬心情忐忑，下课后抱着课本去找化学老师。柯少彬还以为这次老师会劈头盖脸一顿骂，结果，化学老师态度很温和：“柯少彬，你其实挺聪明的，但你知道你最大的毛病是什么吗？”

柯少彬扶了扶眼镜：“不够仔细？”

老师点头：“对，就是太粗心，明明会的知识，考试的时候却填错了。其实，粗心本质上也是对知识掌握得不够牢固。从今天开始，你把初中的化学知识再仔细复习一下，巩固基础……”

就在这时，有人敲门进来，柯少彬回头一看，是辛言。

柯少彬急忙低下头，怕辛言看他笑话。结果辛言并没有说什么，只是来到化学老师的办公桌旁，把实验室的钥匙给了她便转身离开了。

化学老师说道：“我听其他老师说，你的数学、物理都还不错，化学不该这么差。辛言是我们班的化学课代表，你有问题可以问他。”

柯少彬嘴上应付着，心里却在吐槽：万一我去问他问题，他来一句“离我远点”岂不是很尴尬？

时间过得很快，转眼高一结束了，文理开始分科。

柯少彬毫不犹豫报了理科。没想到分班之后，他去新的班级报到，第一眼就看见了坐在角落里面无表情的辛言。

柯少彬愣了愣：“你也报的理科？”

辛言道：“我化学成绩最好，难道我去报文科？”

柯少彬脸一红，发现自己问了一句废话，急忙改口道：“咳，我的意思是，你也分到了理科（3）班？”

辛言没说话。

气氛有些尴尬，下一刻，辛言突然丢了个笔记本给他，柯少彬翻开一看，居然是他整理的化学笔记。

柯少彬目瞪口呆：“笔记？什么意思？”

辛言站起来往外走。

柯少彬抱着笔记本追上去：“喂，你给我笔记是什么意思？”

辛言淡淡道："周老师让我给你的。她说，你的化学基础不好，从初中开始好好补一补基础，还有得救。"

当初周老师找他的时候，确实说过有问题可以跟辛言请教，让辛言给他笔记，可见对他的重视。柯少彬心里一暖，笑着说道："谢谢周老师。"辛言没有回话，柯少彬顿了顿，又道，"也谢谢你，辛言。"

辛言脊背微微一僵，道："不谢。"

柯少彬回到教室，如获至宝般翻开了辛言的化学笔记。

辛言整理的知识点清晰简明，从初中最基础的开始整理，只要不是智商有问题，好好背下这本笔记的话，化学成绩肯定能有所提升！

柯少彬兴奋得双眼发亮，完全没有察觉到，教室外，透过窗户看着这一幕的辛言，唇角扬起个淡淡的笑容。

这是针对你的弱项专门整理的笔记，希望你能有所收获，考上重点大学。

辛言转身离开教室，骑着自行车去夜市帮妈妈做烤串。

他从小没有父亲，母亲收入也不高，生他的时候还落下一身的病，所以他自小就肩负起了生活的重担。

他跟班里那些衣食无忧的同学不一样。

同学们每天下课回家就能吃到父母做好的晚饭，每个月有父母给的零花钱可以买零食。他没有零花钱，他想买什么都得靠自己。

他每天 6 点起来自己做早饭，中午在学校外面的快餐店随便应付，晚上回家做晚饭和妈妈一起吃，还要帮妈妈照看夜市上的烧烤摊位。

学习的时间太少了。有时候他骑着车走在路上，脑子里都在背课文。

但他的成绩一直名列前茅，或许是老天看他过得辛苦，才给了他这个还算聪明的脑子和过目不忘的记忆力。

高二期中考试，柯少彬的成绩突飞猛进，尤其是化学，满分一百分，他第一次考到了九十分以上。

辛言这次依旧考了第一。由于他我行我素、不爱跟人说话的冷淡性格，哪怕成绩很好，在班里也不太受欢迎。不管是什么同学去找他问问题，他都会说"我没空"，有同学想借他的作业抄，也被他一口回绝。

于是，班里有人渐渐开始孤立他。

"瞧他那傲慢的样子，有什么了不起的！"

"就是，眼睛快要长到头顶去了，成绩好就可以看不起人吗？"

"听说，辛言在夜市打工！"

"他家那么穷的吗？"

“我还看见过他晚上在烧烤摊卖烤串。”

“那还真是惨。咱们要不要众筹给他捐款？”

那些嘲讽的笑声听起来尤为刺耳。

关于辛言的风言风语一直在同学之间流传，辛言却一概不理。

柯少彬表面上跟他没什么来往，但还是不忍心看他被同学们这样针对。

虽然高一的时候辛言那句“离我远点”让柯少彬耿耿于怀，但是，后来辛言送他的化学笔记帮了他大忙，让他的化学成绩实现了质的飞跃。这一来一回，就当是扯平了吧。

于是，某次课外活动期间，辛言被几个男同学堵在厕所里的时候，路过的柯少彬再次仗义相助。他故技重施，捏着嗓子学班主任的语气和声音：“看没看见林荣他们？我找了半天。这群浑小子，是不是又在厕所里抽烟？”

那几个人吓得瞬间跑了个无影无踪！

柯少彬松了口气，假装路过，走进男厕所看情况。

辛言只是嘴角破了点皮。柯少彬假装惊讶地道：“辛言，你怎么受伤了啊？要不要去医务室？”

辛言：这个戏精，不去当演员可惜了。

对上柯少彬关切的目光，辛言抽了抽嘴角，说道：“没事，不小心擦伤了。”他转身离开厕所，出门的时候一瘸一拐，显然小腿也受了伤。

回到教室后，辛言从书包里拿出碘伏和纱布，飞快地擦干净腿上的伤口，消毒，包扎，一气呵成。

柯少彬透过窗户看着他熟练的动作，心里不由有些难过——他在书包里准备了这些常用药品，看来是经常受伤。

辛言从小在巷子里长大，打架对他来说是家常便饭，受伤的次数多了，早就习惯了，他也懂得怎么保护自己不受重伤。

并不是不想打回去，他只是不想让班主任请家长。

妈妈已经够辛苦的了，他不希望让妈妈来学校面对这些纷争。那几个同学的家长都不好对付，他能想象那些人用恶心的嘴脸指责妈妈的样子。

所以，他必须忍着。

柯少彬心底骂骂咧咧，但他也不敢主动去接近冷漠的辛言。仔细想了想，他转身撕下一页纸，偷偷写了一封匿名信——

不遭人妒是庸才。

他们孤立你，欺辱你，归根结底只是嫉妒你而已。

因为你太优秀，他们只能想方设法找到你的缺点来安慰自己。他们的内心，不敢承认自己生活在那么幸福的家庭，却还是不如你。

在你的人生中，他们只是一群无关痛痒的跳梁小丑。

终有一天，你会展翅高飞，将这些面目丑陋的人远远地甩在身后。

他们不配影响你前进的脚步。

加油辛言。

回到家后，辛言翻开化学课本，看到夹在书中的信件上整整齐齐写下的一大段小作文，久久说不出话来。

冬天的黑夜，冷得彻骨。

他的羽绒服已经旧了，并不保暖，骑着自行车走了两公里，冷得牙齿都在打战。但是，在看到字条的这一刻，他的心底却注入了一股暖流。

像是阴暗发臭的角落里，突然洒满了暖融融的阳光。

他扬起嘴角，眼眶有些酸涩，将这封信看了一遍又一遍，轻笑着呢喃："这个笨蛋，以为换个字体我就不认识了？！"

班里的同学都说柯少彬傻里傻气，像个书呆子。

但在辛言看来，柯少彬是所有同学当中，最善良、最可爱的人。

后来，柯少彬的化学成绩突飞猛进，其他科目也稳扎稳打，如愿考上华安大学的计算机系，辛言也考上了华安大学的化学系。

在柯少彬看来，两个人并不是很熟。

但实际上，他们是互相支持着一起努力考上的重点大学。

辛言是柯少彬学习的榜样。

而柯少彬，是辛言心底的小太阳。

番外二　学生会

华安大学每年 9 月份会开展为期一个月的新生军训。

军训过后的国庆节全校放假七天，各大社团和学生会正好利用这个假期来招新，吸纳大一的师弟师妹们加入团队。

10 月 1 日这天，越星文大清早就给江平策发了条消息："平策，今天各大社团招新，我俩也去逛逛吧？"

江平策独来独往惯了，高中几年身边没一个朋友。到了大学见到越星文后，两人交换了联系方式，越星文正式成为江平策加的第一个好友。

军训期间，越星文经常发消息跟他吐槽——天气太热了，教官太严厉，没睡醒困死了，晚上跟舍友打游戏输了……

这家伙是个自来熟，有什么话都跟江平策说，两人的聊天记录有几十页。为了方便回复消息，江平策干脆将越星文置顶显示。

社团招新？江平策早起看到消息，便回复道："好吧，先去吃早饭，我在一食堂门口等你。"

反正也是闲着，不如陪他去逛逛。

两人吃过早饭，并肩来到华安大学的操场。

操场上挂满了各式各样彩色的旗帜和海报，各大社团环绕着操场摆好了摊位，很多学长学姐坐在那里热情地拉拢新生。江平策看到这比运动会还要夸张的"百团招新现场"，太阳穴不由得突突直跳。

越星文站在门口啧啧称赞："我们高中也就一些篮球社、围棋社之类的社团，大学的社团可真多！"

操场门口贴了社团摊位的分布图，羽毛球社、自行车协会、攀岩协会、旅游协会、天文社团……密密麻麻的社团名字让越星文兴奋得双眼发亮。他回头看向江平策，问道："平策，你对哪个社团最感兴趣？"

江平策说："没有特别感兴趣的。"

越星文琢磨片刻，道："要不，咱俩一起去学生会吧！"

江平策轻轻挑眉："学生会？你想去？"

越星文道："嗯！高中三年每天像机器人一样上课，快要闷死了。大学课程没那么紧，课余时间又多，还有各种各样的活动，去学生会肯定能认识很多师兄师姐，还能学到不少东西！"

江平策沉默不语。

越星文见他不吭声，便改口道："要是你对学生会不感兴趣，咱们也可以去别的社团玩玩儿，比如天文协会、摄影协会、羽毛球社，你喜欢哪个？"

江平策对上他期待的眼神，低声道："就学生会吧。"

既然你想去，我可以陪你一起。

两人来到学生会的招新处领了表格。

负责接待的林蔓萝扎着马尾辫，利落又干练，她逮着越星文热情地说："师弟，你想去哪个部门可以在表格上填一下，明天晚上 7 点在教学楼统一面试。"

越星文想了想，说："我想去宣传部，写点稿子什么的。"他回头看向江平策，"平策，你打算去哪个部门啊？"

江平策看了眼学生会的简介，道："我去秘书处吧。"

两人填完表后交给师姐，次日晚上统一到教学楼参加面试。

越星文拿出个本子给江平策看："待会儿他们肯定会问，你为什么要加入学生会，为什么要选择我们部门……嘿嘿，这些问题我都想好要怎么答了。"

江平策低头看向本子，上面的字迹潇洒飞扬，是越星文写的面试问题和答案。显然，他昨晚回去之后特意为今天的面试做了充足的准备。

星文做事总是这样认真。看着他脸上自信的笑容，江平策不由轻轻扬起唇角，说道："放心，这种面试你肯定能过的。"

越星文道："你也能过吧？我们一起进学生会最好。"

片刻后，教室里有人走出来，道："下一位，越星文同学。"

越星文深吸一口气，快步走进教室。

坐在台下的面试官有七个人，最中间的应该就是传说中的学生会主席卓峰。卓师兄的脸色有些严肃，长得倒是挺帅。越星文第一次参加面试，倒也不紧张，大大方方地走到讲台上站好。

卓峰拿出评分表，干脆地说："先自我介绍一下吧。"

越星文微笑着说："各位师兄、师姐，晚上好，我叫越星文，是中文系大一的新生，来自星城市。我的性格开朗随和，跟周围的同学都能和睦相处。自认为口才还不错，中学时是星城七中辩论队的队长……”

卓峰听着他的个人简介，对这位师弟很是欣赏。星文的声音阳光清朗，神色自信又坦然，表达清晰流畅，比之前几个紧张到卡壳的师弟师妹好太多了。高中辩论队的？怪不得毫不怯场。

卓峰问道：“你为什么要加入我们学生会？”

越星文整理了一下思路，说：“学生会是代表学生的组织，我希望能尽一份自己的力量，让同学们在大学的生活更加丰富精彩。同时，我也想在学生会跟师兄师姐们学习，锻炼自己，丰富阅历。希望师兄师姐们能给我这个机会。”

卓峰点了点头，继续问：“报名加入学生会的人很多，想让我们录用你，你觉得自己有什么优势和特长呢？”

越星文道：“我是个很有责任心的人，给我安排的工作我一定会认真完成。另外，我从小练字，获得过中学生书法大赛的冠军。加入宣传部后，不管是写宣传文稿，还是画各种宣传海报，我相信自己能够胜任部长安排的工作。”

这位师弟说话时始终面带微笑，给人的观感很好。

卓峰低声朝宣传部的部长道：“你有什么想问的吗？”

宣传部的陈雨薇师姐抬起头说：“我们宣传部的任务很重，学生会的每次活动都要我们配合出宣传方案，包括论坛宣传、微博文案、传单、海报等等，除了宣传方案的设计，还有不少体力活，比如挨个宿舍发传单，如果让你去，你愿意去吗？”

越星文道：“没问题。我体力还不错，男生宿舍的传单我可以包了。”

周围响起一阵轻笑，陈雨薇给了卓峰一个眼色，卓峰道：“好吧，谢谢你的配合。我们有了结果后，会第一时间通知你。”

越星文点了点头，朝师兄师姐们鞠了个躬，转身走了。

陈雨薇激动地道：“这个师弟定下吧！”

卓峰问：“不多考虑一下？”

陈雨薇说道：“他口才不错，还会书法，我们宣传部就需要他这样的人才。不管广告词写得怎么样，光他这张脸，出去宣传效果绝对能翻倍。”

林蔓萝在旁边开玩笑：“你是看中师弟的颜值了吧？”

陈雨薇坦然道：“对我们宣传部来说，长得好看也是很大的加分项！今天来面试的师弟当中，他是长得最帅的。”

下一个推门进来的是江平策。

陈雨薇立刻闭上了嘴，忍不住想，刚刚那句话说得太早了。今天来面试的师弟怎么都这么帅?

江平策和越星文不是一个风格，星文是阳光小帅哥，江平策却显得冷静沉稳，如同校园偶像剧中的男神。性格也跟侃侃而谈、自信开朗的越星文完全不同，这位师弟目光冷淡，脸上没什么表情。

卓峰问道:“为什么加入学生会？”

江平策低声说:“我最好的朋友想加入学生会，我陪他来的。”

众人耳目一新。

面试了这么多新生，这位江平策的回答最奇怪。

卓峰笑道:“哪位朋友？”

江平策:“刚出去的那位，越星文同学。”

倒也能理解，有些同学还是几个舍友组团来面试的。他这么回答，并不是不尊重学生会，只是比较直接，懒得说那些官方话。

卓峰问道:“你有什么特长吗？”

江平策冷静地说：“我是全国数学竞赛冠军，可以加入秘书处协助整理资料，对学生会每一次活动的方案进行数据建模分析。调研活动、同学们的建议采集等，我也可以用最快速度整理出一份科学、客观的结果。各种图表、模型、PPT，我都会制作。”

众人又大吃一惊。

看来是个数学系的学霸，凡事都要讲究科学。

秘书长双眼发亮，轻咳一声，问道:“秘书处不但要整理汇总各部门的资料，还要协调各部门的工作。比如，某个活动中，文娱部和宣传部产生了分歧，你要怎么处理？”

江平策道:“邀请他们当面谈出一个结果。我认为既然能考上华安大学，大部分同学的修养都很高，不会因为一点小事记仇，有话说开就好。时间方面如果很难协调，那么，秘书处可以协助他们处理一些工作，提高办事效率。”

秘书长笑着说:“不错。师弟可以回去等通知了，面试结束后，我们会第一时间告知你结果。”

等江平策转身出门后，秘书长犹豫片刻，问大家:“各位觉得这位江平策怎么样？他来参加学生会，是因为他朋友在学生会，这个理由……”

林蔓萝笑道:“来面试的大部分人都说，自己是为了学习之类的，我倒觉得他很坦诚。他跟那个星文师弟是一起的，把这两位都收下的话，以后秘书处和宣传部办事也方便，让他们去沟通，熟人总比陌生人好说话吧？”

卓峰点了点头，道:“有道理。这个江平策看上去能力挺强的，他加入秘书处的话，秘书处的效率应该能提升不少。”

秘书长仔细考虑了一下之前来面试的师弟师妹，这位江平策是数学系的学霸，在整理资料方面确实有很大优势。她道：“先待定吧，等今天的面试结束，如果没有更好的，我就留下他。”

卓峰：“行，你的部门你做主。”

报名学生会的同学很多，面试分两天进行。

次日晚上，越星文请江平策去吃夜宵，由于一直没等到通知，越星文还以为自己面试被刷了，有些郁闷地说：“看来是竞争太激烈了，我俩都没过。”

江平策低声建议道：“没关系。你要是特别想去学生会，校学生会不行的话，还可以去中文系的系学生会。”

越星文道：“可你又不能来中文系，我一个人去，没意思。”

听着他的话，江平策的嘴角不由微微扬起：“很多社团不需要面试，交个表就能加入，我们可以再挑一些别的社团。”

越星文琢磨片刻，道：“自行车协会听上去也很有意思，周末的时候去骑行！还有攀岩……算了，攀岩我是真不会。”

他拿着一份表格，低着头仔细看各大社团的资料。

就在这时，两人的手机突然同时响起，是一条短信——

越星文同学，欢迎你加入华安大学校学生会，请于10月5日晚上7点，到教学楼A栋305室参加学生会全体大会。

江平策的短信也是一样。

两人对视一眼，越星文激动地说：“我们过了，哈哈哈，真好！”

江平策轻轻笑了笑：“嗯。那别的社团你还去吗？”

越星文：“去啊！多参加几个社团也挺好的，明天我们去自行车协会报名吧！”

江平策说：“好。”

看着越星文开心的样子，江平策忍不住想，接下来的大学生活应该会很有趣吧？有星文在，大学这几年，再也不会无聊了。

（未完待续）

图书在版编目（CIP）数据

逃离图书馆 . 2 / 蝶之灵著 . -- 成都 : 天地出版社 , 2023.4

ISBN 978-7-5455-7642-9

Ⅰ . ①逃… Ⅱ . ①蝶… Ⅲ . ①长篇小说-中国-当代 Ⅳ . ① I247.5

中国国家版本馆 CIP 数据核字 (2023) 第 044544 号

TAOLI TUSHUGUAN. 2

逃离图书馆 . 2

出品人 杨　政
作　者 蝶之灵
责任编辑 孙学良
特邀编辑 马春雪　刘玉瑶
责任校对 曾孝莉
封面设计 卷帙设计 QQ: 2649686699
责任印制 白　雪

出版发行 天地出版社
（成都市锦江区三色路 238 号　邮政编码：610023）
（北京市方庄芳群园3区3号　邮政编码：100078）
网　址 http://www.tiandiph.com
电子邮箱 tianditg@163.com
经　销 新华文轩出版传媒股份有限公司

印　刷 天津鑫旭阳印刷有限公司
版　次 2023年4月第1版
印　次 2023年4月第1次印刷
开　本 680mm×970mm　1/16
印　张 23.5
字　数 448千字
定　价 49.80元
书　号 ISBN 978-7-5455-7642-9

咨询电话：（028）86361282（总编室）
购书热线：（010）67693207（营销中心）